CHRISTIANE
DIECKERHOFF

VERLASSEN

atb aufbau taschenbuch

CHRISTIANE DIECKERHOFF lebt am nördlichen Rand des Ruhrgebiets. Nach über dreißig Berufsjahren als Kinderkrankenschwester und ersten erfolgreichen Veröffentlichungen wagte sie 2016 den Sprung in die Freiberuflichkeit.

Im Aufbau Taschenbuch liegen ihre Spreewald-Krimis »Vermisst« und »Verfehlt« vor.

Mehr zur Autorin unter www.krimiane.de

Kommissarin Klaudia Wagner freut sich auf ein paar ruhige Tage, doch dann geht eine Vermisstenmeldung ein. Zuletzt wurde Heike Thielmann, die aus Dortmund in den Spreewald gereist ist, betrunken in der Nähe eines Café gesehen. Als sie mit den Angehörigen spricht, hat Klaudia Wagner das Gefühl, dass sie ihr etwas verschweigen. Dann findet die Kommissarin heraus, dass die Vermisste ursprünglich aus dem Spreewald stammt, aber nach der Wende in den Westen gegangen ist, um sich ein neues Leben aufzubauen. Ihre beiden Kinder hat sie zurückgelassen. Doch warum ist sie nun zurückgekehrt, und wer könnte schuld an ihrem Tod sein?

CHRISTIANE
DIECKERHOFF

VERLASSEN

EIN SPREEWALD-KRIMI

atb aufbau taschenbuch

MIX
Papier aus verantwortungsvollen Quellen
FSC® C083411
www.fsc.org

ISBN 978-3-7466-3895-9

Aufbau Taschenbuch ist eine Marke der Aufbau Verlage GmbH & Co. KG

1. Auflage 2022

Umschlaggestaltung Christin Wilhelm, www.grafic4u.de
unter Verwendung von Motiven von
© KreuzAs / shutterstock und © Eric Isselee / shutterstock
Satz LVD GmbH, Berlin
Druck und Binden CPI books GmbH, Leck, Germany
Printed in Germany

www.aufbau-verlage.de

1. KAPITEL

Das Mädchen setzt sich im Bett auf. Der Mond scheint durchs Fenster. Es ist verwirrt, weiß nicht, was es geweckt hat. Pipi muss es nicht, und Matte schläft ganz still. Warm schmiegen sich seine Füße an seine Wade. Vielleicht hat er es getreten, das macht er manchmal im Schlaf. Das Mädchen reibt sich die Augen, sie jucken vor Müdigkeit. Schritte im Treppenhaus. Für einen Moment schlägt sein Herz schneller. Mutti kommt, denkt es. Doch dann entfernen sich die Schritte, die Haustür wird aufgezogen und schließt sich mit einem wimmernden Quietschen. Die Enttäuschung schmeckt nach Tränen. Das Mädchen legt sich wieder hin, dreht sich auf die Seite, spürt den warmen Atem des Bruders. Sein Körper riecht nach Babypuder und ein bisschen nach Pipi. Das tut er jetzt immer. Wenn doch nur Mutti hier wäre. Das Mädchen blinzelt die Tränen weg, tastet nach Teddy, schmiegt sein Gesicht an seinen Bauch und atmet seinen Duft ein. Teddy ist sein bester Freund, auch wenn er kahle Stellen im Fell hat und ihm ein Ohr fehlt. Es spielt auch eigentlich nicht mehr mit ihm, nur wenn es allein ist oder sich fürchtet. Es ist nämlich schon groß. Mutti verlässt sich auf sie. Aber manchmal ist es schwierig mit dem Großsein und dann braucht es seinen Teddy, wie Mutti ihre Pause braucht. Und bestimmt kommt sie heute zurück. Sie muss einfach, weil … Das Mädchen weiß nicht, was nach diesem »weil« kommen könnte. Es weiß nur, dass Mutti immer zurückkommt.

Vorsichtig schiebt es sich aus dem Bett. Der Linoleumboden ist kalt unter seinen Füßen. Hastig läuft es ins Bad. Hier ist es warm. Die Heizung bullert. Über dem Badewannenrand liegt die Strumpfhose ihres Bruders. Es riecht auch nach Pipi und nach Groß. Er ist noch zu klein, um zur Toilette zu gehen, und sie hat nicht aufgepasst. Also ist es passiert. Das Mädchen hat die Strumpfhose ausgewaschen, bis seine Hände ganz rot waren vom kalten Wasser, trotzdem sind noch Flecken zu sehen. Es legt die Hand auf den kratzigen Strick. Trocken ist sie auch noch nicht. Mutti wird schimpfen. Das Mädchen setzt sich auf die Toilette. Der Rand drückt kalt gegen seine Oberschenkel. Es beeilt sich, hat Angst, dass eine Ratte aus der Kanalisation hochklettert. Eine Nachbarin hat davon erzählt. Nicht dem Mädchen, sondern einer anderen Frau. Es hat es nur gehört, weil es am Fenster gestanden und auf Mutti gewartet hat. Das Mädchen hat das Fenster nicht öffnen können, es klemmt, und nur Mutti hat genug Kraft, um es aufzuziehen, aber die Scheiben sind dünn, und die Nachbarin hat laut gesprochen. Ganz aufgeregt war sie. Fröstelnd zieht das Mädchen ab. Das Wasser gurgelt in die Toilettenschüssel. Es lauscht angespannt, hat Angst, dass der Lärm seinen Bruder weckt. Er will immer nur zu Mutti und weint dann. Und dann muss es auch weinen, und das darf das Mädchen nicht, weil es doch die große Schwester ist, die auf ihn aufpassen muss. Und wenn man weint, kann man nicht gut aufpassen. Dann kommen die Schrecken aus den Ecken. Deshalb schlafen sie auch in Muttis Bett, da ist kein Platz für Ungeheuer, weil die Koffer unter dem Bett liegen. Außerdem riecht das Kissen nach ihr, wenn jetzt auch nicht mehr so doll. Der Bruder hat Pipi ins Bett gemacht.

Das Mädchen wäscht sich die Hände. Das hat es im Hort gelernt. Da achten die Erzieherinnen auf so etwas. Wegen dem Pipi wird Mutti wütend sein, das Mädchen weiß das. Es hätte besser aufpassen müssen, aber es hat geschlafen. Wenn man schläft, kann man auch nicht gut aufpassen. Das Mädchen geht in die Küche, seine nackten Füße schmatzen über das Linoleum. Es schiebt einen Stuhl ans Fenster, klettert hinauf, legt die Ellbogen auf dem Kissen ab, das auf der Fensterbank liegt, und drückt die Stirn gegen die kühle Fensterscheibe. Sein Atem malt Wolken auf das Glas. Hinter den Häusern ist der Himmel schon hell, vor den Häusern dunkel. Es regnet. Im Licht der Straßenlaterne sieht der Regen aus wie Feengarn. Glitzernde Fäden aus Wasser und Licht. Ein Windstoß wirbelt sie durcheinander. Das Mädchen kneift die Augen zusammen und wünscht sich ganz fest, dass Mutti jetzt in diesem Moment zurückkommt. Da hallen Schritte von der Straße herauf: eilig, ein bisschen ungleichmäßig.

Das Mädchen richtet sich auf. Es hat funktioniert. Sein Herz schlägt schneller. Hinter ihm knackt die Heizung, die Atemwolken nehmen ihm die Sicht. Ungeduldig wischt es sie fort. Seine Augen tränen vor Müdigkeit und auch ein bisschen, weil es Hunger hat. Selbst die Suppe aus dem Hort würde es jetzt essen, wenn es auch am liebsten Kartoffelpüree mit Ei und Kompott mag. Vielleicht kann es Kartoffeln kochen, das Mädchen weiß, dass in dem Korb unter der Spüle welche sind, aber die sind verschrumpelt und haben kleine Arme und Beine gekriegt: weiß und knubbelig wie Maden. Das Mädchen presst das Ohr gegen die Glasscheibe. Doch die Schritte entfernen sich, sind bald nicht mehr zu hören, egal, wie angestrengt es lauscht. Das Mädchen steigt vom Stuhl, läuft zur Wohnungstür, legt das Ohr ans Türblatt.

Im Treppenhaus ist es still. Das Mädchen stellt sich auf die Zehenspitzen und zieht die Klinke herunter, obwohl es weiß, dass Mutti die Tür abgeschlossen hat. Das macht sie immer, wenn sie fortgeht, damit ihnen nichts passiert.

»Männi«, jammert der Bruder. Er kann den Namen des Mädchens nicht richtig aussprechen, also sagt er ihn, so gut er eben kann. Dem Mädchen ist es egal, es hört auch auf »Balg«, »Kurze« und »Lass-mich-in-Ruhe«.

Das Mädchen läuft ins Schlafzimmer zurück. Der Bruder soll nicht sehen, dass es auf die Mutter wartet, dann weint er nur wieder. Matte steht vor dem Bett, seine Schlafanzughose ist dunkel vor Nässe. Das Unglück muss gerade erst passiert sein. Seine Füße stehen in einer Pfütze.

Das Mädchen wäre jetzt am liebsten wieder ins Bett gegangen, hätte die Nase in Muttis Kopfkissen vergraben und die Augen fest zugekniffen. In Momenten wie diesen versteht es, dass Mutti eine Pause braucht. Ihm wird auch gerade alles zu viel. Wenn es wenigstens schaffen würde, dem Bruder die Gummihosen mit den weichen Windeltüchern anzuziehen, aber er will nicht, schreit und kreischt, wenn sie es versucht, bis die Nachbarin wieder gegen die Wand klopft. Das Mädchen geht zu dem Bruder, der zieht den Kopf zwischen die Schultern.

»Komm«, das Mädchen nimmt ihn an die Hand, führt ihn ins Bad. Dort hilft es ihm, sich die Hose von den nassen Beinen zu strampeln. Er klettert in die Wanne, landet auf dem Po, verzieht das Gesicht, als wollte er weinen, als das Mädchen das Wasser aufdreht.

»Kalt«, wimmert er.

»Geht schnell«, tröstet ihn Männi. Ein Badeofen steht neben der Wanne, aber das Mädchen weiß nicht, wie es ihn in Betrieb nimmt. Nur Mutti kann das, aber Mutti ist nicht hier.

Hastig seift es Matte ab, hilft ihm aus der Wanne. Er zittert jetzt, seine Zähne klappern und seine Lippen schimmern bläulich. Männi hüllt ihn in ein Handtuch. Das wenigstens ist warm, weil es über der Heizung gelegen hat. Wie die funktioniert, weiß Männi.

»Ich will Mutti«, jammert er.

»Mutti kommt bald«, tröstet sie Männi und schluckt dabei ihre Tränen herunter. Sie hat keine Ahnung, wie lange Mutti diesmal wegbleibt. Aber der Bruder spürt ihre Angst.

»Ich will Mutti«, wiederholt er und kreischt jetzt doch. Seine Schreie hallen von den Fliesen zurück. Männi schlägt ihm ins Gesicht, wie Mutti es macht. Der Schlag brennt in ihrer Handfläche. Den Mund zu einem erstaunten »Oh« geöffnet, starrt der Bruder sie an. Schnodder läuft ihm aus der Nase, seine Wange rötet sich. Männi sieht jeden einzelnen Finger ihrer Hand. Sie senkt den Blick, schämt sich. Der Bruder ist jetzt zwar ruhig, trotzdem fühlt sie sich nicht besser. Mit dem Handtuch wischt sie ihm den Schnodder weg.

»Tut mir leid«, murmelt sie. »Mir ist die Hand ausgerutscht.« Das sagt Mutti auch immer, und dann weint sie und schließt sich in ihrem Schlafzimmer ein. Das würde Männi jetzt auch gerne tun, aber dann würde der Bruder wieder kreischen. Also nimmt sie seine Hand und zieht ihn in das Zimmer, in dem sie schlafen, wenn Mutti nicht weg ist. Der Raum ist ein schmaler Schlauch, die Kinderbetten stehen hintereinander. Dazwischen der Schrank. Seine Türen stehen offen. Überall liegt Kleidung herum. Auch hier riecht es nach Pipi. Der Geruch kommt von der Matratze, die Männi zum Trocknen vor die Heizung geschoben hat. Es ist nicht so einfach, Ordnung zu halten. Männi findet eine trockene Strumpfhose und einen Pulli. Unterwäsche findet sie nicht. Aber das ist egal. In der Wohnung ist es warm.

Nachdem sie den Bruder angezogen hat, wischt Männi den Fleck vom Linoleum und wäscht die Schlafanzughose aus. Sie nimmt die gleiche Seife, mit der sie ihren Bruder gewaschen hat. Sie hat nichts anderes. Als sie fertig ist, schmerzen ihre Hände von dem kalten Wasser. Sie legt sie auf die Heizung.

»Hunger«, sagt ihr Bruder. Er kann noch nicht so gut sprechen, deshalb heißt sie ja Männi und er Matte.

Männi öffnet den Kühlschrank, nimmt die Margarine heraus, stellt sie auf den Tisch, dann zieht sie den Stuhl an den Küchenschrank und holt das Brot aus dem Kasten. Auch das legt sie auf den Tisch. Mutti hat es vorgeschnitten. Das tut sie immer, wenn sie eine Pause braucht. Männi darf das große Brotmesser, dessen Holzgriff locker ist, nicht anfassen. Deshalb liegt es oben auf dem Küchenschrank, da kommt sie nicht dran. Nicht einmal mit Stuhl. Aber sie braucht es auch nicht. Noch ist Brot da. Männi kann bis zwanzig zählen. Aber so viele Scheiben sind schon lange nicht mehr da, und das Brot ist auch schon sehr trocken. Man braucht ordentlich Spucke, um es zu kauen. Noch einmal klettert sie auf den Stuhl und nimmt den Schuber mit dem Zucker heraus. Zucker glitzert mehr als Salz, trotzdem leckt sie den Finger ab und tippt ihn in den Schuber. Es schmeckt herrlich süß, und für einen Moment fühlt Männi sich besser.

»Ich will Milch.« Ihr Bruder will immer Milch. Es steht auch noch eine Flasche im Kühlschrank, aber die sieht komisch aus und schmeckt bitter. Männi weiß, dass Milch sauer werden kann und kleine Kinder daran sterben können. Sie will nicht, dass Matte stirbt. Aber dann denkt sie, dass Mutti ohne ihn vielleicht keine Pause brauchen würde. Sie könnte selbst eine gebrauchen. Alles riecht nach Pipi und Aa, und ihr Hände sind schon ganz wund vom Waschen.

Der Bruder hört nicht auf zu quengeln. Jetzt stampft er auch noch mit dem Fuß auf. Einen Moment hadert Männi mit sich, dann schenkt sie ihm Milch ein.

2. KAPITEL

Klaudia stellte sich auf die Zehenspitzen und blickte sich suchend um. Schließlich sah sie Wibke. Sie saß allein an einem Tisch in der Außengastronomie des Flaggschiffs und winkte ihr. Klaudia bahnte sich ihren Weg an den Touristen vorbei. So voll hatte sie den Hafen das letzte Mal beim Spreewaldfest erlebt. Allein die Erinnerung ließ ihren Nacken kribbeln. Klaudia schüttelte sich, und ihr Blick wanderte unwillkürlich zu zwei uniformierten Kollegen, die über eine der Brücken schlenderten. Obwohl es März war, sahen sie aus, als wäre ihnen ziemlich warm in ihren Lederjacken. Allen Wettervorhersagen zum Trotz schien die Sonne von einem von zarten Schleierwolken überzogenen Himmel.

Du bist nicht im Dienst, erinnerte Klaudia sich selbst. Zumindest nicht so richtig. Sie war in freundschaftlicher Mission unterwegs. Schiebschick hatte sie engagiert, wenn auch nicht in ihrer Eigenschaft als Polizistin. Heute war die offizielle Eröffnung der Saison. Das sogenannte *Anstaken* war immer ein Spektakel mit feierlicher Rudelübergabe, schmetternder Musik vom Spielmannszug und humorigen Reden von Landrat und Bürgermeister, die umso länger wurden, je näher der Wahltermin rückte. An diesem Wochenende vor Ostern fanden vor allem Tagestouristen ihren Weg in den Spreewald.

Klaudia wäre lieber zu Hause geblieben und hätte eine Runde mit dem Kanu gedreht. Doch sie hatte es nicht übers

Herz gebracht, dem alten Schiebschick, der so etwas wie ihr guter Geist war, einen Korb zu geben. Heute würde er das Rudel für den *Großen Hafen* entgegennehmen, und Klaudia hatte ihm versprechen müssen, Fotos zu machen. Als sie ihrer Freundin während der Spurensicherung an einem Einbruchsort davon erzählte, hatte die vorgeschlagen, sich dort zu treffen. Sie sei sowieso am Hafen, hatte sie gesagt. Bei dieser Gelegenheit erfuhr Klaudia, dass Wibkes Lebensgefährte in seiner Freizeit nicht nur den Bass in einer Väter-Söhne-Band spielte, sondern auch Mitglied des örtlichen Trachtenvereins war, der ebenso wie der Spielmannszug des *TSG Lübbenau* für das Ambiente zuständig war. Lehrer schienen echt viel Zeit zu haben.

Klaudia drückte sich an den Touristen vorbei und setzte sich zu Wibke, vor der eine Berliner Weiße stand.

»Wie siehts aus?« Klaudia schob sich den Rucksack zwischen die Beine. Direkt am Anleger war eine kleine Holzbühne aufgebaut, gerade posierte die Trachtengruppe für Pressefotos. Klaudia erkannte den Redakteur der Lausitzer Rundschau, der am Fuß der Bühne mit dem Bürgermeister sprach.

»Hast du Schiebschick gesehen?«, fragte sie.

»Noch nicht. Willst du auch eine?« Wibke zeigte auf ihr Glas, und als Klaudia nickte, hob sie die Hand, um einen Kellner heranzuwinken.

»Ist wahrscheinlich oben im Genossenschaftsbüro«, meinte Wibke.

Unwillkürlich blickte Klaudia zur vorgelagerten Terrasse hoch. Uwe stand dort, er trug Uniform und sprach gerade in das Sprechfunkgerät, das auf seiner Schulter befestigt war. Als spüre er ihren Blick, drehte er den Kopf in ihre Richtung und nickte ihr zu. Klaudia nickte ebenfalls und wandte ihre Aufmerksamkeit wieder dem Geschehen auf der Bühne zu. Ihr Verhältnis zu ihrem ehemaligen Vermieter war kompliziert, seit er sich von seiner Langzeitfreundin getrennt hatte.

»Wo ist Horst?« Klaudia musterte die männlichen Mitglieder des Trachtenvereins. Manche trugen Gehröcke und Zylinder, andere preußische Uniformen und aufgemalte Bärte. In keinem von ihnen erkannte sie den Lebensgefährten ihrer Freundin.

»Hat er sich als Frau verkleidet?« Klaudia musterte nun auch die weiblichen Mitglieder des Vereins, auch wenn sie sich nicht vorstellen konnte, dass der eher kräftig gebaute Horst in eine der farbenprächtigen niedersorbischen Trachten passte. »Ich seh ihn gar nicht.«

»Horst flaniert durch die Altstadt.« Wibke zeigte auf ihr fast leeres Glas und hob zwei Finger. Offensichtlich hatte sie endlich die Aufmerksamkeit eines Kellners erregt. »Er ist so etwas wie ein Walking Act.« Sie schob sich die Sonnenbrille in die rotblonden Locken, die von einem schlichten Haarband zusammengehalten wurden.

»Klingt aufregend.« Klaudia fühlte sich immer etwas farblos neben der Freundin. Im Gegensatz zu ihr war sie eher so der mittelmäßige Typ. Mittelgroß, mittelblond, mit ersten grauen Haaren und mittelschlank, wobei Schiebschick behauptete, sie sei zu dünn.

»Nicht unbedingt. Aber weißt du, was aufregend ist?« Wibke beugte sich vor, doch in diesem Moment marschierte der Spielmannszug auf den Platz und machte jede weitere Unterhaltung unmöglich. Klaudia verließ Wibke, um die versprochenen Fotos zu machen. Doch sie musste erst noch die Reden des Bürgermeisters und des Landrats über sich ergehen lassen, bevor sie ihr Smartphone zücken konnte. Sie nahm es zur Hand, als sich die Vertreter der Kahngesellschaften in ihren bunten Westen vor der Bühne aufreihten. Kahnführerinnen in bunten Spreewaldtrachten trugen die mit Blumengirlanden geschmückten Rudel und das ebenso geschmückte Paddel auf die Bühne und überreichten sie an die Fährmänner. Schiebschick hielt sich sehr gerade, das Rudel fest in der Hand. Schmuck sah er aus, mit seiner dunkelblauen Weste, der Kapitänsmütze und den auf Hochglanz polierten Schuhen, in denen sich der Himmel spiegelte. Klaudia mochte den Alten, der sie seit ihrem ersten Einsatz im Spreewald begleitete, und für sie wie die Kähne zu Lübbenau gehörte. Applaus brandete auf, als die Fährleute die Bühne verließen. Der Spielmannszug spielte einen Tusch, und Klaudia kehrte zu Wibke an den Tisch zurück. Die Freundin war mittlerweile nicht mehr allein. Neben ihr saß ein Mann in einem höchst unbequem aussehenden Anzug mit Vatermörderkragen, die Haare mit Brillantine zurückgekämmt. Ohne seinen gepflegten grau melierten Bart hätte Klaudia ihn fast nicht erkannt. Für einen Moment wirkte Horst irritiert, sie zu sehen, dann nickte er ihr zu.

»Ist das dein Hochzeitsanzug?«, fragte sie und setzte sich zu den beiden an den Tisch. Sie hatte Wibkes Freund zuletzt im Dezember gesehen. Sie hatten sich an diesem Adventssonntag an einem Anleger abseits des großen Hafens getroffen und waren von dort zum Weihnachtsmarkt im Freilichtmuseum Lehde gepaddelt.

»Wie kommst du darauf.« Horst griff nach Wibkes Berliner Weiße und trank hastig. Klaudia hatte das Gefühl, dass sich seine Wangen röteten.

»Hast du die Fotos?«, fragte Wibke.

»Ja.« Klaudia packte ihr Smartphone in den Rucksack. »Mission erfüllt. Ich hoffe, sie gefallen ihm.«

»Du kannst sie ja photoshoppen«, schlug Wibke vor.

»Ich weiß nicht mal, wie man das schreibt«, wehrte Klaudia ab, »geschweige denn, wie man das macht.« Sie strich sich die Haare zurück. »Was wolltest du mir eigentlich gerade erzählen?«

»Ach ja.« Wibke beugte sich wieder vor. »Also …«

»Ihr wollt doch jetzt nicht über die Arbeit reden?« Horst zerrte an seinem Kragen.

»Nur ganz kurz«, beruhigte Wibke ihn. »Also«, setzte sie erneut an.

»Was haltet ihr davon, wenn wir ins Hofladencafé umziehen?«, fiel Horst ihr ins Wort. »Da ist es ruhiger.«

»Gleich.« Wibke brachte ihn mit einer Handbewegung zum Schweigen. »Hast du das von Meinert gehört?«, fragte sie Klaudia.

»Meinert? Nein. Schieß los?« Neugierig beugte Klaudia sich vor. Mark Meinert war ein LKA-Kollege, mit dem sie im letzten Sommer eng zusammengearbeitet hatte. »Was ist mit ihm?«

»Ziemlich komische Sache.« Wibke runzelte die Stirn.

»Da ist was in deinem Glas.« Horst schob Wibke die Berliner Weiße zurück.

»Was?« Wibke hob das Glas gegen das Licht. Auf dem Grund des Glases schimmerte etwas, das aussah wie … »Ist das?« Wibke starrte ihren Freund an.

Ein Ring. Klaudia spürte, wie ihr Unterkiefer absackte. Erst jetzt bemerkte sie, dass ihre Tischgruppe geradezu eingekreist war von Menschen in historischen Kostümen. Sie wünschte sich ganz weit weg. Bisher hatte sie Horst für einen

Pragmatiker gehalten. Immerhin unterrichtete er Mathematik und Sozialkunde oder wie das Fach heutzutage hieß. Die romantische Ader, die er jetzt enthüllte, weckte sämtliche Fluchtinstinkte in ihr. Hastig blickte sie zu Wibke hinüber, die immer noch auf das Glas in ihrer Hand starrte. Ihre Mundwinkel zuckten, und dann lachte sie so laut, dass sich die Gäste an den anderen Tischen zu ihnen umdrehten. »Das ist jetzt nicht dein Ernst?«

»Doch«, entgegnete Horst. »Willst du meine Frau werden?«

»Du bist geschieden«, antwortete Wibke und stellte das Glas ab. »Weißt du, was die Definition von Wahnsinn ist?«

»Was hat das jetzt damit zu tun?« Horst schien in seinem Kostüm zu schrumpfen. So hatte er sich das Ganze wohl nicht vorgestellt.

Selbst Schuld, dachte Klaudia. Er lebte mit Wibke zusammen, wie konnte ihm entgangen sein, dass sie alles hatte, aber bestimmt keine romantische Ader. Als Kripobeamtin untersuchte sie Tatorte, pinselte Spurenpulver an Türen, dokumentierte Blutspritzer und durchsuchte die Schubladen von Tätern und Opfern. Diese intimen Einblicke, die sie ins Leben von wildfremden Menschen bekamen, reichten, um jegliche Romantik abzutöten.

»Immer wieder das Gleiche zu tun und trotzdem ein anderes Ergebnis zu erwarten«, gab Wibke ihm die Definition trotzdem.

»Ich liebe dich, und du bist die Frau, mit der ich den Rest meines Lebens verbringen will«, beharrte Horst. So schnell gab er nicht auf. Wie musste er sich jetzt fühlen? Wie es aussah, waren eine Menge Leute eingeweiht. Klaudia blickte hinüber zu den verkleideten Menschen, die vergeblich versuchten, betont unbeteiligt zu wirken. Ach du Scheiße! Der Spielmannszug stellte sich jetzt auch noch hinter Wibke auf, die von alldem nichts mitbekam. Sie schien unter Schock zu stehen, schüttelte nur den Kopf, als könne sie es nicht fassen. Ihre Gesichtsfarbe wechselte von leichenblass zur Farbe ihres Haares.

»Heißt das: Nein?« Horsts Stimme klang belegt, jetzt zerrte er geradezu an seinem Hemdkragen.

Irgendwo hatte Klaudia mal gelesen, dass diese Dinger durchaus tödlich gewesen waren, quasi das Pendant zur Wespentaille. Die Männer starben durch den mangelnden Blutfluss zum Gehirn. Und Horst sah aus, als könnte ihm das auch gerade passieren.

»Nein.« Wibke fischte den Ring aus ihrem Glas. Es war ein schmaler Goldreif. »Das heißt es nicht, du Idiot. Aber mach das nie wieder.« Sie zog den Reif über den Ringfinger ihrer linken Hand. Hinter ihr ertönte ein Tusch, der sie herumfahren ließ.

Sie zogen dann doch noch ins Hofladencafé um. Eigentlich hatte Klaudia sich an dieser Stelle verabschieden wollen, doch dann war auch noch Schiebschick aufgetaucht, ganz begeistert von der Idee, die Verlobung mit einem Stück Kuchen zu feiern.

Er hakte sich bei Klaudia unter, und ihr blieb nichts anderes übrig, als sich in ihr Schicksal zu fügen. Wibke wirkte merkwürdig überdreht, ganz offensichtlich stand sie unter Schock, und Horsts Grinsen reichte ebenso wie sein falscher Schnauzbart von Ohr zu Ohr.

Nicht alle Mitglieder des Trachtenvereins schlossen sich ihnen an, die meisten blieben noch auf dem Festplatz oder flanierten durch die Altstadt, nur ein Offizier mit Pickelhaube, ein Frackträger und zwei Frauen in Tracht blieben bei ihnen. Doch diese Eskorte reichte, um alle Blicke auf sich zu ziehen. Klaudia wollte lieber nicht darüber nachdenken, auf wie vielen Instagram- und Facebook-Profilen ihr Bild heute online gehen würde.

Das Hofladencafé war ein mit viel Backstein, Pflanzen und Liebe zum Detail ausgebauter Hinterhof. Die für die Bebauung des Spreewaldes so typischen Nebengebäude waren ebenfalls umgebaut und beherbergten weitere Sitzgruppen und einen urigen Laden. Hier hatte Klaudia schon einmal Geschenke für ihre Schwestern gekauft, als sie wieder zu spät an den Geburtstag der Zwillinge gedacht hatte. Das war das Gute, wenn man in einer Touristenregion lebte, shoppen ging immer.

Im überdachten Bereich des Lokals war ein Tisch für sie reserviert.

Von langer Hand vorbereitet. Klaudia setzte sich so, dass sie Schiebschick auf ihrer »tauben« Seite hatte. Der alte Fährmann redete immer in einer Lautstärke, als müsste er einen Kahn bespaßen. Das war vielleicht etwas nervig, doch Klaudia half es, ihn zu verstehen.

Eine der Frauen, die eine niedersorbische Festtagstracht trug, wie sie Klaudia erklärte, setzte sich neben sie. Ihr Kopfputz war so ausladend, dass Klaudia näher an Schiebschick heranrückte, was dem alten Mann gut gefiel. Er tätschelte ihre Hand. »Hast du schöne Bilder gemacht?«, fragte er.

»Später«, antwortete Klaudia. Die Kellnerin, eine müde wirkende Blondine mit dunklem Haaransatz, brachte gerade Kannen mit Tee und Kaffee.

»Kuchen können Sie sich vorne aussuchen«, sagte sie.

»Machen wir«, sagte Horst. Mittlerweile hatte er seinen Kragen abgelegt und wirkte nicht mehr ganz so fremd.

»Ich kann für alle aussuchen«, bot Wibke an.

»Du wieder Eierlikörkuchen?«, fragte die Kellnerin Schiebschick. Der nickte. Offensichtlich kannte man ihn hier. Warum wundert mich das überhaupt?, dachte Klaudia. Jeder kannte Schiebschick, und vielleicht war die Blonde eine seiner zahlreichen Nichten.

»Okay«, sagte Wibke, als die Kellnerin sich entfernte. »Irgendwelche Extrawünsche?«

»Ich komme mit.« Klaudia schob ihren Stuhl zurück und folgte Wibke zur Kuchentheke.

»Alles klar?«, fragte sie.

»Kneif mich mal«, bat Wibke.

Klaudia tat ihr den Gefallen.

»Autsch«, zischte die Freundin. »Wir sind immer noch im Café.«

»Kein Traum«, bestätigte Klaudia. »Du hast dich gerade verlobt.«

»Wer hätte das gedacht.«

»Ja«, sagte Klaudia. »Und ist es das, was du willst?«, fügte sie hinzu.

»Keine Ahnung.« Wibkes Lachen klang leicht hysterisch. »Ich glaub, ich brauch erst mal viel Zucker.«

»Kriegst du ja gleich.«

»Und Sahne.« Gedankenverloren musterte Wibke die Kuchen in der Auslage.

Doch noch waren sie nicht an der Reihe. Eine Frau, die aussah, als hätte sie sich extra fein gemacht, ließ sich gerade die Inhaltsstoffe eines jeden Kuchens erklären und strapazierte damit nicht nur die Geduld der freundlichen Bedienung.

»Was wolltest du mir eigentlich eben von Meinert erzählen?«, fragte Klaudia, um die Wartezeit zu überbrücken. Außerdem war sie neugierig.

»Ach ja. Klar.« Wibke senkte die Stimme.

»Er hat einen Unfall gehabt.«

»Einen Unfall?«, hakte Klaudia nach. »Das ist ja schrecklich.«

»Ja«, bestätigte Wibke. »Gott sei Dank war er allein, als sich das Rad gelöst hat.«

»Es hat sich ein Rad gelöst?« Auf einmal sang Celine Dion *I'm Alive* in Klaudias Kopf, und dann kreischte Metall auf Asphalt, Funken sprühten. Noch einmal erlebte sie das Gefühl absoluter Hilflosigkeit, und dann explodierte wieder die Wolke, und sie bekam keine Luft mehr.

»Was ist los?« Wibke griff nach ihrem Arm.

»Nichts.« Klaudia schüttelte den Kopf. »Alles gut.«

»Wirklich?« Wibke musterte sie kritisch. »So siehst du aber nicht aus.«

»Ist Meinert schwer verletzt?«

»Ihm ist nichts passiert. Er hat Glück gehabt.«

»Das ist gut. Und …« Klaudia räusperte sich. »Weiß man, warum sich das Rad gelöst hat?«

»Wahrscheinlich hat jemand beim Reifenwechsel geschlampt. Die Sommerreifen waren gerade neu aufgezogen.« Sie musterte Klaudia. »Geht es dir wirklich gut? Du bist so weiß wie die Sahnetorte.«

»Ja«, wehrte Klaudia ab. »Alles gut. Ich geh mal eben für ›Große Mädchen‹.«

»Und welchen Kuchen willst du?«

»Egal.« Klaudia wollte nur noch weg. Ihre Ermittlerader wummerte knapp unterhalb ihres Zwerchfells. Dass Meinert exakt den gleichen Unfall wie sie gehabt hatte, konnte kein Zufall sein.

Sie verriegelte die Tür hinter sich und ließ Wasser über ihre Handgelenke laufen. Dann formte sie einen Trichter mit den Händen und tauchte ihr Gesicht in das kalte Wasser. Du siehst Gespenster, versuchte sie sich zu beruhigen, als sich die Türklinke senkte.

»Meinst du, sie ist es?«, fragte eine weibliche Stimme.

Klaudias Nackenhaare richteten sich auf. Sie fragte sich, wer ihr zur Toilette gefolgt sein konnte. Langsam richtete sie sich auf. Wasser tropfte von ihrem Kinn.

»Muss ja wohl«, antwortete eine männliche Stimme.

»Sie sieht so ganz anders aus, als ich sie mir vorgestellt habe.«

»Meinst du?«

»Findest du nicht?«, fragte die weibliche Stimme wieder.

»Keine Ahnung.« Der Mann klang, als zucke er mit den Achseln. »Ehrlich gesagt, habe ich mir gar nichts vorgestellt.«

»Müsste sie uns denn nicht irgendwie ähnlich sehen? Ich meine, immerhin ist sie unsere Schwester.«

Klaudia entspannte sich. Wer immer vor der Tür stand, sprach zumindest nicht über sie.

3. KAPITEL

Klaudia bog in ihre Einfahrt ein und parkte ihren Peugeot neben dem Schuppen. Als sie den Motor ausstellte, verstummte Celine Dion. Zurück blieb das Pfeifen in ihrem rechten Ohr, das Klaudia die meiste Zeit ignorierte. Doch heute war es besonders laut. Die letzten Tage waren anstrengend gewesen, und Klaudia freute sich auf das lange Osterwochenende. PH, ihr Chef, hatte sie in eine Arbeitsgruppe zum Thema Opferschutz abkommandiert. Die letzten Tage hatte sie also statt im Büro in Cottbus verbracht, um dort mit anderen Kolleginnen und einem Kollegen – Opferschutz schien immer noch Frauensache zu sein – Konzepte zu entwickeln. Auch wenn das Thema wichtig war, hasste Klaudia diese Termine. Aber PH wollte, dass sie sich einen Namen machte. Er würde im nächsten Jahr pensioniert werden. Klaudia konnte sich die Wache ohne ihn überhaupt nicht vorstellen. Doch sie wusste, dass sie eine heiße Kandidatin für seine Nachfolge war. Was sie nicht wusste, war: Wollte sie das auch? Sie dachte an die Besprechung, aus der sie gerade kam. Wie immer waren zu viele Leute in dem schlecht gelüfteten Raum gewesen. Zu viele Stimmen, die es zu sortieren galt. Und wenn die Besprechungen schon anstrengend waren, so waren es die Pausen erst recht. Klaudia musste sich extrem konzentrieren, um den Gesprächen am Esstisch zu folgen. Schließlich durfte niemand merken, dass ihr rechtes Ohr nutzlos war. Erst letztens hatte sie von einem Kollegen erfahren, der nach einem Hörsturz in den Innendienst versetzt worden war. Nicht einmal einen Dienstwagen durfte er mehr fahren. Klaudia musste höllisch auf der Hut sein, damit ihr nicht das Gleiche passierte. Und meistens gelang es ihr auch. Doch nach Tagen wie diesem summte es in ihrem rechten Ohr wie in einem Wespennest. Sie griff nach ihrem Rucksack, der wie immer auf dem Beifahrersitz lag, und stieg aus. Sofort war Dickie bei ihr und schmiegte sich an ihre Beine. Er maunzte jämmerlich.

»Du warst abgängig«, erinnerte Klaudia ihn oder sie. So ganz genau wusste sie immer noch nicht, ob sie von einem Kater oder einer Katze adoptiert worden war. Sie bückte sich und kraulte Dickies Kinn. Verzückt schielte er sie an. »Nicht ich.« Drei Tage hatte sie den Kater nicht gesehen. Sie hatte sich schon Sorgen gemacht, doch was sollte sie tun? Dickie kam und ging, wie es ihm passte. Sie konnte ihn ja schlecht in Sicherungsverwahrung nehmen. Ihre Finger wanderten vom Kinn zu dem weichen Fell zwischen Dickies Ohren, und das vorwurfsvolle Maunzen wurde zu einem Schnurren. Männer, dachte Klaudia. Nicht mal mit Fell zu verstehen. Unwillkürlich schüttelte sie den Kopf, nicht nur über den Kater, sondern auch, um das Sirren loszuwerden.

Sie blickte zum Himmel hinauf: Zwar verschwand die Sonne immer wieder hinter Wolken, doch die sahen nicht so aus, als wollten sie in absehbarer Zeit ihren Inhalt über dem Spreewald entleeren. Klaudia brachte den Rucksack ins Haus und wechselte die Kleidung. Dann griff sie nach den Lederhandschuhen, die ihr Schiebschick zu Weihnachten geschenkt hatte. Die ganze Zeit strich der Kater um ihre Beine, maunzte und musterte sie mit vorwurfsvoll schielendem Blick. Du durftest mich streicheln, sagte dieser Blick, ich habe geschnurrt. Gib! Mir! Futter!

»Ich weiß.« Klaudia machte sich keine Illusionen darüber, was die Grundlage ihrer Beziehung war. Sie bückte sich und nahm eine Dose mit Katzenfutter aus dem Vorratsschrank, was Dickie mit steil aufgerichtetem und begeistert zitterndem Schwanz quittierte, und füllte auf dem Weg zum Anleger Dickies Futterschale.

Ihr Kanu lag kieloben auf der Wiese. Die letzten Tage hatte es zumeist geregnet, wenn sie abends nach Hause kam. Doch heute hatten sie früher Schluss gemacht. Schließlich sei bald Ostern, hatte die Kriminalrätin gemeint, die die Arbeitsgruppe leitete. Klaudia zog das Kanu zum Anleger, den Schiebschick vor zwei Wochen mit Holzschutzlasur gestrichen hatte. Noch immer hing der durchdringende Geruch über den Planken. Im Herbst wollte er die Fensterläden streichen. Klaudia fragte sich, woher der alte Fährmann nur die Energie nahm. Ohne ihn würde ihr Haus langsam, aber sicher verfallen. Klaudias handwerkliches Geschick beschränkte sich auf das Einschlagen von Nägeln. Sie stieg in ihr Kanu. Dickie blickte nur kurz auf, als Klaudia sich mit dem Ruderblatt vom Steg abstieß, dann senkte er seinen dicken Kopf wieder in die Futterschale. Heute würde sie wohl auf seine Gesellschaft verzichten müssen. Für einen Moment fragte Klaudia sich, ob es jetzt immer so sein würde. Mehr als fünf Jahre lebte sie nun schon allein, und sie hatte das Gefühl, dass sie mit jedem Jahr, welches sie hier in ihrem Haus lebte, verschrobener wurde. Alte Jungfer. Ein Begriff aus ihrer Kindheit. War sie das jetzt? Eine alte Jungfer.

Na ja, räumte Klaudia ein. Jungfer nicht gerade. Immerhin hatte sie lange mit einem Mann zusammengelebt. Also war sie wohl eher eine alte Schachtel. Das Sirren in ihrem Ohr wurde schriller und erinnerte sie daran, wem sie den Hörsturz verdankte. Lieber nicht an ihren Ex denken. Klaudia tauchte das Paddel mit mehr Kraft ein, und das Kanu glitt an moosigen Baumwurzeln und den Häusern vorbei, die ebenfalls an diesem Fließ lagen. Im Nachbarhaus wohnte eine alte Dame, die Dickie immer ein Schälchen Milch vor die Hintertür stellte. Das letzte Haus hatte lange leer gestanden. Von Schiebschick wusste Klaudia, dass ein Anwalt aus Berlin es gekauft hatte. Seitdem veränderte es sich täglich. Klaudia bremste die Fahrt ab. Der Garten war gerodet, und auf dem neu eingedeckten Dach waren Solarmodule installiert worden. Das Fachwerk verschwand hinter Dämmplatten. Klaudia wusste, dass das alles wahrscheinlich gute Maßnahmen waren, trotzdem passte ihr abgerocktes Haus besser zu ihr. Sie tauchte das Ruderblatt wieder mit mehr Schwung ins Wasser. Die Wolken spiegelten sich im Fließ und Wasserläufer flohen langbeinig vor der flachen Bugwelle.

Als vor Klaudia das Lehder Fließ auftauchte, verlangsamte sie die Fahrt. So kurz vor Ostern waren schon viele Touristenkähne auf den Fließen rund um Lübbenau unterwegs, und Klaudia hatte keine Lust, mit einem zusammenzuprallen. Sie lenkte ihr Kanu vorsichtig ans Ufer. Irgendwo hämmerte ein Specht und ein anderes Tier, wahrscheinlich eine Nutria, glitt ins Wasser. Im letzten Jahr hatte ein Pärchen in der Nähe von Klaudias Haus seine Jungen großgezogen. Vielleicht war das eines ihres Nachkommen. Klaudia legte den Kopf in den Nacken und blickte durch das noch spärliche Laub der Bäume. Sie vermisste den Kleiber, der sonst immer den Wald vor ihr gewarnt hatte. Hoffentlich hatte er den Winter überstanden.

Klaudia zog sich an dem trockenen Schilf vorwärts, bis sie das Lehder Fließ einsehen konnte, dann stieß sie sich wieder vom Ufer ab und tauchte das Paddel ins Wasser. Bevor ihr Kanu wieder Fahrt aufnehmen konnte, tschilpte ihr Smartphone wie eine Horde Spatzen auf Koks. Klaudia legte das Paddel vor sich ab und zog das Telefon aus der Jackentasche.

»Hallo, Peter«, begrüßte sie den Kollegen Demel, für den dieser Klingelton reserviert war.

»Bist du schon zurück?«

»Dir auch einen schönen Tag«, erwiderte Klaudia. »Was ist passiert? Ein Mord?«

»Wie kommst du darauf?«

»Du rufst mich an.«

»Und da denkst du gleich an Mord und Totschlag?« Demel schnaubte.

»Nun«, sagte Klaudia. »Du willst mich ja wohl nicht zum Ostereierfärben einladen?«

»Nicht so wirklich«, räumte Demel ein. »Allerdings hat es mit Ostern schon etwas zu tun.«

»Ich habe Weihnachten und Neujahr Kriminalbereitschaft gemacht«, erinnerte ihn Klaudia. Eigentlich war sie nur für Weihnachten eingeplant gewesen, doch dann hatte es Thangs Zwillingspärchen plötzlich eilig gehabt, und sie hatte seine Silvesterbereitschaft übernommen. Dafür war sie jetzt Patentante. »Und das war nicht vergnügungssteuerpflichtig«, fügte sie vorsichtshalber hinzu.

»Ich weiß.« Demel klang zerknirscht. »Ich würde dich ja auch nicht fragen, aber wo Thang im Mutterschaftsurlaub ist …«

»Das heißt Erziehungszeit«, korrigierte ihn Klaudia. »Und Urlaub ist das bei Zwillingen schon gar nicht.« Sie erinnerte sich an ihre Halbschwestern, die ebenfalls Zwillinge waren.

»Ich könnte das Marathon-Wochenende im April für dich übernehmen«, bot Demel an.

»Ich dachte, da läufst du mit?«

»Du verwechselst mich gerade mit dem Kollegen Rudnik.«

Stimmt, dachte Klaudia. Thang war der Sportler in ihrem Team, der regelmäßig beim Spreewaldtriathlon antrat.

»Das muss ja eine ganz heiße Braut sein«, schnaubte Klaudia. Eigentlich war sie schon fast bereit, dem Kollegen den Gefallen zu tun. Sie hatte Ostern nichts vor. Eine ihrer Halbschwestern hatte mit ihren Kindern in den Spreewald kommen wollen, doch Noah, ihr jüngster Sohn, hatte sich erkältet, und Anna hatte deshalb kurzfristig abgesagt.

»Keine Braut«, versicherte Demel. »Etwas Familiäres.«

»Warum fragst du nicht die Kollegen in Senftenberg?«

»Wer sagt dir, dass ich das nicht getan habe. Keine Chance. Die sind noch unterbesetzter als wir.«

»Also gut.« Klaudia unterdrückte einen Seufzer.

»Du hast was gut bei mir.« Demel klang erleichtert. »Ich sag gleich in der Leitstelle Bescheid. Aber bis jetzt ist alles ruhig.«

»Solange mich niemand zu einem Einbruch in eine Streusiedlung schickt«, murmelte Klaudia. Die Bemerkung war ein Insider und hatte schon einen ziemlich langen Bart. In ihrer ersten Woche in der neuen Dienststelle hatten die Kollegen Klaudia per Kahn zu einem vermeintlichen Einbruch geschickt. Dann war sie allerdings über eine Leiche gestolpert, und der Scherz war ziemlich nach hinten losgegangen.

»Es ist absolut tote Hose«, versprach ihr Demel. »Ach übrigens«, fügte er hinzu. »Meinert hat nach dir gefragt.«

»Was wollte er?« Klaudia spürte das rhythmische Klopfen unterhalb ihres Zwerchfells.

»Hat er nicht gesagt. Bis nächste Woche.«

Bevor Klaudia antworten konnte, war die Leitung tot. Meinert hatte mit ihr sprechen wollen. Sie konnte sich nur vorstellen, dass das mit seinem Unfall zusammenhing. Also doch keine Schlamperei. Klaudia ertappte sich dabei, dass sie mit den Zähnen knirschte. Obwohl sie eine sehr genaue Vorstellung davon hatte, wer damals die Radmuttern an ihrem Wagen gelockert hatte, hatte sie es nie beweisen können. Das ärgerte sie noch heute. Immerhin war der Typ wegen anderer Sachen in den Knast gewandert, und das hatte er Meinert zu verdanken. Leider war er da nicht allzu lange geblieben. Ich muss Uwe fragen, was Fiedler jetzt macht. Als Revierpolizist wusste Uwe fast so viel über die Lübbenauer wie Schiebschick. Unschlüssig drehte sie ihr Smartphone in der Hand. Sie könnte Meinert anrufen. Nein, dachte sie und steckte es ein. Nicht hier. Sie würde ihn anrufen, wenn sie wieder zu Hause war. Irgendwie hatte sie das Gefühl, dass sie Wände und eine Tür für dieses Gespräch brauchen würde.

Stimmen hallten über das Fließ. Klaudia lenkte das Kanu zurück ans Ufer. An dieser Stelle war das Fließ sehr schmal. Ein Kahn glitt an ihr vorbei. Die Kahnführerin tippte sich grüßend gegen die Mütze. Sie trug die grüne Weste des *Kleinen Hafens*. Schiebschick hatte Klaudia erzählt, dass eine Fährfrau dort jetzt das Team verstärkte. Sie griff nach dem Paddel und stieß sich vom Ufer ab, als ihr Smartphone wieder tschilpte.

»Hast du es dir anders überlegt?«, fragte Klaudia.

»Nein«, antwortete Demel. »Aber da ist gerade was reingekommen.«

4. KAPITEL

Mutti ist wieder da. Sie hat Brot mitgebracht und frische Milch. Beides war aus. Den letzten Tag haben sie Margarine mit Zucker und Mehl gegessen. Das schmeckt wie Kuchenteig. Mutti war schrecklich müde und hat sich gleich in ihr Bett gelegt und geschlafen. Männi hat neben dem Bett gesessen und aufgepasst, dass Matte sie nicht stört.

Jetzt ist Mutti wach, aber noch nicht so richtig. Sie sitzt am Küchentisch, Schlafnester auf dem Hinterkopf, die Augen noch ganz schmal und verklebt. Sie steckt sich eine Zigarette an, bläst den Rauch Richtung Küchenlampe. Der Bruder sitzt unterm Tisch, schmiegt sich an ihre Beine. Er ist ganz still. Männi schiebt einen Stuhl an die Spüle, füllt ein Glas mit Leitungswasser und stellt es vor Mutti hin.

»Tee wäre mir lieber«, sagt die, trinkt aber doch und rülpst dann. Männi kichert. Keiner rülpst so laut wie Mutti. Sie ist einfach nur froh, dass Mutti wieder da ist. Sie ist auch froh, dass der Bruder die Milch ausgespuckt hat. Sie wollte ihn nicht vergiften. Sie wird es Mutti sagen. Sie weiß nur noch nicht, wann.

»Hier stinkt's.« Mutti steht auf und öffnet das Fenster. Kalte Luft strömt herein. »Was habt ihr nur gemacht?«

Der Bruder verhält sich still. Er ist noch klein, aber er weiß natürlich, warum es stinkt.

»Wir hatten kein heißes Wasser«, rechtfertigt sich Männi.

»Ach so«, sagt Mutti und schnippt die Zigarette auf die Straße hinunter. Das macht sie nur, wenn es niemand sieht. Sie will keinen Ärger, sagt sie. Deshalb ist sie auch immer freundlich zu den Nachbarn, auch wenn sie alle für Stasiwichser hält. »War ein bisschen lang diesmal, oder?« Ihre Stimme klingt, als täte es ihr leid. Sie beißt sich auf die Unterlippe. Männi würde sie am liebsten trösten, aber Mutti schlingt jetzt die Arme um sich. Wenn sie das macht, will sie nicht angefasst werden.

»Aber du weißt, dass ich immer zurückkomme.« Mutti wiegt sich in ihrer eigenen Umarmung.

Wieder nickt Männi.

»Hat wer geklingelt oder an die Tür geklopft?«

Männi schüttelt den Kopf.

»Was machst du, wenn jemand klingelt?«

»Nichts«, sagt Männi hastig.

»Du bist ganz still.« Mutti legt einen Zeigefinger an die Lippen. »Weil du meine Große bist.«

Männi nickt wieder.

»Und du Kurzer?« Mutti bückt sich jetzt und hebt die Wachstuchdecke an. Sie nennt Matte immer nur Kurzer, und Männi ist die Große. Der Kurze und die Große. Nur im Hort werden sie bei ihren Namen gerufen, aber das fühlt sich so fremd an, dass Männi manchmal nicht reagiert. Dann heißt es, sie sei verstockt, und sie muss sich in die Ecke stellen und über ihre Verstocktheit nachdenken. Männi hat Mutti gefragt, was verstockt heißt. Mutti war dann böse. Sie will nicht, dass ihre Große und ihr Kurzer im Hort auffallen. Das gibt nur Ärger, sagt sie.

Matte hat die Beine angezogen und nuckelt am Daumen. Wenn das die Erzieherinnen im Hort sehen, schmieren sie ihm extrascharfen Senf auf den Daumen. Mutti bedankt sich dann bei ihnen. In Wirklichkeit ist es ihr egal, wenn er am Daumen nuckelt. Hab ich selbst getan, sagt sie und zeigt ihnen die Schrunden, so nennt sie die raue Haut, die ihre Zähne in den Daumen gefräst haben.

Auch der Bruder schüttelt den Kopf, dabei rutscht ihm der Daumen aus dem Mund.

»Weil«, sagt Mutti und hebt den Zeigefinger, wie es die Erzieherinnen immer tun. »Wenn ihr aufmacht, passiert was ganz Schreckliches.« Schwankend richtet sie sich auf und setzt sich wieder an den Küchentisch. »Und was passiert?«, fragt sie Männi.

»Die holen uns ab und stecken uns ins Heim.«

»Und das wollt ihr doch nicht, oder?«

Jetzt schüttelt Männi so heftig den Kopf, dass ihre Ohren rauschen. Mutti ist im Heim gewesen, und manchmal erzählt sie davon, und dann weint sie und muss von dem Musketierwasser trinken, das im Kühlschrank steht. Obwohl auch Männi und Matte zu den drei Musketieren gehören, dürfen sie nicht aus der Flasche trinken. Aber das ist nicht schlimm. Männi hat es mal probiert. Das Musketierwasser schmeckt scheußlicher als saure Milch, also muss es Medizin sein. Und es hilft Mutti auch.

Sie schmiegt sich an Mutti, und auch ihr Bruder kommt unter dem Tisch hervor. Männi spürt seine Knie in ihren Rippen, aber sie macht ihm keinen Platz.

Mutti ist erst müde und dann fröhlich. Wie immer, wenn sie zurückkommt. Dann hat sie graue Ränder um die Augen, und ihre Stimme klingt auch irgendwie grau. Aber am nächsten Tag ist sie wieder die Mutti, die Männi am liebsten mag. Sie singt und lacht viel und schimpft auch nicht wegen der Matratze, sondern stellt sie einfach nur einen Tag ans geöffnete Fenster. Am Abend hilft Männi ihr, die Matratze wieder auf die Sprungfedern zu wuchten. Mutti sagt, sie dreht sie um, doch auf der anderen Seite ist die Matratze ebenso fleckig. Mutti zeigt ihr auch, wie der Badeofen funktioniert. Damit ihr das nächste Mal Heißwasser habt, sagt sie. Doch Männi will gar nicht an das nächste Mal denken.

Sonntags gehen sie zum Hafen. Im Sommer hilft Mutti da am Gurkenstand vom Kombinat aus, oder sie setzt sich auf eine der Bänke und hält ihr Gesicht in die Sonne. Jetzt im Winter ist der Hafen verwaist. Die Kähne liegen kieloben auf den Wiesen oder sind im Fließ versenkt. Männi und ihr Bruder füttern Enten und rennen um die Wette. Männi friert und ist froh, als sie wieder nach Hause gehen. Im Sommer macht es einfach mehr Spaß. Dann machen die Kahnführer was her, mit den Kapitänsmützen und den blauen Westen, auch wenn sie vielleicht gerade von der Schicht im Kraftwerk kommen. Der Vati von ihrem Bruder ist auch ein Kahnführer, Mutti sagt aber nicht, welcher. Männis Vati sitzt. Mehr weiß sie nicht über ihn, nicht einmal seinen Namen, und eigentlich weiß sie auch nicht, was »sitzen« heißt. Es hat nur irgendwas mit Heim zu tun, so viel hat sie verstanden.

Die Kähne zu beobachten ist manchmal lustig, vor allem, wenn dicke Frauen einsteigen. Manchmal, wenn Gustav am Hafen ist, dürfen Männi und ihr Bruder mit zum Ruhebecken fahren. Er setzt Männi dann seine Kapitänsmütze auf, die ganz warm ist und ihr über die Ohren rutscht. Manchmal lässt er sie auch das Rudel halten. Das ist sehr schwer und sehr nass. Männi mag es eigentlich überhaupt nicht anfassen, traut sich aber nicht, das zu sagen, weil Gustav so nett ist. Ihr Bruder freut sich immer, wenn er das Rudel halten darf. Wenn er groß ist, will er Fährmann werden. Dann lacht Gustav, und Männi hat Mutti gefragt, ob er Mattes Papa ist. Aber die hat nur gelacht. Viel zu alt sei der, hat sie gesagt, und das hat Männi nicht verstanden, weil: Alle Erwachsenen sind alt.

Auch wenn Gustav nicht am Hafen ist, macht es Spaß, dort zu sein. Oft kriegt man was geschenkt. Meistens nur Bonbons oder saure Drops aus dem Konsum, die Männi nicht so gerne mag, doch manchmal sogar Westgeld. Weil: Wegen der Kähne kommen Leute aus dem Westen. Und denen sitzt das Geld locker in der Tasche, sagt Mutti. Männi erkennt sie sofort. Sie sind anders angezogen, und irgendwie riechen sie auch anders. Außerdem sind sie die Einzigen, die die Gurken kaufen, dabei sind sie am Hafen viel teurer als im Konsum. Mutti spricht gerne mit denen aus dem Westen. Vor allem mit den Onkeln. Wenn sie mit denen spricht, klingt ihre Stimme so, als würde sie ein Kätzchen locken.

Einer kommt immer wieder. Er ist Busfahrer, sagt Mutti. Wenn er da ist, geht sie oft mit ihm weg. Dann weiß Männi, dass sie am Hafen bleiben müssen, bis Mutti zurückkommt.

Aber er kommt nur im Sommer. Er ist größer als die anderen Männer, und sein Bauch wölbt sich über seinem Hosenbund. Er trägt eine Sonnenbrille und eine von diesen Männertaschen ums Handgelenk, wie sie nur Wessis tragen.

Männi wird das Herz schwer, wenn Mutti mit ihm geht. Sie schämt sich. Weil: »Die Wessis sind doch der Klassenfeind.«

5. KAPITEL

»Eine Vermisstenanzeige?« Klaudia griff wieder nach dem trockenen Schilf.

»Ja, vom Schlosshotel. Eine Frau. Sie heißt ... äh, warte mal. Thielmann, Heike Thielmann. 53, Unternehmerin aus Bottrop. Kommst du da nicht her?«

»Nicht so ganz«, antwortete Klaudia.

»Auf jeden Fall ist sie seit gestern abgängig.«

»Vielleicht ist ihr das Geld ausgegangen?« Das Schlosshotel war ein Vier-Sterne-Haus mit entsprechenden Preisen. Klaudia war mal mit Wibke an der Bar versackt. Und das hatten sie sich nur leisten können, weil ihre Freundin ihr zum Geburtstag einen Gutschein über einen Gin-Workshop geschenkt hatte.

»Ihre Familie ist noch da.«

»Okay«, räumte Klaudia ein. »Das ist immerhin seltsam.«

»Könntest du vorbeifahren?«, fragte Demel.

»Warum? Ich meine: Sie ist erwachsen, sie darf verschwinden.« Klaudia stellte Demel auf Lautsprecher und griff nach dem Paddel. Es widerstrebte ihr, in den Alltag zurückzukehren.

»Die Familie ist besorgt«, fügte Demel hinzu, als ob Klaudia das nicht selbst wüsste. Natürlich war die Familie besorgt, das war sie immer. Nur bedeutete das nicht zwangsläufig, dass etwas passiert war. Es gab viele Gründe, warum Menschen verschwanden.

»Nur, um sie zu beruhigen.«

»Also gut«, gab Klaudia nach. »Fahr ich halt zum Schlosshotel.«

»Die Familie wird es dir danken.«

»Wenn es der Wahrheitsfindung dient.« Seufzend drückte Klaudia das Gespräch weg und wendete ihr Kanu. Zwar war es von hier aus nicht weit zum Schlosshotel. Sie könnte ihr Kanu am *Kleinen Hafen* lassen und von dort aus zu Fuß gehen. Allerdings: Sie musterte ihre legere Freizeitkleidung. Nicht unbedingt die passende Bekleidung für das Vier-Sterne-Hotel. Und wahrscheinlich hatte sie bis auf ihr großblumig gemustertes *Marc-Cain*-Etuikleid, das sie sich kurz nach der Trennung von ihrem Ex in einem Anfall von Trotz gekauft hatte und das ihr wahrscheinlich nicht einmal mehr passte, nichts im Kleiderschrank, was zu dem Ambiente des Schlosshotels passen würde. Eine saubere Jeans und ein frisches Polohemd mussten reichen. Schließlich war sie kein Gast.

Dickie kam mit steil aufgerichtetem Schwanz zum Anleger und maunzte, als Klaudia ihr Kanu auf die Wiese zog. Als sie wieder aus dem Haus kam, war er verschwunden. Für ihren Besuch im Schlosshotel hatte Klaudia sich für ihr Besprechungs-Outfit, bestehend aus Jeans, weißem Shirt und Blazer, entschieden. Sie stieg in ihren Peugeot und gleich wieder aus. Sie wusste, es war paranoid, und sie war froh, dass niemand sie sah, trotzdem öffnete sie die Heckklappe, nahm das Radkreuz heraus, löste die Radkappen und überprüfte die Radmuttern. Danach konnte sie sich wieder umziehen.

Der dichte Teppich der Eingangshalle dämpfte Klaudias Schritte. Die Halle war deutlich intimer, als das Eingangsportal vermuten ließ, trotz der auf Hochglanz polierten Säulen. Im Raum verteilte champagnerfarbene Sessel luden zum Verweilen ein. Klaudia trat an die Rezeption. Eine Angestellte erklärte gerade einem Gast den Fußweg nach Lehde, dem Lagunendorf, einem der touristischen Hotspots der Region. Als der Gast sich verabschiedete, trat Klaudia näher und räusperte sich.

»Hallo, Klaudia«, sagte die junge Frau. »Ich hab dich reinkommen sehen.« Es war Chantalle, die Tochter von Uwes Ex und die beste Freundin seiner Tochter. Klaudia kannte sie nicht besonders gut, hatte nur mal im Rahmen einer Mordermittlung mit ihr zu tun gehabt.

»Oh.« Die Begegnung erwischte Klaudia auf dem falschen Fuß. Irgendwie hatte sie das Gefühl, dass Tanja ihr die Schuld an der Trennung gab. Zumindest war sie jetzt immer sehr kurz angebunden, wenn Klaudia sich bei Bubner einen Kaffee oder ein belegtes Brötchen holte. Sie hatte nicht den blassesten Schimmer, was zwischen den beiden vorgefallen war, an dem einen Tag waren sie und Uwe noch so eng, dass nicht einmal ein Blatt Papier zwischen sie zu passen schien, am nächsten Tag war Tanja aus Uwes Leben verschwunden.

Was aber nichts mit mir zu tun hat, rechtfertigte sich Klaudia in Gedanken.

»Wie geht's?« Sie hatte sich schnell wieder gefangen. »Was macht das Studium? Oder hast du umgesattelt?« Soweit sie wusste, studierte Chantalle Biologie und lebte mit ihrem Freund auf einem uralten Gehöft in der Nähe von Burg.

»Nein, das ist hier nur ein Ferienjob.« Chantalle lächelte sie an. »Und selbst?«

»Das Übliche«, sagte Klaudia. »Und deshalb bin ich hier.«

»Das dachte ich mir.« Chantalles Lächeln wich einem Stirnrunzeln. »Die Familie ist auf der Terrasse.« Sie nickte in Richtung einer Glastür.

»Nur die Harten kommen in den Garten.« Immerhin war es erst März, und die Temperaturen waren entsprechend.

»Oder die Raucher«, erwiderte Chantalle. »Die Familie ist ziemlich durch den Wind.«

»Danke.« Klaudia wandte sich zum Gehen.

»Grüß Annalene von mir.«

»Mach ich«, versprach Klaudia, auch wenn sie Uwes Tochter nur noch selten sah, seit die in Greifswald studierte.

Obwohl Klaudia eher so etwas wie Vater und Kinder erwartet hatte, wusste sie sofort, an welchen Tisch sie treten musste. Es waren recht wenige Tische besetzt, und nur an einem hockten drei Menschen, die Köpfe zwischen die Schultern gezogen, als erwarteten sie einen Schlag. Es waren zwei dunkelhaarige Männer, Klaudia schätzte sie auf Ende zwanzig, und eine junge Frau im Teenageralter, mit langem blondem Haar.

Also wahrscheinlich die Kinder. Sollte zur Familie ein Ehemann gehören, war der zumindest nicht anwesend. Klaudia trat an den Tisch und erklärte, wer sie war. Die junge Frau stellte sich als Marie Thielmann, Tochter der Vermissten, vor. Sie war blass, die Fingernägel waren bis auf die Nagelhaut abgekaut. Einer der Männer hieß Raphael Kleber. Er stellte sich als der Sohn der Vermissten vor, der andere hieß Bjarne und war Raphaels Ehemann.

»Wissen Sie schon etwas?«, fragte Raphael. Dunkle Ränder unter den Augen zeugten von einer schlaflosen Nacht. »Haben Sie Heike gefunden?«

»Ihre Mutter ist eine erwachsene Frau«, setzte Klaudia an.

»Sie würde nicht einfach so verschwinden«, unterbrach Marie sie heftig. »Das würde sie nie tun.« Fast trotzig schob sie das Kinn vor.

Raphael räusperte sich. Für einen Moment sah es so aus, als wollte er seiner Schwester widersprechen, doch dann legte er nur tröstend seine Hand auf ihren Unterarm.

»Gibt es einen Ort, an dem Ihre Mutter sein könnte?«, fragte Klaudia.

Die beiden Männer blickten zu Marie.

Das war erstaunlich, fand Klaudia. Nach ihrer Erfahrung überließen Männer in solchen Situationen nur selten einer Frau das Wort, außer, sie war deutlich älter. Was hier nicht der Fall war.

»Zu Hause ist sie jedenfalls nicht«, beantwortete Marie ihre Frage. »Hannes hat nachgeschaut.«

»Und Hannes ist?«, fragte Klaudia.

»Unser Meister«, antwortete Marie. »Seit Vaters Tod leitet er den Betrieb. Ich habe ihn heute Morgen angerufen. Er hat einen Schlüssel. Er ist dann zum Haus gefahren. Aber da ist sie nicht. Er hat überall nachgeschaut, selbst im Keller.«

»Okay.« Klaudia fragte sich, warum die junge Frau den Keller extra erwähnte. »In der Regel tauchen Vermisste innerhalb der ersten 48 Stunden wieder auf. Wann haben sie bemerkt, dass Ihre Mutter verschwunden ist?«

»Heute Morgen«, antwortete Marie Thielmann. »Sie war nicht auf dem Zimmer, als ich sie zum Frühstück abholen wollte«, fuhr sie fort. »Ich dachte, sie macht einen Spaziergang. Aber dann ist es immer später geworden, und natürlich haben wir uns Sorgen gemacht.« Sie griff nach einer Zigarettenschachtel, die auf dem Tisch lag, und steckte sich eine Zigarette an.

»Ich verstehe.« Klaudia nickte. »Und wann haben Sie ihre Mutter zuletzt gesehen?«

»Gestern Morgen«, antwortete Raphael. »Bjarne und ich waren den Tag über in Berlin und sind erst in der Nacht zurückgekommen.«

»Und Sie?« Klaudia blickte zu Marie hinüber.

»Gestern Mittag. Wir haben zusammen gegessen. Anschließend wollte sie einen Spaziergang machen.«

»Allein?«

»Ja«, sagte Marie. »Ich hatte Rückenschmerzen.«

»Okay.« Aufmerksam musterte Klaudia die jungen Leute. »Könnte es einen Grund geben, warum Ihre Mutter fortgegangen ist? Hatten Sie Streit?«

»Nein.« Marie antwortete prompt.

»Streit kommt in den besten Familien vor.« Klaudia glaubte ihr nicht so wirklich. Sie blickte zu Raphael. Doch auch der leugnete einen Streit.

»Sie haben hier also Ferien gemacht?«, lenkte Klaudia das Gespräch in eine andere Richtung.

Ihre Gesprächspartner nickten.

»Warum?« So naheliegend die Frage für Klaudia war, der Tourismusverwaltung hätte sie wohl eher nicht gefallen.

»Heike war von hier.« Diesmal beantwortete Raphael

Klaudias Frage. Wieder wirkte er, als wollte er noch etwas sagen, räusperte sich dann jedoch nur.

»Also so eine Art Wallfahrt?«, hakte Klaudia nach. »Leben noch Verwandte von Ihnen hier?«

»Nein.« Diesmal beantwortete wieder Marie ihre Frage.

Klaudia hatte das Gefühl, dass sie trotz ihrer Jugend den Ton in dieser Familie angab. Oder vielleicht gerade wegen ihrer Jugend? Klaudia hatte keine Ahnung, wie Familie funktionierte. Die meiste Zeit ihres Lebens hatte sie als Einzelkind verbracht. Erst als Teenager war sie nach dem Tod ihrer Mutter zu ihrem Vater und dessen Familie gezogen und hatte ihre Schwestern kennengelernt.

»Es wäre aber trotzdem möglich, dass Ihre Mutter jemanden getroffen hat, den sie von früher kennt.«

»Natürlich ist es das«, räumte Raphael ein.

»Und warum geht sie dann nicht an ihr Handy?«, fragte Marie. »Können Sie es orten?«

»Das könnten wir vielleicht, doch verstehen Sie mich bitte nicht falsch. Jeder hat das Recht, zu verschwinden. Ich kann das nicht einfach so veranlassen.« Klaudia legte ihre Visitenkarte auf den Tisch. »Wenn Sie etwas hören, melden Sie sich bitte bei mir. Ach so«, fügte sie hinzu. »Was ist mit Ihrem Vater?«

»Er ist tot«, antwortete Marie. »Krebs.« Ihre Augen füllten sich mit Tränen. »Letztes Jahr ist er gestorben. Im Frühjahr war er noch ganz gesund, und Weihnachten war er tot.«

»Das tut mir sehr leid«, sagte Klaudia. »Was hat Ihre Mutter getragen?

»Schwarze Stretchjeans, schwarzer Pulli und darüber eine dunkelgrüne Steppweste«, beantwortete Marie die Frage.

»Sonst etwas Besonderes?«

»Sie trug ihre goldenen Kreolen«, sagte Marie. »Und natürlich ihren Ehering. Zumindest denke ich das«, fuhr sie fort. »Weil sie die immer trug. Mein Vater hat sie ihr zur Verlobung geschenkt. Also, die Kreolen.«

»Gibt es ein aktuelles Bild Ihrer Mutter?«

»Ja.« Raphael zog sein Handy hervor, wischte über den Bildschirm und schob es über den Tisch. Klaudia griff danach. Heike Thielmann war eine etwas streng aussehende Frau mit braunen Haaren und Brille. Sie saß vor einer Backsteinmauer und einem Regal mit der Aufschrift »Trödelecke«. Das Foto gehörte zu einer Serie, die offensichtlich im Hofladencafé geschossen worden war. Auf einem Bild waren sogar Schiebschick und eine der Frauen vom Trachtenverein zu sehen. Sie waren also am selben Tag wie Klaudia dort gewesen. Sie musterte Marie mit neu erwachtem Interesse. War es ihre Stimme gewesen, die sie gehört hatte?

6. KAPITEL

Klaudia schlenderte durch den Schlosspark. Ihr Smartphone plingte kurz auf, Raphael Kleber hatte das versprochene Bild seiner verschwundenen Mutter geschickt. Klaudia musterte es und dachte erneut darüber nach, dass sie am selben Tag im Hofladencafé gewesen war. Aber sie konnte sich weder an die Frau noch an ihre Familie erinnern. Nur an dieses kurze Gespräch, dessen Ohrenzeugin sie geworden war. Ich wäre eine lausige Zeugin, stellte sie selbstkritisch fest und steckte das Smartphone zurück in die Jackentasche. Ein Gärtner tuckerte mit seinem Rasenmäher über die Rasenfläche. Der Wind wehte Klaudia den Duft von frisch gemähtem Gras und Diesel in die Nase. An dem kleinen Teich standen wie immer Angler, die ihr zunickten, als sie an ihnen vorbeiging. Sie grübelte über das Gespräch nach. Irgendwie hatte sie das Gefühl, dass es zur Kategorie *Eisberg* gehörte. Das meiste war ungesagt geblieben. Das war zwar nicht hilfreich, machte die Menschen, mit denen sie gerade gesprochen hatte, jedoch nicht unbedingt verdächtig. Die meisten Bürger verschwiegen etwas, wenn sie mit der Polizei sprachen. Einen guten Eindruck zu machen war den meisten Menschen so tief eingeimpft worden, dass sie es nicht einmal bemerkten, wenn sie etwas verschwiegen oder Wahrheiten schönten. Es funktionierte wie ein bedingter Reflex.

Klaudia bog auf den Weg ein, der an den Lauben vorbei zur Spree führte. Als sie ihren Wagen sah, blieb sie stehen. Jemand lehnte rauchend an der Beifahrertür. Sofort dachte sie an Meinert und seinen Unfall, doch dann erkannte sie, dass es Chantalle war. Sie trug noch immer ihre Arbeitskleidung und wirkte darin seltsam fremd. Auch wenn das Mädchen ihrer Mutter nicht ähnelte, hatte Klaudia plötzlich Uwes Ex vor Augen und ging unwillkürlich langsamer. Was wollte Chantalle von ihr? Nun, Klaudia straffte die Schultern. Sie würde es gleich erfahren, denn Chantalle blickte ihr entschlossen entgegen.

»Hast du Feierabend?«, fragte Klaudia.

»Pause.« Chantalle steckte sich eine weitere Zigarette an der Glut der Aufgerauchten an. Dann zertrat sie den Stummel im Sand.

»Alles klar bei dir?«

»Ja.« Chantalle zog so heftig an ihrer Zigarette, dass die Glut sich knisternd ins Papier fraß.

»Ganz entspannt wirkst du aber nicht.« Klaudia musterte die junge Frau.

»Wenn die rauskriegen, dass ich mit dir spreche, schmeißen die mich raus.«

»Okay«, sagte Klaudia gedehnt. »Trotzdem bist du hier. Wollen wir ein paar Schritte gehen?«

»Nein.« Chantalle schüttelte heftig den Kopf. »So viel Zeit habe ich nicht.«

»Also«, sagte Klaudia. »Ich nehme mal an, dass »die« deine Chefs sind. Also: Was könnten die dagegen haben, dass du mit mir sprichst? Geht es um die vermisste Frau?«

Chantalle nickte, aus ihren Nasenlöchern entwich Rauch.

»Und?«, fragte Klaudia. »Willst du es mir erzählen?«

»Warum sonst wäre ich hier.« Chantalle inhalierte wieder, dann zertrat sie die Zigarette im Staub.

»Steig ein«, forderte Klaudia sie auf und klemmte sich selbst hinters Steuer.

Chantalle roch so sehr nach Rauch, dass Klaudia unwillkürlich tiefer einatmete. Obwohl sie selbst nach ihrem Hörsturz das Rauchen aufgegeben hatte, roch sie noch immer gerne den Duft von Zigaretten. Das unterschied sie von den meisten trockenen Rauchern. Wahrscheinlich bedeutete es, dass sie immer noch anfällig für Nikotin war.

»Warum denkst du, dass sie«, Klaudia malte Anführungszeichen in die Luft, »dich rausschmeißen, wenn du mit mir sprichst.«

»Weil ich mich schon einmal eingemischt habe. Das hat mir die Chefin ziemlich übel genommen. Und wenn sie mich jetzt hier mit dir sieht ...« Chantalle fuhr sich mit der Handkante über den Hals.

»Nun übertreib mal nicht.« Klaudia unterdrückte ein Grinsen, sie kannte die Geschäftsführerin des Hotels als patente und freundliche Frau. Nicht unbedingt der Typ, der seine Angestellten einen Kopf kürzer machte. »Wie wäre es, wenn du einfach der Reihe nach erzählst?«, bat sie. Aus Erfahrung wusste sie, wie wenig sinnvoll es war, das Mädchen zu drängen.

»Ohne mich hätten die nie die Polizei angerufen.«

»Das ist auch nicht unbedingt nötig«, erwiderte Klaudia. »Menschen verschwinden schon mal.«

»So, wie Ben damals?«

»Nicht jeder, der verschwindet, ist tot.« Klaudia erinnerte sich noch gut daran, wie sie der Familie des Jungen mitteilen musste, dass ihr Sohn und Bruder möglicherweise tot war. Sie hatten ihn nicht vermisst gemeldet, weil er im Streit gegangen war. Wahrscheinlich machte der Vater sich deswegen immer noch Vorwürfe. Auch wenn sie die Leiche des Jungen wahrscheinlich keinen Tag eher gefunden hätten, wenn er zur Polizei gegangen wäre.

»Aber es könnte sein«, beharrte Chantalle.

»Es ist eher unwahrscheinlich. Ich meine: Wer sollte die Frau umbringen wollen?«

»Das denke ich ja auch nicht », sagte Chantalle. »Und das habe ich auch der Familie gesagt. Aber …« Sie räusperte sich. »Die Frau war betrunken.«

»Wann?«, fragte Klaudia. »Wann war sie betrunken?«

»Gestern. Sie war völlig ralle.«

Auch wenn Klaudia den Ausdruck nicht kannte, hatte sie eine ungefähre Vorstellung davon, was Chantalle meinte.

»Das hat die Familie nicht erwähnt.«

»Sie haben es mir ja auch nicht geglaubt.« Chantalle legte sich die Hand auf die Brust. Sie schien das Gefühl zu haben, sich rechtfertigen zu müssen.

»Das bezweifle ich nicht«, beruhigte Klaudia sie. War es das, was Marie und ihr Bruder ihr verschwiegen hatten? Die betrunkene Mutter, die nicht in ihr Selbstbild passte und die sie deshalb ignorierten?

»Ich hab mich fast mit der Tochter gestritten. Deshalb habe ich ja dann auch den Ärger mit der Chefin gekriegt: Man streitet sich nicht mit Gästen«, fuhr sie mit verstellter Stimme fort.

»Und woran hast du bemerkt, dass Frau Thielmann betrunken war?«, hakte Klaudia nach.

»Das Übliche halt.« Chantalles Augenbrauen wanderten in die Höhe. »Sie hat genuschelt, ist betont gerade gegangen und hat trotzdem den Ausgang verfehlt. Glaub mir«, fügte sie hinzu. »Ich weiß, wie Betrunkene aussehen.«

Klaudia fragte sich, womit dieses Wissen zusammenhing. Vielleicht mit ihrem Vater, den Klaudia nie kennengelernt hatte. Sie dachte an ihre eigene Mutter, die sich im wahrsten Sinne des Wortes zu Tode getrunken hatte. Eines Tages war Klaudia von der Schule nach Hause gekommen und hatte sie in ihrem Blut liegend gefunden. Klaudia schüttelte den Kopf, um die Erinnerung loszuwerden.

»Doch, wirklich«, beharrte Chantalle, die diese Kopfbewegung auf sich bezog. »Ich habe mir das nicht eingebildet.«

»Davon gehe ich auch nicht aus«, beruhigte Klaudia sie. »Weißt du, wo die Frau hinwollte?«

»Nein«, erwiderte Chantalle. »Die ist einfach nur raus. Ich bin ihr noch hinterher, weil ich mir Sorgen gemacht habe. Du hättest mal sehen müssen, wie die über die Wiese ist. Wie ein Storch im Salat. Aber sie hat es geschafft und ist dann am Marstall vorbei Richtung Hafen gestakst.«

»Weiter bist du ihr nicht hinterher?«

»Nein, ich habe sie nur von der Terrasse aus beobachtet. Für den Fall, dass ich eingreifen muss. Aber dann musste ich wieder rein. Die Rezeption war ja nicht besetzt.«

»Wann war das ungefähr?«

»Später Nachmittag.« Chantalle hob die Schultern und ließ sie wieder fallen. »Genau weiß ich es nicht. Ich hab nicht auf die Uhr geschaut. Ich wusste ja nicht, dass es wichtig werden könnte.«

»Ich danke dir.« Dass Frau Thiele das Hotel betrunken verlassen hatte, war ein Umstand, den Klaudia nicht ignorieren konnte. Unterhalb ihres Zwerchfells klopfte es zaghaft. »Und danke, dass du es mir gesagt hast.«

»Du verrätst mich doch nicht, oder?«

»Das kann ich dir nicht versprechen.« Klaudia startete den Peugeot, und aus den Lautsprechern erklang: *… ich habe keine Zeit mehr Räuber …*

»Du hörst Gundermann?«, fragte Chantalle.

»Manchmal.« Klaudia schaltete die CD aus, die ihr die Kollegen zur Beförderung zur Kriminalhauptmeisterin geschenkt hatten. Damit sie ihre neue Heimat besser verstand, hatten sie gesagt. Und tatsächlich hatte der Ostbarde es geschafft, Celine Dion weitgehend aus ihrer Playlist zu vertreiben. Und das war noch das Wenigste, was seit ihrer Trennung von ihrem Ex passiert war. Mittlerweile war sie Kriminaloberkommissarin und damit nur noch einen Dienstgrad vom Hauptkommissar entfernt.

»Der war *IM* der Stasi, wusstest du das?«

… und Gendarm zu spielen, beendete Klaudia in Gedanken die Liedzeile. »Das mag sein, aber ich bin nicht die *Stasi*, und du bist kein *Informeller Mitarbeiter.* Wir leben in einem Rechtsstaat. Also ist es kein Verbrechen, der Polizei zu hel-

fen. Im Gegenteil«, fügte sie hinzu. »Es fällt unter die Rubrik: Bürgerpflicht.« Klaudia hatte das Gefühl, dass sie sich gerade anhörte wie der Staatsrechtler an der Fachhochschule. »Sag das deiner Chefin, falls es Ärger geben sollte.«

»Lieber nicht.« Chantalle öffnete die Beifahrertür, und der Duft von gemähter Wiese vertrieb den Tabakrauch. »Was machst du jetzt?«

»Wir hören uns erst mal ein bisschen am Hafen um.« Klaudia startete den Wagen. Sie hatte noch keine Ahnung, warum sich ihre Ermittlerader meldete, doch ihre Erfahrung sagte ihr, dass sie das Klopfen nicht ignorieren sollte.

7. KAPITEL

Mutti sitzt am Küchentisch und lackiert sich die Fußnägel. Ihre Fingernägel leuchten schon rot. Sie summt eine Melodie, die Männi nicht kennt, und scheint nicht einmal den Kurzen zu hören. Matte sitzt auf seinem Töpfchen und wimmert. Mutti hat ihn daraufgesetzt und mit einem alten Gürtel am Heizungsrohr festgebunden, damit er nicht aufstehen kann.

Der Kurze muss sauber werden, hat sie gesagt. Sonst ersticken wir in Windeln. Der bleibt da jetzt so lange sitzen, bis er sein Geschäft gemacht hat. Und dann hat sie noch gesagt, dass alle Kinder es auf diese Art lernen, Männi auch. Also ist es wohl nicht schlimm, auch wenn es sich so anfühlt.

Männi geht ihren Teddy holen. Vielleicht kann der Matte trösten. Und wenn nicht Matte, dann sie. Ihr Herz fühlt sich schwer an, wie immer, wenn Mutti sich anmalt. Dann dauert es nicht lange, und sie braucht eine Pause. Und jetzt ist sie auch noch krank, sie muss immer brechen und mag nicht essen. Das macht Männi noch mehr Angst.

Jedes Mal, wenn Mutti abends weggeht und Männi hört, wie sie die Tür verriegelt, schlägt ihr Herz schneller, und sie hat das Gefühl, die Luft anhalten zu müssen. Wenn Muttis Schritte dann nicht mehr zu hören sind, steht sie ganz leise auf, um Matte nicht zu wecken, schleicht in die Küche und schiebt den Stuhl an den Küchenschrank, dann öffnet sie das Brotfach. Und erst wenn sie den Laib Graubrot sieht – einen Laib, keine Scheiben –, schlägt ihr Herz wieder normal.

Als Männi mit Teddy zurückkommt, lehnt Mattes Kopf an der Heizung, seine Augen sind geschlossen. Ein Spuckefaden hängt ihm vom Kinn. Männi kniet neben ihm. Es stinkt ein bisschen nach Aa. Sie sagt es Mutti.

»Dann mach ihn los«, sagt die.

Männi versucht es, aber sie kriegt den Dorn nicht aus dem Loch, der Gürtel sitzt zu stramm. Matte wird wach und weint wieder. Schließlich steht Mutti auf und kommt um den Tisch herum. Sie läuft ganz komisch, vielleicht weil sie Klopapier zwischen die Zehen geklemmt hat.

»Kannst du denn überhaupt nichts« Sie schiebt Männi zur Seite und macht Matte los. Als sie ihn auf die Beine zieht, klammert er sich an ihren Oberschenkel. Männi sieht den Ring an seinem Popo und den Abdruck der Heizung an seinem Rücken. Beide sind so rot wie Muttis Zehennägel.

»Das ist einfach kein Leben hier«, sagt Mutti. »Verstehst du das?«

Männi nickt.

»Hier kann man nicht atmen«, fährt Mutti fort. »Sieh dich doch um.« Sie beschreibt mit dem Zeigefinger einen Kreis, der auch Männi einschließt. Unwillkürlich drückt sie Teddy fester an die Brust. »Alles verfällt, alles ist dreckig.«

Wieder nickt Männi, auch wenn sie gerne hier ist. Sie kennt nichts anderes, und sie mag den Geruch des Wassers und auch den Geruch vom Kraftwerk, der in den Gassen der Altstadt hängt, wenn der Wind dreht. Sie geht auch gerne in den Hort. Aber jetzt sind Ferien. Da bleibt sie mit Matte zu Hause. Mutti will auch nicht mehr, dass sie mit den anderen Kindern spielen. Das sind doch alles nur Stasifratzen, sagt sie. Besser man hat mit denen nichts zu tun. Vor allem nicht, wenn man ein Eisen im Feuer hat.

Männi weiß zwar nicht genau, was das bedeutet, aber sie weiß, wer das Eisen ist. Mutti redet von nichts anderem mehr. Es ist der Mann mit der Tasche am Handgelenk.

Gestern war er bei ihnen. Zum ersten Mal. Mutti hat ihn noch nie mit nach Hause gebracht. Sie will nicht, dass die Nachbarn was merken. Dann könnte sie ja gleich bei der Stasi vorbeigehen, hat sie gesagt. Trotzdem ist er gekommen. Groß und schwer hat er in der Wohnung gestanden. Die Sonnenbrille im Haar und dieses Täschchen an der Hand. Außerdem hatte er eine Plastiktüte dabei. Er hat sich gebückt und eine Puppe aus der Plastiktüte hervorgezogen. So eine mit einem wunderschönen rosa Kleid, langen Beinen und noch längeren Haaren. Männi musste sich die Hände waschen, bevor sie sie anfassen durfte. Matte hat er einen Bus geschenkt, der genauso aussah wie der, in dem er immer mit Mutti verschwindet, nur natürlich viel, viel kleiner. Mutti hat die Plastiktüte ordentlich gefaltet und in den Schrank unter dem Waschbecken gelegt. Dann hat sie gesagt, Matte und Männi sollten schön spielen und ist mit dem Mann in ihr Schlafzimmer gegangen. Matte hat sich vor die geschlossene Tür gesetzt und den Bus über den Fußboden geschoben. Die Reifen haben ein bisschen gequietscht, aber vielleicht waren das auch die Bettfedern. Männi hat die Puppe genommen und sie ihrem Teddy vorgestellt, aber der war ganz bockig und ist immer umgefallen. Wahrscheinlich hatte er Angst vor dem Klassenfeind.

Später sind Mutti und der Mann aus dem Schlafzimmer gekommen. Muttis Haare waren ganz strubbelig, und das Gesicht von dem Mann war ein bisschen rot. Mutti wollte, dass sie sich noch einmal bedanken, und Männi hat einen Knicks gemacht. Der Mann hat ihr in die Wange gekniffen. Seine Finger waren ganz schwitzig. Und Männi hat sich schnell mit dem Ärmel das Gesicht abgewischt. Später hat Mutti gesagt, das sei sehr ungezogen gewesen. Zur Strafe hat sie ihr die Puppe weggenommen. Männi hat nicht geweint, weil: Die Puppe hat Teddy traurig gemacht. Sie war halt auch ein Wessi.

»Gib mir mal das Papier«, sagt Mutti. »Und mach das weg.«

In dem Töpfchen liegt eine braune Wurst in einem gelben See.

»Siehst du«, sagte Mutti und lobt Matte. »Geht doch.« Mit der Schuhspitze schiebt sie das Töpfchen zu Männi. »Dein Bruder ist schon ein großer Junge. Lob ihn mal.« Also sagt Männi, wie toll sie das findet, und lobt Matte, dass er so schön Aa gemacht hat. Dabei ekelt sie sich vor der braunen Wurst, die sich bereits im Pipi auflöst. Sie legt den Teddy auf den Küchenstuhl und trägt den Topf mit ausgestreckten Armen zur Toilette.

Am Abend hört sie, wie Mutti die Wohnung verlässt, den Schlüssel zweimal im Schloss umdreht und dann eilig die

Treppen hinunterläuft. Leise, um Matte nicht zu wecken, steht Männi auf und geht hinüber in die Küche. Der Mond malt einen blassen Streifen auf den Linoleumboden. Männi geht zum Fenster, sieht Mutti, die eilig die Straße entlanggeht. Ein Schatten löst sich aus einem Hauseingang. Sie läuft darauf zu, und dann ist sie fort. Männi blinzelt die Tränen aus den Augen, schiebt einen Stuhl an den Küchenschrank und öffnet die Brotdose, zählt die Scheiben. Es sind zehn und der Knust. »Mutti«, wimmert sie, aber da ist nur das Brummen des Kühlschranks.

8. KAPITEL

Zwar hatte jeder das Recht, zu verschwinden, doch die Tatsache, dass die vermisste Heike Thielmann betrunken gewesen war, veranlasste Klaudia, zumindest eine Handyortung anzuordnen. Zuletzt hatte es sich im Bereich der Altstadt eingewählt. Ein recht überschaubarer Bereich, also entschloss sich Klaudia zu einer Nahbereichsbefragung. Sie bat die Leitstelle, einen Streifenwagen zum Hafen zu schicken. Dort wollte sie sich mit den uniformierten Kollegen treffen.

Noch waren nur wenige Touristen am Hafen unterwegs, doch das würde sich über die Ostertage ändern. Klaudia parkte ihren Wagen an einem der verwaisten Gurkenstände. Der Wind trieb eine Plastiktüte über den Platz. Klaudia verriegelte den Peugeot und lief zum Büro der Kahnführergenossenschaft. Bis die Kollegen kamen, konnte sie sich ja schon mal dort umhören. Wenn jemand wusste, was rund um die Fließe passierte, waren es die Kahnführer. Durch die Glasfenster sah Klaudia ihren Lieblingskahnführer. Schiebschick hockte hinter dem Schreibtisch und starrte angestrengt auf einen Computerbildschirm. Klaudia beobachtete, wie sich sein Zeigefinger immer mal wieder auf die Tastatur senkte. Sie drückte die Klinke, doch das Büro war abgeschlossen. Da will wohl jemand nicht erwischt werden, dachte Klaudia und klopfte gegen die Scheibe. Der alte Mann zuckte zusammen und drückte hastig ein paar Tasten, bevor er sich erhob und Klaudia die Tür öffnete.

»Was machst du denn da?« Klaudia trat in das warme Büro. »Pornos gucken?«

»Was du immer denkst«, brummelte Schiebschick und stakste zum Schreibtisch zurück. Mit einem leisen Ächzen ließ er sich in den Bürostuhl fallen. »Ich hab mir die Bilder von der Rudelübergabe angeschaut. Du hast meine ja wohl noch nicht fertig, wa? Oder bisse gekommen, um sie mir zu bringen?«

»Äh, tut mir leid.« Klaudias schlechtes Gewissen meldete sich prompt. »Ich bin noch nicht dazu gekommen. Eine Frau ist verschwunden.« Das war zwar nicht ursächlich für ihr Versäumnis, klang aber deutlich besser als: Habe ich vergessen.

»Ich weiß«, sagte Schiebschick. »Aus dem Schlosshotel, wa?« Nachdenklich wackelte er mit dem Kopf. »Ordentlich betrunken soll sie gewesen sein.«

»Es hat sich also schon rumgesprochen?«

Schiebschick hob die Schultern und ließ sie wieder fallen.

»Wer hat es dir erzählt?«

»Weiß nicht«, antwortete der Alte. »Wird das ein Verhör?« Er grinste so breit, dass Klaudia die Lücken sah, die seine fehlenden Backenzähne hinterlassen hatten. »Die Tanja vom Bubner«, beantwortete er dann doch noch ihre Frage. »Ihre Tochter jobbt«, so wie Schiebschick das englische Wort aussprach, klang es eher, wie shoppt, »im Schlosshotel.«

»Ich weiß«, sagte Klaudia. »Ich hab mit ihr gesprochen.

»Nette holça«, sagte Schiebschick, für den jede Frau eine holça war, auch Klaudia. Es hatte ihr zunächst wenig gefallen, als Mädchen bezeichnet zu werden, aber auf Sorbisch klang es nicht ganz so schlimm. »Hast du sonst noch etwas gehört?«

»Nö.« Bedauernd schüttelte Schiebschick den Kopf. Er liebte es, wenn er Klaudia helfen konnte. »Aber ich kann mal nachfragen, wa?«

»Lieber nicht«, wehrte Klaudia ab. Schiebschick mischte sich schon genug in ihr Leben, als Kollegen konnte sie ihn nun wirklich nicht gebrauchen. »Das erledigen wir schon.«

»Vielleicht schläft sie irgendwo ihren Rausch aus.«

»Die Familie sagt, sie kennt hier niemanden.«

»Familien wissen nich' immer alles.« Schiebschick tippte sich an die Nase. »Wa?«

»Das stimmt natürlich«, räumte Klaudia ein.

Jemand klopfte an die Scheibe.

»Ich muss los.« Klaudia wandte sich um. Ach du Scheiße, dachte sie. Ausgerechnet Uwe stand vor der Tür. Sie öffnete ihm. »N'Abend.«

»Was machst du denn hier?« Uwe war also mindestens genauso begeistert, sie zu sehen. Hektisch wanderte sein Adamsapfel über seinen Hals.

Mein Gott, dachte Klaudia, nun verschluck dich nicht gleich.

»Ich dachte, Demel hat Kriminalbereitschaft.«

»Der Kollege ist verhindert«, entgegnete Klaudia spitz. Seit Uwe sich von Tanja getrennt hatte, benahm er sich merkwürdig. Kein Wunder, dass jeder dachte, er sei in sie verliebt. »Was Familiäres.«

»Ärger mit Justin?«

»Keine Ahnung. Er ist nicht so ins Detail gegangen.«

»Okay«, Uwe schob seinen Gürtel zurecht und wurde dienstlich. »Der Kollege Kuloth wartet unten. Wir suchen eine Frau?«

»Ja«, bestätigte Klaudia. »Ihr Handy wurde im Bereich der Altstadt geortet, und wie es aussieht, hat es den Bereich nicht verlassen.«

»Vielleicht ist es in der Spree gelandet«, meinte Uwe.

»Möglich«, räumte Klaudia ein. »Die Vermisste war ziemlich betrunken. Sie könnte es verloren haben. Vielleicht hat sie ja jemand gesehen.«

Uwes Blick wanderte zu Schiebschick.

»Er leider nicht«, beantwortete Klaudia die unausgesprochene Frage. »Und gehört hat er auch nichts weiter.«

»Aber ich weiß, wer gestern hier war«, trumpfte Schiebschick auf. »Vielleicht hat der was gesehen. Ich kann ihn fragen.«

Klaudia wollte ihm zunächst widersprechen, überlegte es sich dann jedoch anders. Er würde sich so oder so einmischen. »Mach das«, sagte sie also und fuhr an Uwe gewandt fort. »Hier ist ein Foto der Vermissten.« Sie zog ihr Smartphone aus der Jackentasche und entriegelte den Bildschirm mit ihrem Daumenabdruck. »Ich schick's dir über WhatsApp.« Das war zwar nicht der offizielle Weg, aber deutlich schneller. »Du kannst es ja dann an Kuloth weiterleiten.«

»Zeich ma!« Neugierig beugte Schiebschick sich vor.

»Warte.« Klaudia sendete zunächst das Foto ab.

»Die kenn ich!« Schiebschicks Nase zuckte vor Begeisterung. »Die hab ich schon mal gesehen.«

»Ich weiß.« Klaudia erinnerte sich an das Foto von Schiebschick und der Frau in Tracht. »Im Hofladencafé.«

»Wie kommse denn darauf?« Schiebschick wackelte mit dem Kopf. »Ich hab sie gestakt. Die Schnuppertour vom *Kleinen Hafen* aus. Du weißt ja, einmal am *Erlenhorst* vorbei, bissken außen rum und durch die Altstadt zurück.«

»Du wechselst die Kahnführerwesten wie andere die Unterhosen«, spottete Uwe. »Hast du denn keinen Anstand in den Knochen?« Er grinste breit, und auch Klaudia lächelte. Trotz seines hohen Alters stakte Schiebschick noch jeden Kahn, der nicht bei drei kieloben neben dem Fließ lag. Wahrscheinlich würde er mit dem Rudel in der Hand sterben, und ebenso wahrscheinlich würde er trotzdem die Tour beenden.

»Hofladencafé«, brummelte Schiebschick. »Für so was hab ich keine Zeit.«

»Deshalb weiß die Kellnerin auch so genau, welchen Kuchen du magst«, konterte Klaudia.

»Die Mandy?« Schiebschick hielt die Hand etwa in Hüfthöhe. »Die kannte ich schon, da war die so klein. Du glaubst gar nicht …«

»Doch«, unterbrach ihn Uwe. »Jedes Wort.« Wenn Schiebschick erst einmal anfing, von früher zu reden, fand er kein Ende.

»Du hast sie also gestakt«, lenkte Klaudia das Gespräch zurück auf die Vermisste.

»Ja. Nette Frau.« Schiebschick griff sich an die Nase. »Kam mir irgendwie bekannt vor.«

»Vielleicht sollten wir die Vermisste bei dir suchen«, spottete Klaudia, als ihr Smartphone brummte. Es war die Leitstelle.

9. KAPITEL

»Ist die Vermisste aufgetaucht?«, fragte Uwe, nachdem Klaudia das Gespräch beendet hatte.

»Nein«, antwortete Klaudia. »Aber es hat sich jemand bei der Leitstelle gemeldet.« Sie steckte ihr Smartphone in die Jackentasche.

»Wer?«, hakte Uwe nach, während Schiebschick sie nur neugierig musterte.

»Eine Kellnerin. Sie hat gestern mit der Vermissten gesprochen. Und als sie erfahren hat, dass eine angetrunkene Frau vermisst wird, hat sie bei der Leitstelle angerufen.«

»Es geht doch nichts über den Dorfklatsch.« Uwe klang erleichtert. Die Entwicklung hatte das Potenzial, ihnen eine Menge Laufarbeit zu ersparen. »Und wo kellnert sie?«

»Im Hofladencafé.« Klaudia blickte auf ihre Armbanduhr. »Ich geh da direkt vorbei. Die schließen in einer halben Stunde.«

»Soll ich mitkommen?«, fragte Uwe.

»Ich denke nicht.« Klaudia hätte es bei diesem Satz belassen können, aber wie immer in letzter Zeit hatte sie das Gefühl, sich rechtfertigen zu müssen, wenn sie mit Uwe sprach. Irgendwann würden sie sich echt einmal zusammensetzen und miteinander reden müssen. Aber nicht jetzt, dachte Klaudia. Außerdem musste sie sich nicht rechtfertigen, sie war die Chefin. Trotzdem fuhr sie fort: »Ich spreche erst einmal alleine mit ihr. Nehmt ihr euch doch bitte schon mal die anderen Anlieger vor.«

»Okay.« Uwe rückte den Gürtel seiner Uniformhose zurecht. »Wir könnten aber auch erst mal abwarten, was die Kellnerin zu sagen hat.«

»Ich will da nicht *drei Mann hoch* auflaufen und sie verschrecken«, beharrte Klaudia. »Du hörst von mir, sobald sich neue Aspekte ergeben.«

»Und ich sach euch wegen dem Kollegen Bescheid«, brachte Schiebschick sich in Erinnerung.

»Mach das.«

»Bisschen viel Aktionismus«, brummelte Uwe.

»Die Frau war betrunken, die Nächte sind kalt. Sie ist in keinem Krankenhaus aufgeschlagen.« Klaudia zählte ihm die Gründe auf, die sie dazu gebracht hatten, aktiv zu werden, verschwieg ihm nur das leise Pochen unterhalb ihres Zwerchfells. Ermittlerader! Das klang suspekt, wenig durchdacht. Aber in Wirklichkeit war dieses Pochen die Summe der Erfahrungen, die sie in ihrem Berufsleben gemacht hatte. Und Klaudia war auch nicht die Einzige, die dieses Gefühl kannte. Jeder Kollege kannte es, zumindest jeder Kollege, der einigermaßen gut in seinem Job war. Nur nannten sie es anders. Der eine sagte Bauchgefühl, die andere nannte es ihren Riecher.

»Also gut.« Uwe zog die Uniformhose hoch. Seit er sich von Tanja getrennt hatte, war er schlanker geworden. Klaudia nickte Schiebschick zum Abschied zu und folgte dem Kollegen. Neben ihrem Wagen parkte der Streifenwagen. Kuloth hockte breit auf dem Beifahrersitz. Obwohl er den Sitz ganz zurückgeschoben hatte, blieb nicht viel Luft zwischen seinem Bauch und dem Handschuhfach. Wie immer, wenn Klaudia ihn sah, aß er. Diesmal waren es Teilchen aus einer Bäckertüte.

»Das hat ja gedauert«, rief er mit vollem Mund. »Ich hab dir einen Kaffee mitgebracht«, sagte er zu Uwe. »Du traust dich ja nicht mehr zu Bubner.« Er lachte breit, dann sah er

Klaudia und verschluckte sich fast an dem Bissen im Mund. Seit sie im letzten Jahr vergessen hatte, seinen Urlaub einzutragen, war er ein bisschen eingeschnappt. Klaudia war das egal. Der behäbige Kollege, der lieber andere für sich arbeiten ließ, gehörte nicht zu ihren Lieblingskollegen.

Ein kalter Nieselregen ließ sie den Kopf einziehen. »Warte mal«, bat sie, als Uwe schon an der Treppe war.

»Ja.« Etwas zögerlich wandte er sich um.

»Was macht eigentlich Marcel Fiedler?«

»Wie kommst du jetzt auf den?« Uwes Augenbrauen wanderten in die Höhe.

»Nur so.« Es widerstrebte ihr, Uwe von ihrem Verdacht zu erzählen. Es klang so ... panisch. »Ich hab ihn nur lange nicht mehr gesehen.«

»Das ist dir doch auch lieber, oder?« Uwe runzelte die Stirn, trat einen Schritt auf sie zu. »Du denkst doch nicht ...?« Den Kopf schief gelegt, musterte er sie. Er hatte also auch von Meinerts Unfall gehört und zählte nun eins und eins zusammen.

»Ich weiß nicht.« Klaudia biss sich auf die Unterlippe. Wenn Uwe das so sagte, klang es irgendwie paranoid, aber sie bekam immer nur Fiedler heraus, wenn sie Meinert und lose Radmuttern addierte.

Ein Paar in Funktionswesten kam Klaudia entgegen, als sie durch die Toreinfahrt des Hofladencafés trat. Die Frau blieb stehen, und Klaudia spürte ein Kribbeln im Nacken, als würde sie ihr nachblicken. Doch als sie sich umwandte, schlossen die beiden ihre Räder auf. Die Kellnerin war damit beschäftigt, Stühle auf die Tische zu stellen. Sie blickte auf, als Klaudia grüßte.

»Sind Sie von der Polizei?«, fragte die Frau, bevor Klaudia sich vorstellen konnte.

»Ja«, bestätigte Klaudia. »Wagner, Kripo Lübben.«

»Ich kenn sie. Sie waren letztens hier, oder?« Die Kellnerin legte den Kopf schief. »Mit Schiebschick und denen vom Trachtenverein.«

»Ja«, bestätigte Klaudia, die sich irgendwie im Nachteil fühlte, weil die Kellnerin sich an sie erinnerte und sie sich nicht. »Sie wären eine gute Zeugin, Frau …«

»Inge Kröbel.« Die Kellnerin war etwa so groß wie Klaudia und trug das dunkelbraune Haar in einem ziemlich dünnen geflochtenen Zopf, der ihr über die Schulter hing. Trotz der jugendlichen Frisur schätzte Klaudia sie auf Anfang bis Mitte fünfzig. Sie hatte tiefe Kerben in den Mundwinkeln und ein schlaffes Kinn. Doch zahlreiche Fältchen in den Augenwinkeln zeigten, dass sie gerne und viel lachte. Die Frau war Klaudia auf Anhieb sympathisch.

Kröbel nieste und zog ein Taschentuch aus der Schürzentasche. »Entschuldigung.« Ihre Stimme klang, als warteten noch einige Nieser auf ihren Einsatz. »Allergie. Um diese Zeit ist es immer ganz besonders schlimm.« Sie nieste wieder und wedelte sich mit der Hand Luft zu. »Wollen Sie einen Kaffee?«

»Danke nein. Aber …« Klaudia blickte sich um, die meisten Stühle standen bereits auf den Tischen. »Kann ich mich vielleicht setzen?«

»Natürlich. Warten Sie.« Kröbel nahm einen Stuhl vom Tisch und lud Klaudia mit einer Handbewegung ein, Platz zu nehmen. »Ich hab nur schon alles für die Putzfrau vorbereitet. Die kommt nachher. Aber das ist ja kein Thema.«

Als Klaudia sich setzte, blickte Kröbel sich unsicher um.

»Lassen Sie sich durch mich nicht stören«, bat Klaudia. »Sie können mir ja alles erzählen, während sie weiterarbeiten.«

»Normalerweise hab ich's nicht so eilig«, entschuldigte sich Kröbel. »Ich bin keine von denen, die immer pünktlich weg müssen. Ginge in der Gastronomie auch gar nicht. Bei Ihnen wohl auch nicht, oder?«

»Es kann mal spät werden«, räumte Klaudia ein.

»Aber ich muss noch für die Feiertage einkaufen«, fuhr Kröbel in ihren Erklärungen fort. »Samstag komm ich da nicht zu. Dann tanzt hier der Papst im Kettenhemd.« Sie lachte und nahm dann doch einen weiteren Stuhl vom Tisch, um sich zu Klaudia zu setzen. »Wollen Sie wirklich keinen Kaffee? Oder ein Wasser?«

»Danke nein, wirklich nicht. Ich will Sie auch nicht lange aufhalten. Sie haben gestern mit Frau Thielmann gesprochen?«

»Heißt sie so?«

Klaudia nickte.

»Ich denke, dass sie das war«, sagte die Kellnerin. »Zumindest habe ich mit einer ziemlich betrunkenen Frau zu tun gehabt. Und so viele laufen davon ja hier doch nicht rum. Zumindest nicht am frühen Abend.« Sie nieste wieder. »Aber ich hätte mich nicht bei der Polizei gemeldet, wenn ich nicht das Gespräch gehört hätte.«

»Welches Gespräch?« Klaudia griff nach ihrem Smartphone. Das konnte interessant werden. »Haben Sie etwas dagegen, wenn ich unsere Unterhaltung aufzeichne?«

»Müssen Sie mich nicht über meine Rechte aufklären?«, fragte Kröbel. Ein Faltenkranz bildete sich um ihre Augen.

»Nein.« Klaudia lächelte ebenfalls. »Außer, Sie haben Frau Thielmann verschwinden lassen. Haben Sie das?«

»Auf keinen Fall.« Kröbel kreuzte die Finger.

»Die Aufnahme würde mir helfen. Aber ich kann mir auch gerne handschriftliche Notizen machen, wenn Sie das stört.«

»Nö, machen Sie ruhig, wie es für Sie passt.« Kröbel verschränkte die Hände vor sich auf dem Tisch.

»Also?«, nahm Klaudia den Faden wieder auf, nachdem sie ihr Smartphone eingeschaltet hatte. »Was für ein Gespräch war das?«

»Das war gerade eben.« Mit ihrer Antwort zerstörte die Kellnerin Klaudias Hoffnung, dass sie ein Gespräch der Vermissten belauscht haben könnte.

»Wir hatten Gäste hier, aus'm Schlosshotel. Die Schneiders. Die kommen jedes Jahr zu Ostern. Und die beiden haben sich über diese verschwundene Frau unterhalten. Und erzählt, dass die Polizei da war und mit der Familie gesprochen hat. Und dass Sie gehört haben, dass die Frau betrunken gewesen sein soll.«

»Die Leute scheinen ja ausnehmend gut informiert gewesen zu sein«, sagte Klaudia.

»Das sind die immer. Sie müssen Sie eigentlich noch gesehen haben. Die wollten gar nicht weg. Ich glaube, die Frau wollte unbedingt dabei sein, wenn Sie kommen. Aber ihr Mann war davon nicht so begeistert.«

»Ja«, sagte Klaudia. »Ich denke, ich habe sie gesehen.« Sie dachte an die beiden Typen in Funktionskleidung. Es waren also neugierige Blicke gewesen, die das Kribbeln in ihrem Nacken verursacht hatten.

»Sonst hätte ich das ja gar nicht gewusst.«

»Was?«, für einen Moment war Klaudia irritiert. Die Kellnerin erzählte so viel, dass sie Mühe hatte zu folgen.

»Ja, dass die Frau verschwunden ist.«

In Kröbels Stimme klang ein leiser Vorwurf mit, und Klaudia unterdrückte das Bedürfnis, sich zu rechtfertigen.

»Und da hab ich natürlich nachgefragt«, fuhr Kröbel fort. »Ich meine, meistens tut man ja so, als würde man nichts hören. Und oft ist das ja auch so. Wenn alle Tische belegt sind und so. Da versteht man natürlich kein Wort. Und als ich dann erzählt habe, dass die gestern hier war, hat der Gast gemeint, ich sollte mal bei der Polizei anrufen. Und jetzt sind Sie hier.« Kröbel nieste in die Armbeuge.

»Gesundheit«, murmelte Klaudia und fuhr dann fort: »Also Frau Thielmann war gestern hier.«

»Ja. So um halb sechs.«

»Was hat Sie angehabt?«

»Schwarze Hose, schwarzer Rolli, grüne Steppweste«, antwortete Kröbel wie aus der Pistole geschossen.

Auch wenn sich die Beschreibung mit der der Tochter deckte, zeigte Klaudia ihr sicherheitshalber noch das Foto.

»Genau.« Kröbel nickte. »Das ist sie. Sie ist ziemlich torkelig rein. Ich hab noch gedacht. So 'ne nette Frau und so betrunken. Da hat sie gestanden«, Kröbel nickte in Richtung der Kuchentheke, »hat sich umgeschaut und nach meiner Kollegin gefragt. Ganz nuschelig hat sie den Namen gesagt, ich hab ihn erst gar nicht so richtig verstanden. Aber dann hab ich ihr gesagt, dass die nicht da ist. Mandy hatte nämlich einen Termin, deshalb bin ich für sie eingesprungen«, fügte die Kellnerin erklärend hinzu.

»Haben Sie eine Idee, was Frau Thielmann von Ihrer Kollegin wollte?«

»Keine Ahnung. Aber sie war am Wochenende hier. An beiden Tagen haben sie da hinten gesessen.« Sie zeigte auf einen Tisch im hinteren Teil des Raumes. »Ich glaube, sie haben sogar darauf gewartet, dass der frei wird. Ich hab gehört«, Kröbel senkte die Stimme, »wie sie sich entschuldigt hat.«

»Wer?«, hakte Klaudia nach. »Ihre Kollegin?«

»Nein.« Kröbel schüttelte den Kopf. »Die Frau, die sie suchen.«

Klaudia runzelte die Stirn. Es schien weit hergeholt, doch vielleicht war das hier der Grund für Thielmanns Verschwinden.

Das schien nun auch Kröbel zu dämmern, denn sie fing an, ihre Kollegin in Schutz zu nehmen. »Also nicht, dass Sie jetzt was Falsches denken. Mandy war völlig korrekt zu denen. Höchstens ein bisschen kurz angebunden.«

»Kurz angebunden?«

»Ja. Irgendwie auf dem Sprung. Obwohl nicht so viel zu tun war. Besser kann ich es nicht erklären.« Kröbel lachte verlegen auf. »Vielleicht haben sie kein Trinkgeld gegeben«, vermutete sie. »Es gibt so Leute, die quatschen dir die Sahne sauer, und wenn es dann ans Bezahlen geht, kratzen sie die Cents zusammen, um das Geld passend hinzulegen. Vielleicht waren das solche Leute.«

»Möglich«, räumte Klaudia ein. »Wie ging's dann weiter?«

»Na ja.« Kröbel wirkte erleichtert, das Thema wechseln zu können. Über ihre Kollegin zu sprechen war ihr offensichtlich unangenehm gewesen. Wahrscheinlich hatte sie das Gefühl, sie zu verraten. Das hatten Menschen oft, wenn sie mit einem Polizisten über Dritte sprachen. »Dann hat sie gefragt, ob sie mal die Toilette benutzen darf. Eigentlich will die Chefin das nicht. Am Hafen ist ja auch die Toilettenanlage, aber die war so angeschossen, und ich wollte keinen Ärger, also habe ich sie gelassen. Hätt ich mal nicht«, fügte Kröbel hinzu. Ihre Stirn legte sich in ärgerliche Falten.

»Wieso?«, hakte Klaudia nach.

»Na ja.« Kröbel nieste wieder in die Armbeuge. »Als sie dann weg war, hab ich da vorsichtshalber noch mal nach dem Rechten gesehen. Obwohl ich da eigentlich schon durch war. Aber bei Betrunkenen weiß man ja nie.«

Klaudia hatte in ihrer Zeit als Streifenbeamtin genügend Betrunkene gesehen, um zu wissen, was Kröbel meinte. Sie nickte.

»Und Sie glauben nicht, was in der Kloschüssel war.«

Die Kellnerin machte eine dramatische Pause, und Klaudia tat ihr den Gefallen, sich vorzubeugen.

10. KAPITEL

»Ich will Mutti.« Matte schmeißt sich auf den Boden und trommelt mit den Fersen.

Männi kniet neben ihm. Der Boden ist kalt. Es zieht vom Fenster, auf dem Eisblumen wachsen. Männi liebt Eisblumen, manchmal hat sie das Gefühl, sie sind das einzig schöne in diesem Winter. Und Teddy, an den sie sich nachts schmiegt. Und Matte und Mutti natürlich, denkt sie hastig. Weil: Die sind ja ihre Familie.

»Ich! Will! Mutti!« Matte schluchzt die Worte heraus. Rotz läuft ihm aus der Nase. Er hustet, das tut er jetzt oft, und dann wird sein Hals ganz dick, und er streckt die Zunge aus dem Mund, als sei darin kein Platz mehr. Männi zieht ihn auf die Beine. Der Husten wird schlimmer, Matte würgt, spuckt Schleim aus. Erschöpft lehnt er sich an Männi. Sie zieht den Ärmel ihres Pullis über den Handballen und wischt ihm den Schnodder von der Nase. Das glitzert ein bisschen ekelig, wie

Schneckenschleim, ist aber nicht so schlimm, als wenn er in die Hose kackt. Männi setzt ihn zwar auf sein Töpfchen, wie Mutti es getan hat, doch er steht immer wieder auf und sie schafft es nicht, ihn mit dem Gürtel festzubinden, und Mutti, die es könnte, ist nicht da. Und Männi weiß nicht, wann sie wiederkommt. Sie weiß auch nicht, wie lange sie schon fort ist. Jetzt im November gehen die Tage und Nächte ineinander über. Nie wird es richtig hell vor dem Fenster, und Männi lässt das Licht in der Küche brennen. Tag und Nacht lässt sie es brennen, damit die Angst nicht aus den dunklen Ecken kriecht. Mutti kommt wieder, das tut sie immer. Und vielleicht war sie jedes Mal so lange fort, und Männi hat es nur nicht bemerkt, weil sonst immer genug Brot im Schrank war und weil Matte nicht gehustet hat und weil … Das dritte »weil« hat was mit Grenzen zu tun. Mutti hat gesagt, die Grenzen seien offen. Männi weiß nicht, was das bedeutet. Aber sie weiß, dass ihr Papa sitzt, weil er über die Grenze wollte. Gustav hat es ihr erzählt, als er sie einmal gestakt hat. Sie hat auch nach Mattes Papa gefragt, doch über den wusste Gustav nichts. Aber ihren Opa würde er kennen, hat er gesagt. Männi hat nicht mal gewusst, dass sie einen Opa hat. Der sei ein alter Sturkopf, hat Gustav gesagt, und er hat auch noch gesagt, dass es eine Schande sei. Bevor Männi nachfragen konnte, stieß der Kahn an den Steg, und Gustav hat nichts mehr gesagt.

Mattes Kopf sinkt an Männis Schulter. Er ist eingeschlafen. Der Husten macht ihn müde. Aber er macht auch, dass er keinen Hunger mehr hat, und dafür ist Männi dankbar. Sein Atem wimmert, und unter seinen geschlossenen Lidern flitzen seine Augen hin und her, als sei er selbst im Traum auf der Suche nach Mutti.

Nicht einmal im Frühjahr, als Mutti mit dem Wessi unterwegs war, war es so schlimm mit ihm. Da hat er sie nicht so vermisst. Nur Hunger hat er immer gehabt, obwohl ihm Männi morgens und abends und einmal zwischendurch eine Zuckerschnitte gemacht hat. Immer wollte er mehr, aber Männi hat ihm erklärt, dass es besser sei, jeden Tag ein bisschen hungrig zu sein, als gar nichts zu essen zu haben. Er hat trotzdem geweint und mit den Füßen aufgestampft, und Männi musste ihm mit dem Heim drohen, damit er aufhörte. Sie hat ihm erzählt, wie es Mutti ergangen ist. Stundenlang in sengender Hitze Sport machen und nichts zu trinken. Oder im Karzer liegen, der so eng und dunkel war wie ein Grab. Mutti war im Heim, weil sie immer weggelaufen ist, oder vielleicht ist sie auch weggelaufen, weil sie im Heim war. So genau weiß Männi das nicht mehr. Das mit dem Weglaufen ist Mutti wohl geblieben. Aber sie kommt immer zurück. Im Frühjahr war sogar noch Brot im Schrank. Ganz fröhlich war sie, hat Matte und Männi auf den Schoß genommen und ihnen erzählt, wie sie mit dem Wessi im Intershop gewesen sei. Ganz genau beschrieben hat sie das Geschäft und von den Wunderdingen erzählt, die es da zu kaufen gab. Und Schokolade hat sie ihnen mitgebracht. Die sei aus der Schweiz, hat sie gesagt. Das sei ein Land hinter der Grenze. Und dass die Schokolade von Rainer sei, weil er gerne ihr neuer Papi wäre. Männi hat erst nicht verstanden, von wem er denn der Papi sein wollte. Aber da die Schokolade für sie und Matte und nicht für Mutti war, wollte er wohl ihr Papi sein. Männi ist innen drin ganz steif geworden, obwohl sie es mag, auf Muttis Schoß zu sitzen. Das ist so weich, und sie riecht so gut. Sie hat versucht, sich den großen Mann mit den schwitzigen Händen als Papi vorzustellen. Es fühlte sich falsch an. Teddy fand das auch. Immerhin hat sie ja einen Vater. Sie hat Matte die Schokolade gegeben, auch wenn es ihr nachher leidgetan hat. Aber da war es zu spät. Matte hatte sie sich mit beiden Händen in den Mund gestopft.

Warum er so gierig sei, hat Mutti gefragt, und dann ist sie traurig geworden, weil ja noch Brot im Schrank war.

Mutti hatte sich vor Männi gekniet, mit beiden Händen ihre Oberarme gedrückt und gesagt, dass sie das nächste Mal zusammen weggehen würden. Sie hatte das ganz feierlich gesagt, wie ein Versprechen, das man auf keinen Fall brechen darf. Und sie war geblieben und ist immer dicker geworden. So einen Kugelbauch, wie Matte ihn hatte, hat sie gekriegt.

Und es hat sie gefreut. Aber dann ist der Mann mit den schwitzigen Händen nicht mehr gekommen, und das hat sie traurig gemacht. Und dann eines Nachts hat sie Männi geweckt und gesagt, sie würde nach drüben gehen. Männi hat erst gedacht, sie wollte zur Nachbarin, aber warum hatte sie dann den dicken Mantel an? Weil die Grenzen offen seien, hat Mutti dann gesagt, und dass sie bald wieder da sei. Und sie solle gut auf Matte aufpassen, denn sie würde sie bald nachholen. Und dann ist sie gegangen, aber es war kaum Brot im Schrank und geschnitten war es auch nicht. Auch das Messer hatte sie nicht hochgelegt. Also hat Männi versucht, das Brot zu schneiden, aber dabei hat sie sich in die Hand geschnitten. Das hat schrecklich weh getan und geblutet und Matte hat geschrien, weil: Da war so viel Blut, und das hat ihm Angst gemacht. Und Männi auch, aber das konnte sie ja nicht zeigen. Also ist sie ins Bad gelaufen und hat die Hand über die Wanne gehalten und ein Handtuch auf den Schnitt gepresst. Irgendwann hat es aufgehört, zu bluten, aber Männi hat das Messer nicht mehr angefasst. Sie haben das Brot mit den Fingern vom Laib geknibbelt. Den Knust hat Männi in Wasser eingeweicht. Sie hat Zucker dazu geschüttet, und es hat ein bisschen wie süßer Brei geschmeckt. Die nächsten Tage hat sie Mehl und Zucker mit Wasser vermengt. Das hat auch geschmeckt. Drei Portionen hat Männi immer gemacht. Eine für sich, eine für Matte und eine für Teddy. Aber der hat seine Portion immer Matte gegeben, weil der so viel Husten musste. Und jetzt ist das Mehl auch alle, der Kühlschrank leer, und Mutti ist immer noch nicht wieder da. Dabei ist drüben doch gar nicht so weit.

Männi und Matte liegen im Bett. Sie sind zu müde, um aufzustehen. Matte hustet wieder, er kann gar nicht aufhören. Deshalb hört Männi auch nicht, dass jemand an die Tür klopft. Erst als die Stimme der Nachbarin Muttis Namen ruft, bemerkt sie es.

»Leise«, sagt sie zu Matte, legt den Finger an die Lippen, wie Mutti es immer tut. Doch Matte hört nicht auf zu husten. Er keucht und ringt um jeden Atemzug.

»Hör auf«, fleht Männi. »Wir kommen sonst ins Heim.«

Das Klopfen an der Tür steigert sich mit dem Husten, als würde beides zusammengehören. Klopfen und Husten. Männi will nur, dass es aufhört. Sie will nicht ins Heim, nicht in ein Loch gesperrt werden, das nicht größer ist als der Kohlenkasten. Sie drückt Matte die Hand auf den Mund. Wenn er still ist, verschwindet auch die Nachbarin. Matte hustet in ihre Hand. Die Adern an seinem Hals werden dick, sein Gesicht wird ganz blau, und dann verdreht er die Augen. Einfach so.

11. KAPITEL

»Ihr Handy«, flüsterte Kröbel.

»In der Kloschüssel?«, vergewisserte sich Klaudia.

»Ja«, bestätigte die Kellnerin. »Wenn Sie nicht so betrunken gewesen wäre, hätte ich wahrscheinlich nicht reingeschaut, aber man weiß ja nie. Und die Chefin nimmt das mit den Toiletten immer ganz genau. Und weil ich sie ja so hab gehen lassen, obwohl ich sie zum Hafen hätte schicken können.«

»Ich verstehe.« Jetzt wusste Klaudia zumindest, warum Thielmanns Handy den Innenstadtbereich nicht verlassen hatte. Es war zwar nicht im Fließ gelandet, wie Uwe vermutet hatte, aber ein unfreiwilliges Bad hatte die Elektronik dennoch lahmgelegt. »Und was haben Sie dann gemacht?«

»Ich bin erst zur Straße, hab gedacht: Vielleicht seh ich sie ja noch – betrunken hin oder her. Ich hätte die das schon alleine rausfischen lassen.« Kröbel nieste wieder. »Aber ich hab sie nicht mehr gesehen«, ihre Stimme klang, als würde sie das immer noch ärgern. »Also musste ich es rausfischen. War kein Spaß, können Sie mir glauben.«

»Unbesehen«, antwortete Klaudia, die selbst schon einmal ihr Handy aus einem Klo gefischt hatte. Seitdem steckte sie es nicht mehr in die Gesäßtasche.

»Ich hab's abgetrocknet und in die Kiste zu den anderen Fundsachen gepackt«, fuhr Kröbel in ihrem minutiösen Bericht fort. »Der Chefin habe ich dann noch einen Zettel geschrieben. So mit Datum und Uhrzeit. Das machen wir immer so, wenn wir beim Aufräumen Sachen finden. Sie ruft dann im Fundbüro an und sagt dort Bescheid.«

»Sie haben gerade gesagt, dass sich Frau Thielmann nach Ihrer Kollegin erkundigt hatte. Gab es dafür einen besonderen Grund?«, fragte Klaudia. »Ich meine: Hat sie etwas gesagt?«

Gedankenverloren kratzte Kröbel sich mit dem Fingernagel am Kieferbogen. »Nö«, sagte sie schließlich. »Sie hat nur gefragt: Wo ist die Mandy?«

»Sie kannte also den Vornamen?«

»Sie war ja schon öfter hier. Also nicht so, wie das Ehepaar Schneider, die jedes Jahr kommen. Aber diese Woche war sie eigentlich immer hier. Mit ihren Kindern. Da haben sie immer gesessen.« Kröbel zeigte wieder auf den Tisch, der vor einem mit allerlei Schnickschnack bestückten Regal stand. »Irgendwie komische Leute«, murmelte sie.

»Inwiefern?«, hakte Klaudia nach.

»Ich weiß nicht.« Kröbel stockte. »Ich kann es nicht gut erklären, aber irgendwie hatte ich den Eindruck, die warten auf etwas? Oder jemanden.« Sie zuckte mit den Schultern und stemmte sich in die Höhe. »Wenn Sie sonst keine Fragen haben?«

»Eine noch.« Auch Klaudia stand auf. »Könnten Sie mir bitte die Adresse Ihrer Kollegin geben?«

»Aber die war doch gar nicht da.«

»Trotzdem«, beharrte Klaudia. »Vielleicht weiß sie ja etwas, was uns weiterhelfen könnte.«

»Weiß die Familie denn nichts?« Kröbel zierte sich noch ein bisschen, doch Klaudia bekam schlussendlich die Adresse. Als sie aus dem Torbogen trat, wartete dort der Streifenwagen mit laufendem Motor. Uwe fuhr das Seitenfenster herunter, und Klaudia beugte sich zu ihm. Ein italienischer Kellner hatte Thielmann noch gesehen, konnte aber nicht sagen, ob sie allein oder in Begleitung gewesen war. Ansonsten Fehlanzeige.

»Vielleicht hat sie ja die Mafia gekidnappt«, brummelte Kuloth, der schon wieder oder immer noch kaute.

»Das war auch mein erster Gedanke«, kommentierte Klaudia ein wenig sarkastisch und stieg in den Streifenwagen ein.

»Wirklich?«, fragte Kuloth, der wohl zu sehr mit Essen beschäftigt war, um Ironie zu verstehen.

»Unbedingt.«

»Dass wir mal einer Meinung sind.« Kuloth lächelte matt.

»Schiebschick hat sich gemeldet.« Uwe drehte den Rückspiegel so, dass er Klaudia ansehen konnte.

Sein Gesichtsausdruck war neutral, doch seine Stimme verriet, wie schwer es ihm fiel, bei der plötzlich herrschenden kollegialen Harmonie ernst zu bleiben. »Ein Kahnführer hat eine Frau, auf die die Beschreibung passte, auf der Brücke über den Südumfluter am Leineweberfließ gesehen.«

»Dann könnte sie tatsächlich auf dem Weg zu dieser Mandy gewesen sein.« Klaudia dachte an die Adresse, die ihr Kröbel genannt hatte. Die ersten Jahre hatte sie sich nur mithilfe ihres GPS in ihrer neuen Heimat zurechtgefunden, doch mittlerweile kannte sie sich in Lübbenau aus. Was durchaus daran lag, dass die Stadt deutlich übersichtlicher war als ihre alte Heimatstadt Essen. »Vielleicht schauen wir einfach mal bei ihr vorbei.«

»Mandy Neblich?«, fragte Kuloth.

»Ja«, Klaudia beugte sich vor. »Kennst du sie?«

»Nicht besonders«, wehrte der Kollege ab. Wahrscheinlich bereute er bereits, dass er überhaupt etwas gesagt hatte. »War mal mit 'nem Freund von mir verheiratet. Aber nicht lange.«

Wenn dein Freund dir ähnelt, verstehe ich das gut. Klaudia schnallte sich an, während Kuloth gemütlich über das Kopfsteinpflaster rollte. Nicht einmal eine vermisste Frau trieb ihn zur Eile. Und warum auch?, dachte Klaudia. Wenn er losrast, finden wir sie auch nicht schneller.

Er parkte an einem befestigten Randstreifen, direkt an der Brücke. Von hier aus würden sie zu Fuß weitergehen.

»Ich kann am Wagen bleiben«, erbot sich Kuloth.

Wahrscheinlich grauste ihm vor dem Fußweg. Es war Klaudia ein Rätsel, wie er jemals einen Fitnesstest bestanden haben könnte. Allerdings würde sie mittlerweile ebenso, wenn auch aus anderen Gründen, bei einer ärztlichen Untersuchung durchfallen, also würde sie bestimmt nicht den ersten Stein werfen.

»Ist gut«, sagte sie also nur und stieg aus.

Vögel zwitscherten. Um diese Zeit des Jahres waren sie immer besonders laut. Ein Windstoß fuhr Klaudia unter die Jacke, fröstelnd zog sie die Schultern hoch. Irgendwo heulte eine Motorsäge auf. Uwe schritt zügig aus, und sie hatte Mühe, mit ihm Schritt zu halten. Noch waren die Häuser rechts und links des Weges zu sehen. Im Sommer würde das Laub der Bäume und Sträucher sie verbergen, und dann würden nur die Stege und Zäune von ihrer Anwesenheit zeugen.

»Hier ist es.« Uwe blieb vor einem mit einem Maschendrahttor gesicherten Steg stehen.

Klaudia blickte sich um. Die Häuser hier waren zu einer Zeit erbaut worden, als Land wichtiger gewesen war als Wohnfläche, also waren die Häuser klein und die Grundstücke groß. Und Mandy Neblich nutzte den Platz ganz offensichtlich zum Gemüseanbau. Klaudia, deren grüner Daumen nur sehr rudimentär vorhanden war, musterte mit leichtem Neid die akkurat geharkten Beete. Auch ansonsten war dieser Garten Spreewaldidylle pur. Unter den blühenden Obstbäumen pickten Hühner im Gras. Bewacht wurden sie von einem

Hahn, der den Kopf reckte. Selbst ein Bienenstock fehlte nicht. Das Haus selbst leuchtete mintgrün, Fensterläden und Haustür waren in leuchtendem Blau gestrichen, und vor dem Haus standen ein Tisch und eine Bank. Beides aus Holz.

»Nett«, sagte Klaudia und trat auf den Steg.

»So ein Haus hatte meine Oma auch« Uwe räusperte sich. »Der Holzofen war immer an, selbst im Sommer«, fügte er hinzu. »Aber damals waren die Sommer auch nicht so heiß.«

Klaudia hob die Schlinge an, mit der das Tor verschlossen war. Der Hahn schlug mit den Flügeln, als wollte er die beiden Polizisten warnen. Unsicher blickte Klaudia zu Uwe.

Als Kind hatte sie einmal Ferien auf dem Bauernhof gemacht. Der Bauer hatte ebenfalls einen angriffslustigen Hahn besessen, mit dessen Schnabel Klaudias Waden schmerzhafte Bekanntschaft gemacht hatten. Seitdem fürchtete sie sich mehr vor Hähnen als vor Hunden.

Doch da öffnete sich die Haustür, und der Hahn beruhigte sich. Um seinen Rückzug zu verschleiern, sprang er auf ein Huhn, das sich gackernd duckte.

Mandy Neblich trug eine ausgeleierte Strickjacke, Jeans und rote Crocs an den Füßen. Ihre Haare leuchteten weizengelb.

Sie war beim Friseur, war Klaudias erster Gedanke. Bin ich wohl doch nicht so eine schlechte Zeugin, ihr zweiter.

»Guten Tag«, grüßte Klaudia und stellte sich vor.

Neblich musterte sie, den Kopf schief gelegt. »Sie sind die Polizistin, die fast ermordet worden ist, oder?« Sie nickte Klaudia zu. »Die Freundin von Gustav.«

»Ja«, bestätigte Klaudia. Es gab niemanden in Lübbenau, der die Geschichte nicht kannte. Was kein Wunder war. Ihr Start im Spreewald war denkbar spektakulär gewesen und würde ihr wohl bis ans Ende ihrer Dienstzeit nachhängen. »Und das ist mein Kollege Michalke«, stellte sie Uwe vor. »Wir sind gekommen …«

»Ich weiß, weshalb Sie hier sind«, unterbrach Neblich sie. »Inge hat mich angerufen.« Sie senkte die Stimme, und Klaudia musste sich vorbeugen, um sie zu verstehen. Neblichs Haar roch unangenehm nach Fixierer. »Aber ich weiß nichts von der Frau. Wirklich nicht. Ich meine«, fügte sie hinzu, »sie war ein paarmal im Café und hat auch gute Trinkgelder gegeben. Aber …« Neblich hob die Schultern, »ich hab keine Ahnung, was sie von mir wollte.«

»Mit wem sprichst du?«, rief eine männliche Stimme aus dem Hintergrund.

»Polizei!« Mandy Neblich blinzelte nervös. »Es ist wegen der verschwundenen Frau. Ich hab dir davon erzählt. Mein Bruder Martin ist nicht ganz gesund«, fügte sie an die Beamten gewandt hinzu.

»Vielleicht war Frau Thielmann ja hier, als Sie beim Friseur waren«, sagte Klaudia.

»Beim Friseur?« Mandy Neblich griff sich ins Haar. »Ach so. Nein, wohl nicht. Das hätte er mir doch gesagt.«

»Ich würde trotzdem gerne mit Ihrem Bruder sprechen.«

»Er ist nicht ganz gesund«, wiederholte die Frau.

»Es dauert ja nicht lange.« Klaudia hob die Mundwinkel zu einem Lächeln, das sagte: Ich gehe hier nicht weg.

Für einen Moment wirkte Neblich unentschlossen, dann ging ein Ruck durch ihren Körper. »Also gut.« Mit einer Handbewegung bat sie die Beamten, ihr zu folgen.

Die Tür führte in eine gemütliche Wohnküche: Hängeschränke, die mit aufgemalten Blumen verziert waren, ein Kuchen kühlte auf der Arbeitsplatte aus und füllte die Küche mit seinem Duft. Neben dem wuchtigen Holzherd brummte ein Kühlschrank. In einer Ecke des Raumes stand ein Esstisch, dahinter ein Sofa, auf dem Neblichs Bruder saß. Gegen ihn war Kuloth ein Hungerhaken. Klaudia hatte selten in ihrem Leben einen so dicken Mann gesehen. Als er die Polizisten sah, stemmte er die fleischigen Hände auf den Tisch, um sich zu erheben. Sein rundes Gesicht rötete sich bei dem Versuch. Hastig bat Klaudia ihn, doch sitzen zu bleiben.

»Die Polizei will wissen, ob jemand hier war, als ich beim Friseur war.« Mandy Neblich legte die Hand auf den Kuchen, als wollte sie seine Temperatur fühlen.

»Hier?« Martin Neblichs Stimme war erstaunlich hoch, für einen Mann seines Ausmaßes.

Klaudia hatte auf einmal das Bild eines Eunuchen vor Augen, wie sie es aus *Tausend und einer Nacht* kannte.

Ängstlich musterte der Mann Uwe, während sein Blick Klaudia nur streifte. Ein gepflegter Bart verbarg das Kinn, das übergangslos in den mächtigen Hals überging. Die Augen wirkten klein, und Martin Neblich blinzelte die ganze Zeit, als seien sie trocken.

»Ich habe niemanden gesehen.« Er nuschelte. »Und ich war den ganzen Tag zu Hause. Die Knie …«, fügte er etwas atemlos hinzu. Der lange Satz erschöpfte ihn.

»Vielen Dank.« Klaudia wandte sich zum Gehen, drehte sich dann aber doch noch einmal um. »Eine Frage hätte ich noch.« Sie lächelte entschuldigend. »Was für einen Eindruck hatten Sie von Frau Thielmann?«

»Wieso fragen Sie das?«, mischte sich Martin Neblich ein.

»Nur so«, sagte Klaudia. »Ihre Kollegin …« Sie sah jetzt Mandy Neblich an. »… sagte, dass Sie viel mit der Familie gesprochen haben.«

»Eher die mit mir«, sagte Neblich, die Stirn gerunzelt. »So genau hab ich nicht hingehört.« Sie zuckte mit den Achseln. »War's das dann?«

»Ja.« Diesmal verabschiedeten die beiden Polizisten sich tatsächlich. Mandy Neblich begleitete sie noch bis zum Steg. Klaudia spürte ihren Blick noch im Rücken, als sie bereits auf dem Weg waren. »Komische Leute.«

»Nicht komischer als manch anderer«, widersprach Uwe achselzuckend.

»Kennst du die beiden?«

»Ihn hab ich schon mal am Hafen gesehen, er stakt manchmal in der Hauptsaison. Aber ansonsten?«, Uwe kratzte sich den Nacken. »Nicht wirklich.«

»Tanja wüsste wahrscheinlich mehr.« Kaum hatte sie den Satz ausgesprochen, bereute Klaudia ihn auch schon wieder. Auch wenn es stimmte: Tanja arbeitete im Café Bubner, der Lübbenauer Klatschzentrale.

»Wahrscheinlich«, räumte er ein.

Klaudia hörte geradezu, wie er mit den Zähnen knirschte. Sie hatte keine Ahnung, was zwischen den beiden vorgefallen war. Uwe war im letzten Jahr in eine gefährliche Situation geraten, vielleicht war das der Grund. Für einen Moment war Klaudia versucht, einfach nachzufragen. Sie und Uwe hatten schon so viel miteinander durchgemacht. Warum fragte sie ihn nicht einfach: Hey, warum hast du dich von Tanja getrennt?

Weil ich die Antwort nicht hören will, räumte Klaudia selbstkritisch ein. Also schwieg sie, und auch Uwe sprach nicht weiter, stattdessen pfiff er eine kleine Melodie, die Klaudia vage bekannt vorkam.

12. KAPITEL

Uwe ließ Klaudia am Hafen aussteigen. Sie schlenderte über den nun verwaisten Platz, nur im *Flaggschiff* herrschte noch Betrieb. Klaudia hörte das Rumsen, mit dem die Bowlingkugeln auf der Bahn landeten. In ihrem ersten Jahr waren sie einmal mit den Kollegen beim Piratenbowlen gewesen. Es hatte viel Spaß gemacht, und Klaudia hätte nicht im Traum erwartet, dass ein harmloser Flirt ihr schlimmster Alptraum werden würde. Unwillkürlich blickte sie über die Schulter zurück. Aber da war niemand, der sie beobachtete.

Klaudia ging weiter und unterdrückte einen Seufzer. Dafür war da jemand, der sie erwartete. Schiebschick saß auf der Bank unter der Platane, neben der ihr Wagen parkte.

»Hast du auch alles gut abgeschlossen?« Klaudia setzte sich neben ihn. »Licht aus, Browserverlauf gelöscht und so?«

»Was?« Schiebschick wackelte mit dem Kopf. Seine vom Alter knotigen Hände lagen auf dem Griff des Stocks, den Klaudia ihm mal geschenkt hatte. »Was ist das überhaupt?«

»Was?«, fragte Klaudia, obwohl sie sehr genau wusste, auf was seine Frage abzielte. »Ein Browserverlauf?«

Schiebschick nickte.

»Du willst doch nicht, dass jemand sieht, welche Seiten du aufgerufen hast«, neckte ihn Klaudia. »Ich meine, es geht ja niemanden etwas an, wenn du Pornos guckst. Alt genug bist du ja.« Sie lachte und nach einem kurzen Moment stimmte Schiebschick in ihr Lachen ein. »Was du immer sagst.« Er zog ein Taschentuch aus der Westentasche und wischte sich die tränenden Augen.

»Nicht, dass sich das rumspricht«, spottete Klaudia.

»Ich hab keine Geheimnisse«, behauptete der Alte. »Nicht so wie du.«

»Nur dienstliche«, versicherte Klaudia ihm. »Ansonsten ist mein Leben ein offenes Buch.« Sie grinste Schiebschick an.

»Du warst aber lange im Café, wa?«, lenkte er das Gespräch mehr oder weniger elegant in eine andere, für ihn vielversprechendere Richtung. »Die holça hatte wohl viel zu erzählen?« Er stopfte das Taschentuch zurück in die Brusttasche. Natürlich war er neugierig.

Grinsend steckte Klaudia die Hände in die Taschen ihrer Jacke. Jetzt am Abend war es recht kühl am Wasser, die Feuchtigkeit kroch ihr die Waden hoch. Er hatte Glück, dass sie auch etwas von ihm wollte.

»Nicht, dass du dich erkältest«, sagte sie. Ein bisschen würde sie ihn noch zappeln lassen. »Soll ich dich nach Hause fahren?«

»So weit kommt's noch«, brummte Schiebschick. »Die paar Schritte kann ich wohl noch laufen.«

»Na dann.« Klaudia erhob sich und ließ damit Schiebschick keine andere Möglichkeit, als direkt nachzufragen. Was er auch prompt tat: »Was sachtse denn so?«

»Nicht viel«, antwortete Klaudia und setzte sich wieder. »Aber immerhin wissen wir jetzt, wo das Handy der Vermissten ist.« Sie erzählte ihm davon.

»Hat sie das da reingeschmissen?« Ungläubig schüttelte Schiebschick den Kopf.

»Wohl eher nicht«, antwortete Klaudia, die eine sehr konkrete Vorstellung davon hatte, wie Thielmanns Handy in der Toilettenschüssel gelandet war. Gesäßtaschen konnten tückisch sein.

»Und für die Geschichte hat sie so lange gebraucht?« Schiebschick schüttelte den Kopf. »Während ich hier sitze und warte, wa?«

»Erstens wusste ich das nicht«, sagte Klaudia. »Und zweitens hättest du das nicht müssen.«

»Hätte ja sein können, dass du noch Fragen hast.«

»Dann würde ich dich anrufen«, erwiderte Klaudia. »Mein Telefon ist schließlich nicht im Klo gelandet. Und außerdem war ich gar nicht die ganze Zeit im Hofladencafé. Ich habe noch mit einer anderen Kellnerin gesprochen ...« Sie machte eine Kunstpause. »Ich glaube, du kennst sie, seit sie ...«, Klaudia nahm eine Hand aus der Tasche und hielt sie in Hüfthöhe neben sich, »... so war.«

»Du meinst die Mandy?« Schiebschick wackelte mit dem Kopf. »Warum denn das?«

»Die Verschwundene hat sich nach ihr erkundigt.« Klaudia hob die Achseln und ließ sie wieder fallen. »Aber sie war nicht dort, zumindest behauptet das ihr Bruder.«

»Der Martin?«

»Ja«, bestätigte Klaudia. »Komische Type«, fuhr sie fort.

»Der Junge ist in Ordnung«, verteidigte Schiebschick Neblichs Bruder. »Ein guter Schreiner. Arbeitet manchmal für meinen Neffen.«

»Du meinst, er schreinert Särge?«

»Früher hat er auch Touristen gestakt. Aber Menschen sind nicht so sein Ding.« Mitleidig wackelte Schiebschick mit dem Kopf. »Schwere Kindheit.«

»Was ist ihm zugestoßen?« Klaudia blickte über das Hafenbecken. Eigentlich sollte die Welt zumindest für Kinder ein freundlicher Ort sein. Aber das war ein frommer Wunsch. Der Wind frischte auf, und das Licht, das aus dem großen

Panoramafenster des Flaggschiffs fiel, brach sich in den kleinen Wellen, die er vor sich hertrieb.

»Ihre Mutter hat rübergemacht in den Westen.« Schiebschick wackelte auf seine Altmännerart mit dem Kopf. Er rieb sich den Nasenrücken, wie er es immer tat, wenn er sich an die alten Zeiten erinnerte.

Klaudia konnte geradezu sehen, wie seine Gedanken in der Zeit zurückwanderten. »Damals neunundachtzig.«

Der Fall der Mauer. Klaudia war siebzehn gewesen, als es passierte. Siebzehn und in Polizeigewahrsam. Nicht nur für die Ostdeutschen hatte diese Nacht ihr Leben verändert. Auch für Klaudia war sie ein Wendepunkt gewesen, auch wenn ihre Mauer eine andere gewesen war. Nach einem Punkkonzert hatte sie betrunken im Zug randaliert und war von der Bahnpolizei auf der Wache abgeliefert worden. Sie war voller Wut und Hass und wäre es vielleicht heute noch, wenn sie nicht auf einen verständnisvollen Polizisten getroffen wäre, der sich Zeit für sie nahm. Er hatte ihr den Kopf gehalten, als ihr Magen rebellierte, ihr Kamillentee gegen die Übelkeit eingeflößt und sie ein nettes Mädchen genannt. Was eine ziemlich steile These war, wenn man bedachte, dass sie ihn als Faschisten und Bullenschwein beschimpft hatte. Im Nachhinein wunderte Klaudia sich immer noch, warum seine beharrliche Freundlichkeit gereicht hatte, ihre innere Mauer zerbröckeln zu lassen. Auf jeden Fall hatte sie ihm vom Tod ihrer Mutter, ihren Schuldgefühlen und der lähmenden Sprachlosigkeit ihrer neuen Familie erzählt. Er hatte zugehört und ihr dann die Geschichte eines Mädchens erzählt, das tot zwischen den Gleisen gelegen hatte. Ermordet von einem Freier. Als ihr Vater kam, um sie abzuholen, ließ Klaudia nicht nur ihren Mageninhalt in der Wache zurück, sondern auch die Wut, was dazu führte, dass auch die Sprachlosigkeit endete.

Später war sie selbst zur Polizei gegangen. Vielleicht mit der romantischen Vorstellung, dass sie selbst einmal die Polizistin sein würde, die bei einem Becher Kamillentee ein Menschenleben rettete.

»Waren schon komische Zeiten damals, wa?« Schiebschick musterte sie, als könnte er ihre Gedanken lesen.

»Ja.« Klaudia nickte.

»So viele sind rüber, vor allem die Jungen.«

»Wie alt warst du damals?«, fragte Klaudia.

»Zu alt für den Westen. Ich war einer der Ersten, den sie freigesetzt ham. Ne Abfindung hab ich gekriegt.« Schiebschick schnaubte. »Immerhin D-Mark, wa?« Er lachte meckernd. »Die Mutter vom Martin und der Mandy war eine der Ersten, die rübergemacht hat.« Schiebschick schüttelte den Kopf. »Und die beiden hat sie hiergelassen.«

13. KAPITEL

Dienstag nach Ostern betrat Klaudia schon sehr früh das Revier in Lübben. In der Wache duftete es nach frisch aufgebrühtem Kaffee, doch je höher sie stieg, umso mehr überwog der Geruch nach Bohnerwachs. Petras Büro war noch verwaist, und in PHs Büro staubte die Putzfrau gerade den Schreibtisch ab. Wie immer wanderte Klaudias Blick mit einem leichten Gefühl der Beklemmung zum Schwarzen Brett. Doch dort hingen nur die üblichen Dienstanweisungen und Urlaubsgrüße vom letzten Jahr. Das Neueste war immer noch die Karte, mit der Thang und seine Frau sich für das

Geschenk des Reviers zur Geburt ihrer Zwillinge bedankten, die mittlerweile auch schon ein paar Monate her war. Die Kollegen hatten zusammengelegt und den frischgebackenen Eltern ein Windelabo geschenkt. Auf die Karte war eins dieser typischen Neugeborenenbilder mit Lammfelldecke, rosa Schleifen im schütteren Babyhaar und Windelpopo geklebt.

Klaudia stieg die Stufen zum Dachgeschoss hinauf, in dem die Büros der Kripo lagen. Auch hier war sie die Erste, also ging sie, nachdem sie ihre Tasche abgestellt und ihren Computer hochgefahren hatte, in die Teeküche und setzte Kaffee auf. Demel kam, als sie gerade angefangen hatte, die Daten von Heike Thielmann in *INPOL* einzupflegen.

»Na«, fragte sie. »Wie war dein Wochenende?«

»Frag nicht.« Demel ließ sich auf Thangs Stuhl fallen. Seit der Kollege in Erziehungszeit war, nutzte er nur selten sein eigenes Büro. Eine Woge von Duschgel flutete Klaudias Riechzellen, unwillkürlich hielt sie die Luft an.

»Sei froh, dass du keine Kinder hast.« Demel seufzte, und dann erzählte er irgendwas von einem Helm und einem Mountainbike, und Klaudia stellte die Ohren auf Durchzug.

»Ich frag mich, wo der nette Junge geblieben ist, für den ich der Größte bin.« Seufzend starrte Demel gegen die Decke, als ob dort die Antwort stünde. Ein vorbeifahrender Zug ließ die Fensterscheiben vibrieren.

»Hast du mal im Schrank nachgeschaut?« Klaudia blickte auf die Zeitanzeige rechts unten im Bildschirm. »Wie dem auch sei«, sagte sie. »Wir müssen zur Morgenlage.«

»Und außerdem frage ich mich, wo die Kollegin geblieben ist, die regelmäßig zu spät gekommen ist und der das nichts ausmachte?«, ätzte Demel, der sich nur ungern unterbrechen ließ.

»Wahrscheinlich auch im Schrank.« Klaudia öffnete ihre Schublade und fischte paar Gummibärchen aus der Tüte. »Du auch?,« nuschelte sie einladend. »Nervennahrung.«

»Wer hat dich eigentlich an ihre Stelle gebeamt?« Abwehrend hob Demel die Hände.

»Lass uns gehen.« Klaudia schob die Schublade zu.

Wie immer saß PH an seinem Platz vor dem Flipchart. Ein Relikt aus alter Zeit. Jeder der Kollegen, die um den Tisch herumsaßen, hatte einen Laptop oder zumindest ein Tablet vor sich.

Außer einem Verkehrsunfall und geklautem Werkzeug sowie einem außer Kontrolle geratenen, nicht angemeldeten Osterfeuer war nicht viel passiert.

»Was gibt's sonst noch?« PH griff nach seiner Schäfchentasse. Er stand jetzt kurz vor der Pensionierung. Das Haar grau, aber immer noch dicht. Im letzten Jahr hatte er ein bisschen Fett angesetzt, vielleicht, weil Klaudia ihm den einen oder anderen Termin abgenommen hatte.

»Eine Vermisstenmeldung«, meldete sich Klaudia zu Wort. Kurz fasste sie die Fakten zusammen.

»Der Vorgang ist noch nicht in *InPol*?« PH scrollte sich durch seinen Bildschirm.

»Ich bin noch nicht fertig.«

»Wieso hattest du eigentlich den Bereitschaftsdienst?« PHs Blick wanderte von ihr zu Demel.

»Familiäre Gründe«, murmelte der. »Wir haben getauscht.«

»Ist jemand gestorben?«, fragte PH.

»Nein.« Demel schüttelte den Kopf. »Probleme mit dem Sohn.«

»Ich verstehe das nicht.« PH stellte seinen Kaffeebecher ab und legte die Fingerspitzen gegeneinander. Nachdenklich schüttelte er den Kopf. »Thang nimmt Mutterschaftsurlaub, und du tauscht den Dienst aus familiären Gründen. Als Nächstes wird noch einer von euch schwanger. An dich habe ich dabei nicht gedacht«, fügte er, in Klaudias Richtung nickend, hinzu.

»Du solltest dich vielleicht nicht ganz so weit aus dem Fenster hängen«, sagte Klaudia. »Sonst gibt's noch Ärger mit der Gleichstellungsbeauftragten.«

»Ist die auch für Männer zuständig?« Lachend hob PH die Hände, als würde er sich ergeben. »Mach weiter.«

»Okay.« Klaudia schluckte ihr letztes Gummibärchen herunter und schenkte sich einen Kaffee ein, bevor sie fortfuhr: »Karfreitag habe ich noch einmal mit der Familie gesprochen. Sie haben das Handy identifiziert.«

»Wann fahren sie zurück?«, fragte Demel.

»Verdächtigst du sie?«, fragte PH.

»Ich wüsste nicht einmal, weshalb«, antwortete Demel. »Bisher wissen wir nur, dass die Frau verschwunden und ihr Handy im Klo gelandet ist.«

»Außerdem«, Klaudia schüttelte bedächtig den Kopf, »gibt es bisher keinen Anhaltspunkt für ein Verbrechen. Frau Thielmann war allein, als sie das Hotel verließ.«

»Allein und betrunken«, ergänzte Demel.

»Was ist mit den umliegenden Krankenhäusern?«

»Fehlanzeige.«

»Die Kollegen der Wasserschutzpolizei?« PH fragte systematisch die Routinen ab. Das wirkte auf Außenstehende manchmal kleinkariert, doch Klaudia hatte schon erlebt, wie Kollegen bei Ermittlungen den Faden verloren, weil die rechte Hand nicht wusste, was die linke tat, und da war es gut, wenn es jemanden gab, der beharrlich nachfragte.

»Ebenfalls negativ.«

»Und diese Kellnerin und ihr Bruder hatten keine Ahnung, warum sie zu ihnen wollte?«

»Zumindest sagen sie das.«

»Du glaubst ihnen nicht?«, hakte Demel nach.

»Ich weiß nicht.« Klaudia kaute auf der Unterlippe. Zwei Bemerkungen flochten sich in ihrem Gehirn zu einer Aussage. *Heike war von hier.* Das hatte der Sohn gesagt. Und Schiebschick hatte davon gesprochen, dass Mandy und Martins Mutter sie zurückgelassen hatte. Vielleicht war das der Grund, warum sie nach der Kellnerin gesucht hatte? Sie sprach den Gedanken aus.

»Aber müsste diese Mandy sie dann nicht erkannt haben?«, fragte Demel. »Ich meine: Seine Mutter kennt man doch.«

»Sie haben sie Jahrzehnte nicht gesehen, Menschen verändern sich«, verteidigte Klaudia ihre Theorie.

»Das ist mir alles zu vage.« PH schob die Tasse über den Tisch. »Gib die Daten in *InPol* ein. Vielleicht hast du ja einen Treffer. Aber vielleicht ist auch alles ganz anders. Ich erinnere mich …«

Innerlich zuckte Klaudia zusammen. Wenn bei PH Sätze mit diesen Worten begannen, konnte man sich darauf verlassen, dass eine mehr oder weniger komplizierte Geschichte folgte.

»Ein Kollege hat die Geschichte auf einer Fortbildung erzählt. Ist so zwei, oder drei Jahre her«, fuhr PH fort. »Die haben eine Vermisstenmeldung reingekriegt.« Er runzelte die Stirn. »Eine ältere Dame hat ihre Tochter vermisst. Die war aber auch nicht mehr ganz frisch. Sie sei am Vortag aus dem Krankenhaus entlassen worden und nicht zu Hause angekommen. Natürlich war die alte Dame schrecklich besorgt, weil die Tochter auch nicht an ihr Handy ging. Na ja, und die Kollegen waren auch besorgt, weil die Frau ja frisch aus dem Krankenhaus entlassen war.« PH lachte. »Was sie nicht wussten: Die Vermisste war aus einer Entzugsklinik entlassen worden. Das hat die besorgte Mama vergessen zu erwähnen. Wahrscheinlich war's ihr peinlich. Na ja«, fuhr PH fort. »Die Kollegen haben dann eine Handyortung veranlasst.«

»Wurde sie gefunden?«, unterbrach der Kollege der Nachtschicht, der nur noch mit Mühe die Augen offenhielt.

»Nicht mit der Handyortung. Städtisches Gebiet. Zu viele Möglichkeiten.« PH nickte. »Aber zwei Tage später haben die Kollegen sie dann gefunden. Die zuständige Sachbearbeiterin hatte sich die Kreditkartenabrechnungen besorgt. Der Wagen der Vermissten parkte bei einem Discounter, und sie saß sturzbetrunken drin. Ist immer nur ausgestiegen, um zu pinkeln und sich Nachschub zu besorgen. Der Kollege, der die Geschichte erzählt hat, meinte, der Wagen habe gestunken wie eine Destille. Hast du ihre Kreditkarte überprüft?«

»Negativ«, sagte Klaudia. »Die Karte ist zuletzt am Tag des Verschwindens benutzt worden. Da hat sie sich im Einkaufsmarkt am Schloss eine Flasche Schnaps gekauft.«

»Na dann.« PH erhob sich. »Haltet mich auf dem Laufenden.«

»Immerhin hat er doch sehr diplomatisch versucht, dir einen Tipp zu geben.« Demel drehte sich kurz zu Klaudia um, während sie die Stufen zum Dachgeschoss hinaufstiegen.

»Wo ist eigentlich Petra?« Klaudia zog es vor, Demels Bemerkung zu ignorieren. »Arbeitet sie wieder für die Schule?«

Als Klaudia in Lübben angefangen hatte, mussten sie sich die Sekretärin noch mit einer Grundschule teilen.

»Die hat kurzfristig Urlaub genommen«, antwortete Demel etwas kurzatmig. »Irgendwas mit der Familie.«

»Petra auch? Das ist ja die reinste Epidemie. Kein Wunder, dass PH durch den Wind ist. Er kommt vielleicht ohne uns klar, aber ohne Petra?« Klaudia schüttelte den Kopf. »Weißt du Genaueres?« Ihr dämmerte, dass sie kaum etwas über das Privatleben der Reviersekretärin wusste. In ihrer ersten Zeit im Lübbener Revier hatte sie gedacht, Petra und PH seien ein Paar, doch das war wohl eher Vergangenheit. Die beiden waren Freunde und arbeiteten hervorragend zusammen. Dass PH bald in den Ruhestand gehen würde, war ein Einschnitt, doch wenn Petra einmal das Revier verlassen würde, wäre das eine Katastrophe. Das hatte Klaudia bemerkt, als sie PH im Sommer vertreten hatte. Petra hatte ihr so manches Mal den Hintern gerettet. Doch was die Sekretärin außerhalb des Reviers tat, wusste Klaudia nicht. Und das war auch nicht nur dem Umstand geschuldet, dass sie wenig Zeit hatte, sondern auch dem Umstand, dass Petra sich zwar liebend gern in das Privatleben der Sachbearbeiter und vor allem der Sachbearbeiterin einmischte, jedoch sehr zugeknöpft war, wenn es um ihr eigenes ging.

»Irgendwas mit ihrer Mutter.« Demel blieb stehen, eine Hand am Treppenlauf.

»Ich wusste gar nicht, dass ihre Eltern noch leben.« Klaudia blieb ebenfalls stehen.

»Warum sollten Sie nicht?« Demel atmete pfeifend ein und aus.

»Du solltest weniger rauchen.«

»Sollte ich wohl«, räumte der Kollege ein und nahm die

letzten Stufen in Angriff. Aufseufzend ließ er sich hinter Thangs Schreibtisch fallen.

»Richtest du dich hier jetzt eigentlich häuslich ein?« Klaudia setzte sich hinter ihren eigenen Schreibtisch und aktivierte mit der Maus den Bildschirm. »Ich meine, dir ist schon klar, dass Thang wiederkommt?« Sie überprüfte noch einmal Thielmanns Daten, bevor sie zur nächsten Eingabemaske wechselte. Das System hing mal wieder, wie so oft nach Feiertagen, wenn alle Sachbearbeiter wieder an den Schreibtischen saßen. »Er wird nicht immer Windeln wechseln.«

»Der eine kommt, der andere geht«, erwiderte Demel.

»Bist du jetzt ein Orakel, oder was?« Klaudia blickte zu dem Kollegen hinüber, der sich mit ausgestreckten Beinen und auf dem Bauch gefalteten Händen auf Thangs Stuhl rekelte.

»Und überhaupt? Hast du nichts anderes zu tun, als mich von der Arbeit abzuhalten?«

»Übst du noch, oder chefst du schon?« Demel richtete sich auf, und seine Unterarme landeten auf der Schreibtischplatte.

Ach, leck mich, dachte Klaudia und wandte sich wieder dem Bildschirm zu. Sie scrollte sich durch die mittlerweile aktualisierte Maske. »Nichts«, murmelte sie. »Absolut nichts.«

»Vielleicht schaut einer deiner alten Kollegen für dich in NRW nach«, sagte Demel. »Du kennst doch genügend Leute.«

Ja, dachte Klaudia. Doch ihr fiel nur ein Exkollege ein, an den sie sich wenden konnte. Und das war der letzte Mensch auf Erden, mit dem sie sprechen wollte.

14. KAPITEL

Die Sonne scheint durch das vergitterte Sprossenfenster, eine Tante steht an ihrem Bett und lächelt auf Männi herab.

»Aufstehen.« Sie streicht ihr die Haare aus der Stirn und geht zum nächsten Bett. Von dem Mädchen, das dort schläft, ist nur der Haarschopf zu sehen. Männi setzt Teddy auf den Stuhl neben ihrem Bett, angelt mit den Zehen nach ihren Pantoffeln, früher hat sie nie welche gehabt, und diese sind ihr auch ein bisschen zu groß, aber sie sind warm und weich. Männi klopft ihr Kissen auf, zieht das Laken glatt, wie die Tanten es ihr gezeigt haben, und stopft die Bettdecke rundherum fest. Sie tritt einen Schritt zurück und mustert ihr Werk. Ist nicht zufrieden und streicht noch einmal über die Bettdecke, bevor sie den anderen Mädchen in den Waschraum folgt. Dabei denkt sie an Matte.

Sie hat ihn nicht mehr gesehen, seit die Polizei sie aus der Wohnung geholt hat. Alles war ein einziges Durcheinander von Stimmen und Gesichtern. Männi erinnert sich nur, dass eine Frau Matte weggetragen hat. Sein Arm hing schlaff herab, als sei er tot. Männi wollte zu ihm, aber ein Mann hat sie festgehalten. Sie hat ihn gekratzt und getreten, doch er war stärker, hat sie in eine Decke gehüllt und sie und Teddy ebenfalls fortgetragen. Männi hatte schreckliche Angst, dann war da aber nur eine Ärztin. Die hat Männi in den Mund geschaut und ihre Brust abgehört und nach dem Schnitt in ihrer Hand gefragt.

Die ersten Tage hat Männi allein in einem kleinen Zimmer verbracht. Nicht einmal Teddy war bei ihr gewesen. Sie hat viel geweint und nicht schlafen können, weil: Sie ist noch nie allein gewesen. Schließlich hat eine Tante ihr Teddy zurückgebracht. Er hat ganz fremd nach Seifenlauge gerochen, so gar nicht mehr nach zu Hause. Männi war trotzdem froh.

Endlich durfte sie zu den anderen Kindern. Und am nächsten Tag ist eine Frau gekommen. Sie hat ein blaues Kostüm getragen und sich zu Männi an den Kindertisch gesetzt. Sie hat einen Block und einen Stift auf den Tisch gelegt, und die Tante, die bei ihr war, hat gesagt, Männi müsse der Frau alles sagen.

Die Frau hat Männi ganz viele Fragen gestellt: Wie lange Mutti fortgewesen sei? Ob Mutti das häufiger gemacht habe? Ob sie regelmäßig gegessen hätten? Und all solche Sachen, die Männi zum Weinen brachten. Sie hat nicht antworten wollen, aber dann hat sie daran gedacht, was Mutti ihr über die Strafen im Heim erzählt hat, und sie hat Angst gehabt, auch in ein Kellerloch gesperrt zu werden. Und auch wenn die Tanten lieb zu ihr waren und die Frau eine freundliche Stimme hatte, konnte ihr das passieren. Weil: Mutti war es auch passiert.

Also hat sie Teddy ganz fest an sich gedrückt und die Fragen der Frau beantwortet. Als die keine Fragen mehr hatte und ihren Block wegsteckte, hat Männi sie gefragt, wann sie wieder nach Hause könne. Sie habe doch keinen Husten. Nicht so wie Matte.

Das könne sie ihr nicht sagen, hat die Frau geantwortet, aber sie würden ihre Mutti suchen. Ob sie, Männi, eine Idee hätte, wo sie sein könnte?

Männi hatte genügend Zeit gehabt, über diese Frage nachzudenken, und sie wollte helfen.

Vielleicht sitzt sie, hat Männi geantwortet.

Die Frau hat sie gefragt, wie sie denn darauf käme, und Männi hat ihr von der Grenze und ihrem Vati erzählt.

Sitzen würde ihre Mutti nicht. Die Frau ist aufgestanden und hat sich den Rock glatt gestrichen.

Männi hat die Hand gehoben, wie im Hort im Stuhlkreis. Eine letzte Frage hatte sie noch: Ob ihr Bruder immer noch im Krankenhaus sei.

Das sei er, hatte die Frau geantwortet. Er sei ganz schlimm krank.

Ob sie ihn mal besuchen dürfe?

Sie solle erst einmal ein bisschen was auf die Rippen kriegen. Die Frau hatte sich zu ihr runtergebeugt und ihr die Hände auf die Schultern gelegt. Ihr Atem roch nach Kaffee. Trotz des freundlichen Lächelns hat Männi gespürt, dass die Frau ihr nicht antworten wollte, und sie hat wieder weinen müssen. Die Frau wusste, dass Mattes Husten ihre Schuld war. Sie hat nicht gut genug auf ihn aufgepasst. Die Frau ist dann gegangen, und die Tante hat sie auf den Schoß genommen und ihr übers Haar gestrichen. Arme Maus hat sie zu ihr gesagt, und Männi hatte gedacht, dass es so schlimm gar nicht war im Heim, und da musste sie noch mehr weinen.

Männi putzt sich die Zähne, wäscht Gesicht und Hände. Eine Tante flicht ihr das Haar zu zwei Zöpfen, dann kehrt sie in den Schlafraum zurück und zieht das Kleid und den Kittel an, die sie abends immer über die Lehne des Stuhls hängt, der neben ihrem Bett steht. Neben jedem Bett steht so ein Stuhl. Lauter weiße Stühle neben weißen Kinderbetten. Im Aufenthaltsraum sind die Tische bereits gedeckt. An Männis Platz steht ein dampfender Becher Kakao neben einer Schüssel mit Haferbrei. Männi mag den klebrigen Brei nicht. Sie hätte lieber Zuckerbrote gegessen, wie zu Hause, aber das gibt es hier nicht. Was wohl Matte zu essen bekommt?

15. KAPITEL

Arnos Stimme nach all den Jahren zu hören war wie ein Schlag auf den Solarplexus. Auch er stockte, als sie ihren Namen nannte. Seine Stimme veränderte sich umgehend, wurde vorsichtiger, als habe er Angst. Erst, als sie ihm den Grund des Telefonats nannte, entspannten sich seine Stimmbänder wieder.

»Klar kann ich nachschauen. Kein Thema.« Eine typische Arno-Phrase. »Wie geht's denn so?« Sie hörte das Klackern der Computertastatur.

»Gut, danke«, antwortete sie. »Und selbst?«

»Auch gut«, versicherte er. Vielleicht kam die Antwort einen Tacken zu schnell. Arno hatte nie Kinder gewollt, zumindest nicht mit ihr. Jetzt war er Vater einer Tochter, die ungefähr so alt wie Uwes Jüngster war, während Arno zügig auf die fünfzig zuging. Nicht gerade der typische junge Vater. »Wie schreibt sich der Name?«

Klaudia buchstabierte: Theodor – Heinrich – Ida – Emil – Ludwig und Mann wie …« Ihr fiel kein passender Vergleich ein. »Vorname Heike, geboren 1967.«

»Geborene Neblich«, sagte Arno.

»Was?« Klaudia richtete sich auf. »Was hast du gerade gesagt?«

»Neblich«, wiederholte ihr Ex.

Scheiße, fluchte Klaudia innerlich. Das hätte sie schon längst wissen müssen. Warum hatte sie die Familie nicht nach dem Ausweis der Vermissten gefragt? Weil du nur halbherzig ermittelt hast, mischte sich ihre Ermittlerader ein.

»Sagt dir der Name was?«, fragte Arno in Klaudias selbstzerfleischenden Gedanken hinein.

»Ja.« Sie dachte an die Kellnerin und ihren schwerfälligen Bruder. »Das ist ja interessant.« Sie sah, wie Demel sich vorbeugte. Nichts an seiner Haltung war mehr entspannt. »Und was habt ihr über sie?«

»Nichts Besonderes«, antwortete Arno. Seine Stimme klang abwesend, wie immer, wenn er gleichzeitig las und sprach.

Dieses Vertraute schmerzte mehr, als Klaudia erwartet hatte. Nach all den Jahren, dachte sie.

»Pille Palle halt.« Arno holte tief Luft.

»Kannst du mir das schicken?«, unterbrach ihn Klaudia. Sie wollte nicht länger mit ihm sprechen und nannte ihm ihre E-Mail-Adresse.

»Klar«, antwortete Arno, dann räusperte er sich. »Das mit deinem Vater«, sagte er. »Das tut mir echt leid.«

Die Bemerkung traf Klaudia wie ein Stich in die Magengrube. Ihr Vater und Arno hatten sich nie gut verstanden, sich eher toleriert als gemocht. »Woher weißt du davon?«

»Ich habe Conny getroffen.«

»Du hast mit ihr gesprochen?« Dass ihre Stiefmutter sich mit ihrem Ex getroffen hatte, war ein weiterer Stich in die Magengrube. Conny hatte Arno immer sehr gemocht.

»Ja«, bestätigte ihr Ex. »Wir haben uns zufällig getroffen. Im Grugapark«, fügte er hinzu.

Wo auch sonst, dachte Klaudia. Der Grugapark war so etwas wie ihr zweites Zuhause gewesen. Für manche Menschen ändern sich manche Dinge nie.

»Ich habe gefragt, wie es so ist. Und da hat sie mir erzählt, dass er im Heim ist und sie nicht mehr erkennt. Das muss fürchterlich sein für euch.«

»Ja«, bestätigte Klaudia. Sie sprach nur ungern über die

Demenz ihres Vaters. Und Arno gehörte definitiv nicht mehr zu den Menschen, denen sie ihr Herz ausschüttete.

»Und?«, fragte Demel, als Klaudia das Telefonat beendet hatte. »Dein Kontakt kennt Thielmann?«

»Nein.« Verwundert schüttelte Klaudia den Kopf. »Wie kommst du darauf?«

»Hat er das nicht gerade gesagt?«

»Ach so.« Natürlich kannte Demel nur ihre Seite des Telefonats. »Nicht mit Thielmann«, klärte Klaudia das Missverständnis auf. »Aber ich hatte recht.« Sie klopfte mit dem Kugelschreiber auf ihre Notizen. »Heike Thielmann ist die Mutter der Neblichs. Zumindest ist sie eine geborene Neblich.«

»Okay«, sagte Demel gedehnt, »sie kann also auch anders mit ihnen verwandt sein.«

»Glaubst du das?«

»Eher nicht.«

»Und die Dame hat eine Akte in NRW.«

»Ach ne.« Demel pfiff leise durch die Zähne. »Und was hat sie ausgefressen?«

»Nichts Schlimmes.« Klaudia dachte an Arnos Worte. »Der Kollege schickt sie mir.«

»Ob die Familie das weiß?«

»Was?«, fragte Klaudia. »Dass Thielmann eine Akte hat oder dass sie möglicherweise die Mutter von Mandy und Martin ist? Und wenn du Familie sagst, welche meinst du genau? Die alte oder die neue?«

»Bisschen verwirrend das Ganze, oder?«

»Mich verwirrt eher, warum wir hier nichts haben.« Noch einmal scrollte Klaudia sich durch *InPol*. »Es muss doch etwas geben.«

»Vielleicht ist der Vorgang nach Neunundachtzig nicht weiterverfolgt worden«, gab Demel zu bedenken. »Immerhin sind damals eine Menge Kinder in Heimen gelandet, weil ihre Eltern rübergemacht haben.«

»Was?« Klaudia blickte von ihrem Bildschirm auf. »Echt jetzt? Das wusste ich nicht.«

»Warum auch?« Demel zuckte mit den Achseln. »War ja nicht euer Problem. Aber ich erinnere mich an einen Bericht im MDR.« Er lehnte sich wieder in seinem Stuhl zurück. »Da hat eine Heimleiterin an die Verantwortlichen appelliert, ein Rechtshilfeabkommen zu schließen, damit diese Eltern belangt werden können.«

»Und?«, fragte Klaudia. »Hat sie mit ihrem Appell Erfolg gehabt?«

»Ich glaube, die hatten damals andere Sorgen.« Demels Mund verzog sich zu einem schiefen Grinsen. »Wahrscheinlich sind die Fälle einfach unter den Tisch gefallen. Mangels öffentlichen Interesses. Soll vorgekommen sein.«

»Echt jetzt?«

»Frag mal die alten Kollegen. Da ist einiges liegen geblieben. Die Thielmann hat wohl einfach Glück gehabt, dass die DDR abgewickelt worden ist«, fuhr er nachdenklich fort. »Vor Neunundachtzig wäre sie wegen Republikflucht nach *Hoheneck* gekommen. Und die Kinder hätten sie ihr sowieso weggenommen.«

»Hoheneck?«

»Burg Hoheneck«, präzisierte Demel. »War bis zur Wende das größte Frauengefängnis der DDR. Nicht unbedingt ein Ruhmesort der Rechtsgeschichte.«

»Irre, oder?« Klaudia konnte es immer noch nicht fassen, dass sie tatsächlich richtiggelegen hatte.

»Sag nicht, das ist im Westen nicht vorgekommen?« Demel legte den Kopf schief.

»Dass Altfälle einfach begraben werden?«

»Das auch«, sagte Demel, »aber ich dachte eher an Kinder, die von ihren Eltern verlassen werden.«

»Natürlich«, räumte Klaudia ein. Sie dachte an die Babyklappen, die Anfang der Zweitausender an westdeutschen Kliniken eingerichtet worden waren. Sie selbst hatte in ihrer Essener Zeit in einem Fall ermittelt, in dem ein Neugeborenes in einer Telefonzelle zurückgelassen worden war. Sie hatten die Mutter nie gefunden. »Vielleicht sollten wir mal beim Jugendamt nachfragen, möglicherweise haben die was.« Sie schrieb eine Notiz auf ein *Post-it* und klebte es an den Rand ihres Computerbildschirms.

»Vielleicht wissen die auch etwas über den Vater der Kinder?« Nachdenklich rieb Demel sich das Kinn.

»Den Vater?« Ärgerlich über sich selbst runzelte Klaudia die Stirn. Bisher hatte sie noch keinen Gedanken an den Erzeuger der Kinder verschwendet. Aber natürlich mussten die Kinder einen Vater haben.

»Vielleicht ist sie mit ihm zusammen?«, fuhr Demel fort.

»Vielleicht«, räumte Klaudia ein. Sie verließ mit dieser Bemerkung das Reich der Spekulationen und kehrte zu dem zurück, was sie wussten.

Oder zu wissen glaubten, schränkte ihre Ermittlerader ein.

»Wie dem auch sei.« Sie räusperte sich. »Zumindest haben wir jetzt eine Idee davon, was sie von Mandy wollte.«

»Wirklich?« Demel lehnte sich wieder in Thangs Stuhl zurück und faltete die Hände über der Brust. Er sah aus, als würde er ein Nickerchen machen, doch Klaudia kannte den

Kollegen gut genug, um sich von seiner Körperhaltung nicht täuschen zu lassen. Sie alle hatten ihre Ticks. An manche gewöhnte man sich schneller als an andere. Wenn Thang angestrengt nachdachte, klopfte er sich mit einem Kugelschreiber gegen die Zähne. Eine Angewohnheit, die sie in den ersten Monaten ihrer Zusammenarbeit fast in den Wahnsinn getrieben hatte, aber an die sie sich schließlich ebenso gewöhnt hatte wie an die vietnamesischen Frühlingsrollen, die Thang so großzügig mit seinen Kollegen teilte. Jetzt fehlte ihr beides. Thang war zu Hause und wechselte Windeln, fuhr seine Kinder spazieren und tat all die Sachen, die man so tat, wenn man Kinder hatte. Weder ihm noch seiner Frau würde einfallen, ihre Zwillinge einfach so zurückzulassen.

»Absolution? Versöhnung? Sich entschuldigen?« Klaudia fiel nicht viel mehr ein.

»Aber warum jetzt?«, fragte Demel, ohne die Augen zu öffnen. »Ich meine, es ist dreißig Jahre her.«

»Sie hat im letzten Jahr ihren Mann verloren«, erinnerte sich Klaudia an das Gespräch mit den Geschwistern. »Vielleicht ist das der Grund?«

Demel nickte.

»Sie ist zum Café gegangen«, fuhr sie fort, »um Mandy zu treffen. Aber warum dort?«

»Möglicherweise wusste sie nicht, wo Mandy wohnt.«

»Das ist einfach herauszufinden.« Klaudia öffnete die Telefonbuch-App ihres Smartphones. »Bingo«, sagte sie. »Martin steht mit Adresse im Telefonbuch.«

»Das Café ist ein öffentlicher Ort«, nahm Demel den Faden auf. »Vielleicht deshalb?«

»Sie hatte also Angst vor dem Gespräch.«

»Immerhin hat sie sich Mut angetrunken. Wahrscheinlich

war ihr klar, dass ihre Kinder nicht besonders gut auf sie zu sprechen sind.«

Klaudia dachte an die verhärmt wirkende Blondine und ihren stark übergewichtigen Bruder. Es fühlte sich merkwürdig an, von den beiden als Kindern zu sprechen. Und doch waren sie das. Verlassene Kinder. Wie bei *Peter Pan*. Nur ohne *Glöckchen*.

»Als sie zuletzt gesehen wurde, könnte sie auf dem Weg zu ihnen gewesen sein.«

»Möglich«, räumte Klaudia ein. »Aber was ist dann passiert?

»Willst du auch einen Kaffee?«

Klaudia nickte.

»Dann mach ich uns mal welchen.« Demel stemmte sich in die Höhe und richtete seinen Hosenbund.

Während der Kollege in der kleinen Teeküche hantierte, lehnte Klaudia sich in ihrem Stuhl zurück, schloss die Augen und versuchte, sich in Thielmanns Lage zu versetzen: Ich habe meine Kinder verlassen! Sie versuchte, diesen Gedanken in sich einsinken zu lassen, ihn zu fühlen, ihn wahr werden zu lassen. Vergeblich. In ihrer beruflichen Laufbahn hatte sie sich erfolgreich in alle möglichen Täter hineinversetzt. Es hatte ihr geholfen, die Frauen und Männer so weit zu verstehen, dass sie ihnen helfen konnte, zu ihren Taten zu stehen. Doch diesmal versagte ihre Gabe. Sie spürte nur den Schmerz der Kinder. Vielleicht hing das mit ihrer eigenen Biografie zusammen. Auch sie hatte sich zeit ihres Lebens von ihrer Mutter im Stich gelassen gefühlt.

»Entweder sie hat sich verlaufen oder sie ist in die Spree gefallen und ertrunken …« Demel kehrte mit zwei Tassen und möglichen Antworten auf seine eigene Frage zurück.

»Dann wüssten wir das bereits.« Mit einem Mausklick aktualisierte Klaudia ihren Posteingang. Noch immer keine E-Mail von Arno. »Die Wasserschutzpolizei ist die Strecke abgefahren.«

»Oder sie ist bei jemandem, den sie von früher kennt.«

»Die Kinder sagen, sie hätte hier niemanden.«

»Dann wissen sie also auch nichts von den Neblichs?« Mit der Tasse in der Hand stellte Demel sich ans Fenster und blickte nachdenklich hinaus. »Glaubst du das wirklich?«

»Nein.« Klaudia dachte an das belauschte Gespräch. Sie war sich jetzt ziemlich sicher, dass es Marie Thielmann gewesen war, deren Bemerkung sie belauscht hatte. »Ich denke, sie haben uns angelogen.«

»Und genau darüber sollten wir mit ihnen sprechen.«

16. KAPITEL

Welber stemmte das Rudel in den schlammigen Grund. Die Sonne brach durch und blendete ihn für einen Moment, dann schob sich wieder eine Wolke vor sie. Welber mochte diese Zeit des Tages, wenn die Sonne sich gerade über den Horizont schob und der Spreewald ihm allein gehörte. Die Luft war noch kalt von der Nacht. Außer dem leisen Plätschern, mit dem sein Rudel ins Wasser tauchte, waren nur die Vögel zu hören. Jetzt im Frühjahr hallten ihre Balzgesänge durch den lichten Wald. Lautlos glitt sein Kahn an umgestürzten Erlen und kreisrunden Bruthöhlen vorbei. Welber hatte das Gefühl, zu schweben, und das lag nicht nur an der Morgenstimmung. Er fühlte sich seltsam leicht im Kopf und in den Gliedern. Selbst das Staken strengte ihn weniger an als üblich. Die Frau sagte, das liege an seinem veränderten Stoffwechsel. Welber hätte nicht gedacht, dass Fasten so einfach war. Nicht nach all den schrecklichen Geschichten der Eltern und Großeltern über Hungerwinter. Deshalb war er skeptisch gewesen, doch in diesem Jahr hatte er dem Drängen der Frau nachgegeben und mitgemacht. Welber hatte jetzt fast genau eine Woche Heilfasten hinter sich, eine weitere Woche lag noch vor ihm. Er hatte Angst gehabt, vor Hunger umzufallen, aber hungrig war er nur an den ersten beiden Tagen gewesen. Am zweiten Tag hatte er Kopfschmerzen gehabt und alle Muskeln hatten geschmerzt, da hatte ihm die Frau ein Bad eingelassen. Welber konnte sich überhaupt nicht daran erinnern, wann er das letzte Mal in der Wanne gelegen hatte. Und es war auch recht eng geworden. Die Frau hatte ein streng riechendes Pulver in die Wanne geschüttet, und dann hatte Welber im Wasser gelegen, mit den Händen Wasser über seinen Bauch geschüttet und sich an die guten alten Zeiten erinnert, in dem das Bierfass, das heute seine Leibesmitte definierte, noch ein Sixpack gewesen war. Nach dem Bad hatte er lange geschlafen und war erfrischt und ohne Hunger erwacht. Er vermisste das Essen nicht einmal, nur sein abendliches Bier fehlte ihm. Aber das hatte ihm die Gicht schon genommen, die ihm das Leben zur Hölle machte. Ohne die Schmerzen hätte er nicht eingewilligt. Doch es funktionierte. Im Moment taten ihm weder die Knochen noch die Gelenke weh, und auch die kleinen Knoten an den Zehen schienen zu schrumpfen. Selbst den Gürtel hatte er heute ein Loch weiter hinten schließen können. Und auch wenn er nicht wegen seines Gewichtes fastete, hatte es ihn gefreut, als der Gürteldocht ohne Probleme an dem ausgeleierten Loch vorbeiglitt, das in den letzten Jahren seine Heimat gewesen war, und er ihn in das nächste, noch jungfräuliche Loch schieben konnte.

Sie seien schon verrückt, hatte die Frau am Morgen zu ihm gesagt, als sie seinen Becher Fastensuppe vor ihm abstellte. Eine dünne Brühe aus Gemüseabfällen, die sie selbst kochte. Alle fasten vor Ostern, wir danach.

Welber hatte genickt, dabei war ihm Ostern egal. Also der christliche Aspekt. Ihm war eher wichtig, dass die Saison wieder losging. Seine Frau betrieb eine Pension, die es ihm ermöglichen würde, nächstes Jahr in Rente zu gehen.

Welber lenkte seinen Kahn in den Kirschkanal. Ein Eisvogel platschte vor ihm ins Wasser. Blitzschnell tauchte der Vogel wieder auf und flog mit seiner zappelnden Beute Richtung Bruthöhlen. Hier, inmitten des Hochwaldes, lebten die Tiere weitgehend ungestört, und es war Welbers Aufgabe, dafür zu sorgen, dass das auch so blieb.

Der Förster lenkte den Kahn ans Ufer und griff nach seinem Fernglas. Irgendwo hämmerte ein Specht. Die gab es hier reichlich. Seltener waren da schon die Vögel, die Welber heute suchte. Ihr Nistplatz war geheim. Er würde ihn nicht einmal der Frau verraten. In der Brutzeit sah Welber regelmäßig nach dem Rechten. Auf keinen Fall wollte er riskieren, dass die Fischadler gestört wurden. Welber stieg aus dem schwankenden Kahn und machte sich auf den Weg: den Rucksack mit der Fastensuppe auf dem Rücken, das Fernglas um den Hals. Von hier aus ging es zu Fuß weiter. Der Weg war nass und schlammig, und Welber kam nur mit Mühe voran.

Kritisch musterte er den Pfad, der in den Wald hineinführte. Nicht alle Menschen hielten sich an das Begehungsverbot. Manche kamen her, um Vögel zu fotografieren, andere gingen einfach nur spazieren, und ganz wenige stellten Fallen auf. Auf die hatte Welber es abgesehen. Und dann waren da noch die Bengels mit ihren Crossbikes, die sich wie die Nutrias im Spreewald breitmachten, mit ihren Fahrrädern herumfuhren und Zeug rauchten, von dem ihre Eltern wohl nichts wissen sollten. Welber war auch mal jung gewesen, und er wusste noch ziemlich genau, wie es sich anfühlte, wenn das Gehirn wegen Umbau geschlossen war. Trotzdem würde er ihnen die Hammelbeine langziehen, wenn er sie hier erwischte. »Rauchen« und »Wald« waren zwei Begriffe, die nicht in einen Satz gehörten, außer der Satz enthielt noch das Wort »Verboten«! Welber hoffte, dass der Spuk im Sommer vorbei sein würde, wenn Farn die Wege zuwucherte. Doch jetzt im Frühjahr lugten erst grüne Spitzen aus dem Boden, und die Wege waren ungeschützt. Ein paar Meter weiter fand Welber die Spur des gefährlichsten Bewohners des Spreewaldes, und das ganz ohne sein Fernglas. Der Boden war von breiten Fahrradreifen aufgewühlt, die noch junge Vegetation zerstört. Seufzend schüttelte Welber den Kopf. Gerade jetzt im Frühjahr brauchten der Wald und seine Bewohner ihre Ruhe.

Die Spur verlief in Richtung des geheimen Brutplatzes. Der Gedanke gefiel Welber nicht. Fischadler waren eigentlich anspruchslos, was ihre Umgebung anging, reagierten jedoch sehr empfindlich auf Störungen. Besorgt folgte Welber der Spur und kam nach einigen hundert Metern zu der Lichtung, die sich direkt am Peterkanal befand. Sie lag auf einer Kaupe und war deshalb selbst im Frühjahr trocken. Obwohl es verboten war, stiegen viele Kanuten hier aus, um zu rasten. Auch heute lagen Zigarettenkippen und eingedellte Bierdosen herum. Welber hatte schon mehr als einmal darüber nachgedacht, hier einen Abfalleimer aufzustellen, aber das wäre eine Einladung an all jene gewesen, die sich nicht an die Regeln hielten. Seufzend zog Welber einen Plastikbeutel aus einer der vielen Taschen der Multifunktionsweste. Die Frau machte sich immer lustig darüber, dass er diese Westen trug, doch Welber fand, dass man nicht genug Taschen am Körper haben konnte. Einer anderen Tasche entnahm er einen Einmalhandschuh, wie die Frau sie zum Formen der Frikadellen benutzte. Nur mit Mühe gelang es ihm, den Handschuh über seine fleischige Rechte zu ziehen. Am Handgelenk riss das Latex ein, aber die Finger waren immerhin geschützt. So vorbereitet bückte Welber sich nach der ersten Kippe. Langsam arbeitete er sich über die Lichtung. Er griff gerade nach einer Dose, als ein Sonnenstrahl durchbrach und von etwas Glänzendem im Wasser reflektiert wurde. Welber trat einen Schritt näher ans Ufer. Sein Verstand setzte die einzelnen Bilder wie in Zeitlupe zusammen, dann wirbelten sie durcheinander, wie in einem Strudel. Auf einmal wusste Welber nicht mehr, wo oben und unten war. Die Plastiktüte entglitt seiner plötzlich kraftlosen Hand.

17. KAPITEL

Klaudia verabredete sich mit Marie Thielmann und Raphael Kleber im Bürgerbüro in den Räumen der Wasserschutzpolizei. Kurz bevor sie das Revier verließen, poppte endlich die E-Mail von Arno in ihrem Posteingang auf. Klaudia öffnete sie und überflog die Einträge: Hausfriedensbruch, tätlicher Angriff auf einen Polizisten. Die wenigsten Kollegen hätten zumindest den zweiten Punkt als Pille Palle bezeichnet. Sie blickte auf das Datum. »Wann war das noch mal genau, dass die Grenze geöffnet wurde?«, fragte sie Demel, der gerade aus der Teeküche zurückkehrte. In seinem Mundwinkel hing noch ein Brötchenkrümel.

»09.11.89«, antwortete der Kollege, ohne überhaupt nachdenken zu müssen.

»Wow.« Klaudia war angemessen beeindruckt. »Du erinnerst dich aber gut. Bist du rüber in der Nacht?«

»Du meinst über die Grenze?«

»Ja.« Klaudia dachte an die Bilder, die damals um die Welt gegangen waren. Hunderte von vorwiegend jungen Menschen, die auf der Mauer feierten.

»Nein.« Demel schüttelte den Kopf. »Ich wäre vielleicht«, fügte er hinzu, als müsste er sich rechtfertigen. »Aber ich hab Wachdienst gehabt.«

»Du warst bei der NVA?«

»Natürlich war ich das.« Demel nahm eine Zigarette aus der Schachtel und hielt sie sich unter die Nase, wie er es manchmal tat, wenn er eigentlich gerne rauchen wollte, aber nicht konnte. »Ich wollte ja zur Polizei.« Er atmete tief ein, und Klaudia konnte geradezu sehen, wie er seine Erinnerungen sortierte. »Als ich auf die Stube zurückkam, wusste schon jeder Bescheid. Oder dachte zumindest, dass er Bescheid wüsste. Ich meine: Da saßen sieben Rekruten mit neun Meinungen. Und dann stand auf einmal der diensthabende Unteroffizier in der Stube und brüllte was von erhöhter Gefechtsbereitschaft.« Demel schob die Zigarette zurück in die Schachtel. »Da ist mir vielleicht der Arsch auf Grundeis gegangen. Ich meine, das konnte doch nur eins heißen.« Er schwieg, verlor sich in seinen Erinnerungen. »In der Nacht hab ich kein Auge zugemacht«, fuhr er schließlich fort. »Ich hab mir vorgestellt, wie das sein würde. Wir an der Grenze …« Er stockte, das Klingeln der Bahnschranke kündigte einen weiteren Zug an.

»Hättest du geschossen?«, fragte Klaudia.

»Hättest du?«, antwortete Demel mit einer Gegenfrage. »Ich weiß es nicht«, sagte er über das Klirren der Fensterscheiben hinweg, und es klang, als hätte auch er sich diese Frage mehr als einmal gestellt. »Ich war auf jeden Fall froh, als am nächsten Mittag der Spuk vorbei war.« Er schwieg für einen Moment, dann musterte er Klaudia. »Wie war's bei dir?«

Klaudia dachte an ihre Nacht in der Gelsenkirchener Bahnhofswache. »Ich hab nicht viel davon mitgekriegt.« Sie zuckte mit den Achseln. »Ich hatte damals wohl andere Sorgen. Außerdem war es alles so weit weg.«

»Ja, für dich als Wessi schon. Bei uns war das anders. Es war schon irgendwie komisch, als dann das ganze Land abgewickelt wurde.«

»Und Altfälle unter den Teppich gekehrt wurden.«

»Du weißt nicht einmal, ob es einen Altfall gibt. Die Frau kann die Kinder bei Nachbarn, Freunden oder dem Vater gelassen haben. Was steht denn nun in der Akte?«

»Dass sie am 11. 11. …

»Um 11 Uhr 11?«, unterbrach Demel sie grinsend.

»Eher später.« Auch Klaudia grinste. »Auf jeden Fall wurde sie in Wadersloh in Gewahrsam genommen.«

»Wo um Himmels willen ist Wadersloh?«, fragte Demel.

»In Nordrhein-Westfalen, nehme ich mal an.«

»Du kennst dich aber nicht besonders gut in deiner alten Heimat aus, was?«

»Muss daran liegen, dass es das größte Bundesland ist.«

Klaudia stopfte ihr Smartphone in den Rucksack und fuhr den Computer herunter. »Wir müssen los.«

Der Himmel riss auf, als sie das Lübbener Revier verließen, und in Lübbenau schien sogar die Sonne. Demel blinkte und lenkte den Dienstwagen in den Hof der Wasserschutzpolizei. Ein Kollege, der gerade seine Zigarettenpause machte, ließ sie ins Revier.

»Was wollt ihr denn hier?« Uwe legte das Brötchen, in das er gerade hatte beißen wollen, zurück auf die glatt gestrichene Bäckereitüte. Ein dampfender To-Go-Becher verbreitete den Duft von frisch aufgebrühtem Kaffee.

»Du traust dich wieder zum Bäcker?«, spottete Demel.

Uwe ging nicht auf die Frage ein, doch seine Ohren röteten sich. Wahrscheinlich hatte Tanja ihren freien Tag, sonst wäre er nicht zu Bubner gegangen.

»Was machen die Kids?« Klaudia stellte ihren Rucksack auf einen der gepolsterten Besucherstühle. Das Büro war im letzten Jahr renoviert worden. PH hatte Gelder locker gemacht, und Uwe hatte ein Wochenende investiert. Jetzt schimmerten die ehemals nikotingelben Wände in dezentem Eierschalenweiß. Die alten Büromöbel waren durch einen hellen Schreibtisch, einen ergonomischen Bürostuhl und gepolsterte Besucherstühle ersetzt worden. Nur der für das alte Haus so typische Geruch nach feuchten Wänden war geblieben, der sich jetzt mit dem Kaffeeduft aus Uwes Becher vermischte. Sie stellte die Frage nicht nur, um das Gespräch in unverfängliche Bahnen zu lenken. Uwes jüngster Sohn war ihr Patenkind, und auch die Mädchen lagen ihr am Herzen. Sie waren mehr Familie für sie als die Kinder ihrer Halbschwestern.

»Alles bestens«, erwiderte Uwe kurz angebunden.

Normalerweise sprach er gerne über seine Kinder. Die vier waren ein eingeschworenes Team, geformt durch gemeinsam verarbeitete Trauer. Aber irgendwie wirkte er in letzter Zeit immer etwas – Klaudia fand nicht auf Anhieb das richtige Wort, entschied sich dann jedoch für: angefressen – wenn sie mit Demel auftauchte.

»Ich hab gehört, du wirst noch mal Patentante?« Immerhin ließ er sich zu Small Talk herab, auch wenn Klaudia das Gefühl hatte, dass er Demel ignorierte.

»Ja«, bestätigte sie. »Thang hat mich gefragt.«, fügte sie hinzu. »Wusstest du, dass Wibke sich verlobt hat?«

»Schiebschick hat mir davon erzählt. So richtig mit Ring und Party.« Jetzt klang Uwe tatsächlich eingeschnappt.

»Ich bin da auch nur zufällig reingeraten.« Klaudia hatte das Gefühl, sich rechtfertigen zu müssen.

»Wie auch immer.« Uwe schob das Brötchen von sich, als sei ihm der Appetit vergangen. »Was bringt euch zu mir?«

»Ein Date«, sagte Demel.

Uwes Blick wanderte von ihm zu Klaudia.

»Wir sind mit den Angehörigen der Vermissten verabredet.« Schon wieder hatte Klaudia das Gefühl, sich rechtfertigen zu müssen. »Wir haben einige Fragen, die wir ihnen nicht unbedingt im Schlosshotel stellen möchten.« Sie fasste kurz zusammen, was sie wussten.

»Kanntest du diese Geschichte?«, fragte sie.

»Nein. Nie davon gehört.« Uwe zog das Brötchen wieder zu sich heran und biss nachdenklich ab. »Was sagt denn Schiebschick?«

»Er hat es erwähnt, aber offensichtlich hat er die Thielmann nicht erkannt.«

»Kein Wunder«, nuschelte Uwe an dem Bissen vorbei, den er gerade kaute. »Der Alte ist fast blind und zu eitel, eine Brille zu tragen.« In diesem Moment schellte es, und sie hörten die Stimme des diensthabenden Beamten, der in die Gegensprechanlage sprach.

»Das dürften die Geschwister sein.« Demel blickte sich im Raum um. »Ich geh mal gucken, ob ich noch einen Stuhl schnorren kann.« Er verschwand auf dem Flur.

Eine männliche Stimme, wahrscheinlich gehörte sie dem Sohn der Vermissten, fragte nach ihr.

»Ich mach mich dann mal vom Acker.« Uwe verstaute das Brötchen und griff nach dem Becher. An der Tür wandte er sich noch mal um. »Lust auf ein Bier die Tage?«, fragte er, ohne Klaudia anzusehen.

Mein Gott, dachte die. Wir sind Freunde. Wir haben einige Biere miteinander getrunken. Was ist das Problem? Und trotzdem war ihr erster Impuls, abzusagen. Sie mochte Uwe, aber offensichtlich anders als er sie.

»Klar«, antwortete sie dann doch. Sie brachte es einfach nichts übers Herz, ihm einen Korb zu geben. »Gerne. Ich melde mich, wenn ich Zeit habe.«

»Ach und noch was.« Uwe räusperte sich. »Du hast doch nach Fiedler gefragt.«

»Ja?« Klaudia stand auf.

»Darf ich mal?« Demel rollte einen Bürostuhl in den Raum und zwängte ihn hinter den Schreibtisch.

»Erzähl ich dir beim Bier.« Uwe hob die Hand zum Gruß und trat zur Seite, um die Geschwister vorbeizulassen.

Klaudia starrte ihm nach. Wie immer, wenn der Name Fiedler fiel, verdoppelte sich ihre Herzfrequenz. Uwe stellte wirklich sicher, dass sie sich bald meldete.

Marie Thielmann und Raphael Kleber betraten das Büro. Unsicher blickten sie sich um. Klaudia verdrängte den Gedanken an Fiedler und begrüßte die beiden.

»Wissen Sie schon etwas von meiner Mutter? Haben Sie sie gefunden? Geht es ihr gut?« Marie Thielmann schoss ihre Fragen ab, bevor sie überhaupt saß. Ihr Bruder war schweigsamer. Ein Nerv an seinem Auge zuckte.

Beide wirkten blass und übermüdet.

»Es tut mir leid.« Klaudia setzte sich hinter den Schreibtisch, Demel nahm neben ihr Platz. »Bisher gibt es noch keine Spur von ihrer Mutter.«

»Aber das kann doch nicht sein.« Maries Augen füllten sich mit Tränen. »Ein Mensch verschwindet doch nicht einfach so?«

»Manche Menschen schon.« Demel rieb sich das Kinn. Eine nachdenkliche Geste. »Vor allem, wenn sie verschwinden wollen.«

»Meine Mutter ist keine Verbrecherin, die untertauchen muss.« Marie rutschte auf dem Besucherstuhl nach vorn. Ihr Gesicht war ganz blass und spitz. »Warum sagen Sie so etwas? Wir haben ein ganz normales Leben geführt. Mutti würde nie einfach so verschwinden!«

»Aber Sie hat es schon einmal getan, nicht wahr?« Demels Stimme war kaum mehr als ein Raunen.

»Was?«, fuhr Marie auf.

»Einfach so zu verschwinden.« Sie spielten nicht unbedingt guter Bulle, böser Bulle, aber in der Regel funktionierte es gut, wenn Demel für die unangenehmen Fragen zuständig war.

»Wie kommen Sie darauf?« Marie sprang auf, mit zwei Schritten war sie an der Tür. Die Hand schon auf der Klinke überlegte sie es sich anders und kehrte an ihren Platz zurück.

»Bei der Suche nach Ihrer Mutter sind wir auf eine alte Kriminalakte gestoßen.« Jetzt war Klaudia an der Reihe. Sie war für die Informationen zuständig.

»Eine Kriminalakte?« Marie war schon blass gewesen, als sie das Büro betreten hatte, doch jetzt war sie bleicher als die geweißte Wand hinter ihr.

»Warum sind Sie hier?«, fragte Demel.

»Wir machen Urlaub«, fauchte Marie. »Das haben wir doch bereits Ihrer Kollegin gesagt.«

»Die Frage war rhetorisch.« Es war das erste Mal, dass sich Raphael zu Wort meldete. »Sie wissen, warum wir hier sind, nicht wahr?« Seine Frage richtete sich an Klaudia.

»Ja.« Klaudia nickte. »Sie suchen nach Ihren Geschwistern.«

»Das ist kein Verbrechen«, warf Marie ein.

»Ist es auch kein Verbrechen, seine Kinder zurückzulassen?«, fragte Demel.

Das Schweigen, das seinen Worten folgte, waberte wie Frühnebel durch den Raum.

Klaudia und Demel waren darin geschult, es auszuhalten; für die Geschwister jedoch wurde die Situation mit jedem Atemzug, den das Schweigen andauerte, unerträglicher.

»Was hat das mit ihrem Verschwinden zu tun?«, fragte Marie.

»Das wissen wir nicht«, räumte Klaudia ein. »Aber es wäre möglich. Warum erzählen Sie uns nicht einfach die ganze Geschichte?«

Marie und Raphael tauschten einen Blick, dann räusperte sich der junge Mann. »Wenn Sie so wollen, ist es meine Schuld.«

»Dass Ihre Mutter Ihre Geschwister zurückgelassen hat?« Klaudia missverstand ihn mit Absicht, doch zu ihrer Überraschung nickte Raphael.

»Das wahrscheinlich auch«, sagte er. »Heike ist damals in den Westen rüber, um meinen Erzeuger zu treffen.« Er räusperte sich wieder. »Was ich Ihnen jetzt erzähle, ist Heikes Version.«

Klaudia nickte.

»Ich kenne den Mann nicht. Noch nicht«, fügte Raphael hinzu. »Soweit ich weiß, war er Busfahrer und hat sie wohl bei einer seiner Touren geschwängert und ist dann nicht mehr aufgetaucht. Sie wollte ihn also mit der frohen Botschaft überraschen. Sie hat wirklich an eine gemeinsame Zukunft geglaubt«, fügte Raphael schmallippig hinzu. »Sie war also mit mir schwanger, als sie über die Grenze ist und ...«

»Er war verheiratet«, fiel Marie ihm ins Wort, »hatte Familie. Für ihn war sie einfach nur die Ostschnecke, die er gepimpert hatte.«

Und die deshalb ziemlich ausgerastet ist. Klaudia dachte an die Anzeige, die in NRW geschrieben worden war.

»Wie auch immer«, sagte Raphael. »Ich weiß nicht, ob es an der Enttäuschung lag, auf jeden Fall setzten die Wehen ein. Und zu allem Überfluss war ich eine Querlage, also Kaiserschnitt. Kurz danach trennten sich unsere Wege.« Raphael räusperte sich wieder.

»Sie sind also nicht bei Ihrer Mutter aufgewachsen?«

»Bis Raphael vor zwei Monaten aufgetaucht ist, wusste ich nicht einmal, dass ich Geschwister habe«, sagte Marie. »Ich habe mich immer für ein Einzelkind gehalten. Und meine Eltern waren ja auch schon recht alt.« Sie wischte sich über die Wange. Tränen glänzten in ihren Augen. »Nach dem Tod meines Vaters waren es nur noch Mutti und ich. Und dann tauchte Raphael auf, und jetzt habe ich zwei ältere Brüder und eine ältere Schwester. Es war ein Schock. Aber irgendwie auch toll. Und jetzt? Es muss ihr etwas passiert sein! Warum suchen Sie sie nicht?«

»Dass wir hier mit Ihnen sitzen, bedeutet nicht, dass wir Ihre Mutter nicht suchen«, sagte Klaudia sanft.

»Woher wussten Sie von Ihren Geschwistern«, fragte Demel. »Hat Ihre Mutter Ihnen davon erzählt?«

»Nein.« Marie schüttelte den Kopf.

»Es stand in meiner Jugendamtsakte«, sagte Raphael. »Also, dass da noch zwei Kinder gewesen sind, die im Osten im Heim waren. Eigentlich hätte ich es nicht sehen dürfen. Aber die Sachbearbeiterin ist zwischendurch zum Telefonieren auf den Flur gegangen. Da habe ich nachgeschaut.«

Nachdenklich schob Klaudia sich eine Haarsträhne hinter das Ohr. Was für verquere Familienverhältnisse? Aber verquer genug, um deshalb zu verschwinden? Denn das schien Heike Thielmanns Reaktion auf Stress zu sein. Nur, wo war sie diesmal hin?

»Warum?« Demel richtete seine Frage an Raphael.

»Warum was?«

»Warum jetzt? Warum sind Sie vor zwei Monaten bei Ihrer Mutter aufgetaucht?«

»Ich wusste immer, dass ich adoptiert bin. Es hat mir nie etwas ausgemacht. Ich meine: Ich habe eine wunderbare Familie. Aber jetzt möchte ich selbst Kinder haben, und ich wollte einfach wissen, wer ich bin. Ich meine: Selbst wenn wir die Spermien meines Mannes nehmen, bin ich immer noch Teil der Familie, und ich wollte einfach wissen, was für

Menschen meine leiblichen Eltern sind. Immerhin wollten mich beide nicht.«

»Und Sie sind hier, weil Sie auch Ihre Geschwister kennenlernen wollten?«

»Das war meine Idee«, sagte Marie. »Mutti wollte zuerst nicht, aber ich habe nicht lockergelassen und auch Raphael bekniet.«

»Ich war natürlich auch neugierig«, räumte ihr Bruder ein. »Mandy, Martin, Marie. Mich wollte sie Marvin nennen.« Er grinste schief. »Sie wissen gar nicht, wie froh ich bin, dass meine Adoptivfamilie sich anders entschieden hat. Ich bin definitiv lieber ein Raphael als ein Marvin.«

»Ich verstehe«, sagte Klaudia. »Und wie haben Sie sich ihre Schwester Mandy vorgestellt?« Sie dachte an Wibkes Verlobungsfeier und das Gespräch, dessen Zeugin sie geworden war.

»Wie bitte?« Marie starrte sie an.

»Sie haben mit Ihrem Bruder im Café darüber gesprochen«, erklärte sie. »An dem Tag, an dem auch das Foto geschossen wurde. Ich hab's zufällig mitbekommen. Sie sagten …«

»Ich weiß, was ich gesagt habe.« Marie verschränkte die Arme vor der Brust. Klaudia hatte Mitleid mit der jungen Frau. Sie hatte gerade ihren Vater verloren, und nun war ihre Mutter verschwunden.

Es klopfte, und der diensthabende Kollege der Wasserschutzpolizei steckte den Kopf zur Tür herein. Wortlos nickte er Klaudia zu.

»Entschuldigen Sie mich bitte.« Sie stand auf und folgte dem Kollegen auf den Flur.

»Wir haben gerade eine Meldung reingekriegt«, sagte der Kollege. »Die dürfte dich interessieren.«

18. KAPITEL

Klaudia stand an der Reling, als das Boot der Wasserschutzpolizei in den schmalen Seitenarm einfuhr. Äste kratzten am Bootsrumpf. Besorgt blickte Klaudia hinüber zu der Kollegin, die das Boot lenkte. Sie schien sich keine Sorgen zu machen, sondern plauderte entspannt mit Demel, der ihr wohl gerade die Funktionen seiner Kamera erklärte. Wibke war mit der Ausrüstung beschäftigt, und die anderen Kollegen hatten auch kein Bedürfnis, mit ihr zu plaudern. Jeder war konzentriert und fokussiert. Erst, wenn alles vorbei war, würde sich die Anspannung legen.

Seit sie von dem Leichenfund erfahren hatten, waren zwei Stunden vergangen. Sie hatten noch auf die Kollegen der Kriminaltechnik gewartet. Wibke und zwei ihrer Kollegen, die sich als Straub und Wilms vorstellten, stiegen außerhalb des Hafens zu. Sie wollten so wenig Aufmerksamkeit wie möglich erregen. Kaum waren sie auf dem Boot, streiften sie die obligatorischen Schutzanzüge über. Auch Klaudia und Demel hüllten sich in diese Ganzkörperkondome. Sie wussten nicht, was sie erwartete, also war es besser, vorbereitet zu sein. Die Kollegin, die das Polizeiboot lenkte, gab noch einmal Gas und stellte dann den Motor aus. Lautlos glitten sie auf das Feuerwehrboot und die Kähne zu, die die Fundstelle sicherten. Mit einem leisen Klacken stieß das Polizeiboot gegen einen der Kähne. Im trüben Wasser trieb ein menschlicher Körper. Sanft schaukelte er in der Dünung der Bugwelle. Der Auftrieb sorgte dafür, dass der Rücken knapp unterhalb der Wasseroberfläche zu schweben schien.

»Die macht Bilder, da kommt deine *Hasselblad H4D* nicht ran.«

Klaudia hörte ein leises Sirren und wandte sich um. Straub ließ eine Drohne aufsteigen. Sie kreiste in immer enger werdenden Kreisen über dem Leichnam. Der Luftzug ihrer Rotorblätter kräuselte die Wasseroberfläche.

Nachdem alles fotografiert worden war, nickte Klaudia den Feuerwehrmännern zu. Zwei Taucher stiegen ins Fließ und schoben die Tote zum Polizeiboot, wo sie mit einer Seilwinde auf Deck gehievt wurde. Wasser platschte auf die Planken. Klaudia wich zurück.

»Könntet ihr bitte noch die Wassertemperatur messen?« Wibke reichte einem der Taucher ein Thermometer über die Reling.

»So kalt«, scherzte der Mann und hielt Daumen und Zeigefinger etwa zwei fingerbreit auseinander. Ein ziemlich abgestandener Scherz mit einem Bart von hier bis Alt Zauche.

»Ein bisschen genauer hätte ich es schon gerne«, erwiderte Wibke. Dann kniete sie in ihrem Schutzanzug neben der Leiche nieder und zog ihren Spusikoffer näher zu sich heran. Auch wenn die Aussichten, verwertbare Spuren am Körper der Toten zu finden, gering waren, arbeitete sie konzentriert und zügig. Das war die Wibke, die Klaudia kannte. Sie dachte an den Heiratsantrag, dessen Zeugin sie unfreiwillig geworden war. Diese verliebte Wibke war ihr fremd, aber nicht weniger sympathisch. Demel hockte neben der Kollegin, die Kamera vor dem Auge. Er fotografierte eine Platzwunde an der Stirn, an die Wibke ein Zentimetermaß hielt.

Klaudia musterte die Tote. Fast unbewusst kategorisierte sie ihre Beobachtungen: kein Schaumpilz, durchschlagende Venenzeichnung, von der Feuchtigkeit aufgeschwemmte Haut, goldene Kreolen, sauber ausgewaschene Stirnverletzung. Auch wenn die Frau auf den Planken kaum noch der Frau auf dem Foto ähnelte, wusste Klaudia, wen sie vor sich hatte.

»Könnte eine Sturzverletzung sein.« Wibke legte das Zentimetermaß neben die Wunde. Wie immer war sie für die Leiche zuständig.

»Oder sie hat einen gegen den Schädel bekommen.«

»Dann muss da aber jemand sehr fest zugeschlagen haben.« Vorsichtig berührte Wibke die Wundränder mit einer Pinzette. »Der Schädel ist aufgeschlagen wie eine Eierschale.«

Ja, dachte Klaudia. Zu so einem Schlag gehört sehr viel Wut. Sie dachte an die zurückgelassenen Geschwister, die Frau mit dem harten Gesicht und dem massigen Mann, der sich so schwerfällig bewegte.

»Ist es die Frau, die ihr sucht?«, fragte Wibke, ohne von ihrer Arbeit aufzublicken.

»Ich denke.« Klaudia nickte. »Zumindest trägt sie Kreolen und auch die Kleidung stimmt, soweit ich das beurteilen kann«, schränkte sie aus einem Reflex heraus ein.

»Na dann.« Wibke bewegte den Arm der Toten. »Totenstarre komplett zurückgebildet«, murmelte sie.

Klaudia wusste, dass ein Aufnahmegerät lief.

»Waschhaut an den Fingern.«

Demel beugte sich vor und fotografierte die Hand. Die Tote würde auf jeden Fall nach Potsdam gebracht werden, doch machte das diese erste Untersuchung durch eine erfahrene Kriminaltechnikerin nicht überflüssig.

»Ich spreche mal mit dem Zeugen. Wisst ihr, wo er ist?«

»Wahrscheinlich auf dem Boot der Feuerwehr.« Demel richtete seine Kamera auf sie.

»Wag es nicht.« Abwehrend hob sie die Hände, dann ging

sie zur Brücke, um die Kollegin der Wasserschutzpolizei zu bitten, das Polizeiboot längsseits des Löschbootes zu manövrieren.

»Kann die Leiche hier angetrieben worden sein?«, fragte sie die Kollegin. Wenn jemand das wusste, war es diese Frau, die sich auch gerne als ›Rebe wie Traube‹ vorstellte.

»Wo wurde sie denn zuletzt gesehen?« Mit einem leichten Ruck stieß das Boot an, und Rebe schaltete den Motor aus. Ihr blondes Haar war seit ihrer letzten Begegnung noch grauer geworden. Klaudia schätzte die Kollegin auf Mitte fünfzig, also ziemlich genau zehn Jahre älter als sie. Ein Nerv in ihrem Mundwinkel zuckte. Angestrengt starrte sie über die Leiche hinweg, die auf den Planken des Polizeiboots lag.

»Auf der Brücke über den Südumfluter am Leineweberfließ », antwortete Klaudia. »Danach verliert sich ihre Spur.«

»Das funktioniert nicht.« Die Antwort kam prompt, und sie begründete ihre Einschätzung auch sofort. »In diesem Fließ«, Rebe zeigte auf das Gewässer, auf dem das Boot dümpelte, »verläuft die Strömung in Nord-Südrichtung, die Fließrichtung im Südumfluter geht aber von Ost nach West.«

»Okay.« Klaudia blickte sich um. Dann war Thielmann also hierhergebracht worden. Die Frage war nur: Tot oder lebendig? Klaudia tippte auf Letzteres. Hier war ein netter Ort für ein verstohlenes Stelldichein, aber die Stelle war eindeutig suboptimal, um eine Leiche zu verstecken. In der Hauptsaison kamen hier täglich Kanutouristen vorbei.

»Vielleicht finden wir ja Spuren auf der Lichtung.« Klaudia verließ die Brücke und trat zu den Kriminaltechnikern. Sie teilte ihnen ihre Vermutung mit.

»Wenn etwas da ist, werden wir es finden«, sagte Wilms selbstbewusst.

Klaudia blickte zum Ufer. »Da hat jemand Müll zusammengetragen.« Sie runzelte die Stirn. Die Lichtung schien frequentierter zu sein als gedacht. Das würde zu einem Übermaß an Spuren führen, und es würde Wochen dauern, darin die Hinweise zu finden, die ihnen helfen würden, Thielmanns Tod aufzuklären.

»Wahrscheinlich der Förster«, entgegnete Wilms. »Vielleicht hat er aufgeräumt, bevor er die Leiche entdeckt hat.« Seine Stimme klang resigniert.

Klaudia verstand seinen Frust. Sollte der Mörder Spuren hinterlassen haben, waren sie kontaminiert.

Straub klappte den Laptop auf. Ein paar Klicks und einen Wisch später stieg die Drohne vom Polizeiboot auf.

»Macht sie jetzt alles?« Klaudia trat zu dem Kollegen und blickte aufs Display. Fast lautlos flog die Drohne in geringer Höhe über die Lichtung. Die Bilder waren gestochen scharf, Klaudia konnte jeden Grashalm erkennen, der sich aus dem vertrockneten Laub des Vorjahres drückte.

»Na ja, eintüten müssen wir schon noch«, räumte Wilms gut gelaunt ein. »Und die Berichte schreibt sie auch nicht«, fügte er aufseufzend hinzu. »Aber ansonsten ist sie schon hilfreich. Zumindest für eine erste Übersicht.«

»Sobald wir was finden, sagen wir Bescheid«, versprach Straub, ohne vom Display aufzuschauen.

»Was übersetzt heißt, mach dich vom Acker.« Klaudia wusste, wann sie überflüssig war.

Es war nicht die erste Todesfallermittlung, bei der Klaudia dem Förster begegnete. Nur hatte sie den Eindruck, dass die

Leichen bei jeder Begegnung frischer wurden. Wenn das in diesem Tempo weiterging, wäre Welber beim nächsten Fall entweder Hauptverdächtiger oder Opfer.

»Wie geht es Ihnen, Herr Welber?« Klaudia stellte sich neben den massigen Mann, der an der Reling lehnte und in den Wald starrte.

»Ging schon mal besser.« Welber räusperte sich und wandte ihr das Gesicht zu. Sein Atem roch wie vergorenes Obst.

»Am besten ist es, wenn Sie mir einfach alles der Reihe nach erzählen. Darf ich das Gespräch aufnehmen?«

»Von mir aus.« Welber bückte sich nach seinem Rucksack und nahm eine Thermoskanne heraus. »Hat mir meine Frau eingepackt«, erklärte er. »Fastensuppe.«

»Sie fasten?« Klaudia unterdrückte ein Schmunzeln. Das war also die Erklärung für den komischen Geruch seines Atems.

»Die zweite Woche. Sonst hätte mich das nicht so … Ich meine …« Welber räusperte sich wieder. »Ich bin einfach so umgefallen.«

»Man findet nicht jeden Tag eine Leiche«, tröstete Klaudia ihn. »Das kann einem schon mal die Beine wegschlagen.«

»Sollte es aber nicht.« Welber schüttelte über sich selbst den Kopf. »Es hat was geglitzert, und ich hab gedacht, jetzt schmeißen die noch ihre Fahrräder ins Fließ, und dann hab ich sie gesehen.«

Klaudia machte sich eine mentale Notiz. Sie würde später wegen der Fahrräder nachfragen. Doch bevor sie dazu kam, vibrierte ihr Smartphone. »Einen Augenblick bitte.« Sie öffnete den Reißverschluss und nahm das Gespräch an. »Was gibt's?«

»Ich hab dir doch versprochen, ich sag dir Bescheid, wenn die Drohne etwas findet.« Auch der Kollege der Spurensicherung hielt sich nicht mit Höflichkeitsfloskeln auf.

19. KAPITEL

Männi erwacht vom leisen Quietschen der Zimmertür. Sobald sie die Augen aufschlägt, verschwinden Matte und Mutti. Also kneift sie sie ganz fest zusammen, trotzdem wehen die beiden im Luftzug der sich öffnenden Tür fort. Sie wollen nicht hier sein. Im Heim ist es schlimm, sagt Mutti, und Männi will es auch schlimm finden, doch es fällt ihr schwer. Der Holzboden knarrt unter den Schritten der Morgentante, die Vorhänge schleifen, Helligkeit fällt auf Männis geschlossene Lider. Sie hört die leise Stimme der Tante, mit der sie die anderen weckt. Vier Betten stehen in dem Zimmer und neben jedem Bett ein Stuhl. Manchmal setzt sich eine Tante auf einen der Kinderstühle, und dann ächzt er ein bisschen. Bei manchen mehr, bei anderen weniger. Es sind viele Tanten, die sich abwechseln. Eine riecht immer nach Pfefferminze, eine andere wie Wäsche, die auf der Heizung trocknet. Das ist die Nachttante. Sie wird schnell ungeduldig und schimpft dann. Doch die meisten Tanten sind jung und fröhlich und riechen wie Mutti nach Blumen und Zigaretten. Sie und die anderen Mädchen seien jetzt so etwas wie eine Familie, sagen sie. Und dass die anderen Mädchen sich um Männi kümmern würden, weil sie das Küken sei. Männi will nicht die Jüngste sein. Sie will wieder Muttis Große sein. Doch Mutti und ihr Bruder sind nur nachts bei ihr, in ihren Träumen. Dann sind sie wieder eine Familie, bis der

Traum eines der anderen Mädchen Männi aus dem Schlaf reißt. Die eine weint nachts oft, obwohl sie tagsüber immer lacht. Die andere spricht im Schlaf, ruft nach ihrer Mama, und Peggy, die am Fenster schläft, läuft manchmal durchs Zimmer und rollt sich unter dem Tisch zusammen. Da liegt sie dann wie ein Bündel Wäsche. Ein heller Fleck in der Dunkelheit, den Männi anstarrt, bis ihre Augen tränen. Tagsüber mag sie Peggy, doch nachts fürchtet sie sich vor ihr.

Peggy schlafwandelt, sagen die Tanten, und dass man sie nicht wecken solle. Warum, haben sie nicht gesagt, und Männi traut sich nicht, nachzufragen. Einmal ist Peggy zu ihr ins Bett gekommen, hat sich einfach neben sie gelegt und ihr die Decke weggezogen. Ihre kalten Fußsohlen haben sich gegen Männis Waden gedrückt, und Männi hat Teddy ganz fest in den Arm genommen und sich nicht getraut, sich zu bewegen. Sie hat sich vorgestellt, dass sie ein Stock ist. Das hat geholfen. Irgendwann hat Männi nicht mehr gewusst, wo sie anfängt und Peggy aufhört. Da hat sie weinen müssen, weil: Wie sollte Mutti sie wiederfinden, wenn sie nicht mehr da war? Von dem Weinen ist Peggy aufgewacht. Sie hat sich aufgesetzt, sich umgeschaut und ist dann in ihr Bett zurück.

Die Morgentante ist jetzt bei ihr. Sie riecht wie Mutti, und das macht Männi traurig. Für einen Moment fühlt es sich an, wie zu Hause sein, doch sie muss die Augen nicht öffnen, um zu wissen, dass sie nicht zu Hause ist. Es riecht hier anders. Nicht nach Brackwasser und Pipiwäsche, die auf der Heizung trocknet, sondern eher wie die Bonbons, sie sie früher am Hafen geschenkt bekommen hat. Das seien die Linden, sagen die Tanten, die riechen so, wenn sie blühen. Männi lernt viel in dem Heim. Klug sei sie, sagen die Tanten. Männi ist gerne klug. Mutti wird es auch gefallen.

»Aufstehen, Mandy.« Die Tante legt ihr die Hand auf die Schulter. »Heute ist ein großer Tag. Du bekommst Besuch.«

»Mutti?« Männi schlägt die Augen auf. Das Gesicht der Tante ist jetzt ganz nah über ihrem. Für einen Moment presst sie die Lippen zusammen, dann schüttelt sie den Kopf. »Aber du wirst dich trotzdem freuen.«

Ist es Matte?, will Männi fragen, traut sich aber nicht. Sie drückt Teddy fester an sich. Matte ist krank. Schwer krank, das hat ihr die Frau im blauen Kostüm erzählt. Selbst in ihren Träumen wird Matte immer durchsichtiger, und Männi hat Angst, dass er tot ist und dass sie ihr das sagen, wenn sie nachfragt, also ist sie lieber still und macht, was sie immer macht: schlüpft in ihre Pantoffeln, die mittlerweile gut passen – Männi ist in den letzten Monaten gewachsen – zieht das Laken glatt, klopft das Kissen auf, wäscht sich, isst ihren Brei und denkt die ganze Zeit an ihren Besuch. Sie kennt niemanden außer Matte und Mutti. Und mit jeder Stunde, die vergeht, hofft sie mehr, dass es vielleicht doch Matte ist. Andere Mädchen bekommen schließlich auch Besuch von ihren Geschwistern. Und dann ist es so weit. Männi ist mit den anderen Kindern auf dem Spielplatz im Hof, sie hält sich abseits, sitzt mit Teddy auf einer Bank und beobachtet das Haus mit den vielen Fenstern, in denen sich die Morgensonne spiegelt. Die Morgentante hat ihr das gute Kleid angezogen, das für sonntags, also könnte sie sowieso nicht mit den anderen Kindern spielen. Selbst wenn sie wollte. Ihre Hände sind ganz feucht. Männi denkt Sachen wie: Wenn ich es schaffe, mich nicht zu bewegen, kommt Matte. Aber dann juckt ihre Nase, und sie muss kratzen. Also denkt sie sich etwas anderes aus, das sie schaffen muss, damit Matte kommt. Manche Dinge schafft sie, andere nicht. Endlich öffnet sich die Tür. Die Direktorin tritt heraus. Ein Mann und eine Frau sind bei ihr. Kein Matte. Männi drückt Teddy fester an sich, ihr Hals ist auf einmal ganz eng, so dass sie kaum schlucken kann: Der Besuch ist die Frau im blauen Kostüm. Aber wer ist der Mann? Er ist groß, seine Schultern fallen nach vorne, als wolle er sich kleinmachen, damit er nicht so auffällt zwischen der Direktorin und der Frau. Sie kommen zu ihr. Männi rutscht von der Bank. Auf einmal ist die Tante bei ihr, sie legt ihr die Hände auf die Schultern. Der Mann bleibt vor Männi stehen, dann hockt er sich hin. Seine Augen glitzern ganz komisch, er blinzelt, streckt die Hand nach ihr aus, will sie berühren. Männi weicht zurück, versteckt sich hinter der Tante.

Das sei ihr Papa, sagt die Frau im Kostüm. Sie lächelt auf Männi herunter, als würde sie ihr eine Freude machen.

20. KAPITEL

Klaudia ließ sich von einem der Feuerwehrleute an Land staken. Demel streckte ihr die Hand entgegen, und sie ergriff sie, froh, einen Halt zu haben. Auch wenn sich ihr *Morbus Menière* im Alltag kaum noch bemerkbar machte, hatte sie in Situationen wie diesen Probleme mit dem Gleichgewicht.

»Viel Spaß noch«, sagte der Feuerwehrmann, der sie gestakt hatte. »Wir rücken dann ab.«

»Geht klar.« Klaudia winkte ihm zum Abschied und wandte sich dann den Kollegen zu, die in ihren Schutzanzügen am Ufer hockten. Straub fingerte auf dem Display herum, und Wilms beschriftete Spurentafeln. Die Drohne war nicht zu sehen, wahrscheinlich hatte sie ihren Anteil der Arbeit erledigt. Oder sie musste aufgeladen werden. Im Gegensatz zu ihren menschlichen Kollegen funktionierte sie nicht mit Kaffee und Einsatzwillen.

»Was habt ihr?« Neugierig blickte Klaudia sich um.

»Der Boden ist in den Außenbereichen ziemlich aufgewühlt«, informierte sie Wilms. »Ansonsten zeigen die Luftbilder Schuheindruckspuren, herumliegende Kippen und Sonstiges.« Der Kriminaltechniker seufzte. »Allzu gründlich hat der Förster wohl doch nicht den Wald gefegt.«

»Shit happens.« Klaudia konnte sich gut vorstellen, was er unter »Sonstigem« verstand. Wahrscheinlich Reste von Joints und Kondome. »Hier crossen wohl häufiger Jugendliche mit ihren Bikes herum«, teilte sie ihr Wissen mit den Kollegen.

»Na, da kommt Freude auf.« Leise ächzend erhob sich Wilms aus der Hocke. Das Problem mit solchen Orten war nicht der Mangel an Spuren, sondern das Übermaß.

»Ich würde meinem Sohn die Hammelbeine langziehen.« Demel spielte an seiner Kamera herum.

»Meinst du, er würde es dir erzählen?«, fragte Straub, ohne vom Display aufzublicken. Die Frage war wahrscheinlich rhetorisch, trotzdem beantwortete Demel sie.

»Eher nicht«, sagte er. »Im Moment …«

»Sind wir auf der Suche nach Spuren.« Klaudia hatte genug Klagen über Justins pubertäre Eskapaden gehört. »Also?« Auffordernd klatschte sie in die Hände und fragte sich im gleichen Augenblick, warum sie sich benahm wie eine Grundschullehrerin, die ihre Klasse anfeuern wollte. »Was habt ihr?«

»Einiges.« Straub blickte nun doch von seinem Display auf. Klaudia kannte diesen Blick. Sie hatte ihn im Laufe ihrer Dienstjahre immer wieder bei Kollegen gesehen, die neue

Techniken einsetzten. Sie ahnte, dass es eine Weile dauern würde, bis der Kriminaltechniker zum Punkt kommen würde.

»Mithilfe der Drohne haben wir uns erst einmal einen ersten Überblick verschafft.«

»Nun zeig es ihnen schon«, unterbrach ihn sein Kollege. »Ich will hier nicht den ganzen Tag herumstehen.«

Klaudia nickte dem ungeduldigen Kriminaltechniker dankbar zu.

»Okay.« Etwas angefressen erhob sich Straub aus der Hocke und drehte den Bildschirm so, dass die Kollegen ihn sahen. »Dieser Baumstamm reicht bis über das Fließ.«

»Ist nicht wahr«, knurrte Demel. Entweder war er noch sauer, weil Klaudia ihn so brutal abgewürgt hatte, oder sein Nikotinspiegel war unter das sozial verträgliche Maß abgesunken.

»Und was ist damit?« Klaudia kniff die Augen zusammen: Der Baumstamm blieb ein Baumstamm, so sehr sie sich auch bemühte. »Und deshalb habt ihr mich aus der Befragung geholt?« Sie schaute von Wilms zu Straub. »Ist jetzt nicht euer Ernst, oder?«

»Warte.« Straub spreizte die Fingerspitzen auf dem Display und vergrößerte dadurch den Bildausschnitt.

Demel und Klaudia beugten sich gleichzeitig vor und stießen mit den Köpfen zusammen.

»Abgebrochene Zweige. Und …?« Klaudia kniff wieder die Augen zusammen. Nicht mehr lange, und sie würde eine Brille brauchen. Das Alter war nicht aufzuhalten.

»Da hängt was.« Demel legte den Kopf schief.

»Da hat jemand etwas versenkt.« Straubs Stimme klang triumphierend. Er wechselte zu einem anderen Foto, das einen dunklen Gegenstand zeigte, der fast gänzlich durch Äste und Treibholz verdeckt war.

»Und du meinst, das hat etwas mit unserer Todesfallermittlung zu tun?« Klaudia teilte den Enthusiasmus des Kriminaltechnikers nur sehr bedingt. Wahrscheinlich war er einfach nur besoffen von den technischen Möglichkeiten seiner Drohne.

»Wir werden es auf jeden Fall bergen.« Wilms hielt ein Spurentäfelchen hoch.

»Mach das.« Klaudia war nur froh, dass nicht sie es sein würde, die über den Baumstamm kraxeln musste.

Es war Wilms, der die Aufgabe erledigte. Das tropfnasse Ding von sich gestreckt, machte er sich auf den Rückweg.

»Das ist ein Fahrradhelm.« Straub klang enttäuscht.

»Na, den wird sie wohl nicht getragen haben.« Klaudia war bewusst, dass die Bemerkung unpassend war, doch manchmal löste sich die Anspannung eben auf unpassende Weise.

»Zeig mal«, krächzte Demel.

»Was ist los?« Klaudia fuhr zu ihm herum. Der Kollege war so weiß wie sein Schutzanzug.

»Das ist«, stammelte er. »Das ist Justins Helm!«

»Den er verloren hat? Am Tag nach Thielmanns Verschwinden?«

Demel nickte.

»Er war hier?«

»Sieht so aus, oder?«, fuhr Demel auf. »Ich weiß es nicht.«

»Ist ja gut.« Begütigend hob Klaudia die Hände. »Wir müssen mit ihm sprechen. Ich bin sicher …«

»Was meinst du, was ich seit Tagen versuche«, unterbrach Demel sie. »Wenn er mir das verschwiegen hat …«

»Du weißt nicht einmal sicher, ob das sein Helm ist«, gab Klaudia zu Bedenken. »Und selbst wenn …«

»Natürlich weiß ich das«, erwiderte Demel barsch. Sein Gesicht war jetzt nicht mehr weiß, sondern tomatenrot.

So wütend hatte Klaudia ihn seit ihrem Streit, bei dem er sie vor versammelter Mannschaft als »blöde Fotze« beschimpft hatte, nicht mehr erlebt.

»Ich hab das Scheißding bezahlt. Na, der kann was erleben, den mach ich lang. Mir so etwas zu verschweigen. Herrgott …« Demel stockte. Seine Gesichtsfarbe wechselte von tomatenrot zu kalkweiß. Man musste keine Gedanken lesen können, um zu wissen, was in ihm vorging.

»Du wirst gar nichts.« Klaudia legte alles an Autorität in ihre Stimme, was sie mobilisieren konnte. »Ich werde mit ihm sprechen. Und zwar möglichst bald. Gib mir die Nummer deiner Ex.«

»Warum?«

»Ich will sie bitten, mit Justin zum Revier zu kommen.«

»Das sag ich ihr schon. Darauf kannst du einen lassen.«

»Keine gute Idee.« Klaudia schüttelte den Kopf. »Du hältst dich da raus. Wenn du hier fertig bist, hast du frei. Auf keinen Fall will ich dich im Revier sehen. Haben wir uns verstanden?«

»Übst du wieder?« Demel verzog die Lippen zu einem gequälten Grinsen. Die erste Wut war verpufft und dieser lahme Scherz war wohl sein Versuch, die Situation zu entspannen.

»Ich cheffe schon«, nahm Klaudia den Scherz auf. »Okay«, sagte sie zu den Kriminaltechnikern, die ihre Auseinandersetzung mit Interesse verfolgt hatten. »Wir überlassen euch dann eurer Arbeit.« Noch einmal blickte sie sich auf der Lichtung um. Sie war noch braun vom Laub des Vorjahres, nur vereinzelt streckte Farn seine grünen Spitzen aus dem Boden. Je länger sie darüber nachdachte, umso weniger glaubte sie daran, dass Thielmann hier gestorben war. Nichts wies auf einen Kampf hin, und doch lag eine tote Frau auf den Planken des Polizeiboots. »Außerdem möchte ich, dass wir alle Kähne auf Blut ableuchten«, sagte sie. »Leitest du das in die Wege?«, bat sie Demel. Dieser Auftrag würde ihn eine Weile beschäftigt halten.

»Das dauert Wochen.« Wilms schnappte hörbar nach Luft. »Und selbst wenn die Tote mit einem Kahn hierhergebracht wurde, ist der wahrscheinlich schon längst versenkt.«

»Möglich«, räumte Klaudia ein. »Trotzdem. Und nun gib mir die Nummer deiner Ex«, bat sie Demel.

Natürlich hatte Justins Mutter Nachfragen, die Klaudia ihr nicht beantworten konnte.

Ob das nicht bis Morgen Zeit habe? Ihr Sohn sei noch unterwegs.

Klaudia bestand auf dem Termin. Sie wollte dem Jungen so wenig Zeit wie möglich geben, sich eine Geschichte auszudenken.

Ob denn Peter bei der Befragung dabei sei, fragte Justins Mutter schließlich.

Als Klaudia das ebenfalls verneinte, schien ihr der Ernst der Lage bewusst zu werden, und sie willigte ein, mit ihrem Sohn zur Dienststelle der Wasserschutzpolizei zu kommen. Direkt nach diesem Telefonat rief Klaudia Uwe an und bat ihn, mit seiner Dienstmarke zur Wasserschutzpolizei zu kommen, die um diese Uhrzeit nicht mehr besetzt war. Er wirkte nicht unbedingt begeistert, versprach aber, da zu sein.

Klaudia steckte ihr Smartphone in die Tasche ihrer Jacke. Obwohl es kühl war, fühlte sie sich verschwitzt und klebrig.

»Und?« Demel drehte nervös an der Objektivkappe seiner Kamera herum.

»Das wird schon«, versprach sie ihm und schaffte es sogar, ihre Mundwinkel zu einem beruhigenden Lächeln hochzuziehen, während sie ihr Smartphone verstaute. Dabei hasste sie es, wenn sie Teenager befragen musste. Sie hatte es nie geschafft, so einfühlsam zu werden wie der Polizist damals auf der Bahnhofswache. Man konnte so viel falsch und nur so wenig richtig machen.

Die Sonne war hinter der geschlossenen Wolkendecke nur als blasse Scheibe zu erahnen. Doch stand sie bereits tief im Westen, als das Polizeiboot eine Anlegestelle ansteuerte, die etwas außerhalb an der Straße nach Lehde lag. Dort wartete ein Leichenwagen, um Thielmann nach Potsdam zu bringen.

Nachdenklich sah Klaudia zu, wie Schiebschicks Neffe und seine Mitarbeiterin die tote Frau in einen Leichensack legten. Was immer Thielmann in der Vergangenheit für Schuld auf sich geladen hatte, sie hatte nicht verdient, so zu enden.

21. KAPITEL

Justin und seine Mutter warteten bereits, als Klaudia und die Kollegin der Wasserschutzpolizei eintrafen. Rebe hatte sich bereit erklärt, bei der Befragung anwesend zu sein. Das sei mal etwas anderes, hatte sie gesagt.

Demels Exfrau war ebenso blond wie er und wirkte zierlich neben ihrem Sohn. Seit Klaudia Justin das letzte Mal gesehen hatte, war er in die Höhe geschossen. Die Beine von sich gestreckt und die Hände in den Taschen seines Hoodies vergraben, lehnte er neben seiner Mutter am Geländer. Trotz seiner scheinbar lässigen Haltung erkannte Klaudia, dass er unter Stress stand. Er blinzelte, der Kiefer wirkte wie gemeißelt, als presse er die Zähne zusammen.

»Guten Abend.« Klaudia trat zu den beiden und stellte sich und Rebe vor. »Wir haben miteinander telefoniert. Danke, dass Sie gekommen sind.«

»Ich wusste nicht, dass wir die Wahl hatten«, entgegnete Demels Ex. Zwischen ihren Augenbrauen stand eine steile Falte. »Sie haben mir nicht gesagt, worum es geht.«

»Wir haben ein paar Fragen an Ihren Sohn.« Klaudia musterte den Jungen. Er schaffte es nur kurz, ihr in die Augen zu schauen, dann landete sein Blick auf seinen Sneakers. Bis zu dieser Begegnung hatte Klaudia gehofft, dass Justin nichts mit der Toten zu tun hatte, dass er zu einem anderen Zeitpunkt auf der Lichtung gewesen sei, gekifft habe, mit seinen Freunden rumgealbert. Doch seine Reaktion verriet ihr, dass er von der toten Frau wusste. Und er hatte es für sich behalten, obwohl es ihn quälte; hatte sich nicht seinen Eltern anvertraut; hatte den ganzen Ärger wegen des verlorenen Fahrradhelms über sich ergehen lassen und geschwiegen. Der Gedanke gefiel Klaudia nicht. Jungen in Gruppen waren unberechenbar, auch wenn sie nicht in einem sozialen Brennpunkt aufgewachsen waren. Auch ganz normale Mittelschichtkids waren zu einigem fähig. Hormone, Drogen und Gruppenzwang waren eine gefährliche Mischung. Da brauchte es nicht viel, damit eine Situation eskalierte. Auf einmal hatte Klaudia das Bild einer betrunkenen Frau vor Augen, die auf eine Gruppe Jugendlicher stieß. Jungen, deren

Gehirn von Hormonen überschwemmt wurde. Jungen, die vielleicht ihren Spaß mit der betrunkenen Alten haben wollten. Jungen, die sich vielleicht provoziert fühlten, von einer krakeelenden Alten. Und mittendrin Justin, der Sohn ihres Kollegen, Scheidungswaise. Sie unterdrückte einen Seufzer. Ob er ahnte, dass sie sich gerade ebenso unwohl in ihrer Haut fühlte wie er? Nichts an seiner Körperhaltung verriet, dass er sie überhaupt wahrnahm. Doch Teenager waren manchmal erstaunlich hellsichtig, auch wenn es so schien, als würden sie die meiste Zeit nur um sich selbst kreisen.

»Aber warum?«, beharrte Demels Ex. Ihre Stimme war schrill. Sie hatte Zeit gehabt, über das Telefonat nachzudenken, bereute vielleicht, dass sie Justin hierhergebracht hatte. Wahrscheinlich unbewusst stellte sie sich vor ihren Sohn. »Sie haben mir am Telefon nicht gesagt, warum Sie mit Justin sprechen wollen. Weiß Peter davon?« Sie verschränkte die Arme vor der Brust, baute so einen symbolischen Zaun zwischen Klaudia und ihnen.

Bei dem Telefonat hatte sie gefragt, ob Demel bei dem Gespräch dabei sein würde. Als Klaudia verneinte, war ihr wohl der Ernst der Situation bewusst geworden. Sie wusste, dass Justin ihr etwas verheimlichte, und sie hatte Angst. Und jetzt kam noch die Angst hinzu, dass Klaudia hinter Peters Rücken handelte.

»Ja, natürlich.« Klaudia konnte der Frau ansehen, wie sie verzweifelt versuchte, Haltung zu bewahren, während ihr Sohn am Geländer lehnte, als ginge ihn das alles nichts an. Wahrscheinlich würde es ihr sogar helfen, ihren Ex zur Seite zu haben, doch war es ein *No Go*, bei der Befragung von eigenen Angehörigen auch nur in der Nähe zu sein.

Klaudia wusste nicht viel über das Verhältnis der beiden.

Demel sprach selten über seine Ex-Frau. Als Klaudia in Lübben anfing, war der Kollege gerade frisch geschieden und hatte sogar versucht, sie anzubaggern. Klaudia, die selbst gerade eine Trennung hinter sich hatte, war wenig interessiert gewesen. Trotzdem hatte Petra sie vor ihm gewarnt. Er würde noch unter einer posttraumatischen Beziehungsstörung leiden, hatte sie gesagt. Klaudia hatte nicht den blassesten Schimmer, was das sein konnte. Doch was immer der Grund für die Trennung der beiden war, sie hatten es über die Jahre geschafft, für ihren Sohn da zu sein.

Und jetzt bestand Demels Ex einfach nur aus Angst. Klaudia hatte die gleiche Angst in Demels Augen gesehen. Ihn hielt seine Arbeit aufrecht. Klaudia bat die beiden, ihr zu folgen. Sie wartete, bis Mutter und Sohn sich gesetzt hatten, dann nahm sie die Befragung auf.

»Dein Vater hat mir erzählt, dass du deinen Fahrradhelm verloren hast.« Klaudia beugte sich vor und legte die Unterarme auf den Schreibtisch.

Justin blickte hastig auf, schluckte und nickte schließlich. Er musste sich fühlen, als lege sie ihm eine Schlinge um den Hals.

»Ist es dieser?« Sie schob ihr Smartphone über den Schreibtisch. Justin hielt den Blick gesenkt, doch seine Mutter griff danach.

»Ich denke schon«, sagte sie. »Wo haben Sie ihn gefunden?« Ihre Stimme war schrill. Sie starrte auf das Foto. Es war nicht nur der Helm zu sehen, sondern auch die behandschuhte Hand des Kriminaltechnikers, der ihn hielt.

»Willst du das deiner Mutter sagen?«, fragte Klaudia den Jungen, der immer noch schwieg. Klaudia kannte dieses Schweigen aus ihrer eigenen Jugend. Tagelang hatte sie ihren Vater und ihre Stiefmutter angeschwiegen. Doch bei ihr war es um verbotene Partys und Drogen gegangen. Hier ging es um eine tote Frau.

»Justin!«, ermahnte ihn seine Mutter. »Antworte gefälligst!«

»Keine Ahnung.« Justin hob die Schultern.

»Du fährst gerne mit deinem Crossbike herum«, sagte Klaudia im Plauderton.

»Das ist nicht verboten.«

»Aber auch nicht überall erlaubt«, erwiderte Klaudia.

»Ist es das?« Justins Mutter klang fast erleichtert. »War der Junge irgendwo, wo er nicht sein sollte?« Fast flehend blickte sie Klaudia an, ignorierte ihre eigenen Zweifel und negierte die behandschuhte Hand des Kriminaltechnikers.

»Wie alt bist du?«, fragte Klaudia scheinbar zusammenhanglos.

»Fünfzehn«, antwortete seine Mutter.

»Ich weiß, dass Sie Ihren Sohn beschützen wollen.« Klaudia nickte Demels Ex zu. »Aber es hilft ihm nicht, wenn Sie für ihn antworten. Bitte«, fügte sie hinzu.

Für einen Moment sah es so aus, als würde Demels Ex einfach aufstehen, ihren Sohn nehmen und gehen. Klaudia hätte es nicht verhindern können, doch dann nickte Justins Mutter. Sie wollte endlich wissen, was passiert war. In ihren Augen glänzten Tränen.

»Fast sechzehn«, sagte Justin schließlich. Er knetete die Finger und schaffte es immer noch nicht, Klaudia in die Augen zu blicken.

Für einen Moment haderte Klaudia mit sich. Was sie vorhatte, war nicht fair, vor allem nicht, wenn ihr Gegenüber ihr so wenig gewachsen war wie Demels Sohn. Sie blickte hinüber zu der Kollegin der Wasserschutzpolizei, die der Befragung aufmerksam folgte. Sie hätte sich wohler gefühlt, wenn

Thang bei ihr gewesen wäre. Er hätte sie zur Not gedeckt. Bei Rebe war sie sich nicht so sicher. Aber vielleicht fiel ihr gar nicht auf, dass Klaudia sich am Rande ihrer rechtlichen Möglichkeiten bewegte. Sie gab sich einen Ruck, obwohl das weder ihrem Gesicht noch ihrer Körperhaltung anzumerken war. Im Gegenteil, sie wirkte geradezu tiefenentspannt, als sie fragte: »Und hast du vorher schon mal eine Tote gesehen?«

»Nein.« Die Antwort kam mechanisch, dann fuhr der Junge zusammen. Panisch blickte er sich um.

»Justin?« Demels Ex sprang auf. »Was hast du getan?«

22. KAPITEL

Männi steht am Zaun und wartet auf Opa. Erst wenn er vom Kraftwerk nach Hause kommt, darf sie ins Haus, da ist die Oma streng. Kinder gehören an die frische Luft, sagt sie. Oma arbeitet in einer LPG, aber jetzt nicht mehr. Wegen der Wende, sagt sie. Oma ist wütend auf die Wende, weil sie ihr die Arbeit genommen und dafür Männi ins Haus gebracht hat. Oma und Opa sind Papas Eltern. Er hat sie an dem Tag zu ihnen gebracht, als er sie aus dem Heim geholt hat. Die ersten Tage haben sie zusammen in dem kleinen Zimmer geschlafen. Er hat ihr von Bautzen erzählt und vom Westen. Und von seiner Arbeit. Sie hat versucht, ihm von Mutti und Matte zu erzählen. Aber darüber wollte er nicht sprechen. Die beiden seien Schnee von gestern, hat er gesagt. Männi weiß nicht, was Schnee von gestern ist, und sie hat sich auch nicht getraut, zu fragen. Tagsüber hat Papa Ausflüge mit ihr gemacht, ist mit ihr Kahn gefahren. Das Haus liegt direkt an der Spree und hat einen eigenen Anleger mit Fischkasten und so. Am Wochenende verkauft Oma hier Gurken und Kaffee an die Touristen, die in Kähnen und Kanus vorbeifahren. Opa kommt dann auch manchmal mit dem Kahn vorbei. Am Wochenende stakt er Touristen nach Lehde, wo sie sich im Freilandmuseum alte Höfe und Trachten anschauen. Männi war mit Papa dort. Vor allem die Hauben der Frauen haben ihr gefallen.

Auf ihren Kahntouren hat Papa ihr von früher erzählt, als er selbst noch Kind war und Fallen im Hochwald aufgestellt hat. Er hätte höllisch aufpassen müssen, dass ihn der Förster nicht erwischt. Er hat ihr die Plätze gezeigt, und danach waren Männis Arme und Beine ganz zerstochen. Oma hat ihr Zwiebelumschläge gegen den Juckreiz gemacht. Die haben gestunken, doch das war Männi egal. Sie war gerne mit Papa zusammen, er würde immer für sie da sein. Das hatte er gesagt, und Männi hatte es ihm geglaubt. Doch dann ist sie eines Morgens aufgestanden, und er war fort. Genau wie Mutti. Männi hat Teddy gefragt, ob es ihre Schuld sei, aber der hat nur gebrummt. Die Oma hat gesagt, dass er drüben Arbeit habe und deshalb fort sei und dass er sie besuchen komme und dass sie jetzt bei ihnen leben werde und anstellig sein solle und sich nicht herumtreiben solle wie ihre Mutter. Männi hat alles versprochen. Sie wollte nicht wieder ins Heim.

Am nächsten Tag hat Oma sie in der Schule angemeldet. Auf dem Weg zur Schuluntersuchung sind sie durch die Straße gekommen, in der Männi früher mit Mutti und Matte gewohnt hat. Verstohlen hat Männi zum Fenster hochgeschaut, aber da war niemand.

Die sei weg, hat die Oma gesagt und ihre Hand fester gehalten, als hätte sie Angst, dass Männi sich losreißen würde. Die sei immer weggelaufen. Eine Herumtreiberin sei sie gewesen. Oma hat durch die Nase geschnaubt. Das tut sie immer, wenn sie sich ärgert.

»Du siehst ihr ähnlich«, hat sie gesagt und blieb so plötzlich stehen, dass ein Ruck durch Männis Arm ging. Sie hat sich gebückt, ihr Kinn in die Hand genommen und sie so gezwungen, ihr ins Gesicht zu schauen. Ganz fest haben sich ihre Finger in Männis Haut gedrückt, und Männi hat sich nicht getraut, sich zu bewegen.

Oma sitzt die Hand locker, das weiß sie von Papa, und sie hat auch selbst schon die eine oder andere Ohrfeige kassiert.

»Werd' bloß nicht wie sie!« Die Falte zwischen Omas Augen ist noch tiefer als sonst. Sie lässt Männis Kinn wieder los.

Männi schüttelt heftig den Kopf, obwohl es sie freut, dass sie Mutti ähnlich ist. Aber das hat sie nur Teddy erzählt. Mutti ist schön und fröhlich, wenigstens meistens. Sie ist nicht wie Oma, die zum Lachen in den Keller geht. Das hat Papa auf einer ihrer Kahntouren gesagt. Oma und Papa haben oft gestritten, wenn sie dachten, dass Männi schläft. Sie hat nicht alles verstanden, doch genug, um zu wissen, dass es um sie ging, und das macht ihr Angst. Opa streitet nie mit Oma. Er geht dann einfach in den Garten und zupft Unkraut oder schaut nach den Bienen. Dann raucht er eine Pfeife und hat eine ganz komische Mütze auf. Männi traut sich nicht in die Nähe der Bienen, obwohl Opa sagt, dass sie ihr nichts tun würden und dass sie wichtig seien, damit sie Obst haben. Männi ist nicht wichtig. Jeder hier kommt ohne sie zurecht. Selbst Teddy. Oma hat ihm ein neues Ohr angenäht. Irgendwie ist er jetzt ein bisschen weniger Männis Teddy, sie liebt ihn aber trotzdem. Schließlich ist er der Einzige außer ihr, der Mutti und Matte vermisst.

Da kommt Opa. Er schlurft ein bisschen beim Gehen. Er ist immer sehr müde, wenn er von der Arbeit kommt. Männi läuft ihm entgegen und trägt seinen Henkelmann. Er streicht ihr über den Kopf und fragt sie wie jeden Abend, wie ihr Tag gewesen sei. Aber er hört nicht richtig zu, wenn Männi ihm von der Schule erzählt. Sagt immer nur, sie solle recht brav sein und ihnen keine Schande machen. Männi weiß, dass »recht brav sein« heißt, auf keinen Fall wie Mutti zu sein. Aber Opa sagt es so freundlich, dass sie ihn trotzdem lieb hat. Wie jeden Abend schließt Opa den Briefkasten auf. Oma macht das nie. Für die Post ist Opa zuständig. Meistens ist der Briefkasten leer oder enthält nur schmale Umschläge oder Omas Kataloge, die sie sich kommen lässt. Aber manchmal ist auch eine Postkarte dabei. Die ist dann für Männi und von Papa. Opa liest sie ihr nach dem Abendbrot vor. Papa schreibt immer das Gleiche. Dass es ihm gut geht und dass sie brav sein soll. Trotzdem freut sie sich über die Karte. Es sind immer hübsche Bilder von fremden Orten. Der Opa sagt, dass Papa auf Montage ist. Er löst immer sehr vorsichtig die Briefmarken von den Postkarten, danach gibt er sie Männi zurück. Sie legt sie in einen Schuhkarton unter ihrem Bett und schaut sie an, wenn es regnet oder abends, wenn sie noch nicht schlafen kann, aber nicht mehr bei Oma und Opa sitzen darf, weil sie zu klein ist für das Fernsehprogramm. Männi mag Fernsehen, aber sie darf nur selten gucken. Die Oma sagt, das sei nichts für Kinder. Außer vielleicht das Sandmännchen, das darf Männi jeden Abend gucken, aber danach muss sie ins Bett.

Heute ist keine Postkarte da. Nur wieder einer der schmalen Umschläge. Opa dreht ihn in den Händen und runzelt die

Stirn. Er gibt ihn Oma, als sie ins Haus kommen, und sie dreht ihn ebenfalls in den Händen. Dann sieht sie Männi an, als sei der schmale Umschlag ihre Schuld. Schließlich legt sie ihn auf den Küchenschrank und sagt: »Die Kartoffeln werden kalt.«

Sie setzen sich an den Tisch. Wie immer sitzt Männi mit dem Rücken zum Schrank, doch sie spürt den Brief wie einen Frosthauch im Nacken. Vielleicht ist er von Mutti!

Nach dem Essen hilft Männi Oma beim Tischabräumen, während Opa eine Runde die Füße hochlegt. Das macht er immer nach dem Essen. Dann schnürt er seine Schuhe auf und legt sich aufs Küchensofa. Als der Tisch abgeräumt und das Geschirr wieder in den Schränken verstaut ist, schlitzt Oma den Brief auf und gibt ihn Opa zusammen mit seiner Lesebrille, die neben der Schale mit den verschrumpelten Äpfeln liegt. Oma holt sie immer aus dem Erdkeller. Vielleicht lacht sie dabei. Männi weiß es nicht. Sie mag den Erdkeller nicht und die Äpfel vom letzten Jahr auch nicht. Sie sind ihr zu weich. Trotzdem muss sie jeden Tag einen essen, wegen der Vitamine. Sie kriegt auch kein Brot mehr mit Zucker und Margarine. Nur Haferbrei und Marmelade, die in großen Gläsern ebenfalls im Erdkeller steht.

Männi holt Teddy und setzt sich zu Opa aufs Sofa. Seine Füße riechen ein bisschen wie der Kümmelkäse, den er so mag. Oma zieht sich einen Stuhl heran und setzt sich ebenfalls. Die Hände faltet sie vor der Brust. Ihre Füße stehen dicht nebeneinander. Männi kann die Vene sehen, die sich wie ein Wurm über ihr Schienbein windet und die schmerzt, wenn Oma zu lange steht. Zum Lesen setzt Opa sich auf und stellt die Füße auf den Boden. Seine Lippen bewegen sich. Männi rutscht näher an ihn heran, trotzdem hört sie nichts. Opa liest lautlos. Aber sie kann den Brief sehen. Er ist mit Maschine geschrieben, nicht mit der Hand wie Vaters Postkarten. Also ist er wohl nicht von Mutti. Männis Augen fangen an zu jucken, sie muss blinzeln und drückt Teddy fester an sich.

»Wir sollen sie zum Heim bringen.« Opa reicht Oma den Brief.

Der Brief verschwimmt vor Männis Augen. Es hat alles nichts genutzt. Sie muss wieder fort. Teddy rutscht ihr aus den Armen und landet neben Opas Füßen. Vor Schreck brummt er.

23. KAPITEL

Justin, was hast du getan? Die Frage hallte in Klaudias Kopf nach. Ihr plumper Trick hatte tatsächlich funktioniert. O Gott, wie sollte Demel damit klarkommen? Klaudia musterte den Jungen. Er weinte jetzt. Tränen tropften von seinem zitternden Kinn, und er schien auf seinem Stuhl zu schrumpfen. Mein Gott, dachte sie. Er ist so jung.

Justin schluckte, wollte etwas sagen, doch seiner Kehle entwich nur ein Krächzen. Er schluckte wieder, räusperte sich. Klaudia hob die Hand. Sie durfte jetzt keinen Fehler machen. Vor ihr saß der Sohn ihres Kollegen. Jeder Ermittlungsfehler würde ihr als Befangenheit ausgelegt. Sie klärte Justin und dessen Mutter über seine Rechte auf und gab ihnen die Nummer eines der Anwälte, mit dem sie immer mal wieder zu tun hatten; er war nett und kompetent und konnte außerdem gut mit Jugendlichen. Danach ließ sie Mutter und Sohn in Rebes Obhut zurück, um die Staatsanwaltschaft zu informieren. Ab jetzt musste jeder Schritt wasserdicht sein.

Demeter-Anders, die Staatsanwältin, atmete langsam aus, als Klaudia ihr die Entwicklung des Falles geschildert hatte. Das sei übel, sagte sie schließlich und dass sie es für keine gute Idee halten würde, wenn Klaudia die Befragung …

»Ich weiß.« Klaudia kannte die Gründe. »Ich rufe die Kollegen vom LKA an.«

»Ihr Kollege Meinert wird sie bestimmt gerne unterstützen«, sagte Demeter-Anders. »Er mag Ihre Dienststelle.«

Klaudia konnte sich überhaupt nicht vorstellen, was ein LKA-Kollege an ihrem Außenposten der Kriminalpolizei so reizvoll finden könnte. Aber sie ließ die Bemerkung der Staatsanwältin unkommentiert. Das immerhin hatte sie im Laufe ihrer Jahre im Spreewald gelernt.

»Das wäre gut«, sagte sie stattdessen. »Wir können Unterstützung gebrauchen. Demel fällt aus, und Thang ist im Moment nicht da …« Natürlich hatte Meinert keine Erziehungszeit genommen. Er und Thang waren ziemlich gleichzeitig Väter geworden. Doch im Gegensatz zu Thang, dessen Ehrgeiz nicht unbedingt auf berufliche Ziele gerichtet war, wollte Meinert vorankommen, und da machten sich Auszeiten nicht allzu gut im Lebenslauf. »Aber ist er überhaupt einsatzfähig?«, fügte sie hinzu. »Immerhin hatte er einen Unfall.«

»Wie bitte? Einen Unfall?«

Klaudia konnte geradezu hören, wie Demeter-Anders die Stirn runzelte. Sie wusste also nicht Bescheid. Das konnte eigentlich nur bedeuten, dass Meinert dem Unfall keine Bedeutung beimaß. Trotzdem hatte er versucht, sie zu erreichen. *I'm Alive*. Sie atmete tief in den Bauch hinein und ließ die Luft dann langsam entweichen.

Meinert und ein Kollege, den Klaudia von der Fachhochschule kannte, trafen gemeinsam mit dem Rechtsanwalt ein. Während der sich mit Justin und dessen Mutter besprach, informierte Klaudia Meinert über die bisherigen Ergebnisse.

»Ich bin froh, dass ihr hier seid«, schloss sie.

»Kann ich mir vorstellen.« Meinert unterdrückte ein Gähnen. »Sorry«, entschuldigte er sich sofort. »Die Nächte sind recht kurz im Moment.«

»Ach ja.« Klaudia gratulierte ihm zur Geburt des Kindes. »Was ist es denn?«, fragte sie.

»Ein Junge. Er ist …«

Klaudia musterte ihn, während er von seinem Kind sprach. Seine Stimme klang ganz weich, und er lächelte versonnen. Insgesamt wirkte er weniger kantig und muskulös, als sie ihn in Erinnerung hatte, auch wenn er immer noch schlank und durchtrainiert war.

»Aber deshalb bin ich nicht hier.« Das Lächeln verschwand aus Meinerts Mundwinkeln. »Was ist mit Peter?«

Klaudia brauchte einen Moment, um zu begreifen, dass er von Demel sprach.

»Den habe ich nach Hause geschickt«, sagte sie.

»Das ist gut.«

»Wie man es nimmt. Wir sind nur eine kleine Dienststelle.«

»Und Rudnik macht im Moment wohl ungern Überstunden. So mit Zwillingen und so.«

»Thang arbeitet im Moment überhaupt nicht. Er hat Erziehungsurlaub genommen, oder wie das heißt.«

»Echt jetzt?«

»Wär das nicht auch was für dich?«, fragte der Kollege, den Klaudia von der Fachhochschule kannte. Wenn sie sich nur an seinen Namen erinnern könnte.

Es klopfte, und Rebe steckte den Kopf durch den Türspalt. »Braucht ihr mich noch?«, fragte sie.

»Nein«, sagte Meinert, bevor Klaudia antworten konnte.

»Wenn ihr fertig seid, schaltet einfach das Licht aus und lasst die Tür ins Schloss fallen.« Mit diesen Worten verabschiedete sich Rebe.

»Was ist mit mir?«, fragte Klaudia, als die Kollegin der Wasserschutzpolizei gegangen war.

»Mach auch Schluss für heute.« Meinert lächelte ihr zu. »Wir sehen uns morgen um zehn bei euch auf dem Revier.«

»Okay.« Sie nickte den Kollegen zu und verließ das Gebäude. Vor der Tür legte sie den Kopf in den Nacken und atmete tief ein. Der Wind hatte gedreht, und die Mondsichel verschwand hinter vorbeiziehenden Wolken. Während sie zu ihrem Wagen ging, wählte sie Demels Nummer.

»Was hat er gesagt?«, fragte der Kollege, kaum hatte er das Gespräch angenommen.

»Meinert spricht mit ihm.«

Demel schnappte nach Luft. Auf keinen Fall konnte sie ihn damit allein lassen.

»Bist du zu Hause?«, fragte sie.

»Bei Uwe. Ich …«

»Alles klar. Vielleicht bleibst du morgen erst einmal zu Hause.«

»Mein Junge ist kein Mörder«, schrie Demel sie an.

»Das sagt auch keiner«, versuchte Klaudia die Wogen zu glätten.

»Ich will bei der Befragung dabei sein.«

»Das ist keine gute Idee«, sagte Klaudia, obwohl sie natürlich verstand, dass er bei seinem Sohn sein wollte. »Ein Anwalt ist bei ihnen.«

»Wer?«

Klaudia nannte ihm den Namen.

»Der ist in Ordnung.« Stimmen im Hintergrund. »Uwe fragt, ob du auf ein Bier vorbeikommst.«

»Ich kann nicht über die Ermittlung sprechen.« Klaudia war unschlüssig, ob sie die Einladung annehmen sollte, andererseits: Was erwartete sie zu Hause? Bestenfalls ein hungriger Kater. »Also gut«, sagte sie schließlich. »Auf ein Bier.« Sie steckte das Smartphone ein und blickte noch einmal über die Schulter. Licht fiel aus einem Fenster im Erdgeschoss. Sie dachte an ihre erste Begegnung mit Justin. Damals hatte er ungeduldig darauf gewartet, dass sein Vater sich wieder aufs Rad schwingen würde. Ein blonder, etwas dicklicher Junge. Jetzt war er gewachsen und hatte vielleicht einen Menschen getötet. Das Leben war echt beschissen.

Uwe drückte ihr schon an der Eingangstür eine Flasche kaltes Babbenbier in die Hand.

»So nötig habe ich es nicht«, wehrte Klaudia ab, nahm jedoch trotzdem einen tiefen Schluck. Schaum lief ihr in die Nase, und sie setzte die Flasche ab. »Wie geht's Peter?« Normalerweise benutzte Klaudia den Nachnamen des Kollegen, doch das erschien ihr im Moment unpassend zu sein.

»Er ist gerade draußen und raucht. Er ist völlig durch den Wind. Ich bin froh, dass Bhanu bei Marianne und Gerd ist. Ich glaube, sie schwärmt ein bisschen für Justin.« Uwe schüttelte den Kopf. »Ich mag mir gar nicht vorstellen, wie es in Peter aussehen muss. Was sagt denn der Junge?«

»Keine Ahnung.« Klaudia hob die Schultern. »Meinert und ein Kollege aus Cottbus sind gekommen, um die Befragung durchzuführen.«

»Nehmen Sie dir den Fall weg?«

»Das kann nur PH.« Klaudia rieb sich die Nase. Ihr war erst einmal im Leben ein Fall weggenommen worden. Damals hatte es so ausgesehen, als hätte sie eine Frau überfahren. »Ich weiß nicht«, räumte sie schließlich ein. »Aber Peter ist auf jeden Fall raus. Vielleicht versetzen sie ihn temporär.«

»Glaubst du denn, dass der Junge was mit ...« Uwe stockte. »... der Sache zu tun hat?«

»Er weiß zumindest etwas.« Klaudia folgte Uwe ins Wohnzimmer. Demel stand mit dem Rücken zu ihnen auf der Terrasse, hinter ihm der dunkle Garten.

»Ich schau mal kurz nach Tim.« Uwe verließ das Wohnzimmer.

Klaudia ging zur Terrassentür und schob sie auf. Die Luft roch nach dem würzigen Rauch von Demels Zigaretten. Der Kollege fuhr herum. »Du wirst mir nichts sagen, oder?« Sein linker Mundwinkel zuckte.

Klaudia hatte Demel schon wütend, sauer und angriffslustig erlebt, doch noch nie verzweifelt.

»Es tut mir leid.« Sie streckte die Hand aus und strich ihm über den zitternden Mundwinkel.

Für einen Moment lehnte Demel sich in die Berührung, schloss die Augen.

Klaudia war froh, die Qual darin nicht mehr sehen zu müssen. Es tat ihr weh, zu sehen, wie er litt. Sie hatten Jahre gebraucht, um sich nach einem denkbar schlechten Start zusammenzuraufen, doch jetzt konnte sie sich die Wache in Lübben nicht mehr ohne den Kollegen vorstellen.

»Ich hätte mir mehr Zeit nehmen sollen.«

»Wir wissen doch überhaupt noch nicht, was passiert ist.« Klaudia ließ die Hand sinken.

»Ich hab gedacht, dass mit dem Mountainbike sei eine gute Idee«, fuhr Demel nachdenklich fort. »Der Junge hat sich ja für sonst nichts interessiert. Und Klara meinte, die Clique sei in Ordnung. Ich hab mich darauf verlassen.« Wieder suchte Demel ihren Blick, wollte ihre Bestätigung.

Aber was sollte sie ihm bestätigen? Dass seine Ex sich geirrt hatte? Oder dass die Clique in Ordnung war? Beides wusste sie nicht.

»Die Kollegen werden sie dazu befragen.« Klaudia sagte das Einzige, was sie ruhigen Gewissens sagen konnte, auch wenn sie wusste, dass ihn ihre Antwort nicht beruhigen konnte.

»Ich hab überlegt, ob ich …«

»Nein«, unterbrach Klaudia ihn. »Du wirst dich aus der Sache heraushalten. Hast du mich verstanden?«, fügte sie hinzu.

Demel schnippte seine Kippe in die Dunkelheit. Klaudias Blick folgte ihrem funkenstiebenden Flug. Er schien vollkommen vergessen zu haben, dass er sich in Uwes Garten befand. Klaudia konnte nur hoffen, dass die Kippe nicht Kaninchen-City in Brand setzte. Seit Klaudia im Spreewald lebte, besaß Uwes jüngste Tochter ein weißes Kaninchen namens Petra Pan, und soweit Klaudia wusste, lebte im Moment Petra Pan die Fünfte in der Stadt aus Sperrholz, die Uwes Schwiegervater gebaut hatte.

Klaudias Smartphone vibrierte. Sie nahm es aus der Tasche. Es war Meinert. Das Telefon in der Hand trat sie in die Dunkelheit. Die Feuchtigkeit der Wiese drang durch das dünne Leder ihrer Sneakers.

»Ist Demel bei dir?« Meinert hielt sich nicht mit Vorreden auf.

24. KAPITEL

Kaum hatte Demel das Haus verlassen, tauchte Uwe auf der Terrasse auf.

»Wo ist Peter hin?«, fragte er.

»Meinert hat angerufen. Die Befragung ist wohl beendet.«

»Und?«

»Keine Ahnung«, fauchte Klaudia. Obwohl sie fröstelte, fühlte sich ihr Gesicht heiß an. Sie drückte die Bierflasche gegen die Stirn.

Uwe musterte sie, die Stirn gerunzelt, den Kopf zu Seite geneigt.

Unwillkürlich streckte Klaudia den Rücken durch. Es fiel ihr schwer.

»Komm.« Er legte ihr den Arm um die Schultern und führte sie zurück ins Wohnzimmer. Es war eine freundschaftliche Geste, und für einen Moment fühlte es sich richtig an, doch dann versteifte sich Klaudia. »Es geht mir gut«, sagte sie, schärfer als beabsichtigt.

Uwes Arm fiel von ihren Schultern.

»Aber ich sollte mich wirklich hinsetzen.« Klaudia schämte sich für ihre heftige Reaktion; Uwe hatte es nur gut gemeint. Sie ließ sich in den Sessel fallen und massierte ihre schmerzenden Waden. »Es war ein langer Tag.«

»Und für Demel ist er noch nicht zu Ende.« Uwe setzte sich aufs Sofa.

»Ich kann mir überhaupt nicht vorstellen, wie das sein muss. Ich meine«, fügte Klaudia hinzu, »zu erfahren, dass dein eigener Sohn …« Sie beendete den Satz nicht, weil sie keine Ahnung hatte, was Justin getan oder unterlassen hatte. Wie musste es sein, wenn das eigene Kind …? Wieder eine

Frage, die sich in Klaudias Hirnwindungen verlor. Sie hasste es, im Dunkeln zu tappen. »Morgen wissen wir mehr.« Sie bemerkte nicht einmal, wie selbstverständlich sie das Personalpronomen verwendete.

»Ganz schön scheiße für Peter. Ich möchte nicht in seiner Haut stecken.« Die Hände zwischen den Knien starrte Uwe auf die Tischplatte.

»Kann ich mir vorstellen«, sagte Klaudia. »Als Eltern malt man sich immer das Schlimmste aus.«

»Und manchmal passiert es auch.« Uwe hatte seine Frau verloren, fast auch noch seinen Sohn und seine älteste Tochter.

»Aber nicht immer.«

»Für mich ist damals schon die Welt untergegangen, als Annalene beim Klauen erwischt worden ist.« Uwe lachte verlegen auf. »Meinst du, er hängt da mit drin?«

»Keine Ahnung.« Klaudia dachte an den schuldbewussten Blick des Jungen, die Panik in seinen Augen, als er merkte, dass er ihr in die Falle gegangen war. Sie legte den Kopf in Nacken und trank gegen ihr schlechtes Gewissen an. »Zumindest verheimlicht er etwas. Aber was wolltest du mir über Fiedler erzählen?« Der Tag war schon beschissen genug, da kam es auf eine schlechte Nachricht mehr oder weniger auch nicht mehr an.

»Ach ja.« Uwe fuhr sich mit beiden Händen durch die Locken. Langsam wurde er grau. Dabei war er nicht älter als sie. »Seine Bewährung ist vorbei, er muss sich also nicht mehr melden. Aber ich hab mich mal umgehört: Er macht eine Umschulung zum Mechatroniker.«

»Du meinst, er arbeitet in einer Autowerkstatt?« Klaudias Ermittlerader trommelte einen Tusch, der ihr das Blut durch die Adern jagte. Sie beugte sich vor. »Wo?«

»Soweit ich weiß, in Cottbus.«

»Aber das ist ja.« Für einen Moment verschlug es Klaudia die Sprache. War es wirklich so einfach? »Ich muss unbedingt mit Meinert sprechen.« Sie kramte nach ihrem Handy.

»Der ist doch schon längst auf dem Weg nach Hause.«

»Trotzdem«, widersprach Klaudia. Sie wählte die Nummer des LKA-Kollegen, doch es meldete sich nur die Mailbox.

»Glaubst du wirklich, dass Fiedler ihm die Reifen manipuliert hat?«

»Es wäre nicht das erste Mal.« Klaudia dachte an ihren eigenen Unfall: das Kreischen von Metall auf Asphalt, die Welt, die sich rasend schnell drehte, der heftige Ruck, der sie gegen den Gurt schleuderte, und dann die Wolke, die vor ihrem Gesicht explodierte. Ihr Zwerchfell zog sich zusammen, nahm ihr die Luft zum Atmen. Klaudia visualisierte ein Stoppschild – weiße Schrift auf rotem Hintergrund – und atmete zitternd ein.

»Das weißt du nicht.« Uwe schien nichts von ihrer Panikattacke bemerkt zu haben. »Wir haben es ihm nie nachweisen können.«

»Trotzdem war er es«, beharrte Klaudia. Schweiß perlte ihr über den Nacken. Hastig trank sie noch einen Schluck Bier. »Die Radmuttern haben sich nicht von allein gelöst.«

»Nein, natürlich nicht.«

»Und was war mit der Flugblattaktion dieser …« Klaudia malte Anführungszeichen in die Luft, bevor sie weitersprach. »… besorgten Bürger?«

»Auch das weißt du nicht.«

»Seid ihr neuerdings Freunde, oder was?«, fauchte Klaudia.

»Spinnst du?« Uwes Augenbrauen zogen sich zusammen. »Ich will nur nicht, dass du dich verrennst.«

»Also gut! Auch das wissen wir nicht«, fuhr Klaudia ruhiger fort. »Aber wenn über dir schwarze Wolken hängen und du nass wirst, dann ist die Wahrscheinlichkeit hoch, dass es regnet.«

»Und Fiedler ist deine schwarze Wolke?«

»Zumindest ist er nachtragend.« Klaudia machte eine Pause, falls Uwe das Bedürfnis verspürte, noch einmal für den Rechten in die Bresche zu springen, doch diesmal hielt er sich zurück. Also fuhr sie fort: »Und ich war nur ein Ärgernis für ihn. Es war Meinert, der ihn in den Knast gebracht hat. Ich würde am liebsten bei ihm vorbeifahren und ihm auf den Zahn fühlen.« Klaudia hatte schon einmal vor dem Hochhaus in der Neustadt gestanden.

»Dann musst du nach Jänschwalde«, sagte Uwe.

»Wie?«, fragte Klaudia perplex. Irgendwie gehörte Fiedler für sie zur *Dark Side* of Lübbenau, und nun lebte er überhaupt nicht mehr hier? Und sie hatte es nicht einmal gewusst?

»Wohnt da nicht auch …?« Klaudia runzelte die Stirn.

»Vollmer«, bestätigte Uwe, der den Polizeiseelsorger ebenfalls sehr gut kannte. »Die beiden sind jetzt Nachbarn.«

»Ach du Scheiße!« Klaudia kannte Vollmer und seine Familie, sie waren linksliberale Christen, die sich im Umweltschutz engagierten.

»Ich hab mal nachgehakt.« Uwe nahm seine Bierflasche und stemmte sich in die Höhe. »Auch noch eine?«, fragte er.

Klaudia schüttelte den Kopf. »Ich muss noch fahren.« Sie blickte Uwe nach, der das Wohnzimmer verließ. Ob er das mit Absicht machte? Sie mit Informationen anzufüttern und dann erst mal zu verschwinden? Sie hörte das Klappern der Kühlschranktür, dann das leise Scharren von Tims Zimmertür. Uwe konnte nicht am Zimmer seines Jüngsten vorbeigehen, ohne wenigstens kurz zu horchen, ob der Junge atmete. Nicht nur sie schleppte sich an ihren Traumata ab.

»Und?«, fragte sie, als Uwe sich wieder aufs Sofa fallen ließ.

»Er sagt, die beiden würden sich bisher völlig unauffällig verhalten. Also keine Reichsflagge im Fenster oder sonst etwas, wie man es aus anderen Dörfern kennt.«

Klaudia nickte. Gerade in den Dörfern im Süden des Landes kauften Rechte Häuser auf, infiltrierten das Dorfleben und testeten die freiheitlich demokratischen Grenzen ihrer Nachbarn aus.

»Vielleicht ist Fiedler ja auch nicht mehr bei der Truppe.« Uwe ließ das Bier in seiner Flasche kreisen.

»Glaubst du das wirklich?«

»Was weiß ich. Ehrlich gesagt«, er musterte Klaudia, »gehört der Typ nicht zu den Menschen, über die ich mir Gedanken mache. Und du solltest das auch nicht tun.«

»Vielleicht sollte ich das wirklich nicht.« Klaudia stemmte sich in die Höhe. »Aber das ist leichter gesagt als getan. Weißt du, dass ich die Radmuttern an meinem Wagen überprüft habe, nachdem ich von Meinerts Unfall gehört habe?« Sie biss sich auf die Unterlippe. Sie hatte Uwe nichts davon erzählen wollen.

»Ich nehme mal an, sie waren fest.« Uwes Bemerkung und die Tatsache, dass er recht hatte, machten es nicht besser. Er brachte sie noch zur Tür. »Wo steht dein Wagen jetzt?«

»An der Wache.«

»Soll ich mitkommen?« Unschlüssig blickte er über die Schulter.

»Nein.« Klaudia drückte ihm einen Kuss auf die Wange und eilte dann an den leeren Parkplätzen und dem verwaisten Spielplatz vorbei Richtung Altstadt. Nur noch wenige Menschen waren unterwegs. Einige wenige Schaufenster waren erleuchtet. Eine Gruppe Menschen verließ gerade das *Charleston*. Sie brachten den Geruch von Gebratenem mit auf den abendlichen Platz. Klaudia ging um die Gruppe herum, die sich noch nicht trennen konnte.

Träge glitten Wolken über den nächtlichen Himmel. Das Gebäude der Wasserschutzpolizei lag im Dunkeln. Vor Klaudia huschte etwas über die Straße und verschwand im Garten der Diakonie. Sie trat an ihren Peugeot und musterte die Felgen. Ein Luftzug streifte ihren Nacken. Hastig stieg Klaudia in ihren Wagen und fuhr los. Es war nur wenig los auf den Straßen, und kurze Zeit später bog sie in die Einfahrt zu ihrem Haus am Fließ ein. Nur der Mond erleuchtete ihr Grundstück. Klaudia parkte neben dem Schuppen, der unbedingt ein neues Dach brauchte, und ging zum Haus. Wie immer, wenn sie nach Hause kam, schnalzte sie mit der Zunge, um Dickie anzulocken. Der Kater gehörte ihr nicht wirklich, er war sehr selbstständig und hatte wahrscheinlich mehr als einen Dosenöffner. Als solchen betrachtete Klaudia sich. Doch normalerweise verbrachte er die Nächte in ihrem Haus. Und gerade heute konnte sie ihn gut gebrauchen. Klaudia schnalzte wieder mit der Zunge. Ein Maunzen antwortete. Es klang so kläglich, dass sich die feinen Härchen auf Klaudias Unterarmen aufrichteten.

25. KAPITEL

Männi setzt sich im Bett auf. Der Mond scheint durchs Fenster, und sie ist wieder bei Mama und ihr wild schlagendes Herz weiß: Die Tür ist abgeschlossen und das Brot geschnitten.

Doch dann hört sie die Stimmen. Sie zischen und brummen durch die Dunkelheit. Und sie weiß wieder, dass sie im Haus am Fließ ist und dass Oma und Opa streiten. Das Zischen gehört zu Oma. Männi hört die Wut, auch wenn sie kein Wort versteht. Opas Brummen klingt eher müde, und das macht Männi mehr Angst als Omas Zischen. Ganz fest drückt sie Teddy, so fest, dass er brummt. Nicht wie Opa, sondern beruhigend. Männi lauscht in die Dunkelheit, aber sie versteht kein Wort, nur die Wut und die Müdigkeit, auch wenn Omas Zischen immer lauter wird. Schließlich sagt Opa: »Leise, du weckst das Kind.«

Dann Schritte, das Knarren der Tür, Stille. Oma und Opa sind fort, haben sie alleingelassen. Männis Herzschlag stolpert. Die Fußballer auf dem Poster über ihrem Bett grinsen hämisch, aus den Ecken kriechen die Schatten. Männi strampelt die Bettdecke von ihren Beinen, verheddert sich, fällt aus dem Bett. Sie rappelt sich auf, rennt aus dem Zimmer, dem Haus. Die Nacht ist mild. Glühwürmchen tanzen über dem Fließ, wo die Großeltern auf der Bank sitzen. Männi ist so erleichtert, dass ihre Knie nachgeben und sie einfach auf die feuchte Wiese sackt.

Opa trägt sie zurück ins Haus, wo Oma ihr einen Becher warme Milch macht und sie zurück ins Bett bringt. Es ist dasselbe Bett, in dem schon ihr Papa geschlafen hat. Männi bildet sich ein, dass das Kissen noch nach ihm riecht. Oma steckt die Bettdecke um sie herum fest und sagt ihr, dass sie morgen mit Opa einen Ausflug nach Finsterwalde machen würde. Der Gedanke hält Männi noch lange wach, doch schließlich schläft sie doch ein und irrt in ihren Träumen durch einen dunklen Wald. Sie ruft nach Mama, aber niemand hört sie.

Oma weckt Männi. »Du hast wieder schlecht geträumt«, sagt sie. Die Zinkwanne steht in der Küche. Das Wasser ist heiß und kribbelt an Männis Beinen. Sie muss baden, obwohl es mitten in der Woche ist. Dann nimmt Opa sie an die Hand, und sie gehen zum Bahnhof. Männi trägt ihr neues Kleid. Oma hat es ihr genäht. Es ist himmelblau mit kleinen weißen Blumen. Noch nie hat Männi ein schöneres Kleid gehabt. Es ist »für gut«, so nennt Oma das. Und auch die weißen Söckchen und die Lackschuhe, die am kleinen Zeh drücken, sind »für gut«. Opa hat gemault, als er Männi gesehen hat. »Wir fahren zu einem Kinderheim«, hat er gesagt. »Nicht zu einer Leistungsschau.«

Das Wort Kinderheim ist drei Schritte lang. Kin-der-heim. Es sind viele Schritte bis zum Bahnhof. Männi geht ganz steif und drückt Teddy an sich. Deshalb also musste sie baden, deshalb trägt sie ihr schönstes Kleid.

Am Bahnhof angekommen, steht Männi ganz still, die Knie aneinandergepresst, obwohl sie innendrin ganz zappelig ist. Außerdem muss sie Pipi, aber sie traut sich nicht, etwas zu sagen. Vielleicht, wenn sie ganz still und brav ist, überlegt Opa es sich anders. Sie drückt die Nase in Teddys Bauch. Er riecht nach Stroh, Schlaf und ein bisschen auch nach ihren Tränen. Oma hat nicht gewollt, dass sie ihn mitnimmt, aber Opa hat gesagt, sie solle das Kind in Ruhe lassen. Wenn unsere Mandy ihren Teddy braucht, nimmt sie ihn mit, wa? Er hat ihr über den Kopf gestreichelt und mit den Augen gezwinkert. Der Zug kommt. Er ist laut und groß, und Männi greift nach Opas Hand.

»Keine Angst«, sagt er und hebt sie hinein.

Sie finden einen Fensterplatz, und Opa nimmt sie auf den Schoß. Seine Hose kratzt an ihren Oberschenkeln. Opa erzählt von früher: ihrem Papa und dem Kraftwerk. In Calau müssen sie umsteigen. Opa hält Männi ganz fest, damit sie nicht verloren geht, sagt er. Dabei ist sie das schon.

Als sie schließlich aussteigen, fragt Opa nach dem Weg, dann gehen sie los.

Finsterwalde sieht ganz anders aus als in ihrem Traum. Trotzdem ist das Gefühl, als sie durch die Straßen gehen, das gleiche. Opa muss noch zweimal nach dem Weg fragen und hat einen ziemlich roten Kopf, als sie schließlich ihr Ziel erreichen. Auch er hat sich herausgeputzt, wie er das nennt, trägt einen Anzug und Krawatte, die er auf dem Weg gelockert hat. Jetzt zieht er sie fest, bevor er auf die Klingel neben dem Tor drückt. Ganz aufrecht steht er da, wie im Kahn, wenn er Gäste stakt, nur ohne Rudel.

Männi blickt durch die Gitter auf das Haus. Es ist groß wie ein Schloss und mit Efeu überwachsen. Wenn sie nicht wüsste, dass sie hierbleiben muss, würde es ihr gefallen. Breite Stufen führen zu einer Tür hinauf, die so groß ist wie das Tor, vor dem sie stehen. Männi sieht Löwenköpfe, die Ringe im Maul tragen. Die meisten Fenster sind geöffnet, Gardinen blähen sich im Wind. Männi blinzelt die Tränen weg. Opa mag es nicht, wenn sie weint. Er drückt noch einmal auf den Klingelknopf neben dem Tor, brummt ungeduldig.

Schließlich öffnet sich eine Tür neben der Treppe, und

eine Frau kommt auf sie zu. Sie trägt eine weiße Schürze, und Männi muss jetzt so dringend Pipi, dass sie die Beine kreuzt.

Die Frau bleibt am Tor stehen, ohne es zu öffnen. Sie ist mindestens so alt wie Oma, und sie runzelt die Stirn. Opa gibt ihr den Brief. Sie liest ihn und öffnet eine kleine Pforte im Tor, die Männi vorher nicht bemerkt hat.

»Du bist also die Mandy«, sagt sie, und sie sagt auch, dass sie schon viel von ihr gehört habe. Sie sei Tante Margret, sagt sie und dass Martin sie schon erwarten würde.

Männi ist verwirrt. Sie kennt keinen Martin. Sie blickt zu Opa auf, der nickt ihr zu, legt ihr die Hand auf die Schulter und schiebt sie durch die Pforte.

Im Haus riecht es nach Mangelwäsche und Essen. Männi kennt den Geruch. Tante Margret führt sie an vielen Zimmern vorbei. Der Boden knarrt unter ihren Schritten. Ihre Beine fühlen sich an, als hinge eine Last an ihnen. Männi schafft es kaum, die Füße anzuheben.

»Nun mach schon«, sagt Opa. Seine Hand liegt auf ihrer Schulter. Männi blickt zu ihm auf. Er lächelt. Er freut sich, sie los zu sein. Sie senkt den Blick. Nur nicht weinen.

Schließlich öffnet die Tante eine Tür und tritt zur Seite. Es ist ein großer Raum. Stühle stehen in Reihen, vor einem Puppentheater, dessen Vorhang geschlossen ist.

»Morgen kommt der Kasperl«, sagt die Tante. »Das ist immer ein großer Spaß. Magst du den Kasperl?«

Männi greift nach Opas Hand. Ihre Blicke flitzen durch den Raum. Sie will nicht hierbleiben. Und dann sieht Männi ihn: nicht den Kasperl, sondern den Jungen. Er sitzt in einer Ecke des Raumes und schiebt ein Auto über einen Spielteppich. Dabei brummt er leise. Männi erkennt das Spielzeugauto sofort. Es ist der Bus, den der Wessi Matte geschenkt hat. Sie geht einen Schritt auf den Jungen zu.

»Du hast Besuch, Martin« sagt die Tante zu ihm. Er blickt auf. Sein Gesicht ist rund, blass, mit blauen Schatten unter den Augen. Sein Mund steht offen.

Er starrt Männi an, und ihr Herz klopft ganz doll.

»Das ist Mandy.« Die Tante schiebt sie zum Spielteppich.

Mit den Schuhspitzen an der Teppichkante bleibt Männi stehen.

»Deine Schwester«, fügt die Tante hinzu.

»Männi?« Matte steckt den Daumen in den Mund, nuckelt daran.

Männi steht einfach nur da und hält sich an Teddy fest. Matte ist nicht tot, nicht tot …

Die Tante steht hinter ihr, die Hände auf ihren Schultern, als wüsste sie, dass Männi am liebsten weglaufen würde. Schließlich nimmt Matte den Daumen aus dem Mund und steht auf. Zwei Schritte und er steht vor ihr, schlingt die pummeligen Arme um sie, flüstert ihren Namen.

Erst macht sich Männi ganz steif, aber dann löst sich ein Knoten in ihrem Bauch. Sie weint und lacht, fühlt sich ganz leicht. Männi lacht. Und dann läuft ihr Wärme die Beine herunter und bildet einen See um ihre neuen Lackschuhe.

26. KAPITEL

Klaudia nahm ihre Maglite aus dem Kofferraum und machte sich auf die Suche nach dem Kater. Immer wieder rief sie seinen Namen, und immer wieder antwortete er mit einem verzweifelten Maunzen. Klaudia verfluchte ihr kaputtes Ohr, das es ihr unmöglich machte, Dickie zu orten. Schließlich fand sie ihn im Graben neben der Einfahrt. Klaudia stieg hinab. Ihre Sneakers versanken im sumpfigen Boden. Sie bückte sich nach dem Kater, sein Fell war nass von Blut, und seine Hinterbeine hingen schlaff herab. Sie nahm ihn auf dem Arm und trug ihn zum Auto. Sein Herzschlag raste, die Augen, mit denen er hilfesuchend zu ihr aufsah, waren schwärzer als die Nacht. Sie holte eine Decke aus dem Kofferraum, legte sie auf die Rückbank und hüllte den Kater hinein, dann stieg sie selbst ein und gab Gas.

Es war die Frau des Tierarztes, die ihr die Tür öffnete. Nach einem Blick auf den Kater führte sie Klaudia ins Behandlungszimmer. Während Klaudia Dickie auf die Liege legte, kam der Tierarzt. Er untersuchte ihn.

»Wahrscheinlich wurde er angefahren«, sagte er schließlich. »Ich behalte ihn hier. Überlebt er die Nacht, wird er es schaffen.«

Die Frau des Arztes nahm Klaudias Daten auf und führte sie aus der Praxis. »Wir kümmern uns um ihn.« Tröstend legte sie Klaudia den Arm um die Schultern. »Nicht vergessen«, fügte sie hinzu. »Katzen haben sieben Leben.« Sie drückte Klaudia eine Visitenkarte in die Hand. »Rufen Sie morgen Mittag an, dann wissen wir mehr.«

Klaudia stieg in ihren Peugeot und starrte in die Nacht. Noch immer rauschte das Adrenalin durch ihre Adern. An Schlaf war auf absehbare Zeit nicht zu denken. Sie schaltete die Zündung ein und fuhr los. Besser arbeiten als grübeln. Eine halbe Stunde später lenkte Klaudia den Wagen auf den Parkplatz hinter dem Revier.

Die Wache wirkte verwaist, doch im Hintergrund hörte Klaudia quietschende Reifen und Schüsse. Jemand lachte. Es roch intensiv nach Zwiebeln. Wahrscheinlich hatten die Kollegen der Nachtschicht sich etwas beim Griechen bestellt und zogen sich jetzt einen Film rein. Meistens waren die Nächte äußerst ruhig.

»Was machst du denn hier?« Eine Kollegin mit blondierten Haaren kam aus dem Aufenthaltsraum. Sie hieß Lydia und arbeitete vorwiegend nachts. Wahrscheinlich hatte sie das Licht bemerkt.

»Ich hab noch was zu erledigen«, antwortete Klaudia.

»Alles in Ordnung?« Lydia starrte auf Klaudias Hände. »Ist das Blut?«

»Was?« Klaudia hob die Hände vors Gesicht, sah das getrocknete Blut. »Mein Kater ist überfahren worden«, sagte sie und brach in Tränen aus.

Klaudia wusste nicht, wie ihr geschah, aber das Nächste, was sie bewusst wahrnahm, war, dass ihr Tinnitus wie eine Sirene heulte und sie zwischen den verlegen dreinblickenden Kollegen der Nachtschicht saß und einen Becher Kaffee in ihren Händen hielt. Irgendjemand hatte ihr eine Decke über die Schulter gelegt.

»Es geht schon wieder«, stammelte Klaudia. »Es tut mir leid. Ich …« Ihre Stimme brach. Ein Telefon in der Einsatzzentrale klingelte: ein Auffahrunfall mit Personenschaden. Sie sah geradezu die Erleichterung in den Augen der Kollegen, die jetzt einen Grund hatten, auszurücken. Klaudia blieb allein mit der blondierten Kollegin zurück.

»Schlimmer geht immer, was?« Sie versuchte ein Lächeln, das an ihren Mundwinkeln scheiterte. Was genau war passiert? War sie umgefallen? Sie hatte keine Erinnerung. Herrgott. Es war Jahre her, dass ihr Morbus Menière ihr Probleme bereitet hatte. Es konnte nicht sein.

»Mach dir keinen Kopf«, antwortete die Kollegin. »Du bist nicht die erste Kollegin, deren Kreislauf den Löffel abgibt. Wann hast du denn das letzte Mal etwas gegessen?«

»Ich …« Klaudia nippte an ihrem Kaffee, er war sehr süß und sehr heiß.

»Du weißt es nicht.« Lydia schnalzte mitfühlend mit der Zunge. »Ich hatte mir Brote gemacht, aber dann haben wir bestellt. Die kannst du haben.«

»Erst einmal wasche ich mir die Hände.« Klaudia war dankbar für die Fürsorge der Kollegin. Andererseits hatte sie Angst, dass sie hier vor deren Augen aus dem Raum torkeln würde. Sie streifte die Decke von den Schultern und stemmte sich in die Höhe. Der Raum blieb exakt da, wo er hingehörte: Nichts drehte sich, nichts kippte weg. Trotzdem stakste Klaudia wie auf Eiern in den Waschraum. Das Gesicht, das ihr aus dem Spiegel entgegenstarrte, war blass und hatte tiefe Falten in den Mundwinkeln. Sie drehte den Wasserhahn auf, wusch sich zunächst die Hände, bis auch wirklich sämtliche sichtbaren Blutspuren beseitigt waren, dann beugte sie sich vor und klatschte sich Wasser ins Gesicht. Das Ergebnis war nur graduell besser, aber das musste reichen.

Lydia hatte für Klaudia den Tisch gedeckt. Von den männlichen Kollegen ließ sich keiner blicken, während Klaudia aß.

»Ich hab gehört, ihr habt Demels Sohn einvernommen.« Lydia saß ihr gegenüber, die Ellbogen auf dem Tisch. Wahrscheinlich gab es einschließlich der Raumpflegerin niemanden im Revier, der das nicht gehört hatte.

»Die LKA-Kollegen haben ihn befragt«, antwortete Klaudia ausweichend.

»Ist wahrscheinlich das Beste.«

»Ja.« Klaudia schob den Teller zur Seite. »Danke für den Kaffee und die Schnitten. Du hast mir das Leben gerettet. Aber jetzt ruft die *Comfortzone.*« Sie benutzte den revierinternen Slang für das Arbeiten mit der computergestützten Vorgangsbearbeitung, kurz *ComVor* genannt.

Klaudia fuhr den Computer hoch und machte sich an die Arbeit. Ihre Gedanken wanderten immer wieder zu Dickie, doch sie widerstand dem Impuls, in der Praxis anzurufen. Sie schob die Tastatur zur Seite und bettete den schmerzenden Kopf auf die Unterarme. Nur fünf Minuten.

»Klaudia?« Es war Petras Stimme, die sie weckte.

Klaudia fuhr auf. Desorientiert blickte sie sich um.

Eine sehr erholt aussehende Petra, deren Nase sich schälte, lächelte auf sie herab. Regen trommelte von einem trüben Himmel gegen die Fensterscheibe.

»Wie spät ist es?«

»Kurz nach sieben.«

»Verdammt.« Klaudia rieb sich die Augen.

»Dir auch einen schönen guten Morgen«, erwiderte Petra gut gelaunt. »Ich hätte dich ja nicht geweckt, du siehst aus, als könntest du deinen Schönheitsschlaf gebrauchen, aber die Putzfrau möchte rein.« Erst jetzt sah Klaudia die kleine Frau an der Tür.

»Ja, klar.« Sie zwang sich zu einem Lächeln. »Tut mir leid.«

»Kein Thema. Ich habe Kaffee gekocht, willst du einen?« Sie hielt ihr eine Tasse hin, aus der duftender Dampf aufstieg.

Petras Kaffee war einer der Gründe, warum die Sachbearbeiter ohne sie aufgeschmissen waren

»Du bist meine Lebensretterin.« Klaudia griff nach der Tasse. Die Bewegung schmerzte. Nacken und Rücken fühlten sich an, als habe sie ein Rudel verschluckt. »Alles in Ordnung mit deinen Eltern?«

»Es ist schwierig.« Petra verschränkte die Arme vor der Brust.

»Ich weiß. Demel hat erzählt, deiner Mutter ginge es nicht gut.«

»Ja«, erwiderte Petra. »Da, wo sie ist, kann sie nicht bleiben, und wo sie bleiben könnte, will sie nicht sein.«

»Klingt kompliziert. Was ist mit deinem Vater?«

»Ist vor zwei Jahren gestorben.«

»Das tut mir leid, das wusste ich nicht.«

»Konntest du auch nicht. Meine Eltern sind nach der Wende ausgewandert.«

»Die neu gewonnene Freiheit genießen?«

»So ungefähr«, antwortete Petra ausweichend. »Und was hat dich aus dem Bett gescheucht? In der Regel bist du ja nicht so der frühe Vogel.« Wie immer wechselte sie das Thema, wenn es um sie ging.

»Jemand hat Dickie angefahren.« Während sie die Treppe zu Petras Büro hinunterstiegen, berichtete Klaudia ihr von ihrer Nacht. »Und was treibt dich zu dieser unchristlichen Zeit ins Revier?«

»Jetlag.«

»Also lebt deine Mutter an einem sonnigen Plätzchen weit weg?«

»Ziemlich sonnig und ziemlich weit weg«, erwiderte Petra. »Nur leider ohne die notwendige Infrastruktur für Hochbetagte. Und weil ich nicht schlafen konnte, habe ich gedacht, ich fang früher an.« Seufzend musterte Petra ihren Schreibtisch. »Scheint keine schlechte Idee gewesen zu sein.«

»Ohne dich läuft eben nichts.« Es konnte nie schaden, der Reviersekretärin zu schmeicheln. Sie war die Herrin des Kaffeeautomaten und konnte zur Not das Revier im Alleingang betreiben. »Wir haben übrigens um zehn eine Besprechung«, informierte Klaudia sie. »Meinert und noch ein Kollege vom LKA werden daran teilnehmen. Kannst du das bitte PH sagen, wenn er kommt? »

»Was ist mit Demeter-Anders?«

»Die wahrscheinlich auch. Meinert wird sich darum gekümmert haben. Es geht um eine Todesfallermittlung.« Klaudia freute sich nicht unbedingt auf die Staatsanwältin. In deren Gegenwart hatte sie immer das Gefühl, nicht gut genug zu sein.

»Dann stehen Peter und du ja ziemlich allein da, so ohne Thang.«

»Demel wird nicht dabei sein«, antwortete Klaudia ausweichend. »Er hat heute frei.«

»Frei?« Petra runzelte die Stirn. »Während einer Todesfallermittlung?«

»Aber Wibke wird wahrscheinlich kommen«, fuhr Klaudia fort, ohne auf Petras Einwand einzugehen. »Weißt du übrigens, dass sie sich verlobt hat?« Ihr fiel auf die Schnelle nichts Besseres ein, um die Sekretärin von Demels Abwesenheit abzulenken. Petra würde noch früh genug von Justin erfahren.

Zwei Minuten vor zehn verließ Klaudia ihr Büro im Dachgeschoss. Sie hatte in der Zwischenzeit geduscht und sich in der Frauenumkleide, wo sie einen Spind mit Ersatzkleidung hatte, umgezogen. Einigermaßen frisch setzte sie sich an den

Besprechungstisch, wo bereits Wibke und PH warteten. Wie immer saß der Chef vor dem Flipchart.

»Die Sache mit Demel ist echt übel«, sagte er. »Weißt du, wie es ihm geht?«

»Beschissen«, erwiderte Klaudia. »Er war fix und fertig.«

»Guten Morgen.« Thang schob sich auf den Stuhl neben Klaudia.

»Was machst du denn hier?«

»Einspringen.« Er beugte sich vor und griff nach dem Kaffee, den Petra vorbereitet hatte.

»Was sagt denn Janina dazu?«, fragte Wibke.

»Meine Mutter hilft aus, und ich glaube, die beiden sind ganz froh, mich aus dem Weg zu haben.« Er grinste so breit, dass sein Goldzahn aufblitzte.

»Die Kollegen vom LKA lassen auf sich warten.« PH hasste Unpünktlichkeit.

»Vielleicht stecken sie im Stau«, nahm Klaudia die Kollegen in Schutz. Sie selbst versackte immer mal wieder in einem Zeitloch, das ihr zwischen Dusche und Wasserkocher auflauerte.

»Wir können die Zeit nutzen, um den Kollegen Rudnik über den Stand der Ermittlungen zu informieren.« PH griff nach der Schäfchentasse und schenkte sich Kaffee ein. »Kannst du das bitte machen«, forderte er Klaudia auf, doch in dem Moment klopfte es.

»Wir haben einen Hinweis auf einen möglichen Täter.« Meinert hielt sich nicht mit Vorreden auf. Wie Klaudia erwartet hatte, begleiteten Demeter-Anders und Heiner ihn. Die drei setzten sich. Demels Stuhl blieb frei, trotzdem sah Klaudia ihn vor sich. »Demels Sohn?«

Thang schnappte nach Luft und Wibke, die gerade nach ihrer Tasse griff, erstarrte in der Bewegung. Ihre Hand hing in der Luft.

»Nein.« Meinert räusperte sich.

Gott sei Dank! Klaudias Schultern entspannten.

»Aber von ihm haben wir den Hinweis«, fuhr Meinert fort. »Er hat einen dicken Mann in einem Kahn gesehen, kurz bevor er die Tote entdeckt hat.«

»Einen dicken Mann?« Klaudia beugte sich vor. »Martin Neblich ist dick!«

Wer bitte Martin Neblich sei?, fragte Demeter-Anders.

»Der Sohn des Opfers«, antwortete Klaudia. »Er lebt hier in Lübbenau.«

»Dann sollten wir mit ihm sprechen.« Meinert klappte seinen Laptop zu. »Sonst noch etwas?«

27. KAPITEL

Nachdem alle erforderlichen Schritte besprochen waren, verabschiedete sich Demeter-Anders, um sich um den Durchsuchungsbeschluss zu kümmern. Auch die anderen Kollegen verließen das Besprechungszimmer, um ihren Aufgaben nachzugehen. Heiner würde zur Rechtsmedizin fahren, die Obduktion war für heute angesetzt, Thang würde mit Pfarrer Vollmer die Hinterbliebenen informieren und dann hier die Stellung halten. Zurück blieben Klaudia und Meinert. Sie würden zum Haus der Neblichs fahren, um mit Martin zu sprechen.

Während Meinert sich in Demels Büro in die Akte einarbeitete, rief Klaudia beim Tierarzt an. Sie musste warten, weil der Arzt zunächst eine Behandlung beendete, und erwischte sich dabei, dass sie am Daumennagel kaute. Hastig senkte sie die Hand. Endlich dann meldete sich der Arzt. Sie hätten dem Kater Infusionen gegen den Unfallschock gegeben, Röntgenbilder gemacht und ihn untersucht. Was er bis jetzt sagen könne, sei, dass Dickies Hüfte gebrochen sei und Schwanz und Beine im Moment gelähmt zu sein schienen. Wobei in den Beinen durchaus noch Tiefensensorik nachzuweisen sei.

»Muss er eingeschläfert werden?«, krächzte Klaudia. Allein die Vorstellung trieb ihr Tränen in die Augen. Sie hatte sich nie ein Haustier gewünscht. Nicht einmal als Kind. Doch Dickie hatte sich einfach in ihrem Leben festgesetzt, und jetzt konnte sie sich das Haus am Fließ nicht mehr ohne die Katze vorstellen.

Das könne er zum gegenwärtigen Zeitpunkt nicht sagen, antwortete der Tierarzt. Ausschlaggebend für die Prognose sei, ob die Lähmungen zurückgehen würden und der Darm unverletzt sei. Er würde Dickie mit hoch dosiertem Vitamin B behandeln und noch drei bis vier Tage abwarten wollen, bevor er eine Prognose wagen würde. Was der Kater jetzt brauche, sei absolute Ruhe.

»Kann ich ihn besuchen?«

Die Praxis sei kein Krankenhaus, erwiderte der Tierarzt. Aber natürlich könne sie während der Praxiszeiten vorbeikommen, nur würde er ihr das nicht empfehlen. Es würde den Kater nur unnötig aufregen.

»Okay, danke.« Klaudia drückte das Gespräch weg. Meinert lehnte, die Arme vor der Brust verschränkt, am Türrahmen.

»Ich wäre dann so weit«, sagte er.

»Ich auch.« Klaudia griff nach ihrem Rucksack und folgte dem Kollegen aus dem Revier.

»Fährst du?«, fragte Meinert, als sie vor dem Dienstwagen standen. Er hielt die Autoschlüssel in der Hand. »Du kennst den Weg.«

»Lieber nicht.« Es war nie eine gute Idee, sich nach einer schlaflosen Nacht ans Steuer zu setzen.

»Okay.« Meinert entriegelte den Wagen, und Klaudia nahm auf dem Beifahrersitz Platz. Sie wartete, bis Meinert Sitz und Spiegel eingestellt hatte, bevor sie die Frage stellte, die sie seit Tagen beschäftigte.

»Du hast nach mir gefragt?«

»Was?« Meinert lenkte den Wagen vom Parkplatz. »Ach so, ja.«

»Geht's um deinen Unfall?«

»Oh.« Meinert warf ihr einen kurzen Blick zu. »Du hast davon gehört?«

»Wibke hat es mir erzählt. Weißt du, dass Marcel Fiedler eine Umschulung zum Mechatroniker macht?«

»Ich hab die Reifen selbst aufgezogen«, erwiderte Meinert. »Aber du kannst sicher sein, es war das letzte Mal.« Er gab Gas, und der Wagen ratterte über das Kopfsteinpflaster. »Ich weiß nicht, ob ich geschlampt habe. Irgendwie kriege ich im Moment nie genug Schlaf. Kann also sein. Ausschließen kann ich es nicht.«

»Er arbeitet in Cottbus. Und er hat es schon einmal getan.« Klaudia hatte das Gefühl, den letzten Satz schon sehr häufig gesagt zu haben. »Mein Kater wurde angefahren.«

»Und du glaubst, das war Fiedler?«

»Er ist nachtragend.«

»Seit seiner Haftentlassung ist er nicht mehr auffällig geworden.«

»Ach ja?« Klaudias Augenbrauen wanderten in die Höhe.

»Das waren Flugblätter«, wiegelte Meiner ab.

»Wegen dieser Flugblätter wollte Demeter-Anders mich aus der Schusslinie nehmen.« Klaudia erinnerte sich noch gut an den Streit mit der Staatsanwältin. »Und daran warst du nicht ganz unschuldig. Weißt du, was ich nicht verstehe?«, fuhr sie fort.

»Nein, aber ich bin sicher, du wirst es mir gleich sagen.« Die Ampel vor ihnen sprang von Grün auf Gelb, und Meinert nahm den Fuß vom Gaspedal.

»Wieso glaubst du eigentlich, dass du sicher vor ihm bist? Ich meine: Immerhin warst du es, die ihn in dem Knast gebracht hat.«

»Wer sagt dir, dass ich mich sicher fühle?«

»Nun ja.« Klaudia lehnte den Kopf gegen die Stütze des Sitzes und blickte zum Wagenhimmel hinauf. »Du ziehst nicht einmal in Erwägung, dass jemand deinen Wagen manipuliert haben könnte.«

»Eben weil ich mich nicht sicher fühle.« Die Ampel sprang um. »Mein Wagen steht nicht einfach so an der Straße. Da kommt niemand dran. Wir sind übrigens umgezogen. Schon zweimal. Jetzt mit Kind wird es schwieriger. Ich will zur Ruhe kommen. Mehr Zeit für die Familie haben, mir nicht mehr die Nächte um die Ohren schlagen.«

»Klingt, als suchtest du nach einem Dozentenjob an der FH.« Auch wenn sich alles sehr schlüssig anhörte, nahm Klaudia dem Kollegen die Sorge nicht ab. Er wirkte einfach nicht wie jemand, der Angst hatte. Aber würde ein Außenstehender nicht exakt das Gleiche über sie sagen? Angst hatte viele Gesichter.

»Nicht unbedingt.« Meinert nickte nachdenklich. »Mir schwebt eher ein Verwaltungsjob vor. Nichts Aufregendes. Ein ruhiger Posten in der Provinz.«

»Hat das LKA keine ruhigen Jobs.«

»Sicher, aber die wären alle zu weit weg. Meine Frau hat von einer Großtante ein Haus in Burg geerbt. Es ist ein alter Spreewaldhof, den wir gerade umbauen. Und das ist auch der Grund, weshalb ich mit dir sprechen wollte.«

»Äh«, sagte Klaudia. »Meine handwerklichen Fähigkeiten beschränken sich aufs Anstreichen. Okay«, fügte sie hinzu, »ich kann auch mit einer Bohrmaschine umgehen, aber das war's auch schon.«

»Ich werde mich auf PHs Stelle bewerben.«

»Oh.« Klaudia schaffte es nur mit Mühe, den Unterkiefer wieder hochzuklappen.

»Ich wollte es dir persönlich sagen, weil ich weiß, dass du ebenfalls für die Stelle im Gespräch bist.«

»Äh. Danke.« Klaudia starrte aus dem Seitenfenster. Ihre Gedanken rasten. Vergeblich versuchte sie sich Meinert mit PHs Schäfchentasse vorzustellen. Das war absurd. Meinert gehörte ins LKA, nicht nach Lübben.

»Ist er tot?«

»Was?« Irritiert blickte Klaudia zu dem Kollegen.

»Dein Kater«, präzisierte er.

»Nein.« Sie schüttelte den Kopf. »Ich meine, ich weiß nicht. Ich weiß nicht, ob er es schafft.« Klaudia schluckte gegen den Schmerz in ihrer Kehle an.

»Wird schon wieder«, sagte Meinert. »Vergiss nicht: Katzen haben sieben Leben.«

Martin Neblich öffnete ihnen die Tür. Seine Schultern sackten herab, als Klaudia sich und Meinert vorstellte. Sie musterte den Mann. Seit ihrer letzten Begegnung schien er um Jahre gealtert zu sein. Sein Gesicht war fahl und aufgedunsen, das Hemd, das er trug, war fleckig, und sein Atem roch nach Bier.

»Wir würden gerne mit Ihnen über Ihre Mutter sprechen.«

»Kommen Sie herein.« Er tat nicht einmal so, als wüsste er nicht, von wem die Rede war.

Schlurfend und recht widerwillig führte Neblich die Beamten ins Wohnzimmer. Der Fernseher lief mit ausgeschaltetem Ton, und auf dem Couchtisch standen eine bauchige Flasche Cola und die Reste einer ausgiebigen Mahlzeit. Der Raum roch nach gekochtem Gemüse, Fleisch und Verzweiflung, dachte Klaudia.

»Wir haben sie gefunden.« Klaudia trat ans Fenster und blickte hinaus. Direkt hinter dem Haus floss die Spree. Am Holzsteg lag ein Kahn. »Ist das Ihrer?«

Neblich nickte.

»Was haben Sie letzte Woche Dienstag am Vormittag getan?«, fragte Meinert.

»Ich war zu Hause.« Neblich ließ sich aufs Sofa fallen und starrte auf den Fernsehbildschirm. Klaudia war sich ziemlich sicher, dass er alles Mögliche sah, aber nicht die beiden uniformierten Pseudokollegen, die auf dem Bildschirm agierten.

»Gibt es dafür Zeugen?« Auch Meinert hatte sich nicht gesetzt.

»Meine ...« Neblich stockte, schüttelte dann den Kopf. »Ich war allein.«

»Es gibt einen Zeugen, der sie im Hochwald gesehen haben will. Unweit der Stelle, wo wir gestern die Leiche einer Frau geborgen haben. Herr Neblich«, fügte Meinert hinzu, »Sie stehen unter dringendem Tatverdacht. Alles, was Sie sagen, kann ...«

Das Klingeln der Haustürglocke unterbrach ihn. Es war

Wibke, die mit ihrem Team und dem Durchsuchungsbeschluss anrückte.

»Draußen liegt sein Kahn.« Klaudia nickte Richtung Fließ. »Fangt damit an.«

28. KAPITEL

Während Wibke und ihre Kollegen das Wohnhaus der Neblichs nach Spuren von Thielmann absuchten, brachten Klaudia und Meinert den Verdächtigen zum Revier nach Lübben. Sie führen ihn in Demels Büro, das sie für Befragungen nutzten. Schwer atmend und vorsichtig, als habe er Angst, den Stuhl zu zerbrechen, den Klaudia ihm angeboten hatte, setzte er sich. Er schwitzte stark. Sein Hemd war dunkel von der Feuchtigkeit seines Körpers, die Gesichtshaut wirkte talgig, und seine Lippen hatten eine leicht bläuliche Farbe angenommen.

»Benötigen Sie einen Arzt?« Klaudia musterte ihn besorgt, dann stand sie auf und öffnete das Fenster.

»Nein«, wehrte Neblich ab. Er griff in seine Hosentasche und nahm eine kleine Sprayflasche heraus.

Mit zwei Schritten war Klaudia bei ihm und entwand ihm die Flasche. »Was ist das?«

»Nitro.« Neblichs Stimme klang gepresst. »Das brauche ich, wenn ich mich aufrege.«

Klaudia las das Etikett. Tatsächlich: Nitrolingualspray! Als Tochter einer Krankenschwester und eines Arztes, die selbst einmal darüber nachgedacht hatte, Medizin zu studieren, wusste sie genug, um ihm das Spray umgehend zurückzugeben.

Neblich öffnete den Mund so weit, dass Klaudia sein blasses Zungenbändchen sehen konnte, und löste drei Sprühstöße aus.

Die Beamten warteten, bis seine Atmung sich beruhigt und seine Lippen die ungesunde Farbe verloren hatten, dann belehrten sie ihn über seine Rechte.

»Haben Sie das verstanden?« Klaudia saß seitlich von Neblich, so dass sie ihn gut im Blick hatte, während Meinert hinter Demels Schreibtisch Platz genommen hatte. Er würde sich um das Protokoll kümmern.

Neblich nickte und bat um Wasser. Meinert sah zu Klaudia, und die verließ das Büro. Auf dem Gang begegnete sie Thang. Er folgte ihr in die kleine Teeküche der Kripo.

»Wie sieht's aus?«, fragte er.

»Neblich hatte fast einen Herzanfall.« Klaudia trat an den Kühlschrank und nahm eine der PET-Flaschen mit Mineralwasser heraus, die sie hier lagerten.

»Wow.« Thang stieß einen leisen Pfiff aus. »Meinst du, er war es?«

»Ich weiß nicht.« Klaudia schloss die Kühlschranktür und hielt sich die kalte Flasche für einen Moment an die Stirn. Die schlaflose Nacht steckte ihr in den Knochen.

»Wie haben es die Angehörigen aufgenommen?«

»Die Tochter ist ziemlich zusammengebrochen«, sagte Thang. »Der Sohn hat es mit Fassung getragen. Für ihn ist es ja auch wahrscheinlich weniger schlimm. Ich meine: Er kannte sie ja kaum.«

Ja, dachte Klaudia. Und wer weiß, ob Thielmann nicht noch leben würde, wenn ihr Sohn sie nicht gefunden hätte. Sie griff nach der Thermoskanne, die auf dem Resopaltisch stand, und schüttelte sie. Ein Rest Kaffee schien noch drin zu sein. Sie nahm sich eine Tasse aus dem Schrank. Der Kaffee war bitter und nur noch lauwarm. Ihr Magen reagierte mit einem Grummeln auf das Gesöff. Einen Seufzer unterdrückend nahm sie die Wasserflasche und verließ die Küche.

»Was war das eigentlich heute Morgen?«, fragte Thang, der ihr gefolgt war.

»Was?« Irritiert wandte Klaudia sich zu ihm um.

»Na, bei der Besprechung.«

»Geht's ein bisschen konkreter?«

»Meinert hat sich aufgeführt, als wäre er unser neuer Chef.«

»Hat er das?« Klaudia verzog das Gesicht. »So sind sie halt, die LKA- Kollegen.« Sie würde Thang nichts von Meinerts beruflichen Plänen erzählen. Sollte die Sache spruchreif werden, würde er es noch früh genug erfahren. Klaudia wandte sich wieder um.

»Wirst du dich auf PHs Stelle bewerben?«, fragte Thang.

»Für diese Unterhaltung habe ich jetzt wirklich keinen Kopf«, erwiderte Klaudia entnervt von Thangs Beharrlichkeit. Sie wollte noch etwas sagen, wurde jedoch durch Schritte im Treppenhaus unterbrochen. Demel tauchte am Treppenabsatz auf. Wie immer hüllte ihn eine Wolke aus Duschgel und Zigarettenrauch ein. Sein Atem ging etwas keuchend.

»Was machst du denn hier?«, fragte Klaudia. »Ich dachte, du bist beurlaubt.«

»Ich wollte nur etwas abholen.« Er steuerte auf die Tür seines Büros zu.

»Da kannst du im Moment nicht rein«, hielt Klaudia ihn zurück. »Wir führen gerade eine Befragung durch.«

»Martin Neblich?« Demel trat einen Schritt zurück.

»Ja«, bestätigte Klaudia. »Was hat Justin gesehen?«

»Das weißt du noch nicht?«

»Nein. Meinert hält sich ziemlich bedeckt.« Klaudia ärgerte sich über die Geheimniskrämerei des LKA-Mannes. Eigentlich war er ein Teamplayer. Sie fragte sich, ob sein Verhalten etwas mit seinen beruflichen Plänen zu tun hatte?

»Die Aussage ist auch noch nicht in den Akten«, ergänzte Thang. »Also schieß los. Wenn du schon mal hier bist.«

»Warum bist du eigentlich hier?«, fragte Demel.

»Das könnt ihr später klären«, sagte Klaudia, bevor Thang die Frage beantworten konnte. »Ich muss da wieder rein.«

»Justin hat die Schule geschwänzt und ist mit dem Rad durch den Hochwald. Allein dafür könnte ich ihn schon ...« Demel schnaubte.

»Die Fakten bitte«, unterbrach ihn Klaudia. »Ich hab nicht ewig Zeit.«

»Auf der Lichtung hat er eine Pause gemacht. Wahrscheinlich, um zu kiffen, ich hab ...«

Diesmal reichte Klaudia ein Stirnrunzeln, um Demel auf den Pfad der Fakten zurückzubringen.

»Als er den Kahn gesehen hat, hat er sich an der Stelle versteckt, wo der Helm lag. Er hat gedacht, es sei der Förster. Und dann hat er gehört, wie etwas Schweres ins Fließ plumpste, und als der Kahn weg war, ist er nachschauen gegangen und hat die Frau gesehen. Er hat Panik gekriegt und ist abgehauen, und als ihn meine Ex auf den ...«

»Okay. Den Rest erzählst du mir später.« Klaudia öffnete die Tür zu Demels Büro und ließ die beiden Kollegen auf dem Flur zurück. Meinert runzelte die Stirn, als sie die Flasche vor Neblich abstellte. Klaudia musste keine Gedankenleserin sein, um zu wissen, dass er sich fragte, wo sie so lange gewesen sei. Tja, dachte sie. So hat halt jeder von uns seine Geheimnisse.

»Wir fangen einfach vorne an«, sagte er, nachdem Neblich getrunken hatte. »Name, Alter, Familienstand?«

Während der Verdächtige seine Lebensdaten zu Protokoll gab, beobachtete Klaudia ihn aufmerksam. Er war aufgeregt, seine Stimme zitterte, seine Hände waren in ständiger Bewegung. Mal zupfte er an seinem Hemd herum, mal an der Hose, mal an seinem Bart. Sein Körper schien geradezu zu vibrieren.

Im Moment war Neblich im Fight-or-Flight-Modus. Adrenalin rauschte durch seinen Körper und machte es ihm schwer, einfach still zu sitzen.

Doch jeder Mensch, der unter Mordverdacht stand, egal, ob schuldig oder nicht, wäre genau in diesem Modus. Deshalb war es im weiteren Verlauf der Befragung wichtig, Unterschiede im Verhalten und in der Komplexität der Antworten zu bemerken. Es war ein hilfreicher und weit verbreiteter Irrtum, anzunehmen, dass einzelne Gesten wie das Zurückstreichen des Haares oder diverse Blickrichtungen dem Befrager verrieten, ob jemand log. Jeder Mensch war anders, und jeder Mensch log auf seine ganz eigene Weise.

In Amerika wurden Befragungen von Kapitalverbrechern gefilmt und anschließend ausgewertet. Beim FBI gab es Profiler, die sich auf diese Auswertung spezialisiert hatten. So weit waren sie in Lübben noch lange nicht. Klaudia bezweifelte sogar, dass das LKA über diese technischen Möglichkeiten verfügte. Doch auch deutsche Polizisten waren in Vernehmungstechniken geschult und hatten gelernt, worauf sie achten mussten.

»Danke«, sagte Meinert schließlich, als die Formalitäten abgeschlossen waren. »Und nun zurück zu Dienstag, dem 27. März 2018.«

»Ich war zu Hause«, erwiderte Neblich. »Ich bin immer zu Hause. Ich bin ein kranker Mann.« Kurze Sätze, wenig Varianz im Satzrhythmus.

»Wer war noch bei Ihnen?« Klaudia formulierte die Frage bewusst so, dass Neblich nicht einfach mit Ja oder Nein antworten konnte.

»Das habe ich Ihnen doch schon alles gesagt«, ereiferte sich Neblich. Offensichtlich wuchs seine Anspannung.

»Ich weiß.« Klaudia nickte ihm zu. »Aber wir benötigen Ihre Aussage fürs Protokoll. Tut mir leid.« Sie lächelte entschuldigend.

Sie wollte, dass Neblich sich entspannte, ihnen vertraute. Menschen öffnen sich, wenn sie sich entspannen, während sie sich verschließen, wenn man sie unter Druck setzt.

»Erst war Mandy da.« Neblich war der Widerwillen anzumerken, mit dem er ihre Frage beantwortete. Er war weit davon entfernt, sich wohlzufühlen. »Dann ist sie zum Friseur gegangen.« Er saß jetzt recht still und aufmerksam da, wie ein Schüler, der nichts verpassen will.

Klaudia registrierte die Veränderung in seinem Verhalten. »Wann?«, fragte sie.

»Was?« Neblich blinzelte. Bisher hatte er ihre Fragen auf Anhieb verstanden, jetzt spielte er auf Zeit.

»Wann ist Ihre Schwester zum Friseur gegangen?«, präzisierte Klaudia ihre Frage.

»Ich … ich weiß nicht.« Neblich stotterte jetzt. »Ich denke, nach dem Mittagessen. Ja, genau.«

»Was hatten Sie zu Mittag?«, fragte Meinert. Die Frage war

nicht so überflüssig, wie sie erschien. Wenn Neblich log, könnte ihn diese Frage dazu zwingen, zu improvisieren.

»Koteletts, Kartoffeln und Erbsen und Möhren. Zum Nachtisch Schokoladenkuchen.« Die Antwort kam genauso spontan wie die Antwort auf die Frage nach seinem Geburtsdatum.

»Erstaunlich«, sagte Klaudia. »Ich weiß nicht einmal, was ich vorgestern gegessen habe.

»Das essen wir immer dienstags. Montags essen wir die Reste vom Sonntagsessen. Und dienstags Koteletts. Den Kuchen bringt meine Schwester immer sonntags aus dem Café mit. Die haben montags geschlossen und ...«

»Und wann haben Sie gegessen?«, unterbrach ihn Meinert.

»Um zwölf.«

»Und wann ist Ihre Schwester gegangen?«

»Nach dem Essen eben.«

»Und was haben Sie getan?«

»Mich hingelegt und ferngesehen.«

»Was haben Sie gesehen?«

Neblich zählte einige Serien auf, die verdächtig nach Nachmittagsprogramm klangen. Die Beamten würden das später verifizieren, doch Klaudia hatte das Gefühl, dass er sehr genau wusste, wovon er sprach.

»Wann ist Ihre Schwester zurückgekommen?«

»Ich hab nicht auf die Uhr geschaut.« Er nestelte an der Knopfleiste seines Hemdes herum. »Hat schon eine Weile gedauert.« Er bemerkte Klaudias Blick und legte die Hände auf seine massigen Oberschenkel. Zurück blieben ein grauer Fleck auf dem Hemd und das Pochen von Klaudias Ermittlerader.

»Und sonst war niemand am Haus?«

Neblich schüttelte den Kopf.

»Wussten Sie, dass Heike Thielmann Ihre leibliche Mutter ist?«, fragte Meinert fast beiläufig.

Neblich schluckte. Für einen Moment sah es so aus, als wollte er leugnen, doch dann nickte er. »Mandy hat es mir erzählt. Sie war im Café gewesen.« Er schüttelte den Kopf. »Ich konnte es nicht fassen. Nach all den Jahren taucht sie hier mit ihrer Westfamilie auf und will sich entschuldigen?« Sein Blick irrte über Meinerts Kopf hinweg zum Fenster. »Ich erinnere mich kaum an sie.« Seine Stimme war nur noch ein Wispern. »Dort, wo ihr Bild sein müsste, ist nur so ein Gefühl von Enge.« Er legte die Hand auf die Brust. »Ich hätte sie nie erkannt.«

»Sie haben Frau Thielmann also gesehen?«, hakte Meinert nach.

»Nein!« Martin Neblich zwinkerte, als erwache er aus einem Traum. Die Hände auf seinen Oberschenkeln ballten sich zu Fäusten.

Klaudia war sich sicher, dass er log. Doch noch konnten sie ihm nichts beweisen.

»Ich war sehr krank damals«, fuhr er fort. »Das weiß ich aus der Akte. Ich hatte eine Lungenentzündung, doppelseitig, wäre fast gestorben.« Neblichs Gesicht verzog sich, als hätte er in eine Zitrone gebissen. »Seitdem habe ich es mit dem Herzen.« Er senkte den Blick, und Tränen tropften von seinen Wangen.

»Herr Neblich?« Klaudia beugte sich vor und legte ihm die Hand auf den Arm. Der wuchtige Mann vibrierte geradezu, und Schluchzen schüttelte ihn.

Hastig kramte Klaudia eine Packung Taschentücher aus ihrem Rucksack und legte sie auf den Tisch.

Neblich griff danach. »Danke«, sagte er. »Sie hat uns einfach alleingelassen.« Er zerrte ein Papiertaschentuch aus der Packung. »Wir waren doch noch klein. Wie kann eine Mutter das tun?« Mit tränennassen Augen blickte er Klaudia an, als erwarte er von ihr eine Antwort.

»Wer hat sich denn damals um sie gekümmert«, fragte sie.

»Mandy natürlich«, antwortete Neblich. »Wer sonst? Wir hatten doch nur uns.«

Vor Klaudias innerem Auge schwebte ein Bild vorbei. Sie sah einen Jungen und ein Mädchen mit angsterfüllt aufgerissenen Augen, die sich an den Händen hielten. Schwarz-weiß, trostlos.

»Was war mit Ihrem Vater«, fragte Meinert.

»Unbekannt.« Neblich trocknete sich die Augen. Ein winziger Fetzen Papier blieb an seinen Wimpern hängen. Erst jetzt fiel Klaudia auf, wie dicht sie waren. Einhundert Kilo leichter, wäre Neblich wahrscheinlich ein gut aussehender Mann. Aber vielleicht brauchte er all das Fett, um sich vor der Welt zu verstecken. »Ich hatte nur Männi auf der Welt, und dann haben sie uns getrennt.« Er zupfte sich den Papierfetzen von den Wimpern und musterte ihn.

Das Mädchen verschwand aus dem Schwarz-Weiß-Foto vor Klaudias innerem Auge. Zurück blieb ein verängstigter Junge. Und irgendwo in diesem massigen Körper steckte noch immer dieses verlassene Kind. Hass konnte einiges mit einem Menschen machen, und wie es aussah, hatte Martin Neblich allen Grund, seine Mutter zu hassen. Aber machte ihn das zu einem Mörder?

Ihr Smartphone vibrierte. Es war Wibke.

»Wir hätten da etwas für euch«, sagte sie.

29. KAPITEL

Das sei nicht schlimm, sagt die Tante. Männi könne sich im Waschraum säubern, und frische Wäsche würden sie auch noch für sie finden. Aber Opa ist ganz rot im Gesicht, und Männi spürt, dass er sich ebenso schämt wie sie.

Matte tritt einen Schritt zurück »Nicht weinen«, sagt er und streichelt sie mit seinen pummeligen Händen. Er sieht so rosig aus, so anders, und er riecht auch anders.

Das macht Männi noch trauriger. In ihrem Kopf sind so viele Bilder. Matte auf dem Töpfchen, festgebunden an der Heizung. Matte auf dem Arm der Frau. Matte, der mit seinem Bus spielt. Keins davon passt zu dem rundlichen Jungen, der vor ihr steht, verschwommen von ihren Tränen. Männi wischt sich durchs Gesicht. Eine glänzende Spur bleibt auf ihrem Unterarm zurück. Der Schlüpfer klebt jetzt kalt an ihrem Popo. Männi schüttelt sich, ekelt sich vor sich selbst. Sie kann Matte nicht mehr anschauen, wendet den Blick ab und sieht den Bus, und auf einmal ist sie so wütend. Wütend auf Matte, der so anders ist, wütend auf Mutti, die sie verlassen hat, und vor allem ist sie auf diesen Wessi wütend. Seinetwegen hat Mutti rübergemacht. Sie stößt Matte von sich, bückt sich nach dem Bus und wirft ihn mit ganzer Kraft gegen die Wand. Ein Rad springt ab, und als der Bus auf den Boden fällt, hebt Männi ihn wieder auf, doch bevor sie ihn ein weiteres Mal gegen die Wand schleudern kann, ist Opa bei ihr. Er umschlingt sie mit beiden Armen, hebt sie hoch. Seine Anzugsjacke kratzt an ihren bloßen Armen. Männi schreit und strampelt mit den Beinen, doch Opa hält sie fest. Die Tante redet auf Männi ein. Ihre Stimme ist ein murmelnder Bach, und schließlich beruhigt sich Männi. Opa setzt sich mit ihr auf dem Schoß auf einen Stuhl, ihre Beine zwischen seine geklemmt. Männi ist so müde, dass sie den Kopf an seine Schulter legt.

»Welcher Lutki hat dich denn geritten?«, murmelt er. »Du kannst doch nicht einfach das Spielzeug deines Bruders kaputtmachen. Das geht doch nicht, wa?«

»Er ist schuld«, flüstert Männi. »Wegen ihm ist sie fort.« Sie fühlt sich so müde, würde am liebsten schlafen. Kaum dass sie die Augen aufhalten kann. Die Lider sind so schwer.

»Aber das stimmt doch nicht.« Opa streichelt ihr über den Kopf. »Er ist doch dein Bruder.«

Männi hört ein Wimmern, sie blickt auf. Matte steht auf dem Teppich, den Bus hält er so fest, wie Opa sie festhält. Von seinem Kinn tropfen Tränen.

Da versteht Männi, dass niemand hier im Raum weiß, von wem sie spricht. Sie will etwas sagen, aber da streckt die Tante Männi die Hand entgegen.

»Komm«, sagt sie. »Wir gehen jetzt in den Waschraum und ziehen einen trockenen Schlüpfer an.«

Als die Tante Männi aus dem Raum führt, folgt ihnen Matte, er greift nach Männis Kleid und hält sich daran fest.

»Nicht weggehen!«, kreischt er.

Die Tante löst seinen Griff und geht vor ihm in die Hocke.

»Sie geht sich nur waschen«, sagt sie. »Männi kommt zurück.«

Der Waschraum ist so, wie Männi ihn aus dem anderen Kinderheim kennt. Die Tante hilft ihr den nassen Schlüpfer auszuziehen und reicht ihr dann einen Waschlappen.

Wie es denn so sei bei den Großeltern, fragt sie.

Zuerst weiß Männi nicht, wen die Tante meint, aber dann fragt die Tante, ob sie gerne bei Oma und Opa sei, und Männi nickt.

Dann fragt die Tante noch, ob denn ihr Vati sie besuchen komme?

Männi wischt sich mit dem Waschlappen über die Beine. Sie ist froh, dass sie die Tante nicht anschauen muss. Sie hört Muttis Stimme. »Du bist ganz still«, flüstert die Stimme in ihrem Kopf. »Weil du meine Große bist.«

Also tut Männi so, als habe sie die Frage nicht gehört, und rubbelt sich die Beine, bis sie ganz rot sind.

Doch die Tante nimmt ihr den Waschlappen aus der Hand und wiederholt die Frage. »Besucht dich dein Papa?«

Männis Herz klopft schneller. Stillsein funktioniert nicht ohne eine abgeschlossene Tür zwischen sich und der Welt. Die Tante reicht ihr den neuen Schlüpfer. Er hat einen Eingriff.

Männi zögert, nimmt ihn aber dann doch.

Sie habe auf die Schnelle nichts Besseres gefunden, entschuldigt sich die Tante. Ihre braunen Augen mustern Männi, als wüsste sie, wie schnell ihr Herz schlägt. Männi steigt in die Unterhose und zieht sie über den Po. Ihre Gedanken purzeln durch den Kopf. Sie weiß, dass sie antworten muss. Und sie weiß auch, dass ihre Antwort wichtig ist. Sie weiß nur nicht warum? Und vor allem weiß sie nicht, welche Antwort die richtige ist.

Schließlich nickt sie, auch wenn es gelogen ist. Vati hat sie aus dem Heim geholt und dann ebenso zurückgelassen wie Mutti. Sie hat nur Oma und Opa, und die will sie behalten. Auch wenn sie deshalb lügen muss. Sie will nicht fort aus dem Haus am Fließ.

»Freust du dich, Matte zu sehen?«

Wieder nickt Männi, diesmal ist es keine Lüge.

»Möchtest du wieder mit ihm zusammenleben?«

»Hier?«, fragt Männi. Ihr Herz schlägt jetzt so schnell, dass ihr schwindelig wird.

Als Männi mit der Tante zurückkommt, sitzt Matte nicht mehr auf dem Teppich, und auch der Bus ist verschwunden. Männi presst die Fingernägel in die Handflächen. Sie haben gelogen und ihn fortgebracht.

Deine Schuld, wispert die Stimme in ihrem Kopf, die sich so sehr nach Mutti anhört, dass Männi ihren Kopf am liebsten gegen die Wand werfen würde wie den Bus.

Eine Tante sitzt mit Opa am Tisch. Ihre grauen Haare sind ganz kurz geschnitten wie bei einem Mann. Aber sie trägt ein Kleid.

»Ich muss das mit meiner Frau besprechen«, sagt Opa. »Ich weiß nicht, ob die ein fremdes Kind aufnehmen will.«

»Die beiden sind Geschwister.«

»Halbge …« Opa sieht Männi und bricht das Wort ab. Auch die fremde Tante bemerkt sie jetzt.

»Hallo, Mandy«, sagt sie. »Kennst du mich noch?«

Männi mustert sie, versucht sich an diese Frau zu erinnern. Schließlich schüttelt sie den Kopf.

»Ich bin Frau …«, die Tante nennt einen Namen, den Männi nicht versteht. »Ich war dabei, als wir euch aus der Wohnung geholt haben.«

Männi nickt, ist wieder mittendrin in diesem Durcheinander aus Stimmen und Gesichtern. Ja, denkt sie, das ist die Tante, die Matte weggetragen hat. Und jetzt ist sie hier, und Matte ist wieder fort.

Tränen steigen Männi in die Augen. »Wo ist Matte?«, fragt sie.

»In seiner Gruppe«, antwortet die Tante, die mit Männi im Waschraum war. »Er war ein bisschen verwirrt. Willst du zu ihm?«

»Nein.« Männi drängt sich ganz eng an Opa. Sie will nicht hierbleiben. »Ich will nach Hause. Bitte, Opa. Ich bin auch ganz brav.«

»Niemand will dich hierlassen«, verspricht Opa. Und dann schiebt er seinen Stuhl zurück und steht auf. »Wir müssen los«, sagt er. »Sonst verpassen wir unseren Zug.«

Opa läuft so schnell, dass Männi kaum Schritt halten kann. Atemlos erreichen sie den Bahnhof, und Opa kauft Fahrscheine am Schalter.

»Wir haben noch Zeit«, sagt er und geht mit ihr in einen Konsum. Sie darf sich eine Brause aussuchen, die sie trinkt, während sie auf der Bank am Gleis sitzen und auf den Zug warten.

»Wir haben deinen Schlüpfer vergessen«, sagt Opa plötzlich. »Oma wird schimpfen.« Er steckt sich eine Zigarette an und bläst den Rauch in den blassen Sommerhimmel. »Du hättest mir sagen sollen, dass du Pipi machen musst. Du bist doch schon ein großes Mädchen.« Er runzelt die Stirn. »Ihr wart lange fort.« Er spitzt die Lippen und formt Rauchringe, die sich nur langsam auflösen. »Hat die Frau was zu dir gesagt?«, fragt er zwischen zwei Ringen.

»Die Tante wollte wissen, ob Papa mich besucht.«

»So, so«, murmelt Opa, und dann schweigt er, bis er die Zigarette aufgeraucht und ins Gleisbett geschnipst hat.

»Und was hast du gesagt?«

»Ich hab genickt.«

»Du hast also gelogen.« Opa mustert Männi, die Augenbrauen zusammengezogen. »Warum?«

»Ich dachte …« Die Brause gluckert in Männis Bauch.

»Ist schon gut.« Opa hebt sie auf seinen Schoß. »Manchmal sagt man Sachen, weil man sich wünscht, dass sie wahr sind. Wa?«

»Papa wird doch kommen?«

»Wer weiß das schon.« Opa drückt sie an sich. »Er hat immer schon weggewollt. Schon als Pimpf. Dafür war er in Bautzen, dafür hat er alles zurückgelassen. Und jetzt will er noch weiter weg.« Opa schnaubt. »Kanada.«

»Aber ich will bei euch bleiben.« Männi hebt den Kopf.

»Du bist ein liebes Kind.« Opa drückt sie noch einmal ganz fest, dann schiebt er sie von seinem Schoß. »Ich muss dann auch mal eine Stange in die Ecke stellen. Du wartest hier.«

Männi blickt Opa hinterher. Sobald sie ihn nicht mehr sieht, lässt die Angst ihr Herz wieder schneller schlagen.

Das Essen steht schon auf dem Tisch, als Männi und Opa nach Hause kommen. Es gibt Bratkartoffeln und Kopfsalat aus dem Garten, dazu hat die Oma Fisch gebraten. Sie reden nicht viel beim Essen, dazu hat der Fisch zu viele Gräten, außerdem hat Männi Angst, auf eine Schnecke zu beißen. Egal, wie sorgfältig Oma den Salat gewaschen und abgesucht hat, irgendwie schafft es immer eine Schnecke auf Männis Teller. Einmal hat sie auf eine gebissen und es erst gemerkt, als das Haus zwischen ihren Zähnen zersplittert ist. Das sei aus Kalk, den die Schnecken aus Drüsen absondern, hat ihr Opa erklärt. So ein Schneckenhaus sei etwas ganz Besonderes. Die Schnecken würden sich bei Gefahr darin zurückziehen. Männi hat sich trotzdem geschüttelt.

Seitdem wendet sie jedes Salatblatt, bevor sie es in den Mund steckt.

Schließlich sind sie fertig, und Opa erzählt von ihrem Besuch im Heim. Dass sie sich nassgemacht hat, lässt er aus, dafür spricht er über das, was die Tante gesagt hat: dass die Geschwisterbeziehung wichtig sei.

»Ich will das Blag nicht hier haben«, sagt Oma. »Wenn die wollen, dass die beiden zusammen sind, muss Mandy wieder ins Heim.«

»Aber«, setzt Opa an.

»Ich will nicht ins Heim«, jammert Männi. »Ich will bei euch bleiben.«

Dann sei ja alles klar, sagt Oma und dass Männi abräumen solle.

Gehorsam sammelt Männi die Teller ein. Ihre Hände zittern ganz schrecklich. Um sie in die Spüle zu stellen, muss sie auf das Fußbänkchen steigen, das Opa für sie gedrechselt hat. Seine Werkstatt liegt ganz hinten im Garten und ist immer abgeschlossen, aber manchmal nimmt er Männi mit, und dann darf sie ihm helfen. Opa streicht Wachs aus einem großen Eimer auf einen weichen Lappen, und Männi poliert damit die Schalen und Figuren, die Opa gedrechselt hat. Während sie beide arbeiten, hören sie Radio, oder Opa erzählt von den kleinen Leuten, die früher im Spreewald lebten und den Menschen für eine Schale Brei oder ein Schmalzbrot halfen. Männi mag Opas Geschichten ebenso gern wie den Geruch nach Holz und Leim. Sie versucht, all diese schönen Gedanken zu denken, doch alles, was sie sieht, ist das blasse Gesicht ihres Bruders.

30. KAPITEL

»Danke. Das hilft uns sehr.« Klaudia drückte das Gespräch weg und wandte sich wieder Neblich zu. Sie musterte ihn, sah, wie er unter ihrem Blick unruhig zu werden begann. Ob er ahnte, was die Kollegen der Spurensicherung gefunden hatten?

Meinert räusperte sich, um ihre Aufmerksamkeit auf sich zu ziehen. Auch er war neugierig, doch Klaudia hielt die Neuigkeit noch zurück. Neblichs Sandalen schabten über das Linoleum, als liefe er auf der Stelle. Fight or Flight. Je länger sie schwieg, umso größer wurde seine Angst.

Klaudia verspürte Mitleid mit ihm. Was hätte aus ihm werden können, wenn seine Mutter ihn nicht verlassen hätte? Sie wusste es nicht, würde es nie wissen. Das Leben hatte keine Reset-Taste.

Für die Dauer eines Wimpernschlages sah sie ihre eigene Mutter, wie sie in ihrem Blut lag, und spürte die gleiche Verzweiflung und die gleichen Schuldgefühle wie damals.

»Frau Wagner?« Meinert hielt die Stille nur graduell besser aus als der Verdächtige.

Klaudia räusperte sich. »Das war die Kollegin, die den Kahn untersucht hat.«

Neblich hob den Kopf: glanzlose Augen, zuckende Mundwinkel.

»Sie haben Blutspuren gefunden.«

»Aber …«

»Sie haben gedacht, Sie hätten alles entfernt?« Klaudia schüttelte den Kopf. »Das ist bei Blut nicht so einfach.«

»Was ist Dienstag passiert?«, setzte Meinert nach.

Neblich öffnete den Mund, schloss ihn wieder.

»Frau Thielmann war am Haus.« Meinerts Feststellung war eine ausgestreckte Hand, die der Verdächtige ergreifen konnte.

»Ja.« Ein Schaudern ging durch Neblichs Körper. Sein Widerstand war gebrochen. Es war so viel einfacher, sich alles von der Seele zu reden. Seine Stimme klang jetzt flach, angestrengt. »Sie hat mich nicht erkannt. Hat gejammert, dass ich nicht ahnen könnte, was sie ihrer Großen angetan habe. Kein Wort von mir, dem Kleinen. Als hätte es mich nie gegeben.« Neblich griff nach der Wasserflasche, trank. Er schwitzte jetzt stark, füllte den Raum mit dem Geruch seiner Verzweiflung. Klaudia wechselte einen kurzen Blick mit Meinert. Hoffentlich kollabierte der Mann nicht wieder.

»Was ist dann passiert?«, fragte der Kollege.

»Sie ist weggegangen.« Neblich wusste nicht, wohin mit seinen Händen und zupfte an seinem Bart herum. Ein letztes Zurückweichen vor der Wahrheit.

»Und wie erklären Sie das Blut in Ihrem Kahn«, fragte Meinert scharf.

»Ich weiß nicht. Nasenbluten?«

»Herr Neblich.« Klaudia legte ihm wieder die Hand auf den Arm, schuf eine Verbindung zwischen ihm und ihr. »Unser Labor kann bestimmen, ob es sich um das Blut eines Mannes oder das einer Frau handelt.«

Das war zwar grundsätzlich möglich, doch Klaudia bezweifelte, dass sie in dem Kahn genügend verwertbares Material finden würden. Aber das brauchte Neblich nicht zu wissen. Es reichte, dass sie ihm den Ausweg zumauerte. Der Trick funktionierte.

Neblichs Schultern sackten nach vorn. »Es stimmt«, sagte er schließlich. »Ich bin ihr hinterher. Mit dem Kahn, weil ich nicht so gut laufen kann.« Neblich blinzelte. »Und dann«, sagte er. »Und dann … Ich hab ihr nichts getan.«

»Und wie kam die Leiche in ihren Kahn?«

»Sie glauben mir ja doch nicht«, sagte Neblich resigniert.

»Hier geht es nicht darum, ob wir Ihnen glauben oder nicht«, sagte Klaudia geduldig. »Hier geht es darum, was wir beweisen können. Und aktuell suchen die Kollegen nach Spuren Ihrer Mutter in Ihrem Haus. Wir haben bereits Blutspuren in Ihrem Kahn gefunden, und wir haben einen Zeugen, der Sie mit eben diesem Kahn unweit der Stelle gesehen hat, an der wir gestern eine Leiche aus dem Fließ gezogen haben. Das sind Tatsachen, die können wir beweisen.« Klaudia zählte die Tatsachen gleichmütig auf, dann fuhr sie sanfter fort. »Erzählen Sie uns Ihre Version der Geschichte.«

»Also«, setzte Neblich an. »Ich hab ja gesehen, in welche Richtung sie gegangen ist, also bin ich zur Brücke gestakt. Ihr Körper trieb im Fließ. Ich wusste nicht, dass sie tot ist. Wirklich nicht.« Er schluckte. »Also hab ich sie in den Kahn gezogen. Ich weiß gar nicht, wie ich das geschafft habe. Sie war so schwer. Und dann hab ich das Blut gesehen und wusste nicht, wie weiter. Also bin ich nach Hause. Es wurde ja schon dunkel. In der Küche brannte Licht. Also hab ich sie im Kahn gelassen. Mandy sollte ja nichts mitkriegen.«

»Ihre Mutter trieb also einfach so im Wasser.« Meinert hob die Augenbrauen. »Sie haben recht. Das ist nicht sehr glaubhaft.«

»Aber so war es.« Neblich verschränkte die Arme vor der Brust.

»Und Sie haben weder etwas gesehen noch gehört?«

»Nichts«, beharrte Martin Neblich.

Klaudia unterdrückte einen Seufzer. An dieser Stelle würden sie nicht weiterkommen, aber es gab mehr als einen Weg zur Wahrheit. »Ihre Schwester war also zu Hause«, nahm sie den Faden wieder auf. »Sie könnte Ihrer Mutter also auf dem Heimweg begegnet sein.«

»Nein!«, widersprach Neblich.

»Aber sagten Sie nicht gerade: In der Küche brannte Licht, und Sie hatten Angst, dass Ihre Schwester die Leiche sehen würde.«

»Aber das hab ich nur gedacht, dass sie da ist. Ich hab mich geirrt. Es war niemand zu Hause.«

»Und das Licht?«

»Ich weiß nicht. Werd ich wohl angelassen haben, als ich ihr hinterher bin.«

»Warum?«, fragte Klaudia.

»Ich hab vergessen, es auszuschalten.«

»Nein«, sagte Klaudia. »Nicht das Licht. Ich meine: Warum sind Sie Ihrer Mutter gefolgt?«

»Ich … weil …« Martin Neblich blinzelte verwirrt. Mit dieser Frage hatte er offensichtlich nicht gerechnet, dabei war sie naheliegend. Seine Mutter hatte ihn nicht erkannt, sie war weggegangen. Warum also war er ihr gefolgt?

»Sie war betrunken«, sagte Neblich schließlich. »Ich wollte nicht, dass ihr was passiert.«

»Okay.« Klaudia nickte. Die Antwort war so gut oder schlecht wie jede andere, die sie bisher von Neblich erhalten hatten. »Wann ist Ihre Schwester nach Hause gekommen?« Abrupt wechselte sie wieder das Thema. Mit Lügen war es so eine Sache. Sie zeichneten sich vor allem durch Detailarmut aus. Also lag es an dem Vernehmenden, so viele Details wie möglich zu erfragen, bis das Lügengerüst kollabierte.

»Ich weiß nicht.« Neblich zwirbelte mit den Fingerspitzen in seinem Bart herum. »Später halt.«

»Das war aber ein langer Friseurbesuch.«

»Es war so, wie ich es Ihnen sage.« Neblichs Lippen verfärbten sich wieder bläulich. »Sie dürfen Männi da nicht hineinziehen. Sie weiß von nichts. Sie war nicht da. Hören Sie: Sie war nicht da!«, keuchte er.

»Beruhigen Sie sich.« Meinert hob die Hände, als wollte er zeigen, dass er unbewaffnet war. »Niemanden will jemanden in irgendetwas hineinziehen. Ich glaube, für heute ist es genug«, beendete er die Befragung.

Klaudia verstand ihn: Sie wollten ein Geständnis, keinen weiteren Toten.

Während Meinert die notwendigen Schritte veranlasste, um den Verdächtigen in die JVA Brandenburg zu überführen, brachte Klaudia ihn hinunter zur Wache. Auf der Treppe hielt sie sich dicht bei ihm. Obwohl allein die Vorstellung, dass sie in der Lage sein könnte, ihn zu halten, sollte er kollabieren, illusorisch war.

Klaudia war froh, als sie ihn in der Obhut der uniformierten Kollegen zurücklassen konnte. Als Untersuchungshäftling würde Neblich die Nacht in der JVA Brandenburg verbringen.

Klaudia unterschrieb gerade die notwendigen Papiere, die das Faxgerät ausspuckte, als eine aufgeregte Frauenstimme sie aufhorchen ließ.

»Ich will zu meinem Bruder!«, keifte Mandy Neblich. »Er ist krank. Er braucht mich.«

»Männi!«, rief Neblich aus dem Nebenraum. »Mach dir keine Sorgen!«

Klaudia schloss die Tür und ging in die Wachstube.

Die Hände zu Fäusten geballt, stand Mandy Neblich am Tresen, der die Wachstube vom Besucherbereich trennte.

»Sie können jetzt nicht zu Ihrem Bruder.« Klaudia trat zu ihr. »Aber ich hätte da einige Fragen an Sie.«

»Ich habe meine Mutter nicht umgebracht.«

»Das behauptet auch niemand«, versuchte Klaudia, die Frau zu beruhigen. »Aber vielleicht können Sie mir erzählen, was am Dienstag passiert ist.«

»Ich war beim Friseur.« Neblich wich vom Tresen zurück. Und viel mehr bekamen sie aus der Schwester des Verdächtigen auch nicht heraus, als sie sich endlich bereit erklärte, Klaudia in die Büros der Kripo zu folgen. Sie nannte ihre persönlichen Daten und verweigerte ansonsten die Aussage. Sie war nicht einmal bereit, ihnen den Namen des Friseurs zu nennen. Ziemlich frustriert ließen sie Mandy Neblich schließlich ziehen. Solange sie nichts gegen sie in der Hand hatten, waren ihnen die Hände gebunden.

»Die Sache stinkt zum Himmel.« Meinert lehnte sich in Demels Stuhl zurück und starrte zur Decke.

»Ja«, bestätigte Klaudia. »Das tut sie.«

»Sieh zu, dass du eine Runde Schlaf kriegst.« Meinert erhob sich und streckte die Glieder.

»Du siehst auch nicht gerade aus wie das blühende Leben.« Klaudia musterte ihn kritisch.

»Babys und Nachtschlaf sind nicht gerade kompatibel.« Er fuhr sich mit beiden Händen über Augen und Wangen. »Deshalb suche ich ja auch einen familienfreundlicheren Job.«

»Bis morgen.« Klaudia wollte nicht mit Meinert über PHs Stelle sprechen. Sie ging hinüber in das Büro, das sie mit Thang teilte. Ein Hauch von Sojasoße lag in der Luft. Lächelnd fuhr sie den Computer hoch und vervollständigte die

Akte. Anschließend blickte sie sich um. Wollte sie das wirklich gegen PHs Job tauschen? Auf einmal war sie sich nicht mehr so sicher. Und wenn nicht? Konnte sie mit Meinert als Chef leben? Auch keine einfache Frage. Es dunkelte bereits, als sie das Revier verließ. Es war viel zu spät, um noch beim Tierarzt vorbeizufahren. Und eigentlich auch zu spät, um noch einmal anzurufen, trotzdem tat es Klaudia, bevor sie in ihren Wagen stieg.

Ihrem Kater gehe es den Umständen entsprechend, sagte der Arzt, nachdem Klaudia sich vielmals für den Anruf entschuldigt hatte. Er bekomme Infusionen und habe bereits etwas gefressen, allerdings noch keinen Stuhl abgesetzt.

»Ich schaffe es wohl nicht, zu kommen«, entschuldigte sich Klaudia. »Wir stecken mitten in einer Todesfallermittlung.«

Sie könne ja jederzeit anrufen, erwiderte der Arzt freundlich. Gerne auch außerhalb der Sprechzeiten. Und wenn sich akut etwas ändere, werde er sie informieren.

Na wunderbar, dachte Klaudia. Jetzt habe ich auch noch bei jedem Anruf Angst, dass es Dickie schlechter geht.

31. KAPITEL

Zu Hause angekommen, fehlte Klaudia der Kater bei allem, was sie tat. Sie öffnete den Kühlschrank. Weder der Käse, der sich an den Rändern wellte, noch der Joghurt, dessen Mindesthaltbarkeitsdatum bereits überschritten war, reizten sie. Dabei wusste sie, dass sie etwas essen musste. Trotzdem schloss sie den Kühlschrank wieder und schnürte stattdessen die Laufschuhe. Wegen der hereinbrechenden Dunkelheit nahm sie ihre Maglite mit, und dann joggte sie die Stichstraße entlang, an der ihr Haus lag. In der Küche ihrer Nachbarin brannte Licht. Klaudia überlegte, ob sie bei ihr anklopfen sollte, andererseits: Wenn die alte Dame etwas wüsste, hätte sie sich bereits gemeldet. Immerhin gehörte Dickie zu ihren wenigen regelmäßigen Besuchern. Das Haus des Rechtsanwaltes lag im Dunkeln. Wahrscheinlich hatte einer der Handwerker den Kater angefahren. Das war sehr viel wahrscheinlicher als der Gedanke, dass Fiedler ihrem Kater aufgelauert hatte. Klaudia rannte weiter, bis ihre Oberschenkel brannten, dann joggte sie gemütlich zurück. Später hockte sie sich mit einer Flasche Bier und einer Tiefkühlpizza vor den Fernseher und zappte sich durch die Programme. Weil ihr Dickie fehlte, der abends schnurrend auf ihrem Schoß lag, tröstete sie sich mit einer Tüte Flips.

Das Letzte, an das sie sich erinnerte, waren explodierende Hochhäuser, dann weckte sie das überlaute Tschilpen von Spatzen. Voller Panik fuhr sie auf, und die Tüte mit den Flips landete auf dem Flokati. Verwirrt blickte Klaudia sich um. Sie brauchte einen Moment, um sich zu orientieren. Sie war in ihrem Wohnzimmer, im Fernseher lief irgendeine Frühstückssendung, und sie hatte keine Ahnung, wo ihr Telefon war. Sie wusste nur, dass es nicht der Tierarzt war, der anrief, sondern ihre Stiefmutter. Was jedoch nicht weniger beunruhigend war. Mit zunehmender Panik suchte Klaudia ihr Smartphone, während die Spatzen durchdringend tschilpten. Schließlich fand sie es unter dem Sofa.

»Habe ich dich geweckt?« Connys Stimme klang besorgt. »Das wollte ich nicht.«

»Ich muss sowieso aufstehen.« Klaudia wischte sich Flips von den Knien. Ihre Kehle fühlte sich an, wie mit Sandpapier geschmirgelt. »Ist was mit Papa?«

»Nein«, antwortete Conny. »Vater geht es so weit gut. Sie haben die Medikamente umgestellt, er ist jetzt sehr viel ruhiger. Er hat jetzt übrigens eine Freundin.«

»Das ist ja …« Klaudia wusste nicht, was sie von dieser Neuigkeit halten sollte. Es musste ihre Stiefmutter verletzen. Andererseits: Sie hatte ihren Mann bereits an Alzheimer verloren, so, wie Klaudia ihren Vater verloren hatte. Sie war die Erste gewesen, die aus seiner Erinnerung verschwunden war.

»Er erinnert sich halt nicht mehr an uns«, sagte Conny, »Aber er freut sich, wenn wir ihn besuchen. Vor allem über die Kinder freut er sich. Er hat viel Spaß mit ihnen.«

»Besuchst du ihn immer noch jeden Tag?«

»Nein«, sagte Conny. »Ehrlich gesagt, fällt es mir schwer, die beiden Frischverliebten zu sehen. Aber die Stationsleitung hält mich auf dem Laufenden. Doch deshalb rufe ich nicht an. Noah ist im Krankenhaus.«

»Ich dachte, er sei nur erkältet?«

»War er auch. Aber jetzt hat er Purpura Schönlein-Henoch.«

»Okay?« Klaudia hatte keine Ahnung, unter was für einer Doppelnamenkrankheit ihr Neffe litt.

»Das ist eine Entzündung der kleinen Blutgefäße.«

»Das klingt übel.«

»Er ist in guten Händen«, sagte ihre Stiefmutter. »Ich wollte nur, dass du Bescheid weißt.«

So war Conny: immer bemüht, die Familie zusammenzuhalten.

»Ich fahr jetzt gleich zu Moritz und den Kindern.«

Moritz war Klaudias Halbschwager, falls es so etwas überhaupt gab.

»Er muss in die Praxis, und Anna ist mit Noah im Krankenhaus, also muss jemand sich um die beiden Großen kümmern. Die Haushälterin hat Urlaub. Es sind ja noch Ferien.«

»Kann Birte nicht einspringen?«, fragte Klaudia. Birte war die Zweitgeborene der Zwillinge.

»Die sind doch segeln«, erwiderte Conny, als müsste Klaudia das wissen, doch ihr Verhältnis zu Birte war wesentlich weniger eng als das zu Anna. Und selbst das beschränkte sich auf gelegentliche Telefonate und Besuche.

»Sie kommen erst übermorgen von den Kanaren zurück«, fuhr Conny fort.

Kanaren! Klaudia verspürte einen Anflug von Neid. Birte hatte ebenso wie Anna Medizin studiert, nur verdiente sie als niedergelassene Orthopädin deutlich mehr als Anna, die gemeinsam mit ihrem Mann Vaters Hausarztpraxis übernommen hatte.

»Ich muss jetzt los«, sagte Conny. »Mach dir keine Sorgen um Noah.«

»Alles klar.« Klaudia legte das Smartphone auf den Couchtisch und stapfte ins Bad. Sie musste sich beeilen, wollte sie nicht in dem Zeitloch zwischen Dusche und Kaffeemaschine versacken.

Auch wenn Klaudia das Zeitloch glücklich umschifft hatte, war sie die Letzte, die den Besprechungsraum betrat. Etwas außer Atem schob sie sich auf ihren Platz und musterte die Anwesenden. PHs Gesichtsausdruck war neutral wie immer. Ihr Blick streifte die Bilder der Toten, die jemand ans Flipchart geklemmt hatte. Demel saß auf seinem üblichen Platz: verkniffener Gesichtsausdruck, Arme vor der Brust verschränkt. Alles an ihm schrie geradezu: Ihr kriegt mich hier nicht raus.

Meinert und Thang hingen mehr auf den Besprechungsstühlen, als dass sie saßen. Beide wirkten übermüdet und klammerten sich geradezu an ihre Kaffeebecher. Nur Wibke lächelte entspannt. Sie leuchtete geradezu. Klaudia wollte sich lieber nicht vorstellen, wie ihr Morgen ausgesehen hatte. Es würde sie nur neidisch machen. Heiner wirkte ebenfalls entspannt. Er blickte nur kurz von seinem Laptop auf, um ihr zuzunicken.

»Sind wir dann vollzählig?« Demonstrativ blickte PH auf seine Armbanduhr.

Die Frage war rhetorisch, trotzdem beantwortete Meinert sie. »Jetzt ja«, sagte er. In seinen Mundwinkeln zuckte ein Grinsen. Versuchte er gerade, Punkte zu sammeln?

»Dann können wir ja anfangen.«

Klaudias Magen knurrte. Um ihn zum Schweigen zu bringen, nahm sie eins der Hefeteilchen, die Petra besorgt hatte. Thang reichte ihr einen gefüllten Kaffeebecher.

»Vielleicht kann ich anfangen«, meldete sich Heiner zu Wort. »Den vorläufigen Obduktionsbericht findet ihr in der Akte. Aber kurz zusammengefasst ergibt sich folgender Sachverhalt. Die Frau ist nicht ertrunken, und auch die Kopfwunde ist nicht todesursächlich. Insgesamt ist das Opfer in guter körperlicher Verfassung und …« Heiner räusperte sich.

Für eine kurze Zusammenfassung holte er recht weit aus, referierte den Blutalkoholwert auf die Kommastelle genau und ließ auch sonst kein Detail aus. Aber so kannte Klaudia ihn bereits von der Fachhochschule. Heiner redete gerne und viel. Wahrscheinlich würde er Karriere machen. Sie biss in ihre Puddingschnecke, während Heiner über Größe und Gewicht des Opfers sprach, und wappnete sich mit Geduld.

»Aber tot ist sie schon?«, murmelte Thang so leise, dass nur Klaudia, die direkt neben ihm saß, ihn verstand. Sie unterdrückte ein Grinsen. Als eingefleischter Terry-Pratchett-Fan hatte der Kollege Rudnik manchmal einen recht morbiden Humor.

»Mich würde eher interessieren, woran sie denn nun gestorben ist«, intervenierte PH. Noch viel weniger als Kollegen, die zu spät kamen, mochte er Kollegen, die kein Ende fanden.

»Durch einen Trümmerbruch der Okzipitalkondylen mit komplettem Abriss des Spinalkanals, wahrscheinlich durch ein Rasanztrauma bedingt.«

Die Kollegen starrten Heiner an, selbst Meinert hatte es die Sprache verschlagen.

»Und was heißt das auf Deutsch«, nuschelte Klaudia an dem Hefeteig in ihrem Mund vorbei.

»Genickbruch, am ehesten durch einen Unfall verursacht, bei dem viel kinetische Energie auf den Körper einwirkt, wie bei einem Autounfall oder einem Sturz auf den Kopf mit direkter axialer Gewalteinwirkung.«

»Einen Autounfall können wir wohl ausschließen.« Klaudia griff nach einer Serviette. »Bleibt der Sturz.«

»Was sagt der Verdächtige?«, fragte PH.

»Nicht viel«, antwortete Meinert, bevor Klaudia etwas sagen konnte. »Er mauert, behauptet, die Frau habe im Wasser getrieben, als er zur Brücke kam. Vor allem die Verletzung an der Stirn ist allerdings ein bisschen heftig für einen einfachen Sturz ins Wasser.« Meinert drehte sich zu den Fotos um.

Auch wenn sie es nicht gerne tat, musste Klaudia ihm zustimmen. Die Brücke war einfach nicht hoch genug und die

Spree an dieser Stelle recht tief. »Da liegen doch immer Kähne«, sagte sie nachdenklich. »Wenn sie mit dem Kopf auf einen davon aufgeschlagen ist, müssten wir da zumindest Blutspuren finden.«

»Kümmere du dich darum«, bat PH Wibke.

»Kann ich machen«, antwortete die, »aber ich kann mir vorstellen, dass wir nichts finden werden.«

»Warum?« Klaudia setzte den Kaffeebecher ab, aus dem sie gerade hatte trinken wollen. Wibke war großartig in ihrem Job, wenn sie also sagte, dass sie nichts finden würden, hieße das übersetzt, dass sie bereits etwas gefunden hatten.

»Wir haben Blut auf den Holzbohlen des Kahns und auf der Borte gefunden.«

»Du meinst,« Klaudia schaltete am schnellsten, »Thielmann könnte in seinen Kahn gestürzt sein?«

»Nicht ganz so schnell«, warf Meinert ein. »Martin Neblich hat zugegeben, die Tote in seinen Kahn gezogen zu haben. Das würde die Blutspuren erklären.«

»Was ist eine Borte?«, fragte Heiner.

»So etwas wie eine Reling.« Klaudias Gedanken rasten. Meinert hatte natürlich recht, aber … »Nehmen wir mal an, sie ist in seinen Kahn gestürzt. Das würde bedeuten, dass er seine Mutter nicht getötet haben kann. Er war im Kahn und sie auf der Brücke.«

»Und er müsste gesehen haben, was passiert ist«, nutzte Thang die Gelegenheit, den LKA-Kollegen zu beweisen, dass auch Wald-und-Wiesen-Kriminalpolizisten über Gehirn verfügten.

»Das ist ziemlich weit hergeholt«, warf Meinert ein.

»Es kann nie schaden, sämtliche Varianten abzuklopfen«,

verteidigte sich Klaudia. Für einen Moment starrten die beiden sich über den Tisch hinweg an.

Meinert war der Erste, der den Blick senkte. »Wie auch immer«, murmelte er.

»Aber wen deckt er?«, spann Thang den Faden weiter. Wie immer, wenn er angestrengt nachdachte, klopfte er sich mit dem Kugelschreiber gegen die Zähne.

»Seine Schwester«, sagte Klaudia. »Wen sonst? Er behauptet steif und fest, sie sei beim Friseur gewesen. Und das war sie wohl auch. Ihre Kollegin sprach davon, dass sie einen Termin gehabt habe und sie deshalb für sie eingesprungen sei, und die Haare waren auf jeden Fall frisch gefärbt, als wir am Mittwoch bei den Geschwistern waren. Bleibt die Frage …«

»Butterblond?«, unterbrach Wibke sie.

»Was?« Klaudia blinzelte irritiert. »Keine Ahnung«, sagte sie schließlich. »Zumindest ist sie sehr blond. Wieso fragst du?«

»Weil«, Wibke beugte sich über ihren Laptop und scrollte sich durch eine Liste, »wir das im Müll gefunden haben.« Sie drehte ihren Laptop so, dass alle Kollegen die Tabelle mit der Spurenliste sehen konnten. Wibke zeigte mit dem Finger auf den letzten Eintrag: Umverpackung Haarfärbemittel.

32. KAPITEL

Oma ist krank und deshalb immer müde. Opa hat es Männi erklärt. Er hat auch gesagt, dass sie ihr jetzt viel helfen müssen, damit sie wieder gesund wird. Das hat Männi verstanden, und sie fegt jetzt jeden Tag und macht ihr Bett selbst, auch wenn sie manchmal dabei mogelt und das Laken nicht stramm zieht. Opa kocht, deshalb gibt es jetzt meistens Eintopf oder Pfannkuchen mit Kompott. Die mag Männi am liebsten. Oma mag überhaupt nicht essen. Sie wird immer dünner. Schon zweimal hat sie die Tracht neu abgesteckt, damit sie passt. Wenn sie Tracht trägt, sieht sie beinahe gesund aus, weil die Haube ihre fisseligen Haare verbirgt. Oma hat schon mehr kahle Stellen auf dem Kopf als Opa, der sich die Haare über seine Stirnglatze kämmt. Männi macht ihre Hausaufgaben jetzt immer am Steg, damit sie Oma helfen kann, wenn ein Kahn anlegt. Dann springt sie auf, schenkt Kaffee aus, verteilt Gurken und sammelt das Geld ein. Sie geht jetzt in die dritte Klasse und kann schon recht gut rechnen, auch wenn es etwas dauert, aber meistens sagen die Leute: Stimmt so, und dann kann sie das Wechselgeld behalten.

Nicht nur deshalb ist Männi gerne mit Oma am Steg. Seit sie krank ist, erzählt Oma viel von früher. Geschichten von Männis Papa, der jetzt in Kanada lebt und dort eine neue Familie hat. Mit einem kleinen Bruder und einem großen Hund.

Männi hat gehört, wie die Großeltern sich deswegen gestritten haben.

Er solle sich erst mal um seine Tochter kümmern, hat Opa gesagt, bevor er neue Kinder in die Welt setzt. Omas Antwort hat Männi nicht verstanden. Aber Opa hat dann gefragt, ob der Junge wisse, dass sie krank sei? Und: Wie das denn gehen solle, wenn sie nicht mehr da sei?

Seitdem hat Männi wieder Angst. Und je dünner Oma wird, umso größer wird ihre Angst. Also ist sie ganz brav und macht es ansonsten wie die Schnecken: Zieht den Kopf ein und hofft, dass die Gefahr vorüberzieht.

Aber die Gefahr zieht nicht vorüber, sondern sie kommt den Weg vom Haus entlang. Es ist die Tante aus dem Heim, mit der Opa am Tisch gesessen hat. Sie trägt eine Sonnenbrille, trotzdem erkennt Männi sie sofort. Und auf einmal fühlt sich ihr Bauch an, als habe sie einen Eiswürfel verschluckt. Oma sieht die Tante auch. »Hol Opa«, sagt sie.

Die Werkstatt ist dämmrig, und Holzstaub fliegt in der Luft. Es riecht nach Holzleim und dem Wachs, mit dem Opa die Figuren poliert. Er blickt auf, als Männi die Tür öffnet, und was immer er in ihrem Gesicht liest, macht, dass er sofort die Drechselmaschine ausschaltet.

»Ist was mit Oma?«, fragt er und wischt sich die Holzspäne von der Brust.

»Die Tante ist da.«

»Welche Tante?« Opa taucht seine Hände in den Blecheimer, den er immer mit frischem Wasser füllt, und spült sich den Holzstaub von den Händen.

»Die vom Heim.«

»Was will die denn hier?« Mit noch feuchten Händen streicht sich Opa übers Haar, dann folgt er Männi auf den Steg, wo Oma und die Tante warten. Die Tante hält eine der Schalen, die Opa gedrechselt hat in den Händen, und sagt etwas zu Oma. Sie lacht dabei, doch Oma lacht nicht mit.

»Du bleibst hier!«, sagt sie und dann gehen die Erwachsenen ins Haus.

Männis Bauch ist jetzt ganz kalt. Sie hockt sich auf die Bank und zieht die Beine an den Bauch. Aber ihre Füße zucken und laufen schließlich von selbst zum Haus. Das Küchenfenster steht auf kipp. Männi stellt sich auf die Zehenspitzen und linst durch den Spalt in den Gardinen. Oma und die Tante sitzen am Tisch. Opa steht an der Spüle. Obwohl er mit dem Rücken zu Männi steht, erkennt sie an seiner Körperhaltung, dass er die Arme vor der Brust verschränkt.

Das ist seine Art, sich in sein Schneckenhaus zurückzuziehen.

»Wie soll das denn mit Mandy weitergehen?«, sagt die Tante gerade. »Ich meine«, sie räuspert sich, »Sie sind sehr krank.«

Er könne sich kümmern, sagt Opa. Er sei jetzt Rentner.

»Was ist denn mit Ihrem Sohn?«, fragt die Tante.

Oma antwortet, doch ihre Stimme ist so leise, dass sie nur das Wort Kanada versteht.

»Das ist aber weit weg«, sagt die Tante. Ihr Zeigefinger klopft einen schnellen Rhythmus auf die Tischplatte. Sie schiebt die Unterlippe vor. »Vielleicht sollten wir die Unterbringungssituation noch einmal überdenken.«

»Wollen Sie uns das Kind wegnehmen?« Opa tritt jetzt an den Tisch und setzt sich neben Oma. Er greift nach ihrer Hand, die auf dem Tisch liegt.

»Aber das geht doch nicht«, sagt Oma. »Sie hat doch nur noch uns.«

»Und ihren Bruder«, sagt die Tante. »Martin leidet sehr unter der Trennung.«

»Aber Mandy nicht.« Omas Stimme klingt jetzt, als würde sie die Tante gleich ausschimpfen.

Die Eiswürfel in Männis Bauch klirren. Seit dem Tag im Heim hat sie Matte nicht mehr gesehen. Zumindest nicht, wenn sie wach ist. Nur nachts, wenn sie in ihrem Bett liegt, kommt er zu ihr, schmiegt seine kalten Füße an ihre Waden und flüstert ihren Namen. Dann wird Männi ganz traurig und weint an Teddys Bauch. Aber das erzählt sie Oma und Opa nicht. Sie will nicht zurück ins Heim.

Jemand ruft vom Fließ. Erschrocken stößt sich Männi von der Hauswand ab und läuft über die Wiese zum Steg.

Wo denn die Oma sei, fragt der Kahnführer. Es ist Gustav, der immer so lustig mit den Augen blinzelt.

»Im Haus«, antwortet Männi, und dann schenkt sie Kaffee aus und verteilt Gurken auf Pappe. Sie vergisst auch nicht, sich für das Wechselgeld zu bedanken, doch in ihrem Kopf ist nur Platz für einen Gedanken: Ich will nicht ins Heim! Wenn Matte doch nur ebenso verschwunden wäre wie Mutti. Sie erschrickt über den Gedanken und schämt sich auf einmal ganz fürchterlich. »Matte«, wimmert sie und krümmt sich auf dem Steg.

33. KAPITEL

Während die Kollegen vom LKA zur JVA Brandenburg fuhren, um Martin Neblich erneut zu befragen, machten sich Klaudia und Thang auf den Weg nach Lübbenau, um mit seiner Schwester zu sprechen. Mandy Neblich würde einiges zu erklären haben.

Demel blieb im Revier und würde die anfallenden Routineaufgaben abarbeiten. Da sein Sohn ein Belastungszeuge war, durfte er an keiner der Befragungen teilnehmen.

»Es tut gut, mal rauszukommen.«, sagte Thang. »Wie immer saß er auf dem Beifahrersitz und spielte mit seinem Smartphone. Gerade, als Klaudia antworten wollte, schepperte die Melodie von »Auferstanden aus Ruinen« los, die einen Anruf seiner Frau ankündigte.

»Ist sie sauer?«, fragte Klaudia, als Thang das Gespräch beendet hatte, das auf seiner Seite aus einer ziemlich einsilbigen Abfolge von Zustimmung und Entschuldigungen bestanden hatte.

»Ein bisschen«, räumte der Kollege ein.

»So Zwillinge sind aber auch eine Herausforderung.«

»Die beiden sind das geringste Problem.« Thang grinste schief, während er das Smartphone in die Brusttasche seines Hemdes steckte. »Hast du schon mal eine vietnamesische Großmutter erlebt?«

»Nein.« Klaudia lenkte den Wagen in die schmale Straße, die zur Brücke führte. Der Asphalt glänzte vor Nässe, doch im Moment schien die Sonne von einem wolkenlosen Frühlingshimmel. »Und so, wie du das fragst, bin ich mir nicht sicher, ob ich das möchte.«

»Glaub mir«, sagte Thang. »Das willst du nicht. Meine Mutter ist die reinste Glucke, sie stülpt sich über alles und jeden.«

»Also fühlt Janina sich von dir im Stich gelassen?«

»Ja.« Thang wirkte nur mäßig zerknirscht. »Und wahrscheinlich hat sie auch recht. Aber ganz ehrlich. Wenn PH mich nicht angerufen hätte, hätte ich den Anruf vorgetäuscht. Ich bin so froh, dass ich da raus bin.«

»Und ich dachte, du bist ein moderner Vater«, murmelte Klaudia. Sie erreichten den abgesperrten Bereich und stiegen aus. Hier stand bereits der Bulli der Spurensicherung. Einige Radfahrer filmten das Treiben auf der Brücke aus sicherer Entfernung. Klaudia überlegte, ob sie hinübergehen und die Schaulustigen fortschicken sollte, entschied sich dann jedoch dagegen. Es gab kein Gesetz, das das Filmen von Polizisten im Einsatz verbot, aber das lag vielleicht daran, dass der Gesetzgeber nicht die Allgegenwart von Handykameras vorausgesehen hatte.

»Bin ich auch«, erwiderte Thang. »Aber erklär das mal einer Vietnamesin. Meine Mutter hat Räucherstäbchen angesteckt, um die Geister der Ahnen zu besänftigen, als sie mitgekriegt hat, dass ich die Babys gewickelt habe. Ich wusste nicht einmal, dass sie an so einen Quatsch glaubt.« Er seufzte. »Zu Hause bin ich so überflüssig wie ein Kropf.«

»Janine scheint das nicht so zu sehen.«

»Ich bleib ja auch nur so lange, wie die Ermittlung dauert.«

»Sag das nicht mir, sondern deiner Frau.« Klaudia trat zu Wibke, die das Geländer mit einer Lupe untersuchte.

»Habt ihr schon was?«, fragte sie bewusst leise. Wo Handys waren, gab es auch Mikrophone.

»Fingerabdrücke, Zigarettenkippen, Erbrochenes.« Wibke richtete sich auf und streckte den Rücken durch.

»Sieht nach einer schwierigen Spurenlage aus.«

»Treffer, versenkt.«

Ohne das Geländer zu berühren, beugte Klaudia sich vor. Kähne lagen an beiden Seiten des Ufers.

»Sie könnte mit dem Kopf tatsächlich auf einem dieser Kähne aufgeschlagen sein. Aber das Geländer ist hoch«, fügte sie nachdenklich »Da fällt man nicht einfach so drüber.«

»Nicht mal betrunken«, bestätigte Wibke.

»Also wurde nachgeholfen.« Thang beugte sich nun ebenfalls über das Geländer.

»Oder sie ist gesprungen«, warf Wibke ein.

»Selbstmord?« Klaudia dachte über diese Variante nach. »Ich weiß nicht«, sagte sie schließlich. »Dann hätte Neblich die Leiche doch nicht verschwinden lassen, und die beiden hätten nicht gelogen.«

»Das stimmt natürlich.« Achselzuckend bückte sich Wibke neben dem Spurenkoffer. »Ich denke, die Geschwister werden euch einiges zu erklären haben.«

»Ich bin nur froh, dass Justin nichts mit der Sache zu tun hat«, sagte Thang, als sie schon fast das Haus erreicht hatten.

»Nun«, sagte Klaudia. »Wenn er nicht so viel Schiss wegen des Schwänzens und Kiffens gehabt hätte, hätten wir die Leiche wohl einige Tage eher gefunden. Also hat er zumindest die Ermittlungen behindert.«

»Du klingst schon wie PH«, fuhr Thang auf. »Der Junge ist ein Kind.«

»Ein Teenager«, korrigierte Klaudia den Kollegen. »Ein Teenager, dessen Gehirn wegen Umbau geschlossen ist.«

»Meinst du, Meinert hat eine Chance auf PHs Stelle?«, fragte Thang unvermittelt.

»Keine Ahnung.« Klaudia hob die Schultern und ließ sie wieder fallen. »Er legt sich zumindest ins Zeug.«

»Das solltest du auch tun.«

»Okay«, sagte Klaudia gedehnt. Irgendwie freute es sie, dass Thang auf ihrer Seite war. Andererseits … »Ich bin mir nicht sicher, ob ich die Stelle überhaupt will. Ich meine: PH ist doch quasi an seinen Schreibtisch getackert, wenn er nicht gerade in irgendwelchen Besprechungen ist.« Sie hatten jetzt den Steg erreicht, der zum Haus führte. Von dem angriffslustigen Hahn war nichts zu sehen, also hob Klaudia die Schlinge an, mit der das Maschendrahttor verschlossen war.

Die Beamten folgten dem Fußweg zum Haus, wobei Klaudia den Garten im Auge behielt. Dass der Hahn nicht zu sehen war, bedeutete nicht, dass er nicht irgendwo lauerte. Klaudia spürte geradezu, wie sich ihre Waden verkrampften. Doch sie erreichten die leuchtend blau gestrichene Haustür, ohne angegriffen zu werden. Klaudia klopfte, im Haus regte sich jedoch nichts.

»Scheint niemand zu Hause zu sein«, sagte Thang.

»Im Café ist sie auch nicht.« Klaudia trat einen Schritt zurück und blickte sich um. »Sie hat sich krankgemeldet.«

»Vielleicht ist sie ja im Garten?«

»Glaube ich zwar nicht«, sagte Klaudia. »Aber lass uns nachschauen.«

Aus Thangs Brusttasche erklang erneut die Melodie von »Auferstanden aus Ruinen«. Die Augen verdrehend ging Klaudia weiter, während der Kollege zurückblieb, um zu telefonieren. Auf der Rückseite des Hauses war eine weitere Tür. Versuchsweise drückte Klaudia die Klinke: verschlossen. Sie blickte durch das niedrige Fenster neben der Tür. Durch einen Spalt in der Gardine sah sie die Küche. Zwei Kaffeebecher standen auf dem Tisch, ein Zuckerstreuer. Ein friedliches Bild.

»Sorry«, sagte Thang und trat zu ihr.

»Du solltest endlich einen anderen Klingelton für die Anrufe deiner Frau nehmen.«

»Echt?«

»Ja«, sagte Klaudia entnervt. »Echt.«

»Was denn für einen?«

»Ist mir doch egal. Irgendwie ist alles besser als die Nationalhymne eines Staates, den es seit mehr als einem Vierteljahrhundert nicht mehr gibt. Was sagt das eigentlich über eure Beziehung?«

»Oh.« Thangs Stirn legte sich in nachdenkliche Falten. »Hast du einen Vorschlag?«

»Lass dir was einfallen.« Klaudia trat auf die regennasse Wiese.

»Was hältst du von ›Hello again‹?«, fragte Thang, der hinter ihr ging.

»Was hältst du von: Mach deinen Job?«, schnappte Klaudia.

»Du musst mir nicht gleich den Kopf abreißen«, erwiderte Thang beleidigt. »Ich habe deinen Kater nicht überfahren!«

Klaudia verzichtete auf eine Antwort. Einer weniger, der ihre Bewerbung unterstützen würde.

Das Gelände fiel zum Fließ hin sacht ab. Auf dem Steg standen ein verwaister Verkaufsstand und eine Bank, die aussah, als stünde sie dort, seit die Ochsen des Teufels den Spreewald erschaffen hatten. Klaudia blickte über das trübe Wasser, ein Kahn glitt vorbei. Grüßend legte der Kahnführer die Hand an die Mütze.

»Kein Kaffee? Keine Gurken?«, fragte er scherzhaft.

»Heute nicht«, antwortete Klaudia. »Hast du Mandy Neblich gesehen?« Als Schiebschicks Polizistin gehörte sie dazu. Und wer dazugehörte, duzte sich.

»Heute nicht«, erwiderte der Kahnführer. Er stemmte sich gegen das Rudel, und der Kahn nahm Fahrt auf.

Auch wenn Klaudia dazugehörte, blieb sie Polizistin, und niemand bekam es gerne mit der Polizei zu tun.

Klaudia kehrte in den Garten zurück. Thang stand neben dem Freilauf am Hühnerstall und telefonierte. Aufgeregt schlug der Hahn mit den Flügeln und attackierte den Maschendrahtverhau, der den Freilauf sicherte. Thang schien ihn nicht zu bemerken. Das musste ja ein aufregendes Telefonat sein. Ohne den Kollegen und den aufgeregten Hahn weiter zu beachten, ging Klaudia zu einem von Efeu überwucherten Schuppen. Der Türriegel war mit einem Vorhängeschloss gesichert. Klaudia beugte sich vor und blickte durch ein schmales Sprossenfenster neben der Tür in eine penibel aufgeräumte Holzwerkstatt. Ein offener Sarg lehnte hochkant an der Wand, daneben der Deckel. Ein weiterer stand in einer Ecke des Schuppens. Hier entstanden also die Särge, die Neblich für Schiebschicks Neffen schreinerte. Seufzend wandte sie sich um. Sie würden Mandy Neblich zur internen Fahndung ausschreiben müssen.

»Das war Uwe.« Thang trat zu Klaudia.

Also doch nicht seine Frau. Im Stillen leistete Klaudia Abbitte.

»Wegen Mandy und Martin Neblich.«

»Und?«, fragte Klaudia ungeduldig. War Thang schon immer so umständlich gewesen, oder fehlte ihm einfach nur Schlaf?

»Jemand hat sich bei ihm gemeldet«, sagte er. »Er meinte, wir sollten mal mit der Dame sprechen.«

34. KAPITEL

Uwe erhob sich hinter seinem Schreibtisch, als Klaudia und Thang das Büro im Gebäude der Wasserschutzpolizei betraten. »Ich überlasse Sie dann mal den Kollegen«, sagte er sehr laut und sehr deutlich und räumte geradezu fluchtartig das Büro. Die grauhaarige Frau, die mit durchgedrücktem Rücken auf einem der Besucherstühle saß, blickte ihm nach. Ihr Gesicht war überzogen von einem feinen Netz aus Falten. Ihre hagere Gestalt schwankte ein wenig, als sie sich erhob, um Klaudia und Thang zu begrüßen. Sie stellte sich als Frau Steinbeiß vor. Die alte Dame hatte die trockenen weichen Hände einer Hochbetagten, doch ihr Händedruck war fest.

»Sie haben Martin Neblich verhaftet«, sagte sie, kaum hatten sich die Beamten gesetzt. Ihre Stimme klang vorwurfsvoll. »Der Junge ist krank.«

Klaudia musterte die alte Dame. Frau Steinbeiß saß auf der äußersten Kante des Stuhles, der Rücken gerade, die altersfleckigen Hände hielten eine Handtasche, die auf ihrem Schoß stand.

Unwillkürlich straffte auch Klaudia den Rücken. Die Frau wirkte so durchscheinend, dass es ihr geradezu wie ein Wunder erschien, dass sie sich überhaupt noch aufrecht halten konnte. »Sie müssen sich keine Sorgen um Herrn Neblich machen«, sagte sie. »Er wird medizinisch versorgt. Im Gefängnis gibt es eine Krankenstation.«

»Trotzdem«, beharrte die Frau. »Das ist nicht recht.«

»Sie wollten uns etwas zu ihm und seiner Schwester erzählen.« Klaudia ignorierte die Bemerkung der alten Dame. »Zumindest haben Sie das dem Kollegen gesagt.

»Ist die Tote im Fließ wirklich Heike Neblich?« Die ohnehin schon altersschmalen Lippen verschwanden nach dieser Frage, als zwänge sich die alte Dame zum Schweigen.

»Kannten Sie sie?«

»Von früher.«

»Waren Sie befreundet?« Dafür, dass die alte Dame zu ihnen gekommen war, gestaltete sich die Befragung eher zäh.

»Das kann man so nicht sagen. Also: War sie es?« Der Ton, den Steinbeiß anschlug, verriet, dass sie es gewohnt war, Antworten zu bekommen.

Doch bei Klaudia biss sie auf Granit. »Es tut mir leid Frau Steinbeiß.« Sie lächelte, um ihren Worten die Schärfe zu nehmen. »Aber Sie müssen verstehen, dass wir uns nicht zu einer laufenden Ermittlung äußern können. Aber vielleicht erzählen Sie uns jetzt einmal, weshalb Sie gekommen sind. Oder wollten Sie nur Ihre Neugierde befriedigen? Dann wäre unsere Unterhaltung an dieser Stelle beendet.« Klaudia erhob sich, um ihren Worten Nachdruck zu verleihen. Auch Thang erhob sich.

»Ich bin nicht neugierig«, versicherte Steinbeiß hastig. »Aber wenn es sich bei der Toten um Heike Thielmann, geborene Neblich, handelt, könnte ich Ihnen weiterhelfen. Sollte das nicht der Fall sein, bin ich an mein Dienstgeheimnis gebunden.«

»Okay?« Klaudia setzte sich wieder und blickte zu Thang. Sie hob die Augenbrauen, er schloss kurz die Augen. Mehr brauchte es nicht, um sich zu verständigen.

»Die Tote ist Heike Thielmann. Und nun sind Sie an der Reihe.«

»Sie müssen wissen.« Steinbeiß klappte den Verschluss ihrer Handtasche auf und zog ein Papiertuch hervor, mit dem sie sich die Augen tupfte. »Ich bin schon ziemlich alt, habe einen Krieg und drei deutsche Staaten erlebt. Und ich weiß so einiges, was die Leute gar nicht mehr wissen wollen. Da sind die einen, die behaupten, früher sei alles nur schlecht gewesen, und die anderen, die behaupten, früher sei alles besser gewesen. Tss!«

Missbilligend schnalzte die alte Dame mit der Zunge. Ihre gerade noch bleichen Wangen schimmerten nun rosig. Steinbeiß war offensichtlich bei ihrem Lebensthema angekommen. Klaudia kannte die Anzeichen von Schiebschick, nur war sein Lebensthema nicht die abgewickelte DDR, sondern ihr Haus am Fließ.

»Und was davon betrifft Heike Thielmann?«, erinnerte sie die alte Dame an den Grund ihres Besuches.

»Ich habe Mandy und Martin aus der Wohnung geholt. Ich war in der Jugendhilfe tätig. Auch nach der Wende. Ich habe mich immer um die mir anvertrauten Kinder bemüht. Mir konnte keiner was nachsagen.«

»Sie haben die Geschwister aus der Wohnung geholt«, erinnerte Klaudia die alte Dame an den Grund ihres Gespräches.«

»Ja natürlich. Ich ...« Steinbeiß tupfte sich wieder die Augen.

»Möchten Sie ein Glas Wasser?«, fragte Thang.

Erschrocken blinzelte Steinbeiß in seine Richtung. Sie schien seine Anwesenheit völlig vergessen zu haben. Schließlich nickte sie.

Geduldig warteten die Beamten, bis sie getrunken hatte, dann nickte Klaudia ihr aufmunternd zu.

»Die Nachbarn haben sich bei der Volkspolizei gemeldet. Und die haben mich dann informiert. Ich war schon zu Hause. Aber natürlich habe ich sofort alles stehen und liegen gelassen. Ich wusste ja, dass da etwas nicht stimmte.«

»Und warum sind Sie dann nicht vorher aktiv geworden?« Klaudia wusste nicht viel über die Organe der Jugendhilfe, aber genug, um zu wissen, dass damals Kinder sehr schnell aus Familien genommen wurden. Sie versuchte, sich vorzustellen, wie ihr Leben verlaufen wäre, wenn sie auf dieser Seite der Mauer aufgewachsen wäre. Als ihre Mutter starb, war auch das Jugendamt aktiv geworden. Eine sehr freundliche Sozialarbeiterin mit türkischen Wurzeln hatte sie in einer Pflegefamilie untergebracht, aus der ihr Vater sie einen Tag später abgeholt hatte.

»Ich wollte ja.« Steinbeiß streckte das Kinn vor. »Schließlich wussten wir, dass die Neblich einen liederlichen Lebenswandel hatte, aber nun ja.« Steinbeiß räusperte sich und fuhr dann fort. »Heike Neblich war im System bekannt. Ihre Mutter war auch nicht besser gewesen, und das Mädchen hatte schon frühzeitig – Freunde.« Das letzte Wort sprach Steinbeiß wie eine Krankheit aus. »Sie ist immer wieder ausgerissen und war dann bis zu ihrem achtzehnten Lebensjahr in *Groß-Leuthen*. Dann ist sie nach Lübbenau gekommen und quasi sofort schwanger geworden. Wir hätten ihr Mandy weggenommen, wenn sich nicht die Eltern des Vaters gekümmert hätten. Sie haben Mutter und Kind bei sich aufgenommen. Aber das ist nicht lange gut gegangen. Mandys Vater hat versucht, rüberzumachen und ist in Bautzen gelandet. Seine Eltern haben Heike die Schuld gegeben und sie rausgeschmissen. Da war sie schon wieder schwanger. Von wem auch immer. Trotzdem waren uns die Hände gebunden.«

»Inwieweit?«, hakte Klaudia nach.

»Nun ja.« Steinbeiß, die bisher sehr selbstbewusst gesprochen hatte, geriet ins Stottern. »Möglicherweise«, sie blickte kurz zu Thang, »hatte die Neblich einen besonderen Freund. Immerhin hat sie die Wohnung bekommen, und irgendwie hatte sie auch immer Geld. Also nicht, dass sie reich war. Sie hat schon auch gearbeitet. In der LPG ausgeholfen, gerne am Hafen, weil da auch Westtouristen waren.«

»Sie meinen so etwas wie einen Liebhaber?«, fragte Klaudia.

»Liebhaber.« Steinbeiß tupfte sich den Schweiß von den Schläfen. »Ich weiß nicht. Vielleicht. Oder vielleicht auch jemanden, den sie in der Hand hatte. Sie hat ja nie gesagt, wer Martins Vater war. Und sie war dreist.«

»Also Erpressung?«, brachte Thang es auf den Punkt.

»Das kann ich nicht sagen«, wand sich Steinbeiß. »Es gab Gerede, aber niemanden, auf den man mit dem Finger zeigen konnte. Und man hat dann ja auch nicht mehr nachgefragt, bis sich eben die Nachbarn gemeldet haben. Da konnte man die Sache nicht mehr ignorieren.«

»Wussten Sie, dass Frau Neblich wieder schwanger war?«

»Schwanger?« Steinbeiß blinzelte, dann schüttelte sie den Kopf. »Nein«, sagte sie schließlich. »Das wusste ich nicht.« Sie tupfte sich wieder die Mundwinkel. »Ist sie deshalb fort?«

»Möglicherweise.« Klaudia dachte an die Aussage von Raphael Kleber. »Sie wurden also in die Wohnung gerufen?«

»Ja«, bestätigte Steinbeiß. »Sie machen sich kein Bild.« Sie nippte an ihrem Wasserglas. »In der Küche alles voller Blut und dann die beiden Kinder. Fast verhungert waren die. Mandy hatte diese Verletzung an der Hand, daher auch das Blut«, fügte sie erklärend hinzu. »Und Martin hatte diesen schrecklichen Husten. Deshalb war ja auch die Nachbarin aufmerksam geworden. Wie ein Lumpenbündel lag er in dem Bett und war zu schwach, um sich überhaupt noch zu bewegen. Die Wohnung stank wie eine Bahnhofstoilette.« Steinbeiß blinzelte. »Es war grausam. Und wir konnten nichts machen. Es gab ja kein Rechtshilfeabkommen mit der BRD.«

»Aber später doch, oder?«

»Da war die Akte bereinigt.« Steinbeiß kniff wieder die Lippen zusammen. »Viele Vorgänge sind damals geschreddert worden.«

»Sie meinen, der Liebhaber ist aktiv geworden?«

»Ich denke. Beweisen kann ich es allerdings nicht.«

»Aber Sie müssen doch eine Vermutung haben.«

»Wer immer infrage kam, ist schon längst tot. Und über Tote soll man nichts Schlechtes sagen. Außerdem«, fuhr Steinbeiß fort, »es gab halt Wendeverlierer und Wendegewinner, und Heike Neblich gehörte eben zu den Gewinnern. Viele Sachen sind damals still beerdigt worden. Die

Kinder hatten ja überlebt, wenn auch ihre Seelen gestorben sind.«

»Wie ging es weiter mit den Geschwistern?«, fragte Thang.

»Ja. Natürlich.« Steinbeiß räusperte sich. »Martin war erst einmal lange im Krankenhaus. Er hat sich auch nie vollständig erholt, hatte es immer mit dem Herzen. Mandy ist zunächst ins Heim gekommen. Sie musste erst mal aufgefüttert werden, war ja nur noch Haut und Knochen, das Mädchen. Tss.« Wieder schnalzte Steinbeiß mit der Zunge. »Ja, und dann hat sich der Vater gemeldet, und sie ist zu ihren Großeltern gekommen.«

»Die Geschwister wurden also getrennt?«

»Ja, leider«, räumte Steinbeiß ein. »Aber die Familie wollte den Jungen nicht aufnehmen. Wir haben versucht, den Kontakt über Besuche aufrechtzuerhalten, doch das hat die Kinder zu sehr aufgeregt.

»Und jetzt leben sie zusammen«, sagte Klaudia nachdenklich.

»Nach dem Tod der Großmutter konnte der Großvater die Versorgung des Mädchens nicht mehr gewährleisten, also haben wir die Kinder in einer gemeinsamen Pflegefamilie untergebracht.«

Klaudia fragte sich, ob Steinbeiß sich nicht hinter dem »wir« versteckte. Sie wusste einfach zu gut Bescheid. Wahrscheinlich war dieser Fall für sie ein sehr persönlicher.

»Aber es war schwierig«, fuhr Steinbeiß fort. »Martin hatte ja diese Essstörung entwickelt, und Mandy wollte immer nur zu ihrem Großvater zurück. Zwischenzeitlich lebten die beiden in einer Jugendwohngruppe, doch als Mandy volljährig war, ist sie wieder zu ihrem Großvater gezogen. Ich habe dafür gesorgt, dass Martin mit ihr gehen konnte. Dem Großvater war es recht. Es war ja nicht so, dass er sich um die beiden kümmern musste, sondern eher Mandy und Martin um ihn. Nach seinem Tod hat Mandy dann auch das Haus geerbt.«

»Ich habe gehört, sie war verheiratet.«

»Zweimal. Aber das hat nicht funktioniert. Zu einer Ehe gehört Vertrauen, und das ist etwas, was Mandy nicht hat. Mandy vertraut nur ihrem Bruder. Und dass er bei ihr lebte, war sicherlich auch nicht förderlich für eine glückliche Beziehung.«

»Was war mit Mandys Vater?«, fragte Thang.

»Der lebt mittlerweile in Kanada. Hat eine neue Familie.«

»So wie Thielmann«, murmelte Klaudia.

»Und Sie hatten immer Kontakt zu den beiden?«

»Ich habe es zumindest versucht«, sagte Steinbeiß. »Aber über die Jahre ist das eingeschlafen. Sie hatten halt immer Angst, dass ich sie trenne. Obwohl das nie meine Absicht gewesen war. Ich wollte immer, dass die beiden zusammenbleiben können. Vor allem für Martin, schließlich hatte er ja niemanden, nur Mandy. Aber das macht ihn nicht zu einem Mörder.« Steinbeiß wischte sich wieder die Augen.

Es klopfte, und bevor Klaudia »Herein!« sagen konnte, steckte Rebe den Kopf durch den Spalt der sich öffnenden Tür.

»Entschuldigung«, sagte sie. »Da ist jemand, der seine Schwester vermisst.«

35. KAPITEL

Draußen dämmert bereits der Morgen. Vögel zwitschern in den Bäumen. Hier drin ist alles grau in grau. Männi starrt auf die Delle im Sofa, die Mattes Körper über die Jahre in die

Polster gedrückt hat, zupft ein einzelnes Haar vom Sofakissen, rollt es um den Zeigefinger. Dann nimmt sie das Kissen und drückt es gegen ihr Gesicht, atmet den Geruch ihres Bruders ein. Diese besondere Mischung aus Schweiß und Talkumpuder. Die Narbe in ihrer Handfläche schmerzt. Männi lässt das Kissen auf ihren Schoß sinken und massiert die wulstige Stelle. Der Schnitt ist nie gut verheilt, hätte genäht werden müssen. Aber als die Polizei sie aus der Wohnung holte, war es dafür bereits zu spät. Die Narbe stört Männi nicht. Nur die Schmerzen, die sie macht: Wenn das Wetter wechselt oder sie ihre Tage kriegt oder wenn sie zu viel putzt. Überall war Pulver. An jedem Türgriff. Die Beamten hatten alles durchwühlt. Allein die Vorstellung, dass ein Fremder ihre Unterwäsche berührt hat, ist ihr zuwider. Drei Maschinen hat sie gewaschen. Jedes Handtuch, jeden Slip. Und jetzt sitzt sie hier, und ihr ist schlecht vor Angst. So, wie jeden Tag seit Mutti mit ihrer neuen Familie im Café aufgetaucht ist. Männi kassierte gerade an einem Tisch. Aus den Augenwinkeln bemerkte sie, dass die Gruppe offenbar zu warten schien, dass eben genau dieser Tisch frei wurde. Das war ungewöhnlich, weil noch andere Tische frei waren. Doch auch nicht so ungewöhnlich, dass Männi sich Gedanken darüber gemacht hätte. Es gab genügend Gäste, die jedes Jahr wiederkamen und deren Tag ruiniert war, wenn sie nicht immer am selben Tisch sitzen konnten. Meistens waren das jedoch ältere Ehepaare, die sich nicht mehr viel zu sagen hatten. Mutti lächelte ihr zu, als sie sich setzte. Selbst da erkannte Männi sie noch nicht. Mutti war fülliger, ihr Haar dunkler, als Männi es in Erinnerung hatte. Auf die anderen hatte sie kaum geachtet. Für sie waren die vier einfach nur Gäste. Eine Familie, die einen Ausflug in den Spreewald machte und eingekehrt war, um Cappuccino zu trinken und ein Stück Kuchen zu essen. Einer der Männer bestellte, die Frauen musterten sie nur, und Männi fragte sich schon, ob irgendwas mit ihrem Gesicht nicht in Ordnung war. Hitze stieg ihr in die Wangen, und sie war froh, der Familie den Rücken zu kehren. Als sie mit dem Tablett zurückkehrte, sagte Mutti etwas zu der jungen Frau, die neben ihr saß. Der Klang ihrer Stimme verschob Männis Wahrnehmung. Auf einmal sah sie sich selbst an Muttis Seite, beziehungsweise eine jüngere und bessere Version ihrer selbst, und der bärtige junge Mann, der neben dem Mädchen saß, war auf einmal eine bessere und schlankere Version von Matte. Die Vision rauschte durch ihren Kopf und ließ sie torkeln. Ihre Narbe schmerzte so stark, dass sie kaum das Tablett halten konnte.

Du irrst dich! Sie ist es nicht! Sie ist fort! Die Sätze gaben ihr die Kraft, einen Schritt vor den anderen zu setzen und das Tablett schließlich abzustellen. Gleichzeitig wusste sie, dass vor ihr die Frau saß, die sie und Matte vor einem Vierteljahrhundert zurückgelassen hatte wie eine Tüte Altkleider, die zu nichts mehr taugt.

Mutti fragte nach Kuchen, als Männi die Tassen abstellte. Sie sagte all die Sachen, die Touristen so sagen, aber in ihren Augen stand die Frage: Erkennst du mich nicht? Auch die anderen starrten Männi an, als erwarteten sie eine Reaktion. Tränen stiegen Männi in die Augen. In dem Moment kam mit viel Tamtam die Verlobungsgesellschaft, die einen Tisch reserviert hatte, und Männi floh geradezu zu den fröhlichen Menschen. Doch während sie die Bestellung aufnahm, brannte Muttis Blick Löcher in ihren Rücken. Als sie schließlich noch einmal an den Tisch musste, hatte Männi sich so weit gefangen, dass ihre Narbe kaum noch schmerzte. Wenn

Mutti sie etwas gelehrt hatte, dann war es, sich hinter einem Lächeln zu verstecken. Am nächsten Tag kamen sie wieder. Freundlich und neugierig und mit diesen Blicken, die wie Ameisen über Männis Haut krochen. Mutti gab wieder viel zu viel Trinkgeld, und Männi hasste sie dafür. Montag war Ruhetag, aber Männi war sich sicher, dass Mutti am Dienstag wiederkommen würde. Aller guten Dinge sind drei. Drei Haselnüsse für Aschenbrödel, drei Engel für Charly. Dreimal Trinkgeld für die verlassene Tochter? Ohne mich, hatte Männi gedacht und mit Inge die Schicht getauscht. Aber dann ist Mutti zum Haus gekommen, und jetzt ist Matte verhaftet, und alles ist ihre Schuld. Männi presst die Fingernägel in die Handballen. Wie konnte das alles nur passieren? Sie hat Angst um ihren Bruder. Er ist nicht gesund, und wenn sie an die anderen Gefangenen denkt, wird ihr übel vor Angst. Matte ist schon nicht gut in den Heimen zurechtgekommen. Für jeden Rabauken war er das geborene Opfer. Dick, kurzatmig, ängstlich. Die Erzieher haben so getan, als würden sie es nicht merken, wenn die anderen Kinder ihn quälten. Oder sie haben selbst auf ihm herumgehackt wie die Pflegeeltern, bei denen sie lebten, nachdem Oma gestorben war. Einen Tag nach der Beerdigung ist die Tante gekommen, die schon Matte fortgebracht hat. Sie hat Männis Koffer gepackt und gesagt, es sei besser so. Ganz freundlich hat sie es gesagt, so, als würde sie es wirklich meinen. Aber Opa hat geweint.

Männi nicht. Sie wusste schon damals, wie der Hase läuft. Jeder, den man liebt, lässt einen irgendwann im Stich. So war das mit Mutti, mit Vati, mit ihren Ex-Männern, und jetzt war eben auch Matte fort. Nur, dass er nicht freiwillig gegangen ist. Sie hätte nie zulassen dürfen, dass Mutti zum Haus kommt. Aber wie hätte sie es verhindern sollen?

Mutti stand einfach vor der Tür und hat ihren Namen gerufen. Weil Männi im Bad war, hat Matte ihr die Tür geöffnet. Männi hat ihre Stimme gehört: betrunken und schrill. Mutti hat nach ihr gefragt, sich selbst beschuldigt, um Vergebung gefleht. Ihre Sätze stolperten übereinander und verwirrten sich. Und immer wieder hat sie von dem Geld gesprochen, dass sie jetzt habe, der Firma. Und dass sie alles wiedergutmachen werde. Wenn Männi nur mit ihr komme.

Männi hat das alles gehört. Mit zitternden Knien hat sie im Bad gestanden, ein Handtuch um den Kopf geschlungen. Am Morgen war sie aufgewacht und hatte gedacht, es sei eine gute Idee, den freien Tag zu nutzen, um die Ansätze nachzufärben. Also war sie mit dem Fahrrad in den Supermarkt gefahren und hatte sich Farbe besorgt. Und nun stand sie in dem nach Chemikalien stinkenden Raum und hatte nicht genug Luft, um den Schrei auszustoßen, der gegen ihren Kehldeckel drückte. Auf einmal gaben ihre Beine nach, und ehe sie wusste, wie ihr geschah, hockte sie mit angezogenen Knien auf den Fliesen und war wieder das kleine Mädchen, das alles richtig machen will, weil Mutti traurig ist. Auch wenn sie jetzt wusste, dass Mutti nicht traurig, sondern nur besoffen war. Dass sie immer nur besoffen gewesen war. Egal, ob traurig oder fröhlich. Trotzdem versuchte sie, sich aufzurappeln, doch ihre Beine gehorchten ihr nicht. Ihre Muskeln waren klüger als ihr Kopf. Schließlich verstummte Muttis Stimme, die Kraft kehrte in Männis Beine zurück, und sie zog sich am Badewannenrand in die Höhe, lief in die Wohnküche. Mutti war weg, und Matte stand noch immer in der Tür, das Gesicht blass, die Lippen blau. Er reagierte nicht, als sie ihn ansprach. Erst als sie seinen Namen schrie, schüttelte er sich wie ein Hund, der ins Fließ gefallen ist.

»Sie hat mich nicht erkannt«, sagte er. »Sie hat nicht gewusst, wer ich bin.« Seine Stimme war ein Wimmern, das Männi aus ihren Alpträumen kannte.

»Sie war betrunken.« Männi weiß immer noch nicht, ob sie Matte trösten oder Mutti verteidigen wollte. Wahrscheinlich wollte sie beides. Und dass, obwohl Mutti schuld an allem war, was in ihrem Leben schiefgelaufen war. Ihretwegen hatte Vater versucht, in den Westen rüberzumachen. Ihretwegen und wegen Matte. Das wusste Männi von Oma. Sie hatte es Mutti nie verziehen, dass sie ihren Sohn betrogen und ins Zuchthaus gebracht hatte. Diesen Hass hatte sie Männi eingepflanzt, ihn gehegt und gepflegt wie das Gemüse im Garten. Trotzdem lief Männi zum Steg, der über das kleine Fließ führte, das die Häuser vom Weg trennte. Das Handtuch rutschte ihr von den Haaren. Sie achtete nicht darauf, sondern lief weiter. Mutti hockte am Ende des Weges. Sie musste hingefallen sein. Mitleid machte Männi die Kehle eng. Sie beobachtete, wie Mutti sich aufrappelte, Männi folgte ihr, holte auf. Doch dann, kurz vor der Brücke, kam die andere Männi ihnen entgegen, die jüngere, bessere Version ihrer selbst. Unwillkürlich trat Männi hinter einen Baumstamm. Sie wollte nicht, dass ihre Westschwester sie so sah. Und auf einmal wusste sie, warum sie sich die Haare gefärbt hatte. Es war wegen ihr, dem Mädchen mit den butterblonden Haaren. Dem Mädchen, das alles gehabt hatte, was Männi immer gewollt hatte. Ein Leben mit Mutti. Die beiden entfernten sich. Die Stimme der Halbschwester klang schrill, Muttis weinerlich. Männi blieb zurück, die Wange an die raue Rinde des Baumstamms gepresst und die Nase verstopft von den Tränen, die sie nicht weinen konnte.

Schließlich kehrte sie zum Haus zurück, bückte sich nach

dem auf dem Weg liegenden Handtuch. Die Haustür stand offen, und Matte war fort. Männi suchte ihn im Garten, in der Werkstatt und ging schließlich zum Anleger. Der Kahn war weg. Eine Weile stand sie am Wasser und starrte auf die kleinen Wellen der Spree, die der Wind vor sich hertrieb. Schließlich kehrte sie fröstelnd zum Haus zurück. Es dauerte lange, bis Matte zum Haus zurückkehrte. Seine Hemdsärmel waren nass, und sein Atem pfiff wie nach einer großen Anstrengung. Er wollte ihr nicht sagen, wo er gewesen war. Er wollte nicht einmal essen. Unter einem Vorwand ging Männi noch einmal zum Anleger. Matte hatte eine Plane über den Kahn gezogen. Männi schaute sich um, ob niemand sie beobachtete, dann hob sie die Plane an und blickte in das totenblasse Gesicht ihrer Mutter.

Matte sah sofort, dass sie Bescheid wusste. Er zitterte und schluchzte. Sein ganzer Körper bebte. Er hatte Angst, stammelte nur. Männi streichelte seinen Arm. Auch sie hatte Angst. Aber sie ist die Große, und sie erklärte Matte, wie sie Mutti verschwinden lassen würden. Sie ist schon einmal spurlos verschwunden. Warum sollte sie es nicht wieder tun? Solange niemand wusste, dass sie am Haus gewesen ist, konnte ihnen auch niemand etwas. Doch ihr Plan ist nicht aufgegangen. Erst ist diese Polizistin aufgetaucht und dann Muttis Leiche.

Und jetzt sitzt sie hier, und Matte ist im Gefängnis, und sie kann nichts tun, um ihm zu helfen. Außer … Männi streicht das Kissen auf ihrem Schoß glatt und stellt es zurück an die Sofalehne. Mit einem gezielten Handkantenschlag bringt sie es in Form. Dann geht sie in ihr Zimmer, um sich umzuziehen. Unschlüssig steht sie vor ihrem Kleiderschrank. Was zieht man an, wenn man einen Mord gestehen will, den man nicht begangen hat? Ihre Gedanken wandern zurück zu dem Tag, an dem alles begann. Sie hört das Klopfen der Nachbarin an der Tür, spürt Mattes heißen Atem an ihrer Hand, sieht die Panik in seinen Augen.

Sie taumelt zurück, stolpert und fällt aufs Bett.

36. KAPITEL

Raphael Kleber und Frau Steinbeiß begegneten sich vor dem Bürgerbüro.

»Ist das der Junge?« Kurzsichtig streckte die alte Dame das Gesicht vor.

Das könne er ihr leider nicht sagen. Thang hakte sie unter und führte die alte Dame hinaus zu ihrem Rollator, der im Eingangsbereich der Wache stand. Während Thang sich um Steinbeiß kümmerte, führte Klaudia Neblichs Sohn ins Bürgerbüro.

»Ich …«

»Wir warten noch auf den Kollegen«, unterbrach Klaudia ihn. Raphael Kleber wirkte, als hielte ihn nur noch der Wille aufrecht, das alles hier zu überstehen. Seine Lider waren von zu wenig Schlaf entzündet, die Gesichtshaut fahl. Der Bart war in den wenigen Tagen, die Klaudia den Mann nicht gesehen hatte, verwildert. »Setzen Sie sich bitte.« Sie zeigte auf die Besucherstühle vor dem Schreibtisch.

»Danke«, Kleber blinzelte nervös, »dass Sie Zeit für mich haben. Ich meine«, fügte er mit belegter Stimme hinzu. »Ich weiß, dass es zu früh ist, sich Sorgen zu machen, aber …« Seine Stimme brach, er senkte den Kopf, kämpfte darum, weitersprechen zu können, und schaffte es doch nicht.

»Natürlich nehme ich mir Zeit für Sie.« Klaudia legte die Unterarme auf den Schreibtisch und beugte sich vor.

Thang kehrte zurück und setzte sich ebenfalls.

»Das ist mein Kollege Kriminalobermeister Herr Rudnik«, stellte Klaudia ihn vor.

»Ich weiß«, krächzte Kleber. »Er war bei uns, um …« Wieder versagte seine Stimme.

»Ja, natürlich.« Jetzt erinnerte Klaudia sich. Thang war mit Vollmer bei den Angehörigen gewesen. Also war es besser, wenn er die Fragen stellte. Sie nickte ihm zu, und Thang verstand.

»Sie haben gesagt, Ihre Schwester ist verschwunden.« Keine Frage, sondern eine einfache Feststellung.

Kleber nickte.

»Nur so zur Sicherheit:«, fragte Klaudia, »Mit Schwester meinen Sie Marie Thielmann?«

»Ja, natürlich.« Kleber räusperte sich. »Wieso fragen Sie?«

»Nun, Sie haben mindestens zwei Schwestern, von denen ich weiß.«

»Entschuldigung. An Mandy habe ich gar nicht gedacht.«

Wieder räusperte sich Kleber, und Klaudia erhob sich, um ihm ein Glas Wasser aus der kleinen Teeküche zu holen.

»Richtet ihr jetzt hier eine Außenstelle ein?«, fragte Rebe, die gerade den Kühlschrank ausräumte. »Man macht sich ja kein Bild«, fügte sie hinzu. »Was die Kollegen hier alles vergessen.«

»Doch, schon.« Klaudia drehte den Wasserhahn auf und nahm ein Glas aus dem Schrank.

»Können wir irgendwie helfen?«

»Ist das Boot draußen?«

»Nicht jetzt, aber wir könnten jederzeit los.«

»Da drin sitzt der Sohn der Toten. Seine Schwester ist verschwunden, und er macht sich Sorgen.«

»Wie sieht sie denn aus?«

Klaudia beschrieb Marie Thielmann. »Zierlich, etwa so groß«, sie legte die Handkante in Höhe ihres Kehlkopfes, »langes blondes«, sie stutzte und ergänzte dann: »butterblondes Haar. Sie hat heute Morgen das Hotel verlassen.«

»Muss man sich da jetzt schon Sorgen machen?«, fragte Rebe.

»Bei dieser Familie schon.« Klaudia drehte den Wasserhahn ab und wandte sich zum Gehen.

»Ich könnte rausfahren.«

»Das wäre großartig.«

»Was sagt die Handyortung?«

»Das ist das Nächste. Und danke.«

»Für das Wasser?«

»Dafür auch.«

»Ich hab zu danken. Rausfahren ist besser als das hier.« Rebe zeigte auf die Tupper- und anderen Plastikgefäße, die sie aus dem Kühlschrank geräumt hatte.

Klaudia war gerade an der Tür, als ihr Handy klingelte. Sie nahm das Wasserglas in die linke Hand und zog es aus der Blazertasche. Es war die Tierarztpraxis. Sofort schlug ihr Herz schneller. Wasser schwappte auf ihren Handrücken. Mit dem Daumen wischte sie über das Display und nahm das Gespräch an.

»Hallo?«, krächzte sie.

»Guten Morgen, Frau Wagner«, begrüßte sie der Tierarzt. »Nur ganz kurz: Der Darm scheint keinen Schaden genommen zu haben, und die Lähmungen in den Beinen sind ebenfalls rückläufig.«

»Das ist gut, oder?«, fragte Klaudia.

»Auf jeden Fall«, bestätigte der Tierarzt. »Allerdings«, fügte er hinzu.

Wieder schwappte Wasser über Klaudias Handrücken. Sie stellte das Glas ab und setzte sich an den Tisch. Rebe musterte sie kurz und wandte sich dann wieder dem Inhalt des Kühlschranks zu.

»Dickies Schwanz macht uns Sorgen. Trotz der hoch dosierten Vitamin B-Injektionen kehrt die Tiefensensorik nicht zurück.«

»Und was bedeutet das?«

»Wir müssten amputieren.«

»Muss ich das sofort entscheiden?«

»Nein«, sagte der Arzt, »aber möglichst bald. Am besten Sie kommen morgen in meine Praxis.«

»Ich stecke mitten in einer Todesfallermittlung, und eine junge Frau ist verschwunden«, brach es aus Klaudia hervor. »Ich …« In ihrer Kehle steckte auf einmal ein dicker Kloß. Sie fühlte sich so hilflos. Sie hatte nicht für ihre Mutter da sein können, nicht für ihren Vater. Und jetzt schaffte sie es noch nicht einmal, für ihren Kater zu sorgen.

»Kommen Sie einfach, wann immer Sie können«, sagte der Tierarzt. »Wir gehen selten aus. Und machen Sie sich keine Sorgen«, fügte er hinzu. »Wir kümmern uns um Dickie.«

»Geld ist nicht das Problem«, versicherte ihm Klaudia, und dann war das Gespräch beendet.

»Scheiße«, fluchte sie lautlos.

»Gibt's Probleme?«, fragte Rebe, die gerade den Kühlschrank wieder einräumte.

»Mein Kater hatte einen Unfall.« Klaudia nahm das Glas.

»Das wird wieder«, sagte die Kollegin. »Katzen haben sieben Leben. Unser Kater …«

»Ich muss da wieder rein«, unterbrach Klaudia sie. »Sorry« Sie atmete einmal tief durch, visualisierte ein Stoppschild und schob alle Gedanken an den Kater hinter das rot-weiße Blech, dann öffnete sie die Tür zum Bürgerbüro.

Thang hob kurz die Brauen, als sie eintrat.

Sie reichte Kleber das Glas und setzte sich wieder hinter den Schreibtisch.

»Es ging Marie sehr schlecht, als ich gestern bei Ihnen war«, nahm Thang den Gesprächsfaden wieder auf. »Ist der Arzt noch gekommen?«

»Ja«, bestätigte Kleber. »Er hat ihr ein Beruhigungsmittel gegeben. Sie ist dann auf ihr Zimmer. Zumindest habe ich das gedacht. Aber heute Morgen war sie nicht da, und ihr Handy ist im Hotel.«

»Woher wissen Sie das?«, unterbrach ihn Klaudia.

»Ich hab versucht, sie anzurufen, und da hat es geklingelt. Also, ich habe es durch die geschlossene Tür gehört.«

»Okay.« Klaudia nickte. Das war seltsam. Marie Thielmann gehörte zu der Generation, die eher ohne Slip als ohne Smartphone aus dem Haus gingen.

»An der Rezeption habe ich dann erfahren, dass sie ganz früh das Hotel verlassen hat. Erst war ich sauer, weil sie nicht Bescheid gesagt hat, aber dann habe ich gedacht: Ist ja klar, sie braucht Zeit für sich. Ich meine, für Marie ist es am Schwersten. Sie ist ja fast noch ein Kind und hat innerhalb eines Jahres ihre Eltern verloren. Für mich ist es ja nicht so schlimm. Ich meine: Ich kannte Heike ja kaum. Und ich habe ja auch meine Familie. Ich glaube, Marie ist deshalb auch irgendwie wütend auf mich. Ich meine: Klar ist sie meine Schwester. Aber eigentlich kennen wir uns gar nicht. Und wenn ich nicht aufgetaucht wäre … Kleber fuhr sich mit beiden Händen durchs Gesicht.«

»Sie geben sich die Schuld am Tod ihrer Mutter?«

»Irgendwie schon«, räumte der junge Mann ein. »Ich meine, wenn ich nicht in meiner Akte geschnüffelt hätte, würde Heike wahrscheinlich noch leben. Das ist schon krass.« Hilflos blickte er von Thang zu Klaudia. »Das habe ich auch Marie gesagt. Dass, wenn überhaupt, ich schuld wäre und nicht sie. Aber so richtig …«

»Ihre Schwester fühlt sich also auch schuldig?«, fragte Klaudia.

»Ja«, bestätigte Kleber. »Schon seit Heike verschwunden ist. Und dass sie betrunken war, hat ihr den Rest gegeben. Heike habe nie Alkohol getrunken, sagt sie. Nicht einmal zu Silvester ein Glas Sekt. Für mich klingt das nach einer trockenen Alkoholikerin.« Kleber hob die Hände und ließ sie wieder fallen. Eine hilflose Geste.

»Gut möglich«, bestätigte Klaudia. »Haben Sie mit Ihrer Schwester über diese Vermutung gesprochen?«

»Natürlich nicht«, wehrte er ab. »Sie leidet eh schon genug.« Wieder hob Kleber die Hände. »Für sie war Heike immer nur die Mama, die sich kümmert. Mein Blick ist ein etwas anderer. Und wahrscheinlich ist der von Mandy und Martin noch einmal ein ganz anderer. Mandy wusste Bescheid«, sagte er unvermittelt. »Vielleicht nicht in dem Augenblick, als wir in das Café gekommen sind, aber schon ziemlich bald. Sie hätten sie sehen müssen, als Heike ihr Trinkgeld gegeben hat. Das war Hass pur in ihrem Blick.

Bjarne hat das auch bemerkt. Wir haben aber nichts gesagt. Das war eine Sache zwischen Heike und ihr.« Kleber senkte den Blick. »Von der eigenen Mutter ins Heim abgeschoben zu werden.« Er räusperte sich. »Da habe ich ja direkt Glück gehabt, dass ich im Westen zur Welt gekommen bin und sie mich zur Adoption freigegeben hat.« Er hob den Kopf, und Klaudia sah in seinen Augen den gleichen Hass, den er gerade beschrieben hatte. Ihre Nackenhaare richteten sich auf. So viel Hass.

»Denken Sie, dass sich Marie etwas angetan haben könnte?«, fragte Thang.

»Ja, deshalb bin ich ja hier.«

»Könnte sie zu Mandy Neblich gegangen sein?« Klaudia dachte an die beiden Kaffeebecher auf dem Küchentisch.

37. KAPITEL

Das Klopfen hört nicht auf. Es ist nicht in ihrem Kopf, es ist hier und jetzt. Jemand ruft ihren Namen. Muttis Stimme. Es ist Mutti. Männi rollte sich zusammen, presst die Hände gegen die Ohren. Das kann nicht sein, denkt sie. Mutti ist tot, und doch ist da ein Fitzelchen Hoffnung, das sie auf die Beine und zur Tür bringt. Doch es ist nicht Mutti, die mit erhobenen Fäusten vor ihr steht. Es ist die andere Tochter. Männi schnappt nach Luft.

»Es tut mir leid«, sagt Marie. »Ich wollte das nicht. Es ist alles meine Schuld.« Sie streckt die Hände nach Männi aus.

Unwillkürlich weicht Männi zurück. Sie will nicht, dass dieses Mädchen sie anfasst. Sie will, dass sie verschwindet.

Aber Marie verschwindet nicht. Ihr Gesicht ist verheult, die Augenlider sind geschwollen.

»Ich hab sie doch lieb«, jammert sie. »Sie kann doch nicht einfach tot sein.« Ihre Stimme bricht, sie schlägt die Hände vor die Augen. »Ich hab sie noch nie vorher betrunken gesehen. So ist sie nicht.«

O doch, denkt Männi. Wut wallt in ihr auf. Sie denkt an all die Gelegenheiten, wo Mutti besonders fröhlich oder besonders traurig gewesen ist; denkt an das Musketierwasser. Damals hat sie es für Medizin gehalten. Heute weiß sie es besser. Klaren hat sie gesoffen. Nur betrunken hat sie ihr Leben ertragen. Sie hat uns gehasst, denkt Männi. Egal, wie sehr wir uns bemüht haben, sie hat uns gehasst.

»Raphael sagt, dass er dir angesehen hat, dass du Mutti erkannt hat, dass du wütend auf sie bist. Das verstehe ich ja! Aber warum hat sie sich betrunken? Wir hätten doch über alles reden können. Es war nicht ihre Schuld. Sie wollte ja zurückkommen.«

»Verschwinde.« Männi will die Tür schließen, doch Marie stellt ihren Fuß in den Spalt.

»Schick mich nicht fort!«, kreischt sie. »Wir haben doch nur noch uns.«

Nein, denkt Männi. Ich hab niemanden mehr, und das ist deine Schuld. Für einen Moment ringen sie miteinander, dann rinnt die Kraft aus Männis Gliedern. Sie gibt auf, und Marie stolpert getragen von ihrem eigenen Schwung in den Flur, fällt auf die Knie, rappelt sich auf.

»Ich wollte das nicht«, schluchzt sie. »Wirklich! Du musst mir glauben.« Sie greift nach Männis Arm, will sie halten, doch Männi schüttelt ihre Hand ab.

»Warum hasst du mich so?«, kreischt sie. »Ich habe dir

nichts getan. Im Gegenteil. Ich wollte, dass alles wieder gut wird, dass wir eine Familie sind. Mutti und wir.«

Männi hat auch nie etwas anderes gewollt. Sie presst die Handballen gegen die Ohren, trotzdem hört sie das Schluchzen der Schwester. Hört, wie sie vom Tod ihres Vaters spricht und wie sehr sie sich gefreut hat, als Raphael aufgetaucht ist. Der unbekannte Bruder. »Und als er dann von euch gesprochen hat«, sagt sie. »Wollte ich euch auch kennenlernen. Du bist doch meine Schwester.«

Männi schlurft in die Küche, lässt sich auf einen der Stühle fallen, birgt das Gesicht in den Händen. »Warum seid ihr gekommen? Warum nur?« Sie spürt die Nässe auf ihren Handflächen. Tränen, denkt sie erstaunt. Sie weint wie damals, als sie ihre Hand auf Mattes Mund gepresst hat, damit er aufhört zu husten, damit die Nachbarin weggeht. Aber es hat nicht funktioniert. Ganz panisch hat er sie angestarrt, und dann waren seine Pupillen verschwunden, und er hat am ganzen Körper gezuckt. Da hat Männi Angst gekriegt und ist zur Tür gerannt. Aber sie konnte sie nicht öffnen. Sie hat nur einfach geweint und geschrien, dass ihr Bruder stirbt. Mit beiden Fäusten hat sie nun auch gegen die Tür gehämmert. Der Schnitt ist wieder aufgegangen, überall Blut. Das war das letzte Mal, dass sie geweint hat. Weil sie gedacht hat, dass Matte ihretwegen stirbt. All die Jahre hat sie dieses Geheimnis in sich verschlossen, sogar vor sich selbst. Deshalb hat sie nie geweint, weil sie wusste, dass mit den Tränen die Erinnerung zurückkehrt. Und sie hat recht gehabt. Und jetzt ist Matte im Gefängnis, weil er Mutti getötet hat. Aber das ist nicht ihre Schuld, das ist die Schuld des Mädchens. Ihrer Schwester! Allein das Wort brennt ihr ein Loch in den Magen. Sie hat keine Schwester und auch keinen anderen Bruder. Sie hat nur Matte, und den haben sie ihr weggenommen. Und dieses Mädchen, das alles das gehabt hat, sitzt da und sagt, dass sie sich immer Geschwister gewünscht habe. Mandy ist so voller Hass und Wut, dass sie es nicht aushält, mit Marie in einem Raum zu sein. Sie springt auf, ihr Stuhl schabt über das Linoleum, kippt gegen die Spüle, sie rennt ins Bad, dem einzigen Raum in ihrem Haus, den man abschließen kann. Nicht, dass sie das jemals getan hätten. Weder sie noch Matte ertragen verschlossene Räume. Doch jetzt ist die Angst größer, dass diese Marie ihr folgt. Der Schlüssel dreht sich nur sehr widerwillig im Schloss. Männi spürt die Kälte des Waschbeckens in den Handflächen, starrt ihr verheultes Gesicht im Spiegel an, denkt an alles, was dieses Mädchen gesagt hat.

»Familie«, schnaubt sie. »Das war unser Leben, nicht ihrs.« Und wieder fragt sie sich, ob Mutti zurückgekommen wäre, wenn sie sich still verhalten hätten, wie sie es ihnen gesagt hat. Sie wollte ja zurückkommen, hat Marie gesagt. Es sei nicht ihre Schuld gewesen. Also war es meine, denkt Männi. Denn als sie erst einmal im Heim waren, gab es kein Zurück für Mutti. Also ist sie drüben geblieben und hat sich eine neue Familie angeschafft. Eine Westfamilie! Der Gedanke pocht gegen Männis Schläfen, sprengt ihr den Schädel. Sie dreht den Wasserhahn auf, spritzt sich kaltes Wasser ins Gesicht, bis ihre Haut kribbelt, das Pochen bleibt, wird lauter. Männi öffnet den Spiegelschrank, findet die Schachtel mit den Kopfschmerztabletten, nimmt sie heraus. Dabei fällt der Blister mit dem *Zopiclon* ins Waschbecken.

Der Hausarzt hat es Matte mal verschrieben, aber ihr Bruder schreinert lieber Särge, als Schlaftabletten zu nehmen. Männi versteht ihn gut, auch sie hat irgendwann aufgehört, die Tabletten zu nehmen, die sie verträglicher für ihre Mitmenschen machen sollten: weniger aggressiv, weniger misstrauisch. Es hat lange gedauert, bis sie begriff, dass nicht sie das Problem ist, sondern die anderen, die einen im Stich lassen. Niemandem kann sie vertrauen. Also hat sie niemandem vertraut, hat ihre Welt auf sich und Matte eingedampft. Es hat funktioniert. Sie haben funktioniert. Sie waren zufrieden: mit den Hühnern und dem Garten. Sie brauchen ja nicht viel. Vor allem keine Menschen, die sich in ihr Leben drängen. Und dann ist Mutti aufgetaucht und hat alles kaputtgemacht. Und das Schlimmste ist: Sie hat es nicht einmal aus Sehnsucht nach ihnen getan. Sie wäre nie gekommen, wenn dieses kleine Miststück es nicht gewollt hätte. Allein das schmerzt, dass da nichts in Mutti war, dass sich nach ihnen gesehnt hat. Fast ohne es zu wollen, legt Männi die Packung mit den Kopfschmerztabletten zurück in den Spiegelschrank und greift nach dem Blister mit dem *Zopiclon.*

38. KAPITEL

Sie verabredeten mit Raphael Kleber, dass er im Hotel bleiben sollte. Falls seine Schwester auftauchte, würde er sie sofort informieren.

Klaudia rief im Präsidium an und bat PH, das Mädchen zur internen Fahndung auszuschreiben. »Die Kollegen der Wasserschutzpolizei sind bereits unterwegs«, informierte sie ihn.

»Das Bürgerbüro entwickelt sich ja mehr und mehr zu eurer Außenstelle.« In PHs Stimme schwang leiser Spott mit.

»Vielleicht sollten wir wirklich darüber nachdenken.« Klaudia ging auf seinen Tonfall ein. Auch wenn sie mitten in einer Ermittlung steckte: Das Gehirn brauchte Auszeiten, sonst lief es heiß.

»Hat Meinert sich schon gemeldet?« Klaudia fokussierte ihre Gedanken wieder auf den Fall.

»Bei mir nicht«, erwiderte PH. »Und was habt ihr jetzt vor?«

»Wir gehen noch mal zum Haus der Neblichs. Vielleicht ist Mandy ja jetzt da.«

»Mach das.« PH drückte das Gespräch weg.

Die Sonne kam durch, als Klaudia und Thang den Wagen auf dem Brückenparkplatz abstellten. Ein DHL-Lieferwagen stand vor dem Absperrband. Der Fahrer hielt ein Paket unter dem Arm und diskutierte gerade mit Kuloth.

»Alles klar hier?« Klaudia trat zu Uwe, der am Streifenwagen lehnte.

»Soweit ich das überblicken kann.« Er scrollte sich durch sein Smartphone. »In der Hauptsaison wär's schlimmer. Was macht der Kater?«

»Hast du dir gestern die Kante gegeben?«, fragte Thang. In seiner Stimme schwang ein Hauch von Neid mit.

»Dickie hatte einen Unfall«, lenkte Klaudia die Vorstellungen des Kollegen in weniger ausschweifende Bahnen.

»Klaudia denkt, dass Fiedler dahintersteckt«, ergänzte Uwe.

Thangs Augenbrauen wanderten in die Höhe.

Klaudia bedachte Uwe mit einem wütenden Blick. Warum sagst du das jetzt? Schließlich zwang sie sich zu einer Antwort. »Aus Gründen«, sagte sie so schmallippig, dass selbst Uwe klar sein musste, dass es besser war, das Thema nicht zu vertiefen.

Doch der dachte nicht daran, klein beizugeben, und erzählte von Meinerts Unfall und Klaudias Rückschlüssen.

»Ziemlich weit hergeholt.« Thang musterte Klaudia.

»Mag sein«, erwiderte sie barsch.

»Wo ist Wibke?«

»Unten bei den Kähnen.« Uwe nickte in Richtung der Uferböschung.

Ohne die beiden Kollegen eines weiteren Blickes zu würdigen, stapfte Klaudia los. So, wie Uwe es erzählt hatte, klangen ihre Ängste einfach nur krank. Aber vielleicht hatte er ja recht. Vielleicht war alles nur eine Häufung von Zufällen und sie eine hysterische Kuh.

Von der Brücke führte ein Trampelpfad hinunter zum Ufer. Der Boden war aufgeweicht vom Regen, und Klaudia geriet ins Rutschen, doch gelang es ihr, das Gleichgewicht zu halten.

Das Telefon in der Hand stand Wibke am Ufer. Der Reißverschluss ihres Schutzanzuges war bis zur Hüfte geöffnet, und ihr dicker kastanienroter Zopf rollte sich in der Kapuze, die sie zum Telefonieren abgesetzt hatte. Wibke hob die Hand, als sie Klaudia sah, dann führte sie das Gespräch fort.

»Okay«, sagte sie schließlich. »Ich werde sehen, was ich finde.« Sie steckte ihr Smartphone in den Bauchbeutel, den sie unter dem Schutzanzug trug, und zog den Reißverschluss wieder hoch.

»Das war gerade Meinert«, informierte sie Klaudia. »Neblich hat den Mord an seiner Mutter gestanden.«

»Echt jetzt?«

»Ja«, bestätigte Wibke. »Sobald sie ihn damit konfrontiert hatten, dass seine Schwester nicht beim Friseur war, ist er zusammengebrochen und hat gestanden.«

»Und was genau hat er gesagt?«

»Er sei ihr mit dem Boot gefolgt, habe sie auf der Brücke gesehen, sei zu ihr hoch, und sie hätten gestritten. Er habe sie gestoßen, und sie sei über das Brückengeländer gestürzt und in seinem Kahn gelandet.«

»Okay?« Klaudia musterte die Kähne, das steile Ufer und versuchte, sich die Situation mit dem übergewichtigen, herzkranken Mann vorzustellen. »Er will hier hochgekraxelt sein?«

»Er hat ausgesagt, dass er seinen Kahn an einem der hier liegenden Kähne angebunden hat. Und auf der anderen Seite liegen keine Kähne.«

»Aber drüben wäre es einfacher gewesen.« Klaudia sah hinüber zum anderen Ufer, wo der Parkplatz lag. Dort musste man keine Böschung hinaufkraxeln, wollte man auf die Brücke gelangen.

»Warum sollte er über den Weg lügen?« Ein Argument, dem Klaudia sich nicht verschließen konnte.

»Was weiß ich.« Resigniert hob sie die Schultern. »Es ist nur: Ich glaube dem Mann kein Wort.«

»Verrenn dich nicht.« Wibke boxte sie sacht gegen die Schulter, bevor sie sich wieder die Kapuze über den Kopf zog.

Auf dem Weg zum Haus informierte Klaudia ihren Kollegen über Martin Neblichs Aussage.

»Und was wollen wir dann noch bei seiner Schwester?«

»Du hast gehört, was Kleber gesagt hat. Er hält es für möglich, dass Marie zum Haus ihrer Halbschwester gegangen ist.«

»Weil du es ihm in den Mund gelegt hast«, brummelte Thang leise genug, dass Klaudia die Bemerkung ignorieren konnte.

Die blaue Holztür leuchtete in der Sonne. Klaudia klopfte und legte dann das Ohr an die Türfüllung.

»Hier ist niemand«, sagte Thang, der hinter ihr stand. »Also lass uns fahren.«

»Mandy Neblich hat Besuch gehabt.« Klaudia führte Thang ums Haus herum und zeigte ihm die Kaffeebecher. »Wer, wenn nicht Marie, sollte hier gewesen sein.«

»Was weiß ich«, knurrte Thang. »Vielleicht eine Nachbarin?«

»Möglich«, räumte Klaudia ein. »Vielleicht.« Sie dachte an die unnahbare Frau und alles, was die Steinbeiß über die Geschwister gesagt hatte. Unwillkürlich schüttelte sie den Kopf. »Beide Frauen sind verschwunden«, sagte sie schließlich. »Das ist kein Zufall.«

»Wir wissen ja noch nicht einmal, ob überhaupt jemand verschwunden ist«, warf Thang ein.

»Marie ist aus dem Hotel verschwunden, und Mandy ist nicht zu Hause«, erinnerte ihn Klaudia.

»Das sind du und ich und Millionen anderer Menschen auch gerade nicht«, entgegnete Thang.

»Sie ist aber auch nicht auf der Arbeit«, widersprach Klaudia. »Wie du, ich und Millionen anderer Menschen.«

Thang verdrehte die Augen. »Sie könnte überall sein: bei einer Freundin, einem Arzt oder einem Rechtsanwalt.«

»Und Marie?«, beharrte Klaudia. »Wo ist die?«

»Sicher nicht hier«, sagte Thang, »und wir sollten uns auch vom Acker machen. Wir haben ein Geständnis! Was willst du mehr?«

»Ich weiß.« Klaudia wusste, dass er recht hatte. Sie strich sich eine Haarsträhne hinters Ohr. Und wahrscheinlich wäre jetzt eine günstige Gelegenheit gewesen, einfach mal die

Klappe zu halten. Doch das lag nicht in ihrer Natur. »Trotzdem«, murmelte sie.

»So trotzdem, wie die Sache mit Fiedler?«, fragte Thang. »Hör mal Klaudia«, fuhr er fort. »Du bist eine hervorragende Polizistin.«

»Komm mir nicht auf die Tour«, unterbrach Klaudia ihn.

»Keine Tour«, widersprach Thang. »Du hast eine Menge durchgemacht in den letzten Jahren.«

»Was soll das heißen?«, schnappte Klaudia.

Thang hob die Hände, als wollte er zeigen, dass er unbewaffnet war. Was nicht stimmte. Er hatte eine Waffe, nämlich seine Stimme. Und er nutzte sie. »Ich meine ja nur«, sagte er. »Vielleicht solltest du mal mit jemandem darüber reden. Nadine hat es geholfen.«

»Ich bin nicht verrückt.« Klaudia klopfte wieder gegen die Tür.

»Natürlich bist du das nicht«, sagte Thang sanft.

Zu sanft, wie Klaudia fand. Sie wollte gerade eine entsprechende Bemerkung machen, als ein Geräusch sie innehalten ließ.

39. KAPITEL

Männi setzt sich im Bett auf. Die Sonne scheint durchs Fenster. Sie ist verwirrt, weiß nicht, was sie geweckt hat. Ihre Blase ist es nicht und Matte … Es klopft. Jemand ist an der Tür, und auf einmal ist alles wieder da.

Die Erkenntnis, was sie getan hat, lässt Männi ins Kissen zurückfallen. Sie atmet den Geruch von Mattes Kopfkissens ein, die Kehle wird ihr eng. Sie versucht, zu verstehen, was passiert ist. In ihrem Kopf wabern Nebel. Dann ist da auf einmal Mutti, und dann ist da Marie. Männi reißt die Augen auf. Sie will das nicht sehen, doch die Bilder sind stärker. Sie liegt auf dem Rücken und starrt ihre Erinnerung an, als gehöre sie nicht ihr. Nicht, dass sie es bereut. Sie versteht es nur gerade nicht. Weil die Männi, die das getan hat, ihr fremd ist. Die Männi, die sie kennt, zieht den Kopf ein wie eine Schildkröte. Stellt sich tot. Wie jetzt. Aber das Klopfen hört nicht auf, vibriert in ihren Knochen. Sie nimmt Mattes Kissen und drückt es sich über den Kopf. Zieht sich in sich selbst zurück.

»Geh«, wimmert sie. »Verschwinde.« Doch Männi weiß, dass, wer immer vor der Tür steht, nicht weggehen wird. Leute, die so klopfen, gehen nie weg. Nicht früher, nicht heute. In Männis Kopf verschwimmt alles, und sie ist wieder das Kind, das Matte den Mund zuhält, damit sein Rufen sie nicht verrät. Jetzt hält sie sich selbst die Hand vor den Mund. Sie kommen, klopfen, dringen in ihr Leben ein und machen alles kaputt, weil sie das Recht dazu haben. Oder weil sie glauben, das Recht zu haben, wie Marie. Wenn sie nur an das Mädchen denkt, wird ihr Hals eng. Sie schiebt das Kissen von sich, schnappt nach Luft. Was hat sie nur getan?

Das Klopfen hat aufgehört. Lautlos richtet Männi sich auf und schleicht zur Eingangstür. Ihr Fuß stößt gegen das kalte Eisen des Hammers. Sie bückt sich und hebt ihn auf. Er wiegt schwer in ihrer Hand. Männi kennt jede knarrende Diele im Haus und umgeht sie. Dann ist sie an der Tür, presst das Ohr ans Türblatt, hört die Stimme der Polizistin. Sie suchen Marie. Ob sie es wissen? Für einen Moment ist da Hoffnung, dass doch noch alles gut ausgeht, aber dann trifft sie die Angst, wie eine Faust in den Magen. Das war

Wut, Verzweiflung, nicht sie. Sie will die Tür aufreißen und es den Polizisten sagen.

Doch da hört sie eine männliche Stimme. Matte habe den Mord gestanden.

Männi weicht zurück, presst die Zähne aufeinander, um den Schrei zurückzuhalten, der aus ihrer Kehle drängt. So war es nicht!, will sie rufen. Nicht Matte hat es getan. Sie war es. Sie war da. An der Brücke. Muttis kleines Mädchen, das alles gehabt hat, war an der Brücke. Selbst den besseren Namen hat sie bekommen. Nicht Ossi-Mandy, sondern West-Marie. Klingt wie Glücksmarie und Pechmarie. Männi spürt geradezu das Pech, das an ihr klebt, seit sie auf der Welt ist. Ihr ganzes Leben hat sie sich gewünscht, geliebt zu werden, erst von Mutti, später von Vati, sie wollte Kinder haben, eine Familie. Wollte es besser machen. Doch im Endeffekt stand sie immer unter dem Torbogen, und Pech pladderte auf sie herab. Weil sie es einfach nicht verdient hat. Weil sie schlecht ist. Alle wussten es, deshalb sind auch alle gegangen. Erst Mutti, dann Vati und dann jeder andere Mensch, den sie geliebt hat. Sie alle haben die Dunkelheit gespürt, die in ihr lauert. Selbst Matte. Deshalb hat er einen Mord gestanden, den er nicht begangen hat. Weil er dachte, sie wäre es gewesen. Weil er wusste, wozu sie fähig ist, weil er es sehr viel eher wusste als sie selbst.

Ihr mussten erst Tabletten ins Waschbecken fallen, bevor sie es begriff. Doch dann ging alles wie von selbst. Sie ging in die Küche zurück, kochte Kaffee, und füllte extra zwei Löffel mehr in den Filter. Sie beruhigte Marie, sagte ihr, dass sie immer für sie da sein würde, und schaffte es sogar, das Mädchen anzulächeln. Gleichzeitig wuchs die Wut in ihr. Endlich war der Kaffee durchgelaufen. Männi nahm die Glaskanne von der Wärmeplatte und füllte ihn in die beiden Becher. Sie ließ die Tabletten in Maries Tasse gleiten und schüttete extra viel Zucker in die Tasse. Gegen den Schock, sagte sie zu Marie. Sie rührte, bis das leise Klickern in der Tasse verstummte, und sie sicher sein konnte, dass die Tabletten sich aufgelöst hatten. Erst dann gab sie Marie den Becher, forderte sie auf zu trinken und setzte sich zu ihr an den Tisch. Marie saß auf Mattes Platz. Es machte sie wütend, das Mädchen ausgerechnet auf seinem Stuhl zu sehen, doch sie beherrschte sich. Sie nippte an ihrem eigenen Kaffee, beobachtete Marie, während ihre Fersen zitterten. Alles in ihr wollte den Becher nehmen und dem Mädchen den Kaffee in den Hals schütten. Damit sie endlich still war. Doch Marie redete und redete: über ihren Vater, die Mutter, den Streit auf der Brücke.

»Ich war so wütend«, sagte sie immer wieder. »Ich habe sie überhaupt nicht erkannt. Ich wusste nicht, was mit ihr los war. Sie hat alles kaputtgemacht.«

Ja, dachte Männi. Das hat sie.

Endlich griff Marie nach dem Becher, nippte daran und verzog das Gesicht.

»Was ist?«, fragte Männi scharf. Sie schaffte es nicht mehr, ihre Ungeduld zu beherrschen.

»Er ist bitter.«

»Dann nimm noch Zucker.« Männi schob den Zuckerstreuer über den Tisch. »Und dann trink. Er wird dir guttun. Ich habe ihn extrastark gemacht, damit du wieder auf die Füße kommst. Du siehst aus wie ausgespuckt.«

Gehorsam schüttete Marie noch mehr Zucker in die Tasse, verrührte ihn und nippte wieder an ihrem Becher. Sie schüttelte sich. »Ich kann das nicht trinken«, keuchte sie. »Es tut mir leid.« Sie schob die Tasse von sich.

Männi starrte auf den Becher und wusste nicht, wohin mit ihrem Hass. Sie ballte die Fäuste. Sie wollte Marie bestrafen, doch wie sollte sie das tun, wenn die ihren Kaffee nicht trank? Sie blickte sich um. Nichts, was sie sah, eignete sich, um das Miststück niederzuschlagen, und sie konnte ja schlecht hingehen und die gusseiserne Pfanne ihrer Oma aus der Schublade unter dem Herd holen. Marie wäre wahrscheinlich schon zur Tür raus, bevor sie sich mit dem schweren Teil aufgerichtet hatte.

»Ich habe Kopfschmerzen.« Marie rieb sich die Schläfen. »Ich würde lieber Wasser trinken.

Ich! Ich! Ich!, dachte Männi. Natürlich. Das Miststück kannte es ja nicht anders. Seit dem Tag ihrer Geburt drehte sich die Welt um sie, das Wunschkind. Männi lag schon eine harsche Erwiderung auf der Zunge, als sie die Möglichkeit erkannte, die ihr dieser Kopfschmerz bot.

»Ich hol dir eine Tablette.« Sie sprang auf und eilte ins Bad. Mit zitternden Fingern drückte sie zwei weitere *Zopiclon* aus dem Blister.

»Nimm die.« Sie gab Marie die beiden Tabletten und füllte Wasser in ein Glas.

»Ich weiß nicht.« Misstrauisch starrte das Miststück auf die Tabletten in ihrer Hand. »Ich nehme sonst so etwas nie. Vielleicht reicht eine oder eine halbe.«

»Bestimmt nicht«, widersprach Männi mit Nachdruck. »Das ist homöopathisch«, log sie. »Da passiert nichts.« Männi nickte bekräftigend. »Rein pflanzlich«, wiederholte sie sicherheitshalber.

Sie stellte das Wasser vor Marie ab und beobachtete, wie das Miststück die beiden Tabletten schluckte. Allein für die Art, wie sie es tat, hätte sie Marie ohrfeigen können. Sie legte sich die Tabletten auf die Zunge, als seien das Hostien.

»Gleich wird's besser.« Männi setzte sich wieder und beobachtete, wie Maries Augenlider immer schwerer wurden.

»Mir ist so komisch«, murmelte sie und legte den Kopf auf ihre Unterarme. Ganz ruhig ging ihr Atem, und für einen Moment fühlte Männi so etwas wie Frieden. Doch dann dachte sie an Muttis Geschichten. Wie sie von dem Karzer erzählt hat, der eng und dunkel war, wie ein Grab. Und da wusste Männi, was zu tun war. Sie wusste gar nicht, wie viel Kraft in ihrem Körper steckte, und zwischendurch wollte sie aufgeben. Aber schließlich war es geschafft und die Wut verraucht. Sie hatte nur noch die Kraft, zurück ins Haus zu taumeln und sich auf Mattes Bett fallen zu lassen.

Und dort ist sie eingeschlafen. Männi weiß nicht, wie viel Zeit vergangen ist. Sie beißt sich auf die Fingerknöchel. Ihre Finger, die den Griff des Hammers umschlingen, sind glitschig von Schweiß. Was hat sie nur getan? Sie hebt die freie Hand zur Türklinke, da sagt die Polizistin. »Hast du das gehört?«

40. KAPITEL

»Hast du das gehört?« Klaudia fuhr herum.

»Was?« Auch Thang wandte sich um.

»Da hat jemand gerufen.«

»Bestimmt vom Fließ«, sagte er abwehrend. »Lass uns fahren. Wir können hier nicht ewig darauf warten, dass diese Mandy Neblich von wo auch immer zurückkehrt.«

»Da, wieder.« Klaudia entfernte sich vom Haus, lauschte, hörte das Werben der Vögel, das Hämmern eines Spechtes, das leise Rauschen der Autobahn und dann wieder die leise Stimme. Sie drehte sich im Kreis. Wenn sie nur wüsste, aus welcher Richtung der Ruf gekommen war. Nicht zum ersten Mal verfluchte sie ihr krankes Ohr.

»Da ruft eine Frau um Hilfe!«

»Stimmt.« Thang rannte los. Im Gegensatz zu ihr wusste er, in welche Richtung er laufen musste. Er sprintete am Hühnerhaus vorbei, wo ein aufgeschreckter Hahn mit den Flügeln schlug, und stoppte am Schuppen.

Die Hilferufe klangen dumpf. Klaudia presste das Gesicht gegen die Scheibe. »Da ist niemand. Scheiße!« Klaudias Blick fiel auf den Sarg in der Ecke. »Wir müssen die Tür aufbrechen.«

»Leichter gesagt als getan«, knurrte Thang. »In Filmen steht dann immer eine Eisenstange neben der Tür. Oder sonst etwas, was man als Hebel verwenden kann.«

»Warte.« Klaudia bückte sich nach einem Stein.

»Was wird das?«, fragte Thang. »Meinst du, der Schlüssel liegt da drunter?«

»Eher nicht«, erwiderte Klaudia, obwohl sie genau das gehofft hatte. Doch sie hatte einen Plan B. »Tritt zurück.« Sie hob den Stein und schlug damit auf das Vorhängeschloss ein.

»Das bringt doch nichts«, murrte Thang. »Ich rufe die Kollegen der Feuerwehr, die haben einen Seitenschneider.«

»Da drin ist jemand in Not«, keuchte Klaudia. Ein weiterer Schlag, und der Bügel löste sich aus dem Schloss. »Siehst du!« Triumphierend warf sie das Schloss ins Gras und stieß die Tür auf.

Mit zwei Schritten war Thang bei dem Sarg und versuchte den Deckel anzuheben. Die Adern an seinem Hals traten hervor, doch der Deckel bewegte sich keinen Millimeter.

»Er ist festgenagelt.« Klaudia war ihm gefolgt und kniete neben dem Sarg. Ihre Finger glitten über den Deckel »Wir müssen die Nägel irgendwie rauskriegen.« Hastig blickte sie sich um. Sie sah Feilen und Hobel und viele Werkzeuge, deren Namen sie nicht einmal kannte, aber keins davon sah aus, als könnte man damit Zimmermannsnägel aus einem Sarg ziehen.

»Bleiben Sie ganz ruhig« rief Klaudia und klopfte auf den Sargdeckel. »Wir holen Sie da raus.«

Sie hörte ein Schluchzen.

»Ist so ein Sarg eigentlich luftdicht?«, flüsterte sie.

»Keine Ahnung.« Auch Thang hatte die Stimme gesenkt. »Ich ruf jetzt die Feuerwehr.«

»Das dauert mir zu lange.« Klaudia nahm den Rucksack ab und kramte darin nach dem Schweizer Messer, das ihr Vater ihr vor Jahren geschenkt hatte, und das seitdem ihr ständiger Begleiter war.

»Du bist echt ein Pfadfinder was?« In Thangs Stimme klang widerwillige Anerkennung mit.

»Ich kann hier nicht einfach sitzen und warten. Hallo?«, rief Klaudia. »Ich hol Sie jetzt raus. Halten Sie durch! Hören Sie mich?« Klaudia presste ihr Ohr gegen das warme Holz, doch da war nichts. Scheiße!, fluchte sie innerlich. Wir sind zu spät.

Aus Thangs Jackentasche erklang »Auferstanden aus Ruinen«. Er wandte sich ab, um das Gespräch anzunehmen.

»Ich kann jetzt nicht«, hörte Klaudia ihn sagen, und dann sagte er eine Weile nichts, während Klaudia versuchte, die Klinge auszuklappen. Sie konnte sich überhaupt nicht daran erinnern, wann sie das letzte Mal dieses Messer benutzt hatte. Die Klinge saß fest, wie einbetoniert. Klaudia zog heftiger, dabei knickte der Nagel ihres Zeigefingers um. Der Schmerz schoss ihr bis in den Ellbogen. Doch jetzt war keine Zeit für Schmerz. Sie knirschte mit den Zähnen, und schließlich gelang es ihr doch, die Klinge aus dem Schaft zu lösen. Sie schob sie unter den ersten Nagel, drückte mit aller Kraft auf den Schaft, die Klinge bog sich und brach dann mit einem leisen Pling. Klaudia stolperte zurück und stieß gegen jemanden. Bevor ihr Gehirn begriff, dass es nicht Thang war, der hinter ihr gestanden hatte, sondern Mandy Neblich, in der erhobenen Hand einen Hammer, riss Thang die Frau von den Füßen. Krachend ging sie zu Boden. Vor Überraschung schrie sie auf, der Hammer entglitt ihren Fingern und landete einen Fingerbreit neben Klaudias Hand. Bevor Neblich reagieren konnte, hatte Thang sie herumgedreht, kniete auf ihrem Nacken, und fixierte die Arme im Polizeigriff. Tränen liefen ihr über die Wangen.

Klaudias Herz raste. Sie griff nach dem Zimmermannshammer, hob ihn auf. Schwer lag er in ihrer Hand. Mit so einem Werkzeug konnte man Schädel spalten. Bei der Vorstellung, dass es ihr Schädel gewesen war, auf den es Neblich abgesehen hatte, schwankte der Raum um Klaudia herum, dann hatte sie sich wieder in der Gewalt. Sie rappelte sich auf und hebelte den ersten Nagel aus dem Sargdeckel. Dabei redete sie unaufhörlich auf die Frau ein, die sie im Sarg vermutete. Sie hörte, wie Thang die Leitstelle informierte. Schweiß lief ihr übers Gesicht. Auch wenn der Hammer einen deutlich besseren Hebel bot, lösten sich die Zimmermannsnägel nur widerwillig aus dem weichen Holz. Jeden Nagel, den sie herauszog, kommentierte sie, doch aus dem Sarg kam keine Antwort mehr. »Nur noch ein Nagel.« Klaudia ließ den Hammer fallen und schob den Deckel vom Sarg, der auf den Boden polterte.

Maries Augen waren geschlossen, ihre Gesichtshaut fahl, die Lippen schimmerten bläulich. Klaudia tastete nach der Halsschlagader der jungen Frau. Zuerst spürte sie nur ihr eigenes, heftig schlagendes Herz in den Fingerkuppen, doch dann ertastete sie ein weiches Vorbeistreichen. Sie beugte sich vor, hielt Marie die Nase zu, legte ihre Lippen auf Maries und atmete in ihren Mund. Maries Brustkorb hob sich, ihre Lider flatterten.

»Wir müssen sie aus dem Sarg holen.« Klaudia richtete sich auf. Wieder drehte sich der Raum um sie. Sie blickte über die Schulter zu Thang, der immer noch auf Neblichs Nacken kniete. »Du musst mir helfen.«

»Und was ist mit ihr?« Thang blickte auf die Frau hinunter, die er im Polizeigriff fixiert hatte.

Klaudias Blick folgte seinem. Neblich war so bleich wie Marie, ihre Augen waren geschlossen.

»Um Gottes willen«, keuchte Klaudia. »Atmet sie noch?«,

»Ich denke.«

»Geh runter von ihr, oder willst du sie umbringen?«

»Natürlich nicht.« Thangs Stimme hatte jetzt einen panischen Unterton. Er sprang geradezu auf. Schlaff fielen Neblichs Arme zu Boden.

»Das wollte ich nicht.« Er drehte Neblich auf den Rücken. »Sie atmet nicht!«, presste er zwischen zusammengebissenen Zähnen hervor. »Scheiße, sie atmet nicht.«

»Dann hilf ihr, verdammt.« Klaudia warf einen letzten Blick in den Sarg: Marie war zwar immer noch blass, doch ihr Brustkorb hob und senkte sich. Diese Frau brauchte ihre Hilfe nicht. Klaudia hockte sich neben Neblich. »Ich beatme sie, und du machst Herzdruckmassage«, kommandierte sie.

»Ich wollte das nicht.« Schweiß perlte von Thangs Stirn.

Seine Augen waren schreckensweit aufgerissen. »Ich wollte sie doch nur fixieren.« Er taumelte zurück. »Sie hat dich angegriffen! Sie hatte einen Hammer!«

»Ich weiß.« Klaudia wusste, was zu tun war. Und sie musste es schnell tun. Sie überstreckte Neblich Kopf leicht und legte die Hände auf ihren Brustkorb: dreißig Herzmassagen: zwei Atemstöße. Sie legte ihr gesamtes Körpergewicht in die Herzdruckmassage: Eins! Zwei! Drei ... Die Zahlen kreisten in ihrem Kopf. Über ihren keuchenden Atem hinweg hörte Klaudia das Geräusch von Martinshörnern. Sie hätte heulen können, so erleichtert war sie.

41. KAPITEL

Als die Rettungssanitäter übernahmen, taumelte Klaudia zurück. Es war Uwe, der sie auffing. Die Notärztin beugte sich gerade über den Sarg, ein Stethoskop in den Ohren. Klaudia hörte noch, wie sie etwas von gleichmäßiger Herzaktion sagte, als Uwe sie aus dem Schuppen führte und zu dem mit eingeschaltetem Blaulicht wartenden Rettungswagen brachte. Dort stand Wibke und nahm sie in den Arm.

Sie stellte keine Fragen, strich ihr nur über den Rücken.

»Du hattest also doch den richtigen Riecher«, murmelte sie.

»Sie lag im Sarg«, stammelte Klaudia: Maries bläuliche Lippen, Neblich mit dem Hammer in der erhobenen Hand, Thang, der auf ihrem Nacken kniete. Die Bilder drehten sich in ihrem Kopf. Langsam löste sie sich aus der Umarmung. »Danke«, murmelte sie.

»Nicht dafür.« Wibke strich ihr eine Haarsträhne hinters Ohr.

»Wo ist Rudnik?« Klaudia blickte sich um. Kuloth kam über die Wiese. Er machte einen kleinen Bogen um das Hühnerhaus, doch das war vergebliche Liebesmüh. Das Federvieh, allen voran der Hahn, war völlig aus dem Häuschen. Vielleicht ahnten sie, dass sich ihr Leben dramatisch ändern würde.

»Noch im Schuppen«, sagte Uwe. »Was ist passiert?«

Klaudia fasste die Ereignisse in Stichworten zusammen.

»Die muss ja völlig von der Rolle gewesen sein.« Uwe blickte zum Schuppen. »Das hätte ich ihr nie zugetraut.«

»Sie war immer so freundlich«, sagte nun auch Wibke. Es klang wie ein Nachruf.

»Hat die Notärztin was gesagt?«

»Nein.« Uwe schüttelte den Kopf. »Die sind alle recht beschäftigt.«

»Ich hab noch das DLRG-Boot angefordert«, meldete sich Kuloth zu Wort. »Ich hoffe, sie kommen durch.«

»Wie ist Neblich überhaupt so weit gekommen?«, fragte Uwe.

»Da lag jemand in einem zugenagelten Sarg«, fuhr Klaudia ihn an.

»Ist ja gut.« Abwehrend hob Uwe die Hände. Aber Klaudia wusste, dass nicht nur er sich diese Frage stellen würde. Auch PH und Demeter-Anders würden sich die gleiche Frage stellen. Es würde eine Untersuchung geben. Sie musste unbedingt mit Thang sprechen, bevor sie ihre Berichte schrieben.

»Ich gehe zu Rudnik.« Klaudia hielt es nicht länger bei den Kollegen.

Thang hockte vor dem Schuppen, die Hände vor dem Gesicht.

Es tat Klaudia in der Seele weh, ihn so am Boden zu sehen. Sie hockte sich neben ihn und berührte sanft seine Schulter.

»Das habe ich nicht gewollt«, murmelte Thang und rappelte sich auf.

»Du musstest sie außer Gefecht setzen.« Klaudia stemmte sich ebenfalls wieder in die Höhe. Du hättest nicht hier sein sollen, dachte sie. In einer gerechten Welt wären wir nicht chronisch unterbesetzt, und du wärst zu Hause bei deinen Zwillingen gewesen. In einer gerechten Welt wäre dein schlimmstes Problem des Tages deine Mutter gewesen, die sich in alles einmischt und deine Frau zur Weißglut treibt.

Und genau das war das Problem, meldete sich ihre Ermittlerader zu Wort. Thang war abgelenkt. Deshalb hatte er die Tür nicht im Auge behalten, und deshalb hatte Neblich auf einmal hinter ihr gestanden.

Aber er hätte sie so oder so außer Gefecht setzen müssen, verteidigte Klaudia den Kollegen. Er hat schnell und präzise gehandelt und damit die Rettung von Marie Thielmann ermöglicht. Das klang schon sehr berichtsmäßig.

Zwei Rettungssanitäter, ein Mann und eine Frau, beide trugen Schultertaschen, die voll und schwer aussahen, kamen vom Steg. Das DLRG-Boot war also auch mittlerweile eingetroffen.

»Im Schuppen«, sagte Klaudia, den fragenden Blick der Frau richtig interpretierend.

Kurze Zeit später verließen zwei andere Rettungssanitäter den Schuppen und kehrten mit einer Trage zurück.

»Für wen ist die?«, fragte Klaudia.

»Für die im Sarg«, beantwortete einer der Sanitäter ihre Frage. »Sie ist so weit stabil, aber macht einen auf Schneewittchen.«

»Sie macht was?«

»Ist kaum wachzukriegen.« Der Sanitäter war sichtlich enttäuscht, dass niemand ihn auf Anhieb verstanden hatte. »Hast du einen Namen für uns?«

»Marie Thielmann.«

»Okay, danke.«

»Wo bringt ihr sie hin?«

»Nach Lübben.«

»Wir brauchen unbedingt ein Drogenscreening.«

»Im Medikamentenschrank im Bad waren Schlafmittel«, mischte sich Wibke ein. »*Zopiclon*, wenn ich mich recht erinnere.«

Unwillkürlich zuckte Klaudia zusammen. Sie hatte Wibke nicht kommen hören.

»Danke für den Hinweis«, sagte der Sanitäter. »Zopiclon würde einiges erklären.«

Die Sanitäter gingen mit der Trage in den Schuppen und kehrten kurze Zeit später mit Marie Thielmann zurück.

»Da ist unser Schneewittchen«, sagte der Sanitäter, der auch schon gerade mit Klaudia gesprochen hatte. »Informierst du die Angehörigen.«

»Mach ich«, versprach Klaudia.

Erst, als die Sanitäter gegangen waren, dämmerte ihr, dass beide vermieden hatten, in Thangs Richtung zu blicken.

Bitte lass Neblich überleben. Klaudia schickte ein kurzes Stoßgebet, an Gott, das Universum oder an wen auch immer.

Es fing an zu nieseln, als schließlich die beiden *DLRG*-Sanitäter den Schuppen verließen. Auch sie kehrten mit einer Trage zurück. Es dauerte deutlich länger, bis sie zurückkehrten, doch schließlich schoben auch sie die Trage aus dem Schuppen.

In Neblichs Mund steckte ein Beatmungsschlauch. Neben ihrem Kopf lag ein Beatmungsbeutel, auf ihrem Bauch ein Infusionsbeutel. In Höhe der wartenden Polizisten stoppten die Sanitäter. Die Ärztin nahm den Ambubeutel und drückte ihn regelmäßig, während sie mit den Polizisten sprach. Sie wandte sich direkt an Thang.

»Das war knapp«, sagte sie. »Wahrscheinlich ein Karotissinussyndrom, ausgelöst durch Druck auf den Hals.« Die Ärztin musterte Thang. »Aber ich denke, sie kommt durch«, fuhr sie nach einer Pause fort, die lang genug gewesen war, um als psychische Folter durchzugehen. »Ob allerdings das Gehirn Schäden davongetragen hat, können wir erst in ein paar Tagen sagen.«

»Das wollte ich nicht. Ich …«, stammelte Thang.

»Danke.« Klaudia legte ihm die Hand auf die Schulter. »Wohin bringen Sie Frau Neblich?«

»Ebenfalls nach Lübben«, erwiderte die Ärztin. »Die haben auf der Intensivstation Platz für beide Frauen. Einer von Ihnen hat was von Zopiclon erwähnt?«

»Das war ich«, bestätigte Wibke. »Wir haben es bei der Hausdurchsuchung gelistet. Ich könnte nachschauen, ob Tabletten fehlen.«

»Sie zählen Tabletten?«

»Wir tun einiges«, erwiderte Wibke. »Wenn Sie wollen, schaue ich eben nach.«

»Das würde uns helfen.«

Wibke wandte sich ab und lief zum Haus.

»Frau Neblich in dieselbe Klinik zu bringen wie ihre Halbschwester, halte ich für keine gute Idee«, sagte jetzt Klaudia. »Sie hat sie in einen Sarg genagelt.«

»Ich verstehe Ihre Bedenken«, räumte die Ärztin ein. »Doch dazu wird sie wohl vorläufig nicht in der Lage sein.« Ihr Blick streifte Thang.

Normalerweise war das Verhältnis zwischen Ordnungs- und Rettungskräften an Einsatzorten sehr kollegial. Man war schnell beim vertrauten Du, doch diesmal war es anders.

»Wenn sie über den Berg ist«, fuhr die Ärztin fort, »müssen Sie halt dafür sorgen, dass sie es nicht kann. Und jetzt entschuldigen Sie mich bitte. Ihre Kollegin kann mich über die Leitstelle erreichen.« Auf ihr Handzeichen hin setzten sich die Sanis in Bewegung.

Kaum waren die Ärztin und die Sanitäter mit ihrer Patientin hinter der Hecke verschwunden, die den Steg vom Grundstück trennte, meldete sich Rudniks Smartphone mit der Nationalhymne der DDR.

Nicht jetzt, dachte Klaudia.

Thang schien den gleichen Gedanken zu haben, denn er drückte das Gespräch weg.

»Ich war abgelenkt«, sagte er.

Und täglich grüßt das Murmeltier. Hastig blickte Klaudia sich um.

»Das alles wäre nicht passiert, wenn ich voll bei der Sache gewesen wäre.«

»Was hätte das geändert?«, widersprach ihm Klaudia. »Du hättest sie so oder so außer Gefecht setzen müssen.«

»Meinst du?«

»Sie ist mit dem Hammer auf mich los. Meinst du, wenn

du an der Tür gestanden hättest, hätte sie ihn dir so einfach gegeben und sich dann ins Gras gesetzt?«

»Wahrscheinlich nicht. Aber ich …«

»Du hast sie fixiert, damit sie niemandem Schaden kann.«

»Aber ich wollte doch nicht …«

»Die Situation war beschissen«, unterbrach Klaudia ihn rüde. »Wir haben ein Leben gerettet. Das ist, was zählt.«

»Es wird eine Untersuchung geben.« Thang schloss für einen Moment die Augen. »Wir werden einen Bericht schreiben müssen.«

»Was ist das Problem?«, fragte Klaudia. »Wir waren am Haus. Wir haben Hilferufe gehört. Sind in den Schuppen rein, haben den Sarg gefunden. Während ich versucht habe, den Sarg zu öffnen, hast du die Feuerwehr alarmiert. Und plötzlich stand Neblich mit dem Hammer in der erhobenen Hand hinter mir. Du hast sie von den Beinen geholt und entwaffnet, und während du sie fixiert hast, habe ich die Nägel aus dem Deckel gezogen. Sobald wir uns sicher waren, dass Thielmann noch lebte, haben wir uns um Neblich gekümmert.«

»Aber so war es nicht«, widersprach Thang. »Ich habe mich mit Janina gestritten, wegen meiner Mutter. Deshalb habe ich so spät geschaltet.«

»Willst du das wirklich in den Bericht schreiben? Es ändert nichts an der Situation, mit wem du telefoniert hast. Du hättest sie so oder so von den Beinen holen müssen.« Klaudia würde diese Tatsache auch noch ein dutzend Mal wiederholen, wenn es half, sie Thang ins Hirn zu hämmern.

»Ja«, bestätigte der Kollege. »Ich werde nicht lügen.«

»Deine Entscheidung.« Klaudia legte ihm die Hand auf die Schulter. »Und nun komm«, sagte sie. »Wir müssen die Berichte schreiben, und außerdem muss PH Bescheid wissen. Es ist besser, er hört die Geschichte von uns.«

42. KAPITEL

Als Klaudia ihr Haus am Fließ verließ, blies ihr eine Windböe ein vertrocknetes Blatt ins Gesicht. Sie zupfte es sich von der Wange und zerbröselte es, während sie zum Steg schlurfte. Der gestrige Tag und eine mehr oder weniger schlaflose Nacht steckten ihr in den Knochen. Ihre Gedanken kreisten um Thang, der erst einmal beurlaubt war, und um Dickie.

Sie zog das Kanu zum Steg und ließ es ins Wasser. Noch lag Frühnebel über dem Fließ, und ihr Kanu glitt wie durch Wolken. Hin und wieder schlug ein Ast gegen den Bug, doch ansonsten hörte Klaudia nur den Gesang der Vögel und das leise Platschen, mit dem ihr Paddel ins Wasser tauchte. Das Gleiten durch den nebelfeuchten Morgen beruhigte ihre Gedanken. Als ihre Arme müde wurden und ihr Magen anfing, zu knurren, kehrte sie zu ihrem Haus zurück. Während sie ihr Kanu an ihrem Anleger vertäute, glitt eine Nutria vorbei. Ihr kräftiger Schwanz trieb sie vorwärts. Klaudia blickte ihr nach. Vor einigen Jahren hatte sich ein Pärchen oberhalb ihres Hauses niedergelassen, seitdem sah sie die scheuen Tiere häufiger. Manchmal sonnten sie sich auf ihrem Anleger. Und wenn sich Dickie dann anschlich – er betrachtete Haus, Hof und Steg als sein Revier –, glitten sie erst ins Wasser, wenn er zum Sprung ansetzte. Wahrscheinlich verriet ihn seine zitternde Schwanzspitze. Klaudia hatte das Gefühl, dass es den Nutrias Spaß machte, den Kater zu foppen. Der Gedanke an Dickie schmerzte. Ein Blick auf ihr Handy verriet ihr, dass es spät genug war, um in der Tierarztpraxis anzurufen. Sie erfuhr, dass es Dickie den Umständen entsprechend gut gehen würde.

»Könnte ich so in einer Stunde vorbeikommen?«, fragte Klaudia. »Ansonsten könnte ich erst heute Abend. Und …« Ich halte keinen weiteren Tag aus, ohne den Kater, dachte sie. Zwar sprach sie den Gedanken nicht aus, hatte jedoch trotzdem das Gefühl, dass die Frau des Tierarztes ziemlich genau wusste, wie sie sich fühlte.

Natürlich könne sie das, versicherte sie. Dickie würde sich sicherlich sehr über ihren Besuch freuen.

Nach dem Frühstück und einer ausgiebigen Dusche verließ Klaudia schon sehr viel zuversichtlicher das Haus.

Der Tierarzt führte Klaudia in einen Raum hinter der Praxis. In der Mitte des Raumes stand ein Metalltisch, wie Klaudia ihn aus der Rechtsmedizin kannte, die Wand dahinter war zugebaut mit Käfigen, die meisten waren leer. In einem mümmelte ein Kaninchen, das nur noch ein Ohr hatte, in einem anderen ein Hundewelpe, der einen Halstrichter trug und sich schwanzwedelnd aufrichtete. Er fiel sofort wieder um, weil dort, wo das rechte Hinterbein sein sollte, nur noch ein verbundener Stumpf war.

Dickies Käfig war ganz am Rand, weit weg von den anderen Tieren. Klaudia konnte das gut verstehen.

»Dickie!« Klaudia trat an den Käfig.

Der Kater hob den Kopf, maunzte und stand auf. Seine Bewegungen waren staksig, und es tat Klaudia in der Seele weh, den abgeknickten Schwanz zu sehen.

Dickie drehte sich so, dass er ihr den Rücken zuwandte, und legte sich dann wieder hin. Sein Fell drückte sich durch das Gitter.

»Es ist alles so eng«, sagte Klaudia. Der Käfig bot gerade genug Platz für Dickie, ein Katzenklo und eine Wasserschale. Sie steckte einen Finger durch das Gitter und berührte sein Fell. Es fühlte sich stumpf an.

Das müsse so sein, antwortete der Tierarzt, damit Dickie sich so wenig wie möglich bewege und die Hüfte gut verheilen könne. Wenn sie ihn mit nach Hause nähme, müsste sie darauf besonders achten.

»Aber wie soll ich das zu Hause schaffen?« Klaudia starrte erst auf den Kater, dann auf den Tierarzt.

»Wir können ihn ja noch ein wenig hierbehalten«, bot der an. »Wir müssen ja auch noch den Schwanz amputieren.«

»Dass mit dem Schwanz«, fragte Klaudia, »wird das sehr schlimm für ihn? Er braucht ihn eigentlich doch, oder?«

»Die meisten Katzen kommen ganz gut damit klar. Vor allem, wenn sie Einzelgänger sind.«

»Das ist er«, versicherte Klaudia. »Gut, ich kümmere mich darum. Irgendwie schaffe ich das.« Sie dachte an Schiebschick, Urlaub, oder vielleicht würde auch Conny kommen. Den Gedanken an ihre Stiefmutter schob sie gleich wieder von sich. Conny war schon bei ihrer Schwester eingespannt. Sie konnte nicht einfach in den Spreewald kommen, um eine Katze zu hüten. Urlaub war ebenfalls aussichtslos, jetzt, wo Thang suspendiert war. Blieb also nur Schiebschick. Der alte Fährmann würde es lieben, regelmäßig nach Dickie zu sehen. Klaudia sah bereits die Listen mit seiner steilen mit Spitzen und Bögen verzierten Altmännerschrift.

»Ich kümmere mich, versprochen.« Unter Klaudias Finger vibrierte Dickies Körper. Dass er trotz allem schnurrte, trieb ihr die Tränen in die Augen. Hastig senkte sie den Kopf.

Klaudia verließ gerade die Praxis, als ihr Smartphone summte. Wie immer brauchte sie eine Weile, es in den Tiefen ihres Rucksacks zu finden. Doch, wer immer anrief, war hartnäckig. Als sie es endlich gefunden hatte, verriet ihr der Blick aufs Display, dass es Demel war, der versuchte, sie zu erreichen.

»Alles klar bei dir?«, fragte er, als sie sich meldete.

»Ich war gerade beim Tierarzt.« Während sie zu ihrem Wagen ging, erzählte sie ihm von Dickies bevorstehender Operation und ihrem Problem mit der Unterbringung.

»Und wie willst du das leisten?« Demel wusste ebenso gut wie sie, dass ihr Job nicht unbedingt kompatibel mit Pflegeverantwortung war.

»Wahrscheinlich muss ich Schiebschick bei mir einquartieren.« Klaudia seufzte.

»Ich gewähre dir Asyl.«

»Vielen Dank, aber dann doch lieber Schiebschick.«

»Du weißt meine Qualitäten einfach nicht zu schätzen. Aber weshalb ich anrufe«, fuhr er fort. »Das Krankenhaus hat sich gemeldet. Wir können mit Marie Thielmann sprechen.«

»Haben Sie was zur Neblich gesagt?«

»Meinert hat mit Ihnen gesprochen. Er meint, wir sollten die Befragung durchführen.«

»So, meint er das?« Klaudia verbiss sich jede weitere Bemerkung.

»Ist halt LKA«, erwiderte Demel. »Was erwartest du?«

»Teamfähigkeit«, sagte Klaudia resigniert. »Immerhin will er sich auf PHs Stelle bewerben.«

»Neue Besen kehren gut.«

»Wie du meinst. Wir treffen uns am Krankenhaus.«

Marie Thielmann sei bereits auf die Privatstation verlegt, erfuhren Klaudia und Demel über die Gegensprechanlage der Intensivstation. Sie fragten sich durch und standen schließlich in einem wohnlich ausgestatteten Patientenzimmer. Obwohl sie geklopft hatten, schien Marie Thielmann ihre Anwesenheit nicht wahrzunehmen. Sie saß in einem Sessel am Fenster und blickte hinaus. Klaudia konnte ihr Bedürfnis nach Licht gut verstehen.

»Frau Thielmann?« Klaudia trat zu ihr und legte ihr die Hand auf die knochige Schulter.

»Es war meine Schuld.« Thielmanns Stimme klang hoch und piepsig, ein Kind, das die Welt nicht mehr verstand und verzweifelt versucht, nicht zu weinen.

»Was?« Klaudia und Demel tauschten einen Blick. »Was war Ihre Schuld?«

»Dass Mutter tot ist.« Thielmanns Stimme war jetzt monoton, ihr Blick löste sich nicht vom Fenster, als hätte sie den Satz von einem Teleprompter gelesen. »Ich war da.«

»Sie waren am Haus der Neblichs?«, hakte Klaudia nach.

»Nein.« Thielmann schüttelte den Kopf. »Ich bin ihr nach. Das heißt: Eigentlich bin ich ihr nicht nach. Ich wusste, wo sie sein musste. Auf der Brücke habe ich sie dann getroffen. Ich hab sie noch nie vorher so gesehen. Es war, als klammere sich eine Fremde an mich.« Thielmann hob die Hand an den Mund und biss sich in den Handrücken. Auch wenn es Klaudia geradezu körperlich schmerzte, zu sehen, wie sich die Zähne des Mädchens in die weiche Haut gruben, griff sie nicht ein. Heike Thielmann zog den

Ärmel des Schlafshirts, das sie trug, über die Bisswunde und fuhr fast nachdenklich fort: »Eine Fremde, die nach Schnaps und Selbstmitleid stank. Ich konnte das nicht ertragen.«

Zum ersten Mal, seit Klaudia und Demel das Krankenzimmer betreten hatten, löste sich der Blick des Mädchens vom Fenster. Ihre Augen waren dunkel vom Leid. »Ich konnte das einfach nicht aushalten«, flüsterte sie. »Also habe ich sie von mir gestoßen.«

»Sie haben Ihre Mutter gestoßen?«, fragte Demel.

Thielmann nickte. »Ich habe sie von mir gestoßen und bin weggelaufen. Ich habe meine eigene Mutter getötet. Und ich war zu feige, mich zu stellen. Und deshalb ist Martin jetzt im Gefängnis. Es ist alles meine Schuld. Muss ich jetzt ins Gefängnis?« Ihre Unterlippe zitterte.

»Werden Sie erst einmal gesund«, antwortete Klaudia. Sie würde Beamtinnen anfordern, die sich zu dem Mädchen setzten. Klaudia hatte weniger Angst vor einem Fluchtversuch als davor, dass Thielmann sich etwas antat.

43. KAPITEL

»Zwei Geständnisse sind eins zu viel.« Demel blieb stehen und zündete sich eine Zigarette an. Er schützte sie mit der Hand. Der Wind hatte aufgefrischt, und es nieselte.

»Ist die Frage: Wer lügt?« Klaudia wich einer Schwangeren aus, die dem Krankenhauseingang zustrebte.

»Du tippst auf Martin Neblich, oder?«

»Du nicht?«, spielte Klaudia die Frage zurück.

»Aber warum sollte er die Thielmann schützen wollen?«

»Nicht die Thielmann.« Klaudia atmete den Duft seiner Zigarette ein. An Tagen wie diesen, wenn sie müde, erschöpft und auch irgendwie frustriert war, vermisste sie den Nikotinkick. Einmal Raucher, immer Raucher, dachte sie. Für einen Moment spielte sie mit dem Gedanken, noch einmal ins Krankenhaus zurückzukehren und sich einen Schokoriegel zu ziehen, widerstand jedoch der Versuchung. Man sollte nie eine Sucht durch eine andere ersetzen. »Ich sage es ja ungern«, fuhr sie fort. »Aber ich denke, dass er glaubt, Mandy habe die Mutter von der Brücke gestoßen.«

»Das glaube ich nicht.« Demel eilte mit langen Schritten zum Parkplatz.

»Was?« Klaudia hatte Mühe, ihm zu folgen. Mittlerweile war sie zu alt, um so einen Tag wie den gestrigen einfach so wegzustecken.

»Also, das mit Mandy schon, aber nicht das mit dem ›ungern sagen‹«, präzisierte der Kollege grinsend. »Ich glaube ja eher, dir geht gerade einer …«

»Überleg dir, was du sagst«, unterbrach ihn Klaudia lachend. »Vielleicht bin ich bald die Herrin der Dienstpläne, und dann räche ich mich.«

»Da ist erst mal noch der Personalrat vor«, erinnerte sie Demel schmallippig an das übliche Prozedere. »Und die freigestellten Kollegen sind keine Freunde der Frauenquote.«

»Wow.« Abrupt blieb Klaudia stehen. »Ist es das, was du denkst?«

Demel brauchte ein paar Schritte, bis er bemerkte, dass sie nicht mehr an seiner Seite war. Dann blieb auch er stehen und wandte sich um. »Was?«, fragte er.

»Das ich eine Quotenfrau bin? Echt jetzt?«

»Ich red doch nicht von mir.« Demel schaffte es nicht, Klaudia in die Augen zu blicken, stattdessen schnippte er die Kippe auf den Weg und zermalmte sie unter seiner Schuhsohle. »Ich mein ja nur«, sagte er schließlich lahm.

»Gut zu wissen«, fauchte Klaudia.

»Was machen wir jetzt?«

Klaudias erster Impuls war, ihn zu fragen, warum er sie, die Quotenfrau, fragte, doch sie riss sich zusammen. »Was wohl?«, erwiderte sie. Ganz so toll war es dann doch nicht um ihre Selbstbeherrschung bestellt. »Wir beantragen einen Haftbefehl und rekonstruieren das Ganze. Vielleicht wissen wir dann mehr.«

Klaudia setzte sämtliche Hebel in Bewegung und schaffte es, dass die Rekonstruktion am folgenden Montag stattfinden konnte. Vielleicht sahen die männlichen Kollegen eine Quotenfrau in ihr, aber zumindest war sie effektiv. Sie stieg aus ihrem Wagen und blickte sich um. Kollegen der Schutzpolizei hielten Neugierige fern, und das Polizeiboot sorgte dafür, dass auch das Fließ frei blieb. Was sie nicht verhindern konnten, war, dass die Anwohner sich in ihren Gärten versammelten.

»Wo waren die eigentlich, als es passierte?« Klaudia drehte sich zu Wibke um, die mit ihrem Kollegen Straub, der die Drohne bediente, ebenfalls anwesend war.

Die beiden Kriminaltechniker würden die heute entstehenden Spuren mit denen vergleichen, die sie bereits hatten. Außerdem würden sie die Stürze des weiblichen Dummies filmen.

»Ich meine«, fuhr sie nachdenklich fort, »egal, welche Version stimmt: Es hat einen Streit gegeben. Das muss doch jemand gehört haben?«

»Urlaub, Arbeit«, beantwortete Uwe, der gerade zu ihnen getreten war, Klaudias Frage. »Wir haben alle befragt. Niemand hat etwas gehört oder gesehen. Steht übrigens auch in unseren Berichten«, fügte er hinzu.

Klaudia verstand den Wink mit dem Zaunpfahl und ließ es dabei bewenden. Es nutzte nichts, es sich auch noch mit den uniformierten Kollegen zu verderben. Sie begrüßte Irina Klaas, die Uwe begleitete.

»Lange nicht mehr an einem Tatort gewesen.« Die Rechtsmedizinerin rieb sich die Hände. Sie hatte die Tote obduziert und würde am ehesten sagen können, ob die erinnerten Tathergänge mit den Verletzungen der Toten kompatibel waren. Mit ihren raspelkurzen Haaren, die in einem satten Grün leuchteten, zog Klaas die Blicke auf sich. Am Rande der Absperrung stand der Journalist der *Lausitzer Rundschau*, den Klaudia schon bei der Rudelübergabe gesehen hatte. Wahrscheinlich fragte er sich gerade, wer dieser Paradiesvogel war. Doch er würde sich mit der vorformulierten Meldung der zentralen Pressestelle des Landkreises begnügen müssen.

»Lass uns loslegen.« Klaudia blickte auf die Uhr. Zwar erinnerte sich keiner der Beteiligten an die genaue Uhrzeit, doch ausgehend von Frau Kröbels Aussage konnten die Beamten einen ungefähren Zeitrahmen abstecken. Sogar das Wetter spielte mit. Die Sonne verschwand immer wieder hinter Wolken. Die Lichtverhältnisse entsprachen also durchaus denen vom 27. März. Klaudia hatte sich beim Wetterdienst erkundigt. Sie trat an die Brücke, wo bereits die Kollegin Rebe stand, deren Statur am ehesten der des Opfers entsprach.

»Alles klar?« Klaudia lächelte ihr zu.

»Ja.« Rebe straffte die Schultern. »Nur ein bisschen Lampenfieber. Ich war noch nie an der Rekonstruktion eines Tathergangs beteiligt.«

»Und jetzt spielst du auch noch die Hauptrolle.« Klaudia musterte die Kollegin.

Rebe hatte sich gut vorbereitet. Sie trug eine schwarze Hose, einen schwarzen Rolli und eine grüne Steppweste. Nur die Kreolen fehlten.

»Wir spielen zuerst Neblichs Version durch«, informierte Klaudia die Kollegin. »Und wir passen natürlich auf, dass er dich nicht über das Geländer schmeißt«, fügte sie scherzend hinzu. »Aber er wird dir schon sehr nahekommen. Das ist dir klar, oder?«

»Ja.« Rebe nickte. »Theoretisch schon. Aber gerade im Moment wäre ich lieber auf unserem Polizeiboot.«

»Versteh ich voll.« Klaudia drückte ihr aufmunternd den Arm und schaute dann über das Geländer.

Neblich stand in seinem Kahn. Obwohl er als Untersuchungsgefangener das Recht hatte, Privatkleidung zu tragen, trug er eine ausgeleierte Sweathose und ein stramm sitzendes graues Shirt. Beides stammte offensichtlich aus dem Kleiderfundus der JVA.

»Wir sind so weit«, rief Klaudia hinunter, und Meinert, der mit Neblich im Kahn wartete, sagte etwas zu dem Verdächtigen.

Es dauerte, bis Neblich seinen Kahn an einem der am Ufer liegenden Kähne vertäut hatte.

Meinert beobachtete sehr genau, was der Verdächtige tat, mischte sich jedoch nicht ein. Erst, als Neblich Anstalten machte, in den anderen Kahn zu steigen, fragte Meinert, ob er auch am Tattag, den Kahn an dieser Stelle vertäut habe.

Neblich blickte erst zum Ufer, dann zur Brücke hoch. Schließlich nickte er zögernd, bevor er in den anderen Kahn stieg und von dort aufs Ufer.

Dort schien er nicht zu wissen, was er zu tun hatte. Hilflos blickte er zu Meinert hinüber, der immer noch im Kahn hockte. Er sagte etwas, was Klaudia nicht verstand, Meinert schüttelte den Kopf, und Neblich erklomm schließlich schwerfällig die Böschung. Dabei geriet er mehr als einmal ins Straucheln und griff haltesuchend nach den Büschen. Äste knickten und brachen unter seinem Griff, aber schließlich stand er vor Anstrengung schwitzend auf der Brücke.

»Ich bin in was getreten«, japste er und streifte angeekelt den Schuh an einem Grasbüschel ab.

Klaudia wartete, bis sich sein keuchender Atem beruhigt hatte, erst dann bat sie ihn, weiterzumachen. Die letzten Tage hatten ihm zugesetzt. Dicke Tränensäcke hingen unter seinen Augen, die Haare klebten nass an seinem Schädel, und das Shirt war dunkel von seinem Schweiß. Er zitterte geradezu vor Anspannung. Was kein Wunder war, schließlich ging er davon aus, dass er den Mord an seiner Mutter nachstellen sollte. Und sollte Klaudia recht behalten, musste er sich etwas einfallen lassen. Etwas zu behaupten, was man nicht getan hatte, war das eine. Es glaubhaft nachzustellen, eine ganz andere Hausnummer.

»Diese Kollegin ist Ihre Mutter.« Klaudia zeigte auf Rebe.

»Ja?« Neblichs Hände öffneten und schlossen sich. Er blickte nur kurz in Rebes Richtung und senkte dann den Blick.

»Machen Sie einfach das Gleiche, was sie am Siebenundzwanzigsten getan haben«, half Klaudia ihm auf die Sprünge. »Sie haben ausgesagt, Sie seien auf die Brücke gekommen.

Da sind Sie jetzt. Und jetzt zeigen Sie uns, wie es weitergegangen ist.«

»Aber das hab ich doch alles gesagt«, presste Neblich hervor. »Wir haben gestritten.«

»Dann streiten Sie.«

»Ich weiß nicht mehr, was ich gesagt habe. Ich will das nicht.« Neblich stolperte einen Schritt zurück und trat Uwe auf den Fuß. Das Gesicht des Kollegen verzog sich vor Schmerz, doch kam kein Laut über seine Lippen.

»Das wollte ich nicht.« Neblich fuhr zu ihm herum. »Es tut mir leid. Ich wollte Ihnen nicht wehtun. Ich könnte das gar nicht. Ich meine, jemandem wehtun.«

»Auch Ihrer Mutter nicht?«, fragte Klaudia sanft.

»Natürlich nicht.« Neblich stockte. »Ich meine, ich wollte das nicht.«

»Nichts passiert«, quetschte Uwe zwischen zusammengebissenen Zähnen hervor. Das war so offensichtlich gelogen, dass es Neblich noch mehr verwirrte.

»Herr Neblich«, brachte Klaudia sich in Erinnerung.

»Ja.« Der Verdächtige wandte sich ihr wieder zu.

»Wo stand Ihre Mutter?« Jedes Mal, wenn sie das Wort Mutter benutzte, blinzelte Neblich. Offensichtlich setzte es ihm zu.

»Da.« Neblich zeigte in Rebes Richtung. Auch jetzt vermied er es, in ihre Richtung zu blicken.

»Genau da?«, vergewisserte sich Klaudia.

Er nickte.

»Wie ging es weiter?«

»Was ist mit Männi?« Neblich ignorierte Klaudias Frage. Sie brauchte einen Moment, um zu begreifen, dass er nach seiner Schwester fragte.

»Beantworten Sie bitte meine Frage.«

»Wird Sie durchkommen?«

Wenn nicht, würde das deine Aussage ändern? Klaudias Ermittlerader pochte. Sie war sich jetzt sicher, dass sie recht hatte. Sie war versucht, einfach mit dem Kopf zu schütteln, doch das wäre eine Lüge. Mandy würde durchkommen, sie war mittlerweile extubiert, und auch wenn sie bisher kein Wort gesprochen hatte, waren ihre Hirnströme normal und die Ärzte deshalb zuversichtlich, dass sie sich komplett erholen würde. Also sagte Klaudia ihm genau das. Neblich schloss die Augen, nickte und dann ging ein Ruck durch seinen Körper.

44. KAPITEL

Rebe wich zurück, als Neblich auf sie zukam. Klaudia verstand sie gut. Sie wirkte so winzig neben dem stark übergewichtigen Riesen.

Auch Neblich zögerte, sich der Polizistin zu nähern. Zwei Schritte vor ihr blieb er stehen und blickte sich zu Klaudia um. Als sie nickte, räusperte er sich.

»Entschuldigen Sie.« Er wischte sich die Hände an seinem Hemd ab und streckte sie dann aus.

Kaum schlossen sich die Finger um ihren Hals, griff Rebe danach. Ein Reflex, den wahrscheinlich auch Thielmann gehabt hatte, trotzdem fragte Klaudia nach.

Neblich nickte. Ja, genauso sei es gewesen.

»Und Sie haben auch so gestanden?«, hakte Klaudia nach.

Martin Neblich stand so weit entfernt von Rebe, wie es seine Reichweite erlaubte.

»Nein.« Neblich trat näher an Rebe, bis sein Bauch den ihren berührte.

»Warum haben Sie Ihre Mutter gewürgt?« Klaudias Stimme klang, als würde sie ihn fragen, wie er das Wetter fand. Es lag keine Wertung in ihrer Frage.

»Weil …« Neblich stockte, sein innerer Film hatte offensichtlich Risse und Sprünge. Das war nicht ungewöhnlich. Unser Gehirn war ein Wunder, aber auch Wunder hatten Blackouts, vor allem bei Stress. »Sie hat so geschrien.« Er nickte. »Ich wollte, dass es aufhört.« Wieder sah er zu Klaudia. Sie war für ihn der Kompass, nach dem er sich ausrichtete. Klaudia musste höllisch aufpassen, die Rekonstruktion nicht durch ein falsches Wort zu lenken.

»Und wie weiter?«, fragte sie.

»Also ich hab sie gewürgt. So.«

Neblichs Hände legten sich fester um den Hals der Beamtin. »Ist das zu feste?«, fragte er.

Die schüttelte den Kopf, trotzdem flackerte ihr Blick. Niemand ließ sich gerne von einem Fremden an den Hals greifen. Nicht einmal, wenn man von Kollegen umgeben war, die jederzeit eingreifen konnten. Aber was bedeutete das schon. Martin Neblich war ein äußerst kräftig gebauter Mann. Wenn er die Nerven verlor und wirklich zudrückte, könnte es eng werden. Klaudia schluckte nervös. Ihre Waffe war wie immer im Waffenraum im Revier.

»Einen Augenblick bitte.« Klaas trat zu den beiden.

»Sie wollten Ihre Mutter zum Schweigen bringen«, sagte sie. »Haben Sie das geschafft?«

Neblich nickte.

»Sie konnte also nichts mehr sagen.«

»Sie hat …« Neblich wischte sich das Gesicht am Ärmel seines Shirts ab, ohne die Hände von Rebes Hals zu nehmen. »Geröchelt.«, sagte er schließlich.

»Danke.« Klaas nickte Klaudia zu. »Ihr könnt weitermachen«, sagte sie.

Klaudia bemühte sich um einen neutralen Gesichtsausdruck, der nichts von ihren Gedanken verriet. Zwar kannte sie nicht unbedingt den Inhalt jeder Anwohnerbefragung, doch den Obduktionsbericht konnte sie herunterbeten. An keiner Stelle waren Würgemale oder der Bruch des Zungenbeins erwähnt. Klaudia fragte sich, wie lange Neblich dem Druck standhalten würde.

»Also dann«, sagte sie zu ihm. »Was hat Ihre Mutter dann getan?«

Martin Neblich blinzelte sich den Schweiß aus den Augen. Die Unterbrechung hatte ihn ganz offensichtlich aus dem Konzept gebracht. »Sie hat sich gewehrt«, sagte er schließlich.

»Okay?« Klaudia nickte ihm ermutigend zu. »Und wie sah das aus?«

»Wie?«, stammelte Neblich. »Wie man sich halt so wehrt. Ich meine … getreten hat sie. Ja!« Er nickte. »Getreten. Sie hat mich getreten. Gegen die Schienbeine und so.«

»Und Sie haben genau hier gestanden?«

Neblich blickte über die Schulter aufs Fließ hinab. »Ja«, sagte er schließlich, wenn auch zögernd.

Klaudia nickte Rebe zu, und die trat nach Neblich, was nicht so einfach war, weil sie zwischen seinen Massen und dem Brückengeländer eingeklemmt waren. Sie konnte einfach nicht genug Schwung holen, um sich effektiv zur Wehr zu setzen.

»Wie ging es dann weiter?«, fragte Klaudia.

»Ich hab gesagt, sie soll aufhören. Aber das hat sie nicht. Wir haben miteinander gerungen. Und dann …« Neblich stockte. »Ist sie über das Geländer gestürzt und mit dem Kopf auf meinem Kahn aufgeschlagen.« Hastig gab er Rebe frei und wich vor ihr zurück. »So war es«, bestätigte er. »So und nicht anders.«

»Okay.« Klaudia gab Demel ein Zeichen, der im Hintergrund wartete. Gemeinsam mit Kuloth brachte er den Dummie auf die Brücke. Straub machte die Drohne startklar, und Rebe räumte ihren Platz.

»Vielen Dank«, sagte Klaudia zu ihr. »Das hast du großartig gemacht.«

»Das Schlimmste war der Schweiß«, murmelte die Kollegin. »Ich habe das Gefühl, ich rieche nach ihm.« Rebe zog eine Packung Taschentücher aus der Westentasche und rieb sich den Nacken trocken. »Braucht ihr mich noch?«

»Ja«, sagte Klaudia. »Aber trink erst mal was.« Sie wandte sich wieder an Neblich, der auf den Dummie starrte. »Kommen wir also zu diesem Teil Ihrer Aussage. Stoßen Sie bitte den Dummie von der Brücke, wie Sie es mit Ihrer Mutter getan haben.«

»Ich kann das nicht.« Neblich wich zurück. »Ich kann das nicht.« Hoch und schrill die Stimme. »Ich weiß nicht, wie ich das gemacht habe.«

»Aber Sie waren auf der Brücke. Sie sind diese Böschung hochgeklettert, ohne auch nur einen Zweig zu knicken, sie haben ihre Mutter gewürgt, obwohl wir keine Spuren davon an ihrem Hals gefunden haben. Und nun weiter im Text. Wie haben Sie Ihre Mutter von der Brücke gestoßen?«

»Aber das hab ich nicht!« Neblichs Widerstand war gebrochen. Heftig schüttelte er den Kopf. »Ich war im Kahn!« Seine Stimme überschlug sich. »Ich bin Männi gefolgt. Sie war so wütend. Ich hab Stimmen gehört, und plötzlich knallt was auf den Bug. Es hat mich von den Beinen gehauen. Fast wäre ich ins Wasser gefallen. Und als ich nachschaue, treibt

Mutti in der Spree.« Er blickte von einem Polizisten zum anderen, Rotz lief ihm aus der Nase. Schließlich saugte sich sein Blick an Klaudia fest. »Männi hat das nicht mit Absicht gemacht«, flüsterte er. »Sie kann da nichts für.«

»Danke.« Klaudia räusperte sich. »Wir werden Ihre Aussage noch einmal fürs Protokoll aufnehmen müssen. Die Kollegen werden sich darum kümmern.«

Uwe griff nach dem Arm des Mannes und führte ihn leicht hinkend zu einem der wartenden Streifenwagen. Klaudia sah, wie Handykameras sich auf die beiden richteten, und auch der Journalist hob seine Kamera.

Nachdem der Streifenwagen abgefahren war, wurde Marie Thielmann auf die Brücke geführt. Das Mädchen war blass, aber gefasst. Ihr Bruder hatte sich um eine Rechtsanwältin gekümmert, und wahrscheinlich hatte die dem Mädchen einiges von ihrer Angst nehmen können. Thielmann war jung, traumatisiert, die Tat war im Affekt passiert. Es war also hochwahrscheinlich, dass sie mit einer Bewährungsstrafe davonkommen würde.

Rebes Einsatz war diesmal deutlich weniger schweißtreibend. Gleich die Platzierung lief schief.

»Und Sie haben wirklich hier gestanden?« Klaudia blickte über das Geländer, sah die gebrochenen Zweige, an denen Neblich Halt gesucht hatte.

»Ja«, bestätigte Thielmann. »Ich bin vom Hafen gekommen und sie von diesem Weg.« Sie zeigte auf den schmalen Weg, der nach Leipe führte und an dem das Haus der Neblichs lag. »Sie stand hier über das Geländer gekrümmt. Sie hat gespuckt. Also bin ich hin zu ihr.«

»Ihre Mutter hat erbrochen?« Diesmal war es Wibke, die die Rekonstruktion durch eine Frage unterbrach.

»Ja«, bestätigte Thielmann. »Sie konnte kaum stehen, so betrunken war sie. Erst hat sie mich weggestoßen, aber dann hat sie sich mir an den Hals geschmissen. Hat gesagt, dass sie das nicht gewollt habe, dass es einfach so passiert sei und sie gedacht habe, die Kinder seien tot. Und da hätte sie doch nichts mehr sagen können. Da habe ich begriffen, was damals wirklich passiert ist, und ich war so angeekelt und hab sie mit aller Kraft von mir gestoßen.« Thielmann wischte sich die Augen. »Und dann bin ich weg.«

»Sie haben also nicht gesehen, wie Ihre Mutter gestürzt ist«, vergewisserte sich Klaudia.

»Natürlich nicht«, widersprach Thielmann heftig. »Dann hätte ich ihr doch geholfen.«

»Hat Ihre Mutter Ihnen etwas hinterhergerufen?«

»Wie denn?«, stieß Thielmann hervor. »Ich hab sie doch umgebracht.«

»Danke. Ich glaube, wir wissen genug.« Klaudia nickte der Beamtin zu, die das Mädchen begleitete. Sie würden Thielmann freilassen müssen. Was immer zwischen den beiden Frauen passiert war. Sie hatte ihre Mutter nicht getötet.

»Mann«, sagte Demel, als Thielmann fort war. »Dass von zwei Geständnissen keins übrig bleibt, ist schon außergewöhnlich blöd.«

»Nichts von dem, was Neblich behauptet hat, deckt sich mit den Spuren«, fügte Wibke hinzu. »Das hast du gut genutzt, um ihn dazu zu bringen, die Wahrheit zu sagen.«

»Und was hat er gesagt?« Meinert war nun auch zu ihnen getreten.

»Erinnerst du dich an seine erste Aussage?«, fragte Klaudia.

»Er war also doch im Kahn? Guter Riecher, Frau Kollegin. Und nun?«

Wow, dachte Klaudia. Hat mich da gerade der LKA-Fuzzi gefragt, wie es weitergeht? Resigniert blies sie die Wangen auf. »Bleibt eine Tatverdächtige.«

»Die du von Anfang an auf dem Schirm hattest«, räumte Meinert ein.

Ja. Klaudia dachte an die bewusstlose Frau auf der Trage. Eigentlich müsste es sich gut anfühlen, recht behalten zu haben, doch jetzt war da nichts als ein fahler Geschmack im Mund. Sie ging hinüber zu den Kollegen, die mit dem Dummie am Geländer lehnten. Demel hatte die Pause genutzt, um zu rauchen. Der Qualm seiner Zigarette trieb über die Spree, bevor der Wind ihn auflöste.

»Diese Stirnverletzung«, sagte Klaas, »die bereitet mir Kopfschmerzen.«

»Das haben Stirnverletzungen so an sich.«

Niemand ging auf Demels Scherz ein.

»Die sieht einfach nicht danach aus, als habe das Opfer mit dem Rücken zum Geländer gestanden.« Klaas tippte gegen den Dummie.

»Vielleicht sollten wir es einfach mal ausprobieren«, schlug Straub vor. »Schließlich sind wir ja deshalb hier.«

»Du willst doch nur deine Drohne in die Luft kriegen«, murrte Wibke.

Doch dann versuchten sie doch, die nächste halbe Stunde den Dummie auf den Kahn treffen zu lassen. Es gelang ihnen auch mehr als einmal, was die Zuschauer mit Beifall quittierten. Nur leider landete der Dummie nie mit der Stirn voran auf dem Kahn. Schließlich gaben sie auf. Nicht nur der Dummie war mittlerweile tropfnass.

»Ich hab gerade so ein Bild im Kopf.« Wibke stieg über das Brückengeländer. Auf Zehenspitzen stehend und sich mit beiden Händen festhaltend, lehnte sie sich vor. Unwillkürlich streckte Meinert die Hand nach ihr aus.

Durch Klaudias Kopf wehte die passende Melodie zu diesem Bild. Vielleicht war es ja wirklich Selbstmord gewesen. Sie drängte die Melodie zurück und schob die nassen Ärmel hoch. War es das wirklich? War Thielmann gesprungen, weil sie den Hass und die Verachtung ihrer Kinder nicht ertragen hatte?

45. KAPITEL

Martin Neblich und Marie Thielmann wurden beide am Dienstag unter der Auflage, sich weiterhin für die Ermittlungen zur Verfügung zu halten, aus der Untersuchungshaft entlassen. Bei der morgendlichen Lagebesprechung fehlten bereits die LKA-Kollegen. Der Fall war so gut wie abgeschlossen.

»Was ist mit Thang?«, fragte Klaudia PH, als die Kollegen den Besprechungsraum bereits verlassen hatten.

»Es gibt eine interne Ermittlung«, antwortete der Chef. »Hast du deinen Bericht fertig?«

»Ja.« Klaudia nickte. »Aber ich hab echt nicht viel mitgekriegt. Ich war so darauf fokussiert, das Mädchen aus dem Sarg zu kriegen.«

»Das glaube ich. Trotzdem eine üble Sache.« PH fuhr sich mit der Hand durchs Gesicht. Zum ersten Mal kam der Chef Klaudia alt vor. Alt und müde. »Das macht sich nie gut.«

»Du meinst, es könnte sich auf meine Bewerbung für deine Nachfolge auswirken?«

»Man kann halt nichts richtig machen in so einer Situation. Hält man sich bedeckt, ist man das Bullenschwein, sagt man alles, was man weiß, ist man das Kollegenschwein.« PH seufzte. Dann sagte er unvermittelt: »Noch 121 Tage.«

»Nun ja.« Klaudia unterdrückte einen Seufzer. »Weder das eine noch das andere Schwein passen gut zu einer Quotenfrau.«

»Wie kommst du denn jetzt darauf?« Fassungslos starrte PH sie an. »Das glaubst du jetzt nicht wirklich, oder?« In seiner Stimme schwang Unsicherheit mit. »Ich meine, du bist die beste Polizistin, die ich hier habe. Vielleicht manchmal ein bisschen impulsiv«, fügte er hinzu. »Und nicht immer ganz pünktlich. Aber du hast einen guten Riecher und kannst mit Menschen umgehen. Du kannst nicht wirklich annehmen, du wärst eine Quotenfrau.«

»Es geht nicht unbedingt darum, was ich annehme.« Klaudia strich sich eine Haarsträhne hinters Ohr. Sie wünschte, sie hätte den Begriff nicht auf den Tisch gebracht.

»Und wer nimmt das an?« PH streckte den Kopf vor, als wollte er zum Angriff übernehmen.

»Buschfunk.« Klaudia hatte nicht die Absicht, Demel ans Messer zu liefern. Vor allem, weil ihr klar war, dass nicht er das Problem war. Peter war nicht der Typ, der Konflikte auf kleiner Flamme köchelte. Er hatte seinem Herzen Luft gemacht und würde sich arrangieren. Klaudia sorgte sich eher um Kollegen wie Kuloth, die ihr freundlich zunickten und dabei die Faust in der Tasche ballten. Viele der Kollegen, die sich in ihren Jobs eingerichtet hatten, würden ihr die Beförderung neiden. Einfach, weil sie jünger und eine von ihnen war. Sie wollten niemanden aus den eigenen Reihen, der – wer immer es war – seine Pappenheimer kannte. Sie wollten eine neue Chance. Und die bot ein Chef, der von einer anderen Dienststelle kam, selbst wenn es das LKA war.

»Du bist und bleibst meine Wunschnachfolgerin.«

»Und was ist mit Meinert?«

»Der ist natürlich auch qualifiziert, aber …« PH zögerte kurz. »In ein paar Jahren reicht ihm das hier nicht mehr, und dann macht er was anderes. Er ist noch jung.«

Ich auch, dachte Klaudia. Der Gedanke, dass PH davon ausging, dass sie seinen Job bis zur Rente machen würde, erschreckte sie.

»Was hast du jetzt vor?«

»Ich wollte zum Krankenhaus fahren und Mandy Neblich erzählen, dass ihr Bruder aus der U-Haft entlassen ist.«

»Meinst du, sie spricht mit dir?« PH kramte zwei Lakritzbonbons aus der Hosentasche und bot ihr eins an.

»Es wäre zumindest ein guter Opener, oder?« Klaudia rollte das Bonbon aus dem Papier und steckte es in den Mund.

»Auf jeden Fall«, bestätigte PH.

Als Klaudia das Krankenhaus in Lübben betrat, sah sie Marie Thielmann und Martin Neblich. Obwohl sich viele Menschen in der Halle aufhielten, hatte sich so etwas wie eine Aura der Stille um die beiden gebildet. Niemand kam auch nur in ihre Nähe und die Sitzschalen rechts und links von ihnen blieben frei.

Neblich hatte sich herausgeputzt, zu einer grauen Anzughose trug er ein weißes Hemd. Der Bart war frisch gestutzt, und auch die Haare sahen aus, als wären sie nachgeschnitten. Das alles konnte nicht über die Verzweiflung hinwegtäuschen, die der Mann ausstrahlte. Neben ihrem Halbbruder hockte Marie. Sie wirkte wie ein Kind. Ein sehr unglückliches Kind, das an den Haarspitzen kaute.

Klaudia trat zu den beiden. »Sie wissen, dass Sie nicht zu Ihrer Schwester dürfen.«

»Könnten wir nicht wenigstens mit einem Arzt sprechen?«, bat Marie. »Damit wir zumindest wissen, wie es ihr geht? Immerhin ist sie unsere Schwester.«

Die dich in einen Sarg genagelt hat, dachte Klaudia, sprach den Gedanken jedoch nicht aus. »Ich werde sehen, was ich tun kann.«

»Gehen Sie zu ihr?«, fragte Martin Neblich.

Klaudia nickte. Sie sah keinen Sinn darin, den Grund ihres Besuches zu verheimlichen.

»Würden Sie ihr bitte sagen, dass es mir leidtut?« Neblichs Stimme klang heiser und krächzend.

»Nein«, erwiderte Klaudia sofort. Nur keine falschen Hoffnungen wecken. »Ich werde nicht mit Ihrer Schwester über Sie sprechen.« Sie wandte sich zum Gehen, doch Maries Stimme hielt sie zurück.

»Ich habe mit meiner Anwältin gesprochen«, sagte sie. »Ich werde keine Anzeige erstatten.«

»Das müssen Sie auch nicht.« Klaudia senkte die Stimme. Was sie jetzt zu sagen hatte, ging keinen Außenstehenden etwas an. »Bei dem, was Ihre Halbschwestern Ihnen angetan hat, handelt es sich um ein Offizialdelikt. Es ist in Deutschland verboten, Menschen mit Schlafmitteln außer Gefecht zu setzen und in einen Sarg zu sperren.« Wieder wandte sie sich zum Gehen, und diesmal hielt sie niemand zurück. Im Aufzug holte sie ihr Handy hervor und rief in der Leitstelle an. Sie bat die diensthabende Kollegin, Pfarrer Vollmer zum Krankenhaus zu schicken. Die beiden Menschen brauchten jemanden. Und Klaudia kannte niemanden, der besser für traumatisierte Menschen war, als Vollmer.

Die Tür zu Mandy Neblichs Zimmer stand offen. Sie lag auf dem Rücken, das Kopfteil des Bettes war erhöht. Über ihren Kopf war ein Schlauchverband gestülpt, aus dem Kabel zu einem Gerät liefen, das neben dem Bett stand. Außerdem war Neblich an einen Monitor angeschlossen, der Herzfrequenz und Atmung überwachte. Aus dem Ausschnitt des gestreiften Flügelhemdes, das Neblich trug, ragte ein Katheter, über den sie Flüssigkeit und Medikamente erhielt. Neben ihrem Arm lag die Handbedienung des Bettes.

Mandy Neblich hielt die Augen geschlossen. Ihre Augenlider waren gelblich verkrustet, die Lippen rissig. Der Monitor über dem Kopfende des Bettes zeigte gleichmäßige Linien, das Herz schlug langsam. Am Fenster saß eine Beamtin der JVA und las in einem Taschenbuch. Sie schien ganz von ihrem Buch gefangen zu sein und blickte erst auf, als Klaudia an den Türrahmen klopfte. Klaudia stellte sich vor. Dabei beobachtete sie Neblich. Die Herzfrequenz beschleunigte sich, und die Atmungskurve stockte, bevor sich die Amplitude verstärkte. Neblichs Lider flatterten, doch sie hielt die Augen geschlossen.

»Ich würde gerne mit ihr sprechen.« Klaudia gab sich keine Mühe, leise zu sein.

»Sie gehört Ihnen.« Die Beamtin klappte das Buch zu und erhob sich. Sie streckte den Rücken durch und unterdrückte dabei ein Gähnen. Das Schwierige an so einer Situation war, die Aufmerksamkeit aufrechtzuerhalten. Davon konnte der Kollege Kuloth ein Lied singen.

»Wenn Sie wollen, können Sie eine Pause machen.«

»Super. Dann hole ich mir einen Kaffee. Ich bin gleich wieder da.«

»Lassen Sie sich ruhig Zeit.«

Während die Beamtin das Krankenzimmer verließ, trat Klaudia an das Bett, und sah auf Neblich hinab. Auch wenn sie weiterhin die Augen geschlossen hielt, verrieten ihre Vitalzeichen, dass sie sich Klaudias Anwesenheit sehr bewusst war.

Klaudia zog sich einen Stuhl heran und setzte sich dicht neben das Bett. Neblich roch nach saurem Schweiß und ein bisschen nach Rosmarin. Noch immer rührte sie sich nicht.

Wahrscheinlich habe ich ihr das Leben gerettet, dachte Klaudia. Sie bezweifelte, dass die Frau ihr dankbar war. Mandy Neblich hatte versucht, ihre Schwester zu töten, und wahrscheinlich auch ihre Mutter auf dem Gewissen.

»Ich weiß, dass Sie mich hören«, sagte Klaudia. »Die Geräte verraten es mir. Sie müssen nicht mit mir sprechen«, fuhr sie fort. Sie ließ sich Zeit mit dem nächsten Satz, die Herzfrequenz war jetzt bei 90, die Atmung beschleunigt.

»Ich wollte Ihnen nur berichten.« Klaudia räusperte sich. Sie hatte zwei Strategien, um Neblich aus der Reserve zu locken. Sie war gespannt, welche funktionierte. »Dass wir mit Ihrem Bruder«, fuhr sie fort, – Neblichs Finger krallten sich ins Laken, – »die Tatsituation nachgestellt haben. Er …«

»… lügt.« Neblichs Stimme schnarrte durch den Raum.

46. KAPITEL

Männi geht in die Küche, ihre nackten Füße schmatzen über das Linoleum. Sie ist allein in der Wohnung. Die Wohnung hallt vor Leere. Männi schiebt einen Stuhl ans Fenster, klettert hinauf. Sie legt die Ellbogen auf dem Kissen ab, das auf der Fensterbank liegt, und drückt die Stirn gegen die Fensterscheibe. Ihr Atem malt Wolken auf das Glas. Männi kneift die Augen zusammen und wünscht sich ganz fest, dass Mutti und Matte zurückkommen. Es ist ihre Schuld, dass die beiden fort sind.

Jemand klopft. Eine Stimme sagt: »Mein Name ist Wagner, Kripo Lübben.«

Männi springt vom Stuhl, stolpert und fällt zurück in die Wirklichkeit, Mutti ist tot und Matte im Gefängnis. Und Marie ist tot. Sie hat sie umgebracht. Deshalb wird sie bewacht. Tag und Nacht sitzen Beamte in ihrem Zimmer. Männi bemerkt sie durchaus, auch wenn sie es sich nicht anmerken lässt. Seit sie beschlossen hat, die Augen geschlossen zu halten, sind ihre anderen Sinne umso aktiver. Vor allem ihre Nase verrät ihr viel über ihre Umwelt. Die Beamten riechen unterschiedlich. Manche nach Rauch, manche nach zu viel Duschgel, manche nach Knoblauch. Sie riechen anders als die Pfleger, die zwar auch nach Kaffee riechen, aber in erster Linie nach Desinfektionsmittel.

Männis Kopfhaut kribbelt. Sie weiß, dass dort Elektroden anliegen, die ihre Gehirnaktivität aufzeichnen. Die Oberärztin, die nach teurem Parfüm duftet, hat es bei der Visite gesagt. Männi hört und versteht alles, und wenn sie die Augen öffnet, was sie manchmal in der Nacht tut, sieht sie auch. Sie ist ganz da und will doch nur weg. Also hält sie die Augen geschlossen und wünscht sich in eine Zeit, in der ihr Leben noch in Ordnung war, dabei weiß sie, dass es diese Zeit nie gegeben hat. Sie und Matte haben nicht gerade den Hauptgewinn im Elternlotto gezogen. Und das ist so ungerecht, weil Mutti dieses andere Mädchen geliebt hat. Um sie hat sie sich gekümmert. Bei ihr ist sie geblieben.

Die Polizistin spricht mit der Frau, die am Fenster sitzt. Männi hört Schritte. Die Haare an ihrem Unterarm richten sich auf. Die Polizistin ist jetzt ganz nah. Männi spürt ihren Blick als Druck auf den Lidern, atmet den Geruch von Lakritz ein. Die Polizistin redet mit ihr, sagt all das Zeug, dass auch die Ärzte sagen: Dass man an ihrer Herzfrequenz und ihren Hirnströmen ablesen könne, dass sie wach sei, dass sie alles hört. Doch das bedeutet nicht, dass sie reagieren muss. Warum sollte sie? Matte ist im Gefängnis, Marie tot. Männi spürt wieder diese Dunkelheit, die sie nach dem Blister mit dem *Zopiclon* hat greifen lassen. Dabei hat sie das Mädchen nicht umbringen wollen. Nur bestrafen wollte sie Marie. Bestrafen für all das, was sie ihnen angetan hat. Dafür, dass sie Mutti zu ihnen gebracht hat. Dafür, dass Matte wegen ihr im Gefängnis sitzt. Dafür, dass sie Mutti getötet hat. Und dann hat sie an Muttis Geschichten gedacht. Wie sie im Heim bestraft worden ist. Dass sie im Karzer liegen musste, der so eng und dunkel war wie ein Grab. Und ihr ist der Sarg im Schuppen eingefallen. Und sie hat gewusst, dass das die richtige Strafe ist.

»Dass wir mit Ihrem Bruder«, sagt die Polizistin.

Neblichs Finger krallen sich ins Laken. Was haben Sie mit Matte gemacht? Was haben Sie ihm angetan? Tränen sammeln sich hinter ihren Lidern.

»... die Tatsituation nachgestellt haben. Er ...«

»... lügt«, krächzt sie. Männi hat ihre Stimme so lange nicht gebraucht, dass sich ihre Stimmbänder nur widerstrebend in Schwingung versetzen lassen. »Er lügt«, wiederholt sie lauter. »Er hat Mutti nicht getötet. Sie war es.«

»Wer?«, fragt die Polizistin.

Männi öffnet die Augen. Jetzt, wo sie gesprochen hat, ist es sinnlos, sie weiter geschlossen zu halten. Die Ränder ihres Blickfeldes rollen sich auf wie eingetrocknete Käsescheiben. Männi blinzelt. »Marie natürlich«, murmelt sie. Allein es auszusprechen, nimmt etwas von ihrer Schuld.

»Ich habe sie gesehen«, fährt Männi fort. Ihre Finger tasten nach der Handbedienung des Bettes. Sie will der Polizistin in die Augen sehen, wenn sie mit ihr spricht. Auch wenn sie keine Hoffnung hat, dass sie ihr glaubt. Aber die einzige Frau, die außer ihr die Wahrheit weiß, ist tot.

»Sie war an der Brücke.«

»Sie sind Ihrer Mutter also gefolgt?«, fragt die Polizistin. Ihre Stimme klingt, als wüsste sie das bereits.

»Sie war betrunken. Ich habe mir Sorgen gemacht.« Und das ist die Wahrheit; Männi ist auf einmal wieder das kleine Mädchen gewesen, das ihre Mutti beschützen will, das die Brotscheiben zählt, um zu wissen, wann Mutti zurückkommt, das ihrem Bruder den Mund zuhält, damit er aufhört, zu husten, damit sie nicht fortmüssen von Mutti. Und das sich jede Nacht in den Schlaf weint, weil Mutti fort ist, und das schließlich beschließt, Mutti zu hassen, weil das einfacher ist.

»Bis zur Brücke bin ich ihr nach« fährt Männi fort. »Und dann hab ich Marie gesehen. Die beiden haben gestritten.«

Die Polizistin nickt. Sie glaubt ihr. Etwas von der Dunkelheit lichtet sich. Sie wird Matte helfen. Er ist es nicht gewesen.

Ob Sie gesehen habe, wie Marie Ihre Mutter von der Brücke stieß?, fragt die Polizistin.

»Ich.« Für einen Moment ist Männi versucht, zu lügen, dann schüttelt sie den Kopf. »Nein«, sagt sie schließlich. »Aber sie hat es mir gesagt.« Und dann erzählt sie von den Schlaftabletten, und wie sie Marie hat bestrafen wollen.

»Aber ich wollte sie nicht umbringen.« Der skeptische Blick der Polizistin trifft sie wie eine Ohrfeige. Sie weiß, was sie denkt, trotzdem wiederholt sie die Beteuerung. »Sie hat es gesagt«, beteuert sie.

»Marie Thielmann hat Ihre Mutter nicht getötet.«

»Aber sie hat es gestanden. Sie hat in meiner Küche gesessen und es gestanden. Warum sonst hätte ich sie bestrafen sollen?« Über Männi schrillt der Monitor los. Die Polizistin steht auf und drückt auf einen Knopf. Der Alarm verstummt.

»Sie haben Marie Thielmann in den Sarg gesteckt, um sie zu bestrafen?«, fragt sie.

»Ich wollte sie ja wieder rauslassen.«

»Sie haben den Deckel zugenagelt. Zwölf Nägel steckten drin.« Die Polizistin streckt den Kopf vor. »Vier auf jeder Längsseite und jeweils zwei an Kopf- und Fußende.«

»Ich wollte nicht, dass sie rauskommt. Sie sollte Angst haben, so wie Mutti Angst gehabt hat. Sie sollte diese Dunkelheit spüren, die mein … die unser Leben …« Männi dachte an Matte, der aß, um nur nie wieder so hungrig zu sein wie damals, und der jetzt im Gefängnis saß. »… zerstört hat.« Sie hält den Blick der Polizistin aus, starrt ihr in die Augen, bis Tränen ihren Blick verschleiern. »Ich stand hinter der Tür. Ich wollte gerade zum Schuppen gehen, aber da waren Sie und ihr Kollege. Ich wusste nicht, was ich tun sollte. Und dann bin ich Ihnen gefolgt. Ich wollte Ihnen den Hammer geben. Danach weiß ich nichts mehr.« Sie wischte sich mit einem Zipfel der Bettdecke über die Augen.

»Sie wollten mir den Hammer geben?« Die Polizistin ist auf einmal ganz blass.

»Ja.« Männi nickt. »Ich wollte sie doch nur bestrafen.« Und auf einmal ist da dieses Schluchzen in ihrer Kehle. »Ich wollte sie nicht töten. Sie sollte doch wissen, wie das ist.« Schluchzend schlug sie die Hände vors Gesicht.

»Marie Thielmann ist nicht tot.« Die Stimme der Polizistin klingt gepresst.

»Dann hat sie gestanden?« Männi lässt die Hände sinken. Sie ist so froh, sie ist keine Mörderin, und Matte kommt frei.

»Ja«, bestätigt die Polizistin, »aber sie hat Ihre Mutter nicht getötet.«

»Aber …«

»So, wie sie die Tat beschreibt, passt es nicht zu den Spuren.«

»Aber wer war es dann?«

»Darüber würde ich gerne mit Ihnen sprechen. Doch nicht hier und nicht heute.«

Die Tür öffnet sich, und die Beamtin kehrt zurück. Sie trägt eine Zeitschrift und einen Becher. »Störe ich?«, fragt sie.

»Nein.« Die Polizistin steht auf. »Ich wollte sowieso gerade gehen. Wir sprechen uns noch.« Sie nickt Männi zu. Auch wenn ihr Blick freundlich ist, sind ihre Worte eine Drohung.

47. KAPITEL

Klaudia hatte den Aufzug für sich allein. Sie lehnte den Hinterkopf gegen die Rückwand und starrte in den Spiegel, der Weite vortäuschen sollte. Das Gespräch mit Mandy Neblich hat ihr zugesetzt. Sie verstand dieses Gefühl, im Stich gelassen worden zu sein, nur zu gut. Diese beiden Menschen waren schon als Kinder im Stich gelassen worden. Der Mensch, den sie wahrscheinlich am meisten auf dieser Welt geliebt hatten, war einfach aus ihrem Leben verschwunden.

Wenn Klaudia nur daran dachte, was die Fürsorgerin erzählt hatte, drehte sich ihr der Magen um. Nur mit knapper Not hatten die beiden überlebt. Doch was war das für ein Leben? Auch wenn jeder ihnen hatte helfen wollen, waren sie getrennt und von einer Institution zur anderen weitergereicht worden, bis sie schließlich in ihrem Haus am Fließ ihren Frieden gefunden hatten. Und dann war die Frau aufgetaucht, die ihr Leben zerstört hatte: einfach so, gemeinsam mit ihrer neuen Familie. Wie musste diese Erkenntnis, dass sie und ihr Bruder ersetzt worden waren, auf Mandy und Martin Neblich gewirkt haben? Klaudia sah die Fassungslosigkeit in ihrer eigenen Miene.

Unwillkürlich schüttelte sie den Kopf. Die Anzeige für das Erdgeschoss leuchtete auf, die Aufzugstüren glitten auseinander, und Klaudia trat in die Halle. Nach der Stille in der Kabine legte sich das Stimmengewirr wie zorniges Sirren über ihren Tinnitus. Klaudia trat zur Seite, um einer Frau im Rollstuhl Platz zu machen, die sich in den Aufzug schob, dann blickte sie sich um. Marie Thielmann und Martin Neblich saßen immer noch auf ihren Plätzen. Marie erhob sich halb, wurde jedoch von Martin zurückgehalten. Kurz sprachen die beiden miteinander, dann versank jeder wieder in seinen Gedanken. Am Rande von Klaudias Blickfeld tauchte die wuchtige Gestalt des Pfarrers auf. Klaudia kannte ihn seit ihrer ersten Todesfallermittlung im Spreewald. Seine ehemals runden Wangen waren schmaler geworden, und der gepflegte Bart war nun grauer. Wie immer trug er sein Holzfälleroutfit bestehend aus Jeans und kariertem Hemd. Das täuschte die meisten Menschen darüber hinweg, dass Vollmer ein Feingeist war. Außerdem war er in der Umweltbewegung aktiv, und auch Klaudia konnte ihn sich sehr viel besser mit einem Megafon auf einer Demo als im Talar auf der Kanzel vorstellen. Mit dem für ihn so typischen raumgreifenden Schritt kam er auf sie zu.

»Du hast mich angefordert?«, fragte er.

»Ja. Es geht um die beiden Menschen da drüben.« Klaudia nickte in Richtung der Geschwister. Für einen Moment war sie in Versuchung, den Pfarrer nach seinen neuen Nachbarn zu befragen, unterließ es dann jedoch. Es war weder der richtige Ort noch die richtige Zeit, um über Fiedler zu sprechen. »Ich denke einfach, sie könnten deine Hilfe gebrauchen.«

»Und du?«, fragte Vollmer.

»Ich.« Klaudia erwischte sich dabei, dass sie sich die Haare zurückstrich.

»Ja?« Vollmer nickte. »Was ist mit dir?«

»Mir geht's gut«, sagte Klaudia, auch wenn das nicht ganz der Wahrheit entsprach. Doch auch wenn Vollmer ihr schon mehr als einmal auch persönlich geholfen hatte, konnte sie nicht mit ihm über ihre Gefühle bei diesem Fall reden. Es war zu persönlich und auch zu irrational. Der Tod ihrer Mutter hatte nichts damit zu tun, dass Heike Thielmann ihre Kinder verlassen hatte. Trotzdem kannte Klaudia dieses Gefühl, im Stich gelassen worden zu sein. Ihre Mutter hatte sich zu Tode gesoffen und Klaudia hatte lange gebraucht, ihr das zu verzeihen. Doch das war nichts, was sie Vollmer erzählen wollte. »Es ist der Kater.« Sie machte das, was viele Menschen taten, wenn sie ein Geheimnis wahren wollten, sie enthüllte eine andere, weniger schmerzhafte Wahrheit.

»Oh.« Vollmers buschige Augenbrauen wanderten in die Höhe. »Was hast du denn gefeiert?«

»Nicht so einer.« Klaudia schüttelte den Kopf. »Er ist schon echt, mit Schwanz und so. Das heißt, einen Schwanz hat er jetzt wohl nicht mehr.« Sie erzählte Vollmer von dem Unfall. »Und jetzt ist er operiert, und so weit ist wohl auch alles gut gelaufen. Er wird auch wieder auf die Beine kommen, sagt der Tierarzt. Nur die Hüfte ist das Problem. Die muss noch abheilen, und dazu muss er in einer engen Box sein, aber wie soll ich das zu Hause leisten? Ich meine, ich bin den ganzen Tag unterwegs, und wenn ich Pech habe, auch noch die halbe Nacht. Und beim Tierarzt kann er auch nicht bleiben, das kostet ein Vermögen. So viel verdiene ich nicht.« Klaudia ließ die Luft, die ihr dieser Ausbruch gelassen hatte, aus den Lungen entweichen. Dann atmete sie tief ein.

»*Gottes Wege sind vollkommen, des Herrn Worte sind durchläutert. Er ist ein Schild allen, die ihm vertrauen*«, deklamierte Vollmer, bevor sie weitersprechen konnte. »Samuel 22:31«, fügte er hinzu, als sie ihn fassungslos anstarrte. Schon bei ihrer ersten Begegnung, die alles andere als freundlich verlaufen war, hatte er sie mit Bibelsprüchen traktiert. Allerdings hatte sich ihr Verhältnis seitdem grundlegend verbessert.

»Okay«, sagte sie gedehnt. »Ich weiß zwar nicht, auf welchem seiner Wege der Herr meinen Kater überfahren hat, aber gut, dass wir darüber gesprochen haben.« Letzteres war eine glatte Lüge. Sie bereute es, dem Pfarrer von Dickie erzählt zu haben.

»Ich dachte auch eher daran, dass Gott uns hier zusammengeführt hat.«

»Du meinst, du kannst mir helfen?«

»Ja«, bestätigte Vollmer. »Beziehungsweise meine Nachbarin. Sie betreibt eine Auffangstation für verletzte Tiere. Und gegen eine Spende wäre sie sicherlich bereit, sich auch um deinen Kater zu kümmern.«

»Das wäre großartig.« Klaudia griff nach Vollmers Arm. Dann stockte sie. »Was genau verstehst du denn unter einer Spende?«

»Das musst du mit ihr ausmachen.« Vollmer zog sein Handy aus der Brusttasche des Holzfällerhemdes, tippte darauf herum, und wenig später vibrierte Klaudias Rucksack.

»Ich habe dir die Nummer geschickt. Soll ich Evangelia schon mal vorwarnen?«

»Ja«, sagte Klaudia. »Das wäre toll. Ich melde mich so bald wie möglich bei ihr.«

»Tu das«, sagte Vollmer. »Und vielleicht solltest du mich jetzt vorstellen.« Er blickte zu den Geschwistern hinüber, die so taten, als beobachteten sie nicht die Polizistin und den Mann, mit dem sie sprach.

Klaudia ließ Vollmer und die Geschwister in der Halle zurück und machte sich auf den Weg zu ihrem Wagen. Als sie das Krankenhaus verließ, duftete die Luft nach frisch gemähtem Gras. Der erste Schnitt des Jahres, dachte Klaudia und atmete tief ein, den Rest des Tages würde sie wahrscheinlich abgestandene Büroluft und den Geruch von Demels Duschgel einatmen. Da war dieser Geruch so etwas wie ein Kurzurlaub für die Nase.

Als Klaudia kurze Zeit später die Treppen zu den Büros der Kripo im Dachgeschoss hinaufstieg, fing Petra sie auf der ersten Etage ab. Die Reviersekretärin lichtete gerade den Dschungel an Postkarten, Bekanntmachungen und Daueraushängen am Schwarzen Brett.

»PH möchte dich sprechen«, sagte sie, ohne sich nach Klaudia umzuwenden.

»Okay.« Klaudia ging zur offenen Bürotür des Chefs. Er saß mit dem Rücken zum Schreibtisch und telefonierte. Seine Stimme klang mitfühlend.

»Ich weiß«, sagte er. »Aber mach dir keinen Kopf. Das sind Kollegen. Die wissen, wie das da draußen ist. Halt die Ohren steif.« Er beendete das Gespräch, und Klaudia klopfte an den Türrahmen. PH wandte sich zu ihr um.

»War das Thang?«

PH nickte. »Er hat eine Vorladung erhalten.«

Klaudia biss sich auf die Unterlippe. »Wie geht's ihm damit?«

»Was glaubst du?«, beantwortete der Chef ihre Frage mit einer Gegenfrage.

Klaudia nickte wissend. Die Frage war so überflüssig wie ein Kropf. Das hatte ihre Mutter immer gesagt. So oft, wie in den letzten Tagen, hatte Klaudia schon lange nicht mehr an sie gedacht. Das Schlimme an dem brutalen Tod der Mutter war, dass die Erinnerung daran, wie sie aus der Schule nach Hause gekommen war und ihre Mutter gefunden hatte, sich vor jede andere Erinnerung schob. Ihre Mutter hatte vor der Spüle gelegen, ein umgekippter Stuhl lag neben ihr in ihrem Blut. Auch jetzt spürte Klaudia wieder das kalte Entsetzen im Magen. Sie blinzelte die Bilder fort.

»Was ist mit dir?«

»Was soll mit mir sein?«, sagte Klaudia ausweichend. Sie musste sich besser in den Griff kriegen, wenn sogar PH bemerkte, dass es ihr nicht gut ging.

»Hast du auch eine gekriegt?«, hakte er nach.

»Ach so.« Erleichtert schüttelte Klaudia den Kopf. »Nein«, fügte sie hinzu. Darum ging es also. »Allerdings habe ich heute noch nicht meine E-Mails gecheckt. Soll ich mal nachschauen? Wolltest du deshalb mit mir sprechen?«

»Nicht nötig.« PH winkte ab. »Du warst im Krankenhaus?«

»Ja.« Klaudia stieß sich vom Türrahmen ab und setzte sich auf den Stahlrohrstuhl vor PHs Schreibtisch.

»Und?«, fragte PH. »Hast du ihr Schweigen brechen können?«

»Ja. Tatsächlich.« Klaudia erzählte ihm von der Befragung.

»Irgendwie hat da jeder jeden verdächtigt.« PHs silberweiße Augenbrauen wanderten in die Höhe.

»Nicht ganz«, korrigierte ihn Klaudia. »Marie Thielmann hat geglaubt, sie sei schuld am Tod ihrer Mutter. Aber leider …«

»Ich weiß«, unterbrach PH sie. »Ich kenne die Akte. Du hast ja einiges aufgefahren, um die Situation nachzustellen. Selbst eine Rechtsmedizinerin war anwesend.«

»Klaas wollte dabei sein«, rechtfertigte Klaudia sich. »Ich habe sie nicht angefordert. Ich habe ihr nur von der Rekonstruktion erzählt. Außerdem hat es funktioniert.«

»Nur wissen wir leider immer noch nicht, was passiert ist«, sagte PH.

»Wir werden Mandy Neblich dazu befragen. Ich glaube …«

»Nicht du«, unterbrach sie PH.

»Was?«

»Du wirst dich von ihr fernhalten.«

»Aber warum?«

»Weil du einer der beiden Bullen bist, in deren Gewahrsam sie fast zu Tode gekommen ist, und ich nachgedacht habe. Es war schon keine gute Idee, dich zum Krankenhaus fahren zu lassen. Ich hätte das verhindern sollen. Es tut mir leid.«

»Okay.« Verdammt, der Chef hatte recht. Das hätte sie bedenken müssen. Und zu allem Überfluss hatte sie auch noch die Vollzugsbeamtin aus dem Krankenzimmer geschickt. Das wäre Meinert nicht passiert, meldete sich ihre Ermittlerader zu Wort. Klaudia hätte diesen Einwand gerne ignoriert, musste ihrem besseren Ich jedoch zustimmen. Was solche Dinge anging, war Meinert klüger als sie.

»Nun ja. Jetzt ist es halt passiert. Dann kannst du mir auch ebenso gut verraten, was du glaubst.« Auch wenn PH im Nachhinein diesen Besuch am Krankenbett für eine unkluge Aktion hielt, war er doch zumindest neugierig.

»Was? Ach so, ja.« Klaudia räusperte sich. Sie brauchte die Zeit, um ihre Gedanken zu sortieren. »Ich denke, Mandy Neblich hat ihren Bruder verdächtigt. Und dafür gab es ja wohl auch zumindest einen guten Grund«, fuhr sie fort. »Immerhin war die Leiche in seinem Kahn.«

»Hat sie gesagt, dass sie die Tote gesehen hat?«

»Nein«, musste Klaudia ehrlicherweise einräumen. »Aber ich gehe davon aus. Und als ihr Marie dann erzählt hat, dass sie Thielmann ins Wasser gestoßen hat, ist sie ausgerastet, weil ihr wahrscheinlich klar geworden ist, dass im Gegenzug ihr Bruder sie verdächtigt hat.«

»Und nagelt das betäubte Mädchen in einen Sarg.« PH beugte sich vor. »Ziemlich heftig für einen einfachen Ausraster. Und was ist mit dir? Immerhin hat sie dich mit einem Hammer bedroht. War das auch ein Ausraster?«

»Sie sagt, sie habe helfen wollen.« Klaudia atmete tief ein.

»Helfen wollen?«, wiederholte PH.

»Ja«, bekräftigte Klaudia. »Das sagt sie.«

»Ach du Scheiße.« PH ließ sich gegen die Rückenlehne seines Sitzes fallen. »Wenn das Thang erfährt!«

48. KAPITEL

Noch vom Büro aus rief Klaudia Vollmers Nachbarin an.

Der Pfarrer habe ihr schon Bescheid gesagt, sagte Evangelia Vasileiou. Sie könne sich gerne um den Kater kümmern. Sie sei Krankenschwester und schon seit Jahren in der Tierhilfe aktiv. Und da sie im Moment im Mutterschutz sei, habe sie Zeit. Der Preis, den Evangelia nannte, klang nach Selbstkostenabrechnung und war damit durchaus im Rahmen dessen, was Klaudia sich leisten konnte. Also verabredeten sie, dass sie den Kater Freitag bringen würde.

»Es kann vielleicht später werden«, sagte Klaudia. »Ich muss ihn nach der Arbeit erst noch beim Tierarzt abholen.«

Das sei kein Problem, sagte Evangelia. Was Dickie denn fräße?

»Dosenfutter.« Klaudia kaufte das Katzenfutter immer beim Discounter. Wenn sie nicht gerade eine Dose in der Hand hielt, wusste sie nicht einmal, wie das Zeug hieß.

»Er ist schon älter, oder?«

»Ich denke«, bestätigte Klaudia. »Er ist mir zugelaufen, hat eher mich adoptiert als ich ihn.«

Das sei eine große Ehre, sagte Evangelia. Katzen seien sehr wählerisch.

»Ich glaube eher, Dickie ist verfressen. Es tut mir auch so leid, dass ich mich nicht selbst um ihn kümmern kann, aber …«

»Mach dir keine Sorgen.« Das so selbstverständlich ausgesprochene Du beruhigte Klaudia. »Dickie wird es bei uns gut haben. Wir haben selbst Katzen.«

»Er ist nicht sehr sozial kompatibel«, sagte Klaudia.

»Wenn du Bedenken hast, kannst du auch erst einmal ohne ihn vorbeikommen und dich in Ruhe umschauen. Das ist völlig in Ordnung. Im Moment habe ich eine Pflegestelle frei, aber ich kann dir nicht versprechen, dass das so bleibt.«

»Ich vertraue dir.« Klaudia wollte nicht riskieren, diese Pflegestelle zu verlieren. »Immerhin hat dich Vollmer empfohlen.«

»Dann sehen wir uns Freitag. Und«, fügte Evangelia hinzu, »du kannst ihn natürlich auch jederzeit besuchen. Solange du das Baby nicht weckst«, schränkte sie ein. In ihrer Stimme schwang ein sympathisches Schmunzeln mit.

»Meinst du, er wird mir das jemals verzeihen?« Klaudia vertraute der jungen Frau allein wegen des Klangs ihrer Stimme.

»Diese Frage kann dir nur dein Kater beantworten«, sagte Evangelia ernst. »Aber du tust es für ihn, und ich glaube, das spürt er.«

Zunächst einmal spürte Dickie nicht viel. Nicht einmal, dass er in seine Transportkiste gebettet wurde. Der Tierarzt hatte ihm für den Transport ein Beruhigungsmittel gegeben. Klaudia blutete das Herz, als sie seinen verbundenen Schwanzstummel und die Halskrause sah, die ihn daran hindern sollte, den Verband zu zerfetzen.

»Ist das wirklich nötig?«, fragte sie.

»Ein paar Tage schon«, antwortete die Frau des Tierarztes. »Ich habe Ihnen übrigens ein Versorgungspäckchen vorbereitet.« Sie schob eine Papiertüte zu Klaudia hinüber. »Sie müssen ihm jeden Tag Vitamin B spritzen. Und Verbandsmaterial habe ich Ihnen auch dazugepackt. Außerdem die Rechnung.«

»Darum kümmere ich mich gleich morgen«, versprach Klaudia. »Danke für alles.« Sie nahm die Tüte und Dickies Transportbox und verstaute beides auf dem Rücksitz ihres Peugeots.

Der Kater maunzte, als Klaudia vor dem Starenkasten in Göritz in die Eisen ging.

»Tut mir leid«, murmelte sie zerknirscht. Bis Eichow zockelte sie im Sonntagsfahrertempo weiter, was ihr so manches Überholmanöver bescherte. Aber immerhin blieb der Kater ruhig. Erst auf der von Erlen gesäumten Landstraße gab Klaudia wieder Gas. Sie traute sich nicht, Musik anzustellen, um Dickie nicht zu wecken, trotzdem erklang in ihrem Kopf die Stimme von Celine Dion, die »*I can touch the sky*« sang. Sonnenlicht flimmerte durch die Baumwipfel und malte Muster auf den Asphalt. Klaudia fuhr vorbei an Seen, in denen sich die Wolken spiegelten. Am Rand der Wiesen, die gelb gesprenkelt vom Löwenzahn waren, wuchs Schilf und erinnerte daran, dass dieses gesamte Land einmal Sumpf gewesen war. Noch in Cottbus sah Klaudia die ersten Hinweisschilder auf Aussichtspunkte des Braunkohletagebaus. Als Ruhrgebietskind kam sie aus einer Region, in der man wusste, wie wichtig Kohle war, trotzdem stellten sich ihr die Nackenhaare auf, wenn sie daran dachte, wie riesige Maschinen ganze Dörfer von der Landkarte frästen. Kurz hinter Cottbus ragten die Kraftwerkstürme von Jänschwalde hinter einer Schonung auf, und dann ließ Klaudia für die letzten Kilometer die Industrie wieder hinter sich und fuhr durch lichtes Ackerland. Über die Äcker zockelten Traktoren, und es stank so sehr nach Gülle, dass Klaudia die Lüftung ausschaltete.

Wenig später rollte ihr Peugeot über das Kopfsteinpflaster des Dorfes. Klaudia parkte an der Hauptstraße neben dem

Kriegerdenkmal und stieg aus. Sofort maunzte Dickie und Klaudia nahm die Transportbox vom Rücksitz.

Klaudias Ziel lag direkt gegenüber dem Kriegerdenkmal. Es war ein Spitzdachhaus, dessen Giebel die gekreuzten Schlangen schmückten. Gestrichen war es in freundlichem Gelb, das in der Sonne leuchtete. Ein Lattenzaun, der frisch gebeizt roch, lief um das Grundstück herum. Klaudia stellte die Transportbox ab und öffnete das Gartentor. Sofort wurde die Eingangstür aufgestoßen, und eine junge Frau in Latzhose mit unordentlich hochgebundenen dunklen Locken eilte ihr über den Kiesweg entgegen.

»Hi«, begrüßte sie Klaudia fröhlich. »Bist du gut durchgekommen?«

»Ja, danke.« Klaudias letzte Zweifel lösten sich bei der herzlichen Begrüßung in Luft auf.

»Und das ist der Patient?« Evangelia hockte sich vor die Transportbox und linste hinein. »Du bist ja ein ganz Lieber«, gurrte sie.

»Das täuscht«, warnte Klaudia sie. »Der Tierarzt hat ihm etwas zur Beruhigung gegeben. Außerdem hat er mir das hier mitgegeben. Das sind Spritzen«, fügte sie hinzu. »Die müsste er kriegen. Ist das ein Problem?«

»Wahrscheinlich Vitamin B.« Evangelia kannte sich offensichtlich aus. »Das kriegen wir hin.« Sie nickte Klaudia zu. »Aber jetzt kommt ihr am besten erst einmal ins Haus.« Sie nahm Klaudia die Transportbox aus der Hand und ging voran. Im Flur lagen Gummistiefel und Filzpantoffeln durcheinander. Es duftete nach frisch gebackenem Brot. Der Geruch erinnerte Klaudia an ihre Kindheit. Auf ihrem Weg zur Schule war sie immer an einer Bäckerei vorbeigekommen, und ihre Mutter hatte ihr immer Brötchengeld mitgegeben, für das

Klaudia sich dann ein Schokokussbrötchen gekauft hatte. Sie spürte geradezu die klebrige Süße auf der Zunge. »Schön habt ihr's hier«, sagte sie.

Evangelia hatte sie in einen freundlichen Raum geführt mit einem wilden Mix aus neuen und alten Möbeln, der zugleich Küche und Wohnraum war. Durch die breite Fensterfront hatte man einen direkten Blick in den Garten. Die eine Seite schien Obstwiese zu sein, die andere bestand aus ordentlich geharkten Beeten, hinter denen ein Hühnerhaus stand und etwas, das aussah wie ein altertümlicher Ofen.

Auf einer Holzliege, die unter einem blühenden Apfelbaum stand, lag eine Katze, eine weitere stemmte sich mit den Pfoten gegen die Terrassentür.

»Frieda ist recht neugierig.« Schmunzelnd stellte Evangelia Dickie ab und ließ die Katze herein. Aus der Transportbox erklang ein angriffslustiges Brummen, als die Katze mit steil aufgerichtetem Schwanz näher kam. Kurz vor der Box setzte sie sich auf die Hinterpfoten und begann, sich zu putzen. Das Brummen verstummte.

»Die werden sich schon verstehen«, sagte Evangelia zuversichtlich. »Frieda ist eine sehr gelassene Katze. Komm, ich zeig dir, wo er die nächsten Wochen leben wird.« In einer Ecke neben der Spüle stand eine mit abwaschbarem Stoff gepolsterte Katzenbox. Sie war gerade groß genug für ein gemütlich aussehendes Kissen und ein Katzenklo.

»Wir benutzen sie für die schwer verletzten Tiere. Mein Mann hat sie ein bisschen aufgemotzt, damit Dickie sich wohlfühlt. Willst du ihn reinsetzen?«

»Ich?« Klaudia schluckte. In der Praxis hatte der Tierarzt Dickie in die Transportbox gesetzt. Und da hatte er noch geschlafen. »Ich trau mich nicht«, sagte sie schließlich. »Ich hab Angst, dass ich irgendwas kaputt mache.« Sie fühlte sich wie ein Feigling.

»Das verstehe ich.« Evangelia zog die Nase kraus und öffnete dann einen Hängeschrank, dem sie eine Box mit Katzenleckerlies entnahm. Sie streute einige in die Box. »So«, sagte sie und wischte sich die Hände an der Latzhose ab. »Vielleicht lockt ihn das ja aus seiner Box. Ich habe mir überlegt, Dickie an unserem Alltag teilhaben zu lassen, damit ihm nicht langweilig wird«, erklärte sie, während sie wieder Leckerlis in die Box streute.

»Er ist ja eher ein Einzelgänger.« Klaudia gefiel, was sie sah, doch war sie sich nicht sicher, ob es Dickie gefallen würde.

»Wenn es nicht klappt, stellen wir die Kiste in den Garten. Ich dachte nur, es wäre vielleicht quälend für ihn, all die Geräusche und Gerüche der Freiheit wahrzunehmen, ohne aus der Box zu kommen.« Evangelia zog das Gitter der Katzenbox hoch, öffnete Dickies Transportbox und stellte sie vor sein neues Zuhause. »So«, sagte sie abschließend. »Jetzt heißt es abwarten. Möchtest du etwas trinken? Wir haben selbst gemachten Cidre.«

»Gerne.«

Während Evangelia Gläser und eine Flasche mit Bügelverschluss auf den Tisch stellte, setzte Klaudia sich so, dass sie die Transportbox im Auge behalten konnte. Dickie streckte den Kopf vor. Doch als spüre er ihren Blick, zog er ihn zurück.

»Ihr seid Selbstversorger?«, richtete Klaudia ihre Aufmerksamkeit auf ihre Gastgeberin.

»Eher mein Mann.« Evangelia schenkte ein. »Bis ich ihn kennengelernt habe, war ich eher so der Mikrowellen-Tiefkühlpizza-Typ.«

»Klingt nach mir.« Klaudia griff nach dem Glas und drehte es in den Händen. Es war kalt und duftete nach Äpfeln und Säure.

»Aber jetzt so mit dem Kind.« Evangelia setzte sich ebenfalls. Die beiden Frauen prosteten sich zu, dann tranken sie. Der Cidre schmeckte frisch. Das Glas war leer, als Klaudia es absetzte. Sie hatte nicht gewusst, wie durstig sie gewesen war. »Was ist es denn?« Nach Klaudias Erfahrung sprachen Eltern gerne über ihre Kinder.

»Ein Mädchen und Papas ganzer Stolz. Die beiden müssten eigentlich jeden Augenblick zurückkommen. Marcel hat Sofia mit zur Weide genommen. Wir …« Evangelia redete weiter, doch Klaudia sah nur noch ihren sich bewegenden Mund.

Marcel? Ihre Ermittlerader pochte bis in die Schläfen, dann hörte sie Schritte auf dem Kies, das Knarren der Eingangstür, die Stimme eines Mannes. Obwohl sie gerade getrunken hatte, war ihre Kehle auf einmal so trocken wie ein Fließ im Hochsommer.

49. KAPITEL

Gefängnis war nicht viel anders als Heim. Männi saß im Aufenthaltsraum der Untersuchungsgefangenen und sah zwei Frauen beim Kickern zu. Sie drehten die Stangen viel zu heftig, der hölzerne Ball flog über die Umrandung und rollte unter einen der Tische. Die Frauen lachten, doch ihr Lachen klang eher hysterisch als fröhlich.

Zwei andere Frauen kuschelten auf dem Sofa miteinander, was Männi dazu brachte, den Blick abzuwenden. In der Jugendwohngruppe hatte es dieses Mädchen gegeben. In einer Nacht hatte sich ein Gewitter über ihrem Haus ausgetobt. Der Strom war ausgefallen. In dieser Nacht war sie zu ihr ins Bett geschlüpft, die Füße kalt wie Hagel. Zuerst hatten sie sich nur aneinandergekuschelt, doch dann hatten ihre Hände und Finger ein Eigenleben entwickelt. Männi fragte sich, was aus dem Mädchen geworden war. Ein paar Tage nach dieser Nacht war sie abgehauen, hatte Männi verlassen, wie es alle getan hatten. Sie presste die Knie gegeneinander, um dieses Sehnen zwischen den Beinen zu unterdrücken. Sie war zu alt für diesen Scheiß, und außerdem würde sie wahrscheinlich die nächsten Jahre im Gefängnis verbringen. Einen Tag nach dem Gespräch mit der Polizistin war sie aus dem Krankenhaus entlassen und hierher nach Luckau gebracht worden. Die Ärzte brauchten das Bett, und es gab keinen Grund, sie länger im Krankenhaus zu behalten. Männi war sich ziemlich sicher, dass sie sich vor ihr gefürchtet hatten, und sie deshalb so schnell entlassen worden war. Wer hatte auch schon gerne jemanden auf der Station, der rund um die Uhr von Vollzugsbeamten bewacht wurde?

Der Kickerball landete auf ihrem Schoß und riss sie aus ihren Gedanken. Sie griff danach. In jeder Wohngruppe hatte so ein Kicker gestanden. Als gehöre Tischfußball zum pädagogischen Konzept. Meistens waren die Stangen verbogen, oder die Bälle fehlten. Eine Beamtin kam in den Raum und trat zu Männi. »Besuch«, sagte sie.

Männi erhob sich und strich die Bluse glatt. Sie trug die Kleidung, die sie bei ihrer Verhaftung getragen hatte. Im Krankenhaus war sie gewaschen worden. Männi hatte keine Ahnung, wer das veranlasst hatte, war aber dankbar dafür. Sie folgte der Beamtin vorbei an den wohnlich eingerichteten

Zellen. Irgendwo dudelte ein Radio. Vor jeder Gittertür blieb Männi in drei Schritten Entfernung stehen und wartete, bis die Beamtin sie aufgeschlossen hatte. Ihre Schritte quietschten auf Linoleum. Schließlich öffnete die Beamtin eine Tür, die in ein Besprechungszimmer führte. Tisch und Stühle waren mit dem Boden verschraubt. Eine Frau stand am vergitterten Fenster. Das Oberlicht war geöffnet, und der Wind wehte den Geruch von gemähtem Gras in den Raum. Zu ihren Füßen stand eine Reisetasche, die Männi kannte. Sie hatte sie in Cottbus gekauft, als Matte mal wieder im Krankenhaus gewesen war.

Die Frau drehte sich zu Männi um und stellte sich als ihre Anwältin vor.

»Ich lass Sie dann allein«, sagte die Beamtin. »Wenn was ist, einfach den Knopf drücken.« Sie verließ den Raum, und Männi hörte, wie sich der Schlüssel im Schloss drehte. Es gibt also einen Knopf, den man drücken kann, dachte sie.

Die Anwältin setzte sich. Als Männi keine Anstalten machte, sich ebenfalls zu setzen, forderte sie sie mit einer Handbewegung dazu auf. Männi setzte sich und legte die Hände auf die Knie.

»Ich habe Ihnen Kleidung und Toilettenartikel mitgebracht«, sagte die Anwältin. »Auch ein paar Taschenbücher. Ihre Geschwister haben alles für sie eingepackt. Wollen Sie nachschauen, ob Sie alles haben?«

Männi schüttelte den Kopf und presste die Kiefer aufeinander, um nicht nachzufragen. Soweit es sie betraf, hatte sie nur einen Bruder. Die Westkinder ihrer Mutter gingen sie nichts an. Und doch waren die jetzt mit Matte zusammen. Vielleicht war das sogar gut. Vielleicht kümmerten sich die beiden um ihn.

Sie sind zu jung, dachte Männi. Aber auch sie war jung gewesen, als sie die Verantwortung für Matte übernommen hatte. Nicht mehr als ein Kind. Sie hatte alles getan, was sie konnte, und trotzdem hatte sie nicht verhindern können, dass sie getrennt wurden, dass Matte krank wurde. Erst am Körper und dann an der Seele. Vielleicht konnten die beiden ihm da helfen, wo sie versagt hatte. Raphael war Arzt, das wusste sie aus den Unterhaltungen, die sie zwangsläufig mitgehört hatte. Er war auch der Einzige, der kein M im Namen trug. Männi fragte sich warum. Hatte ihre Mutter die Musketiere ebenso wie ihre Kinder in der DDR zurückgelassen? Aber warum dann wieder Marie? Männi schluckte. Es fühlte sich falsch an, darüber nachzudenken. Irgendwie krank. Vielleicht war doch etwas in ihrem Kopf kaputtgegangen. Sie sei wiederbelebt worden, hatten die Ärzte gesagt, und dass sie Glück gehabt habe. Männi blickte zum vergitterten Fenster. Was man so unter Glück verstehen konnte. Sie senkte den Kopf. »Ich wusste nicht, dass ich eine Anwältin habe.«

»Ihre Geschwister haben mich beauftragt.«

»Geht das denn?« Männi blickte auf.

»Ihr Bruder bezahlt mich.«

»Matte? Ich meine Martin«, korrigierte Männi sich hastig. Matte und Männi gehörten nur ihnen. Für den Rest der Welt waren sie Mandy und Martin Neblich.

»Nein.« Die Anwältin schüttelte den Kopf. »Ihr Bruder Raphael. Sind Sie damit einverstanden?«

»Was, wenn nicht?«

»Dann wird Ihnen ein Pflichtverteidiger zugeteilt. Was das Ganze verzögern wird. Die Staatsanwaltschaft wirft Ihnen Totschlag und versuchten Mord vor. Das sind schwerwiegende Anschuldigungen, die Sie für Jahre hinter Gitter bringen können.«

Der Gedanke erschreckte Männi weniger, als die Anwältin vermutete. Sie war schon so oft in ihrem Leben eingesperrt gewesen, dass es auf einmal mehr nun auch nicht mehr ankam. Irgendwie war es sogar beruhigend, zu wissen, wie jeder Tag verlaufen würde. Nur um Matte machte sie sich Sorgen.

»Wissen Sie, wie es Martin geht?« Die Frage rutschte ihr einfach so heraus.

»Soweit ich weiß, ist er nicht mehr in Haft und wieder zu Hause. Ich werde natürlich mit ihm sprechen, sobald ich Ihr Mandat habe.«

Zu Hause! Männi war froh, dass es das Haus am Fließ gab. Es gehörte ihr. Niemand konnte ihn daraus vertreiben. Er würde sich um alles kümmern: den Garten, die Hühner. Wenn er sich kümmerte ... Männi dachte an die Jahre, in denen das Sofa sein Gefängnis gewesen war, bis es unter seinem Gewicht in die Knie gegangen war. Erst hatte Männi gedacht, dieser Hunger käme aus ihrer Kindheit, wäre geboren aus der Angst, nicht genug zu essen zu bekommen. Doch im Laufe der Jahre hatte sie begriffen, dass Mattes Übergewicht eine Schutzschicht zwischen ihm und der Welt war. Erst, als sie das begriffen hatte, konnte sie ihm helfen, doch auch jetzt verließ Matte das Grundstück nur, wenn es sich überhaupt nicht vermeiden ließ. Wie sollte er nur ohne sie zurechtkommen?

Männi blinzelte. Ihre Augen juckten vor Trockenheit. Und alles nur, wegen dieses dummen Mädchens. Sie knirschte mit den Zähnen.

»Ich habe meine Mutter nicht getötet.« Männi schluckte gegen die Verzweiflung an. »Und ich wollte auch Marie nicht töten. Nur bestrafen.« Männi starrte auf ihre Hände.

Nichts im Gesicht der Anwältin verriet, ob sie Männi glaubte. »Wenn Sie von mir vertreten werden möchten«, fuhr sie geschäftsmäßig fort und schob einen Vertrag über den Tisch, »dann müssten Sie das hier unterschreiben. Sie bestätigen damit, dass ich Sie vertreten darf. Sie müssten sich auch schnell entscheiden.« Sie legte einen Kugelschreiber neben den Vertrag. »Anfang der Woche ist Ihr Haftprüfungstermin, und wen immer Sie beauftragen, muss sich noch in Ihren Fall einarbeiten. Sie wollen schließlich keinen Tag länger als nötig in Untersuchungshaft bleiben, oder?«

»Wie meinen Sie das?« Männi biss sich auf die Unterlippe. Sie war überhaupt nicht auf die Idee gekommen, dass sie nicht im Gefängnis bleiben würde.

»Nun«, sagte die Anwältin. Zum ersten Mal lächelte sie. »Ich kann Ihnen nichts versprechen, doch Sie sind nicht vorbestraft, haben einen festen Wohnsitz. Es besteht keine Fluchtgefahr.«

Männi schüttelte den Kopf. Wohin sollte sie auch fliehen?

»Ich würde also auf jeden Fall Ihre Entlassung aus der Untersuchungshaft beantragen.«

Dieser Satz gab den Ausschlag. Die Aussicht, zu Matte zurückzukehren, auch wenn es nur vorübergehend war, ließ Männi nach dem Kugelschreiber greifen.

50. KAPITEL

Zwei Jahre war es her, seit Klaudia Marcel Fiedler das letzte Mal gesehen hatte. Sie erinnerte sich noch gut an die Situation, und ihre Hände ballten sich unwillkürlich zu Fäusten. Damals war er ein kräftiger Mittzwanziger mit militärisch kurzen Haaren gewesen. Ein blonder, arroganter Hüne, der am Rande einer Absperrung gestanden hatte. Das Haar war nun nicht mehr militärisch kurz, sondern lockte sich im Nacken. Ein gepflegter Drei-Tage-Bart verbarg sein kantiges Kinn. Er trug Arbeitshosen und vor der Brust eine Babytrage, aus der kräftige Beinchen baumelten. Als er Klaudia erkannte, blieb er abrupt stehen, und seine Hand wanderte schützend zum Kopf des Kindes.

»Herr Fiedler.« Klaudia war froh über die jahrelange Befragungspraxis, die sie gelehrt hatte, ihre Stimme zu kontrollieren.

»Ihr kennt euch?« Evangelia trat zu ihrem Mann und half ihm, das Baby aus der Trage zu nehmen.

»Beruflich.« Klaudia presste die Lippen zusammen, um nicht etwas zu sagen, was sie anschließend bereuen würde. Ihr Blick wanderte zu der Transportbox. Halb hoffte sie, dass Dickie sich immer noch darin versteckte, doch der hockte vor dem Wassernapf. Egal! Sie würde ihn schon wieder in die Box kriegen! Auf keinen Fall würde er hierbleiben! Klaudia kochte vor Wut. Wie hatte Vollmer ihr nur seine Nachbarn empfehlen können? Auf einmal bekam alles, was Evangelia gesagt hatte, einen braunen Unterton. All ihr Gerede über Selbstversorgung. Alles nur Tarnung. Worum es ihnen geht, ist Blut und Boden. Wie hatte sie nur so blind sein können? In Brandenburg gab es einige Dörfer, die von Rechten unterwandert waren. Nicht so viele wie in Mecklenburg-Vorpommern, doch jedes Dorf war ein Dorf zu viel. Und jetzt also auch hier.

»Ich bring die Kleine mal ins Bett.« Evangelia nickte Fiedler zu, dann verschwand sie mit dem Kind.

Fiedler wandte sich Klaudia zu, ein Nerv an seinem Auge zuckte.

Dieses winzige Muskelzucken reichte aus, um Klaudia emotional in ihre erste Begegnung zu katapultieren. Adrenalin flutete ihr System, ihr Herz wummerte in den Schläfen, ihr Blickfeld verengte sich, bis sie nur noch Fiedler sah.

Mit hängenden Schultern stand er vor ihr. Nichts an seiner Körperhaltung erinnerte an den testosterongesteuerten rechten Schläger, dem Klaudia damals gegenübergestanden hatte.

»Ich habe Ihren Kater nicht überfahren.«. Seine Stimme klang weicher, als Klaudia sie in Erinnerung hatte, so, wie alles an ihm weicher erschien.

Täuschen und tarnen, dachte Klaudia, aber nicht mit mir. Dann realisierte sie, was Fiedler gerade gesagt hatte.

»Was?«, fragte sie verdattert. »Woher wissen Sie von meinem Verdacht?«

»André«, sagte Fiedler. »Ich meine Marc Meinert, Ihr Kollege.«

»Marc Meinert?« Fassungslos starrte Klaudia den Mann an. Sie hatte nicht den blassesten Schimmer, wie sie damit umgehen sollte, dass ihr LKA-Kollege, der als *Verdeckter Ermittler* Fiedler ins Gefängnis gebracht hatte, noch Kontakt zu ihm hatte.

»Nein«, widersprach Fiedler. »Also nicht so richtig. Er war bei mir, hat mir auf den Zahn gefühlt, mich gewarnt. Aber was immer mit seinen Reifen passiert ist … Ich war das nicht. Und auch nicht das mit Ihrem Kater.«

»Und das hat er Ihnen geglaubt.«

»Ich habe mich geändert. Wirklich!« Wieder zuckte dieser Nerv an seinem Auge. »Evangelia hat mich verändert.«

»Und das soll ich Ihnen glauben.« Klaudia ging hinüber zu der Box, in der es sich Dickie mittlerweile auf dem Kissen bequem gemacht hatte.

»Meinert glaubt mir. Ich habe alles hinter mir gelassen, alle Brücken hinter mir abgebrochen. Deshalb bin ich auch weg aus Lübbenau. Ich heiße nicht einmal mehr Fiedler. Ich will mit dem Typen nichts zu tun haben. Evangelia weiß, dass ich im Knast war. Und sie weiß auch, warum«, beantwortete er die Frage, die sofort in Klaudias Kopf war. »Ich habe sie im Gefängnis kennengelernt. Sie ist in der Gefangenenhilfe aktiv. Durch Evangelia habe ich begriffen, dass die Welt anders ist.«

»Weshalb Sie, kaum waren Sie aus dem Knast, Flugblätter in Umlauf gebracht haben, die mich fertigmachen sollten.« Klaudia hatte nichts vergessen.

»Die Flugblätter waren nicht meine Idee. Damit hatte ich nichts zu tun.«

»Und was war auf dem Parkplatz?«, fragte Klaudia. »Sie haben vor mir ausgespuckt. Klingt nicht sehr geläutert, wenn Sie mich fragen.«

»Ich weiß.« Fiedler senkte den Blick. »Das war der Moment, in dem ich begriffen habe, dass ich wegmuss. Neu anfangen, dass mich Lübbenau fertigmacht. Also nicht die Stadt«, sagte er nach einer nachdenklichen Pause, »sondern mein Umfeld. Es ist schwer, sich zu ändern, wenn es so viel einfacher ist, einfach dem Bild zu entsprechen, das alle von einem haben. Also bin ich zu Evangelia gezogen. Und als sie schwanger wurde, haben wir geheiratet.«

»Und Sie haben den Namen Ihrer Frau angenommen?«

Fiedler nickte.

»Marcel Vasileiou«, murmelte Klaudia. Für einen Rechten war der Name wirklich ein Statement, und es klang falsch. Für sie würde Fiedler immer Marcel Fiedler sein, der Typ, der auf einen am Boden liegenden Rumänen eingetreten hatte, weil der es gewagt hatte, mit einer Deutschen zu tanzen. Aber war das richtig? Wofür gab es Gerichte und Strafen und Gefängnisse, wenn es danach nicht gut war?

»Ich will das hier nicht verlieren«, sagte Fiedler in ihre Gedanken hinein. »Ich habe eine Menge Scheiß gemacht, und ich bin nicht stolz auf das, was ich Ihnen angetan habe.«

»Hast du die Radmuttern an meinem Wagen gelöst?« Klaudia drehte sich zu ihm um.

Sie sah, wie er mit sich rang; wie er auf seine Füße starrte, die in Filzlatschen steckten; wie er schließlich aufblickte; sah den zuckenden Nerv in seinem Augenwinkel.

»Ja«, sagte er schließlich. »Ich war besoffen, ich war wütend. Und nichts davon ist eine Entschuldigung.«

Erst, als sie die Antwort hörte, realisierte Klaudia, dass sie die ganze Zeit die Luft angehalten hatte. Als sie jetzt einatmete, klang es wie ein Seufzer. Und das war es irgendwie auch.

»Es tut mir leid.« Fiedlers Adamsapfel ruckte unter der blassen Haut seines Halses. »Ich war einfach nur ein Arsch.«

»Okay.« Klaudia wandte sich wieder dem Käfig zu.

»Wollen Sie ihn wieder mitnehmen?«, fragte Fiedler.

Vertrauen, dachte Klaudia. Resozialisierung! Strafe abgeleistet! Zweite Chance. Jeder dieser Gedanken war gut und richtig, trotzdem fiel es ihr schwer, eine Entscheidung zu treffen. Leise wehte die Melodie einer Spieluhr zu ihnen hinunter. *Schlaf Kindchen schlaf!* Noch einmal blickte Klaudia sich um. Das hier war nicht das Heim von rechten Extremisten. Das hier war warm und gut und fürsorglich.

»Okay«, sagte Klaudia mehr zu sich selbst als zu Fiedler. Sie griff nach der leeren Transportbox, und Fiedler ließ das Gitter hinab.

»Danke«, murmelte er. »Sie werden es nicht bereuen.«

»Grüßen Sie Ihre Frau von mir.« Klaudia streckte einen Finger durchs Gitter und streichelte den Kater. »Ich komme dich besuchen«, sagte sie und fügte zu Fiedler gewandt hinzu. »Ich rufe morgen an, geht das in Ordnung?«

»Sie können jederzeit kommen«, bot er ihr an. »Unsere Tür steht jedem offen.« Klaudia verließ das Haus der Familie Vasileiou und stellte die Transportbox in den Peugeot. Als sie den Motor anstellte, erklangen die ersten Takte von *Think Twice.* Na prima, dachte Klaudia. Für einen Moment verspürte sie den unbändigen Wunsch, zurückzugehen und ihren Kater mitzunehmen. Doch dann fuhr sie los.

EPILOG

Klaudia wurde wach, weil Dickie ihren linken Fuß mit einer Maus verwechselte. Obwohl die Bettdecke ihre Haut vor dem Angriff seiner Krallen schützte, schrie sie auf und zog reflexhaft das Bein an.

»Bist du von allen guten Geistern verlassen?«, schimpfte sie und stieg aus dem Bett. Der Kater folgte ihr mit einem eleganten Sprung. Er hatte sich gut erholt, und dass ihm der Schwanz fehlte, schien ihm nichts auszumachen. Er folgte ihr ins Bad und legte die Vorderpfoten auf den Rand der Toilette, als Klaudia die Spülung betätigte. Seine Ohren zuckten, als das Wasser an ihm vorbeirauschte.

Während Klaudia duschte, bearbeitete er ihr Schlafshirt mit den Krallen. Er räumte erst das Bad, als Klaudia den Föhn einstöpselte.

Als Klaudia, in ein Handtuch gewickelt, in die Küche kam, hockte er in der Spüle und leckte Wassertropfen vom Hahn.

»Ich treffe mich heute mit Wibke.« Klaudia nahm ein Schälchen Seniorenfutter aus dem Schrank und füllte Dickies Futterschale. Seit Evangelia und Marcel ihn aufgepäppelt hatten, kaufte sie kein Billigfutter mehr, sondern Spezialfutter für ältere Katzen. Dickie schien es zu schmecken. Nachdem er mehr als vier Wochen in der Pflegestelle verbracht hatte, hatte Klaudia ihn an einem regnerischen Wochenende nach Hause geholt. Die gesamte Fahrt über hatte Dickie gemaunzt, als würde ihm jemand das Herz ausreißen. Klaudia war in Schweiß gebadet gewesen, als sie endlich in ihre Hofeinfahrt einbog. Weil Dickie tobte, öffnete sie die Transportbox bereits im Hof. Den Bauch dicht am Boden verschwand der Kater im Gebüsch, und Klaudia sah ihn zwei Tage nicht. Dann war er zurückgekehrt, mit Kletten und Zecken im Fell, aber sehr zufrieden. Seitdem hielt er sich mehr oder weniger am Haus auf.

Als Dickie versorgt war, zog Klaudia sich an. Frühstücken würde sie mit Wibke am Hafen. Ein Blick auf die Wetter-App ließ sie zu Shirt und leichten Sommerjeans greifen. In der letzten Woche war es recht frisch und regnerisch gewesen, aber für heute waren bis zu 26 Grad angesagt. Sie rieb sich mit Sonnenschutzcreme und Mückenspray ein und stieg in ihr Kanu. Sofort sprang Dickie zu ihr ins Boot und setzte sich auf seinen Stammplatz am Bug. Von dort aus beobachtete er mit hochgestellten Ohren die Lichtreflexe auf dem vorbeiströmenden Wasser.

»Aber nur bis zum Lehder Fließ«, sagte Klaudia. Der Kater zuckte mit dem, was von seinem Schwanz übrig war. Sie paddelte mit Kraft los, und das Kanu nahm schnell Fahrt auf. Das gleichmäßige Paddeln entspannte Klaudias Nacken. Sie glitt vorbei an moosigen Baumwurzeln, deren Stämme sich im Wasser spiegelten. Von Ast zu Ast fliegend, begleitete der Kleiber, der wieder aufgetaucht war, sie ein Stück des Weges. Bei jeder Landung plusterte er sich auf und stieß seinen trillernden Warnruf aus. Wie immer zuckte Dickie nur kurz mit den Ohren. Klaudia stellte das Paddel quer, um die Fahrt abzubremsen. Sie näherte sich der Stelle, wo der schmale Seitenarm, an dem ihr Haus lag, in das Lehder Fließ mündete.

»Endstation.« Klaudia steuerte das Ufer an, hob den Kater aus dem Kanu, und Dickie verschwand in den Brennnesseln.

»Jetzt solltest du besser aufpassen.« Klaudia blickte zu dem

Kleiber hinauf. Als hätte er sie verstanden, trillerte er ein letztes Mal und flog übers Fließ auf die andere Uferseite.

Klaudia stieß sich vom Ufer ab und paddelte Richtung *Kleiner Hafen*. Mücken tanzten über dem Fließ, und Sonnenstrahlen brachen sich in der flachen Bugwelle. Wassertropfen platzten auf Klaudias Unterarmen. Sie glitt vorbei an Pfeilblatt und Schwanenblumen mit ihren weißen und rosafarbenen Blüten. Jetzt am Morgen waren nur wenige Boote unterwegs. Die meisten Touristen lagen noch in ihren Betten oder taten das, was auch Klaudia vorhatte: frühstücken.

Klaudia erreichte den *Kleinen Hafen* als sich der erste Kahn des Tages mit Gästen füllte. Marko, der gerade einem älteren Herrn half, sicher über die Borte zu kommen, nickte ihr zu. Klaudia vertäute ihr Kanu am Ende des Steges, wo es den Betrieb nicht störte, und stieg aus.

»Wohin geht's denn?«, fragte sie den Kahnführer.

»Hochwald«, antwortete Marko. »Willst du mit?«

»Verlockend, aber ich bin zum Frühstück verabredet.«

»Dann lass dich nicht aufhalten.« Marko wandte sich einer Familie zu, die sich nicht über ihre Plätze im Kahn einigen konnte.

Auf dem Marktplatz herrschte reges Treiben. Die Restaurants und Cafés bereiteten sich auf den Ansturm der Tagesgäste vor. Klaudias Weg führte sie an Uwes Haus vorbei. Wie es aussah, schliefen dort alle noch.

Wibke wartete an der Treppe, die zur Terrasse des Restaurants *Hanschick* führte. Die Sonne malte Lichter in ihr rotblondes Haar, das ihr offen über die Schultern hing. Sie trug ein Sommerkleid mit Blumenmuster und Glockenrock, dazu eine weiße Strickjacke und Sneakers.

Sie hatten sich in den letzten Wochen immer nur dienstlich gesehen. Wibke steckte mitten in ihren Hochzeitsvorbereitungen, und Klaudia hatte jede freie Minute bei ihrem Kater verbracht.

Gestern hatte Wibke sie dann angerufen und zum Frühstück eingeladen. Der Chef brachte sie persönlich zu dem liebevoll gedeckten Tisch auf der Terrasse. Klaudias Magen, der eher an Kaffee und Joghurt gewöhnt war, knurrte erwartungsvoll, als sie die aufwändig dekorierten Wurst und Käseplatten, den Brötchenkorb und diverse Schälchen mit Marmelade, Honig und sogar Schokocreme sah.

Er würde gleich noch die Quarkplinsen und das bestellte Rührei bringen. Mit diesen Worten verabschiedete sich ihr Gastgeber.

Wibke schenkte Klaudia Kaffee ein. »Ich war gestern im Hofladencafé«, sagte sie. »Wir überlegen, unsere Hochzeit dort zu feiern.«

»Gute Idee.«

Plinsen und Rührei wurden gebracht. Eine ungewöhnliche, jedoch schmackhafte Kombination, wie Klaudia nach den ersten Bissen feststellte.

»Ich will nicht so etwas Riesiges«, sagte Wibke. »Aber dich … dich will ich schon dabeihaben. Als Trauzeugin.«

»Echt?« Klaudia verschluckte sich fast.

»Willst du nicht?« Wibke beugte sich vor.

»Doch, klar.« Sie nickte.

»Dann ist ja gut.« Erleichtert schob sich Wibke Plinsen und Rührei auf die Gabel. Kauend und ein bisschen nuschelnd fuhr sie fort: »Wusstest du übrigens, dass die Neblich nicht mehr im Hofladencafé arbeitet?«

»Ja.« Klaudia nickte. »Schiebschick hat es mir erzählt. Sie hat gekündigt.«

»Wann ist eigentlich die Verhandlung?«

»Keine Ahnung«, erwiderte Klaudia. »Du weißt doch, wie das ist.«

»Den Mord an Ihrer Mutter werden wir ihr kaum nachweisen können«, sagte Wibke.

»Ich weiß.« Wie die meisten Kollegen neigte auch Klaudia mittlerweile zu der Ansicht, dass Heike Thielmann selbst gesprungen war. Vielleicht hatte sie, betrunken, wie sie war, ihrem Leben ein Ende machen wollen. Sehr viel wahrscheinlicher fand Klaudia die Möglichkeit, dass es so etwas wie eine dramatische Geste hätte werden sollen. Nach dem Motto: Seht, wie ich leide.

Aber wie das so war mit dramatischen Gesten: Sie konnten heftig in die Hose gehen. In diesem Fall war es die Sorge ihres Sohnes, die Heike Thielmann letztlich umgebracht hatte. Wäre er nicht seiner Schwester mit dem Kahn gefolgt, wäre Thielmann bestenfalls nass geworden. Doch so hatte sie sich beim Sturz auf den Bug seines Kahnes das Genick gebrochen.

Dumm gelaufen. Nicht nur für Heike Thielmann. Klaudias Mitleid hielt sich in Grenzen. Die Frau hatte es echt draufgehabt, das Leben ihrer Kinder zu ruinieren. Klaudia fragte sich, wie das Leben dieser Frau und ihrer Kinder verlaufen wäre, wenn nicht jemand die Akten manipuliert hätte. Jedoch war auch diese Frage müßig. Die Akten waren manipuliert worden, und somit war Heike Thielmann nicht zur Rechenschaft gezogen worden. Sie hatte ihr Leben im Westen einfach so leben können, hatte geheiratet, noch ein Kind bekommen, und wäre sie nicht zurückgekehrt, würde das Leben ihrer Kinder nicht in Scherben liegen.

Klaudia schob den Teller von sich. Der Gedanke an Heike Thielmann und ihre Kinder schlug ihr auf den Magen.

Wibke, die Klaudias Geste bemerkte, fragte: »Alles in Ordnung?«

»Ja«, antwortete Klaudia. »Es ist nur einer dieser Fälle, in dem es nur Opfer zu geben scheint.«

»Das stimmt wohl.« Auch Wibke seufzte. »Wenn ich mir vorstelle, dass Mandy ihre eigene Schwester in einen Sarg eingesperrt hat …« Sie griff nach ihrem Glas Orangensaft. »Da kommt mir echt jedes Stück Kuchen, das sie mir jemals serviert hat, retour. Was macht eigentlich Thang?«

»Kommt nächsten Monat wieder. Er ist wohl mit einem Eintrag in der Personalakte davongekommen.«

»Glaubst du Mandys Version? Ich meine, dass sie dir den Hammer geben wollte?«

»Ich weiß es nicht.« Klaudia tippte mit der Fingerspitze Brötchenkrümel von der Tischplatte. »In der Situation hat es sich nicht so angefühlt, außerdem ging alles so schnell. Das habe ich auch den Kollegen gesagt. Aber so im Nachhinein …« Sie zuckte mit den Schultern.

»Lass uns von etwas anderem reden. Wie geht's Dickie?«

»Erstaunlich gut«, erwiderte Klaudia. »Evangelia und Marcel haben sich großartig um ihn gekümmert.«

»Dass du ihn dalassen konntest«, sagte Wibke. »Ich meine, du hast gedacht, Fiedler hätte ihn überfahren.«

»Wahrscheinlich war es einer der Handwerker, die das Haus instand setzen. Aber sicher weiß ich es natürlich nicht. Marcel war es auf jeden Fall nicht. Da hatte ich mich wohl verrannt.« Wie so viele Menschen, fügte sie in Gedanken hinzu und dachte dabei an die so ungleichen Geschwister.

»Also vom Saulus zum Paulus.« Wibke biss in ihr Brötchen. Kauend fügte sie hinzu: »Erfolgreiche Resozialisierung also. Ich hoffe, das hält an.«

»Ich auch.« Klaudia zog den Teller wieder zu sich heran und aß etwas von dem Rührei. »Aber wie ich seine Frau kennengelernt habe, bleibt ihm keine Wahl.«

ZITATE

Liedtext: *Keine Zeit mehr* [Gerhard Gundermann, Album: Frühstück für immer, 1995]
Quelle: https://verlag.buschfunk.com

Bibelzitat: https://www.die-bibel.de/

I can touch the sky Quelle: Musixmatch; Songwriter: Dylan Thomas / Michael Guy Chislett / Joel Houston; Songtext von Touch the Sky © Reservoir Media Music, Warner-Tamerlane Publishing Corp., Emi Blackwood Music Inc., Endemol International BV, Fob Music Publishing, Please Gimme My Publishing Inc., Hillsong Music Publishing Australia

DANKSAGUNG

Ich danke:

Kristina Brandt, die mir von ihren Erfahrungen als Heimleiterin zu Wendezeiten berichtet hat.

Marko Schröter, Kahnführer, für die vielen Tipps zwischendurch.

Frau Wiesener vom Hofladencafé, die so freundlich war, einige Passagen zu überprüfen.

Familie Hanschick, die für Klaudia und Wibke extra Plinsen zum Frühstück gebacken hat.

Birgit Auferkamp, Tierärztin, die mir geholfen hat, Dickie zu retten.

Doktor Hankel, leitender Polizeiarzt des Landes Brandenburg, und seiner Frau *Kriminalrätin Hankel*, die Klaudia in ihr Herz geschlossen haben und mir helfen, ihr Berufsleben komplizierter zu machen, als es ohnehin schon ist.

Außerdem danke ich *Reinhard Rohn*, meinem Lektor, und allen Menschen im Aufbau Verlag, ohne die es die Spreewaldkrimis nicht gäbe.

Und natürlich danke ich meinen Lesern und Leserinnen, die mir seit Jahren in den Spreewald folgen.